U0900411

the Best…

在理想的时代，他们狭路相逢……

每只狮子都看来时时争斗威风凛凛，
可谁又能看到他们舔伤的一面。
当狮子的心里有了在意和悲悯，
才是真的王者。

每颗海星都看来娇小脆弱，
可在弱肉强食的世界他们顽强地生存。
当海星变得强大无比谁都惧怕，
那是因为爱。

海星与狮子

神说上百次回眸换一次擦肩而过，我会一直注视着你，
即使失散于茫茫人海，一定还能与你再度相见。

吉林出版集团
北方妇女儿童出版社

THE BEST ②

AND NOW, YOU SHOULD GO
NOTHING IS IMPOSSIBLE TO A WILLING HEART.
THE LONGEST JOURNEY BEGINS WITH THE FIRST STEP.

学校是学校，社会是社会！

海星与狮子

Our destiny offers not the cup of despair,
but the chalice of opportunity.

但凡人能想象到的事物，必定有人能将它实现。

(法国作家 儒勒·凡尔纳)

The Author GIRLNEYA
用笑泪故事书写人生悲喜

THE FIRE IS THE TEST OF GOLD;ADVERSITY OF STRONG MAN.

Something attempted, Something
THE BEST

人生就像硬币的两面，
一面绘着愿望和美好，
一面标着价格和现实。

海星与狮子②

Book Ⅱ: King of Young Times
Starfish and Lion

郭妮作品集

书写人生悲喜事，留住青春小时光

燕儿翩翩飞之猫舍篇

BUTTERFY'S DAY

“放手，我叫你放手！”决绝的身影不顾一切地往猫舍大门口冲去。

“无论你如何挣扎、如何努力逃走都没用！我绝对不会放手！”一只骨节分明的手紧箍住纤细的手腕。

“牧野！你……你这个卑鄙无耻、不择手段的浑蛋！看到我在审片会的悲惨下场还不够吗？难道还想在猫舍继续奚落、嘲笑我吗？你太过分了！电视台我不会再去，猫舍……我也一定会离开！”

“十月”拼命想要挣脱“牧野”的钳制，带着哭腔的声音微微颤抖，仿佛痛苦已到濒临崩溃的边缘。然而，握住她的大手却纹丝不动。

“我怎么可能奚落你、嘲笑你？怜惜你、心疼你、宠爱你都来不及！难道说你又想变成那个胆小懦弱、任人摆布的女孩吗？难道你以为只要逃走一切就可以当做没发生过吗？”焦急的语调却透露出掩饰不住的心疼。

“你！”

“你有没有想过，如果记者知道你离开猫舍，你也根本不是我的女朋友，那他们又会怎么做？！如果让你爸爸知道审片会上DV的事，他会不会把你这个笨蛋女儿扫地出门？！”

“你……”

“不管你认为我是以大欺小，还是恃强凌弱，总之，你现在哪儿也不准去，必须留在猫舍——留在我身边！”

“你为什么要挽留我？”

“因为我是你的男朋友。”

深邃得如同黑色潭水般的眼眸，只有在望着面前努力想挽回的女孩时，才有一瞬间的无力和失焦。眼眸只得向被遮盖得严严实实的窗户望去，好像在窒息的黑暗中苦苦寻找光明。

昏暗阴沉的屋子像是感应到眼睛的渴望，厚重的窗帘一下子被拉开，金色箭矢般的阳光刹那间刺破令人窒息的幽暗，骤然间获得光明的眼睛一下子眯缝起来，环视着被照亮的房间。

只见“牧野”飞也似的往客厅墙角逃去，一边跑一边哀号——

“本太子一辈子都没做过比这更恶心的事情！这简直有损太子党的一世英名！”

光线照射在夺命狂奔的“牧野”脸上：粗粗的浓眉，炯炯有神的眼睛——分明是金太子！

深陷在“被保护的幸福感”中的“林十月”不满地一挑眉毛，然后不依不饶地追过去，照着墙角边用力搓着手臂上的鸡皮疙瘩的家伙就是一顿拳打脚踢。

“‘牧野’，快点继续感动我，挽留我呀！”

“呀……痛，痛，韩格格你够了吧，你！”

啪！啪！啪！不堪忍受的哀号声中，稀拉的掌声在猫舍大厅里意兴阑珊地响起。

“演得不错……”熊杏儿扬着白皙纤细的手缓慢地拍了几下，跷起匀称修长的双腿端坐在猫舍客厅的沙发上，女王气息十足地出言评价。

“那当然！所有的台词都是本格格亲自操刀！十月看了这出表演一定会有所领悟，不会离开猫舍，离开大家的！”韩格格不无得意地扬了扬下巴，转过头瞪了一眼金太子，“你大脑里除了肌肉有没有一点点浪漫细胞啊！台词哪里肉麻？这叫MAN好不好？拜托你不要侮辱牧野当时深情款款的形象！牧野冲到台前那拯救受难公主的深深一吻，在众人面前对十月的深情告白……绝对可以用‘完美’两个字来形容！唉，要是有人当众对我说出这样一番告白的话，真是死而无憾了！”韩格格兴奋地喋喋不休，双手交握撑住下巴，一双星星眼透着无限憧憬和向往。

金太子一脸嫌恶地别过头，却无法阻止自己回想起审片会上，牧野和林十月的“激吻事件”，脸色不由一黑，捏紧拳头，浑身冒出滚滚的黑气。

“你们以为是在演《还珠格格之燕儿翩翩飞》啊，看了这出戏，十月只会逃得更快。”熊杏儿没好气地翻了翻白眼，懒得理会他们，扭头看向站在一旁的真正的牧野，“怎么样？你这个冒牌男友觉得十月会留下吗？”

牧野撩了撩额角的黑色碎发，似笑非笑，没有回答，狭长的桃花眼却微微向玄关处斜睨。

刷刷刷！顺着牧野的眼神，众人的目光闪电般一齐射向溜向玄关处的十月，以及她手中拎的那个超大的分量颇重的帆布购物袋，可以清楚地看到，里面满满当当塞了不少衣物。

气氛嗖地一下降温到零摄氏度以下，仿佛有黑乌鸦哑声叫着飞过林十月的头顶。

“果然已经有答案了。十月，你这是连出逃的行李都打包好了吗！”

熊杏儿圆眼一瞪，扬起声调质问。尽管高傲的脸上看不出任何端倪，可是声音中却透露出一丝焦急，漂亮得如同玻璃珠的眼睛中也浮现起浓浓的担忧。

“出逃？！”突然被点名，十月一愣，用手指了指自己。

“十月！”韩格格冲了过去，一把抓住她的手，“我们是好姐妹，不管发生什么，我都是站在你这边的！你要是走的话，我就和你一起走！”

“我……”

“十月，你真的要走吗？”金太子的眉毛紧紧拧在一起，就像是两团无法解开的焦虑和苦闷。

“我、我……”

“别再找借口了！”熊杏儿气势汹汹地打断了十月的话，“你看金太子他们，为了你，都鸡飞狗跳成什么样了？！你要是还想走的话，现在就离开！不过从今往后，你就再也不是猫舍的人了！”

“我……我根本没有想要逃跑啊！”众目睽睽之下，十月好不容易找到了一个插话的机会，“这不是快到夏天了吗？每次换季的时候杏儿就会卖掉一大堆的衣服、鞋子、包包什么的，所以我就提前整理打包……"

"……"没人接话，大家眼神中纷纷射出"哦，是吗，骗鬼去吧！"的怀疑神情。

"真的，我说的是真的！"十月重重点头。

"那么，你放在厨房里的字条又是怎么回事？"难得一直没有说话的牧野站起身，走到十月身旁，凑近她的脸，抬手帅气地晃了晃手中的字条，平静地开口。

十月的脸颊一瞬间滚烫。这两天进行了无数次心理斗争，也无法把发生的一切都忘掉……

可是当着所有人的面吻了我的牧野，到底怎么做到完全若无其事的？！更可气的是，尴尬和怒气虽然正从心底不断地汹涌而来，在牧野面前，我却像只在大灰狼淫威下低头的小绵羊。

"我，我要去运衣服，所以就留张字条告诉你们早餐都已经准备好了，让你们先吃不用等我……"十月结结巴巴的无辜辩解话音刚落，玄关的门一开一合，肖驰走进猫舍。他不知情地扫了客厅一眼，目光最后停在十月身上，露出前所未有的热心："十月，我已经帮你把车叫到门口了，有什么需要帮忙搬的吗？这就是你的行李吧！"

说着，手指竟然主动伸向十月拎在手上的帆布购物袋。

熊杏儿带头，众人火炬般的目光再次"刷刷刷"由肖驰看向林十月，她吓得一惊，赶紧解释。

"别，别激动，我叫了一辆小货车过来，是打算把整理的衣物都运到二手店去！"

如此三番五次地重申后，众人的审讯目光终于略微平息下来。

十月知道大家都很担心自己，心底不禁涌出一股股暖流。她充满感激的目光缓缓扫过几人，目光落在肖驰身上时，只看到他脸色一垮，阴沉地盯着自己手中的购物袋。十月连忙尴尬地冲他干笑几声，迅速移开目光，却又不经意和牧野四目相对。一瞬间，她觉得心情复杂得好像《哈利·波特》里调配的魔药，沸腾着不知名的气泡，难以保持平静。

不知道为什么，我终究没有和猫舍成员说起牧野和王淑瑶的交易，只希望大家能够继续相信他，把他当朋友看待，可是……牧野就好像一颗定时炸弹，谁也猜不到他下一秒又会干出些什么事来。

思绪翩然，十月的双眸下意识地移向此刻依旧一片寂静的二楼，目光仿佛能穿透墙壁似的看向明辰雨房间：至于DV审片会上发生的事，我一点都不责怪明辰雨。他绝对是无意伤害我的，当时一定是遇到了难以解决的困境，他才会作出那样的选择……但无论如何在这样看似平静又暗潮汹涌的时刻，我不能离开猫舍，我一定要陪在明辰雨的身边！

想到这里，十月一下子仰起脸，语气坚定地大声说道："我是绝对不会走的！"

"太好啦！太好啦！十月不走了！"韩格格率先欢呼起来，兴奋地搂住十月的脖子，又叫又跳。唇边泛起一抹满意的微笑，熊杏儿优雅地站起身，一把拉开韩格格抢占有利位置，又高傲地伸出一根手指上下比画着十月："啧啧，跟在女王身边的人也要时刻注重形象……瞧瞧你现在的样子，活生生就是一副预谋跑路的狼狈相！"

"是，是。"丫环小十月立刻点头如捣蒜。

"原谅你一次，既然小货车已经到了，就和我一起去收拾换季的衣服吧！"

"是，是，女王殿下……"跟班小十月谄媚地应和道。

说着，三个女孩子唧唧喳喳地走向房间，只留下牧野、金太子和肖驰仍旧站在原地。

"哦？看来情况有些变化了……"

肖驰不动声色地挑了挑眉毛，鬼火一样的目光闪烁不定，冷笑一声。

这一声几乎听不到的冷笑引起牧野的注意，只见他漫不经心地环视周围一圈，慵懒地迈开脚步向大门走去，可是在和肖驰擦身而过时却略作停顿，侧头轻轻动了动樱花花瓣一样的嘴唇，似乎说了什么。肖驰立刻微蹙起眉毛，瞪着似笑非笑的牧野，牧野却若无其事地开门离去。

"喂，肖驰，你在DV审片会上指责十月的话也太过分了！"金太子趁四下无人的时候，走近肖驰不满地说道，"你怎么可以当着那么多人的面把十月说得那么难听？竟然还胡说她是追求恋爱的疯婆子！"

"我有胡说吗？明知迟早会出现的伤口，不如紧急处理。我只是不想让伤口腐烂而已。"肖驰以一贯刻薄、冷漠的声音说道。

"别跟我打哑谜！因为我们是兄弟，而且这次幸好有牧野救场，这件事我就不追究了！可是别怪我没有警告你，如果你再敢伤害十月的话，我们兄弟都没得做！"金太子气呼呼地吼道。

"你是她什么人？轮得到你为她出头吗？"肖驰不屑一顾地笑了笑。

金太子一下子被激怒了，他紧握着拳头强行克制着怒气："就算我在十月心里什么也不是，我也不会让任何人欺负她！"说着，他愤然地推开大门，跟在牧野身后走出猫舍。

"真有意思，想不到一前一后两个人都跟我说同样的话，林十月什么时候那么有魅力了？"无所谓地耸耸肩，肖驰的目光却越过楼梯，飘向二楼的幽静走廊。在走廊的深处是一扇紧闭的门，散发着寂静和与世隔绝的孤独气息。

"不过明辰雨，你又会对我说什么呢……"

林十月的决心
THE DETERMINATION

第二天的自修时间，一向静悄悄的图书馆里人满为患。

"十月，十月快看！葡萄一样的眼睛，草莓一样的鼻子，杏仁一样的脸颊，樱桃一样的嘴唇，

石榴一样的牙齿……韩格格的作文把你写成了整个一水果篮子！”

金太子举着一张薄薄的纸，惊为天人地感叹着，最终忍不住边笑边夸张地猛拍桌子，引得周围一片天怨神怒的目光，可惜他毫无意识，继续嚷嚷。

“哇，韩格格，我终于发现你除了嗓门大以外，竟然还有这么闪光的优点——看看这想象力，用天马行空来形容都太委屈你！”

“金太子，这到底是在夸我还是在骂我？我倒要看看你的大作！”

韩格格气得鼻子里面喷火，一把抓起金太子面前的作业本，一字一顿地念道：“标题‘我的母亲’。她，有着山一样的鼻子，海一样的眼，一阵春风吹皱了沙滩般的脸，黑黑的眉毛就像两道海岸线，棕榈叶似的长睫毛静静守在大海边……哟！金太子，你的文采更是惊天地泣鬼神啊！不过你确定写的是你妈，不是某个海滩吗？”

“你、你懂什么，我这是在进行观赏性的描写，作文讲究的就是……就是……”

金太子话说一半竟支支吾吾起来，惹得明显看上去情绪有些低落的十月纳闷地向他看去。

这一抬头，刚巧就看见金太子正不住地冲着韩格格眨眼睛，而韩格格则动动嘴唇，拼命使着眼色，就差没有指手画脚了。

他们在搞什么？十月狐疑地看着金太子偷偷摸摸地从口袋里掏出一张小纸条。他像考场作弊似的迅速瞄一眼，露出心领神会的表情，然后自信十足地继续大声说道：“对，作文讲究的就是表达上的美感！”

原来是这样……十月心中顿时涌起一股难以名状的感动。想不到两个好朋友为了哄自己开心，竟然不顾自己的形象，卖力地耍宝搞怪……阴云一样的沉闷心情由阴转晴，竟然有所好转。

“十月，你笑了？那就好了，我们两个总算没白忙！”金太子看到十月嘴角漾起的笑容，放心地长舒一口气仰倒在椅背上。

“虽然牧野救了你，可我们还是担心你会因为明辰雨的事情而一蹶不振啊！”韩格格语不惊人死不休，一张口就惊得在场的人脸色骤变。金太子连忙用力拉了拉她的衣角，韩格格也仿佛突然领悟到什么，一把捂住自己的嘴巴，好像刚刚说的话幻化成令人惊骇的怪兽。

十月一时之间不知做何反应，她沉默地托着下巴，笔尖有一下没一下在纸上轻点。

天花板上的电风扇不停地旋转着，就像牧野，轻而易举就能搅乱人的心绪，好像一股根本无法抗拒的漩涡。而明辰雨就像被漩涡卷走的珍贵空气，让周围的一切都变得窒闷难当。

明辰雨……明辰雨……十月在心中默默地念着这个名字，心里像一片潮湿的悲伤沼泽，接连不断地冒出一个个苦涩的小气泡，发出轻微破裂的啪啪声。

伴随着令人难以承受的苦涩的同时，还有很多很多的问号。

这几天猫舍的成员一个个都神出鬼没，行踪可疑，不但很少看到熊杏儿、肖驰和牧野的身影，明辰雨就根本像是消失了一样。不但见不到面，就连“明辰雨”这三个字，也成了头号禁忌，大家在她面前都避免谈论有关他的话题。

所以想要解开明辰雨心中的症结，或者说陪伴他、守护他的想法不过是镜中花水中月。

想到这里，十月心中充满了苦涩和纠结，而就在这时，熊杏儿的声音又在耳畔响了起来。

“十月，关于DV的事你到底怎么想？”

“我相信明辰雨一定是有苦衷的，虽然他从未解释过什么，但我依然相信他。”十月微微一怔，看着熊杏儿俏丽的侧脸，低声说道。

“牧野呢？”熊杏儿不置可否，话锋却凌厉地一转。

“牧野？那个家伙仅仅是利用我而已，他每次都是这样。”话虽如此，但十月的脑子里就像塞满了线团一样，早已理不清楚。

“十月，我觉得你真的很不公平。”熊杏儿的脚步陡然顿住，视线终于落在十月的脸上。

“啊？”面对熊杏儿犀利的目光，十月不由自主地感到紧张。虽然她不明白为什么，但总有一种心底深处的秘密被揭露的感觉。

“因为你喜欢明辰雨，所以就无条件地信任他，可是对于牧野呢？如果没有牧野的那个吻，你知不知道你已经变成报纸的头版头条了？！变成为了追求明辰雨而出卖母亲和家人的疯狂女儿？！十月，你认为牧野利用你，可是牧野帮助你的地方，你却一点也不领情，反而要倒打一耙！”熊杏儿清冽的声音中透着令人不堪招架的尖锐。

“我……”十月张了张嘴巴，无言以对。

“你认为明辰雨有苦衷，那牧野呢？难道他就不能有苦衷吗？”熊杏儿说完这句话，紧抿着嘴唇深深地看了十月一眼，再也没有说话，转身向前走去。只留下十月定定地站在原地……

一想到熊杏儿当时说的话，十月的脑袋里就像有两拨人马在进行硝烟弥漫的争斗。她苦恼地敲了敲自己的头，像要把紊乱的思绪敲出去一样。

“喂喂，别说那些没用的话！”看到十月黯然神伤的样子，金太子担忧极了，连忙粗声粗气地呵斥韩格格。

“你……”韩格格准备还击，但是一看到十月苦恼的样子，也讪讪地闭上嘴巴。

十月回过神，看到两人破天荒地像两只受惊的鹌鹑，紧张地看着自己。整间图书馆就像被瞬移到了南极冰川。她不由得心一软，连忙主动转移话题。

“格格，这一次作文比赛你怎么这么用心啊，还特意来到图书馆努力？”

序幕

MEET THE FATE

燕儿翩翩飞之猫舍篇 LIVE LIKE BUTTERFLIES

“你语文成绩那么好，根本是饱汉不知饿汉饥！还让不让我这种没有文艺细胞的人活了？”一提到写作文，韩格格一脸郁闷地趴在桌子上嚷嚷，“苍天啊！大地啊！用雷劈死这群作文写得比我好的人吧！用烈火焚烧了这群出作文题目的人吧！让他们上西天去，让他们下地狱去！让他们被南极的冰雪冻成棍，让赤道的阳光将他们晒成干，让他们经历冰与火的魔鬼考验！”

“你的文采不是很好吗？”原本心情黯然的十月又好气又好笑，“排比有了，感叹有了，连夸张都有了……”

“十月，你不知道吗？这次作文比赛最终胜出的佳作会推荐给市里，并且高考可以加分呢，所以别看班级里没人说什么，可是大家都私下铆足劲儿，都想在比赛中脱颖而出！”韩格格像是传授机密似的，压低声音说道，眼睛里却闪耀着兴奋和跃跃欲试的光芒，“我家虽然有钱，就算考不进好大学也能出国留学，可是……我很想证明自己的实力，看看如果没有老爸支援的话，可不可以凭借自己的能力得到加分机会。”

“我看还是算了吧，看你的对白都写得那么拗口，写作这种事情……真的不太适合你！”没想到韩格格的一番深沉表白，却遭到金太子的无情吐槽。

“金太子，你为什么不说自己智商低下？！刚才就这么几句对白都记不住，还看小抄……你的脑袋根本就跟金刚鹦鹉是一个级别！禽兽不如！”韩格格猛地一拍桌子，气鼓鼓地瞪大眼睛。

“你！韩格格……你等着！如果有一天我变成禽兽，你就是我的第一个猎物！等着我复仇的利爪吧！”金太子气得咬牙切齿。

“我等这一天已经很久了！尽管放马过来，看本姑娘用小皮鞭好好驯化你这头禽兽！”

“……”两人吵得兴致勃勃，全然不顾十月的哭笑不得以及周围关于“人兽哦”、“虐恋耶”、“太重口味了吧”等窸窸窣窣的窃窃私语。

不过真是奇怪呢……十月沉重压抑的心情，竟然在两个朋友的吵闹声中，神奇地得到一丝舒缓。两个好朋友的良苦用心犹如一股暖流汩汩窜进她的心房，令她这段时间原本如坠入冰窖的心情回暖许多。

糟糕，不知不觉时间已经这么晚了……再不赶去办公室交作文的话，老师就该下班了吧！

从图书馆和韩格格、金太子分开后，十月急匆匆地快步走在走廊里，心里还在不自觉地碎碎念：直走，拐弯，穿过“荣誉走廊”再转弯，就是语文老师办公室！

然而，当她一踏入司辰高中的著名景观之一“荣誉走廊”时，飞快的脚步忽然放慢速度，直到最终停驻，抬起的脚步再也迈不出去……

此刻十月的面前是一条挂满大大小小奖状的走廊，这些荣誉都是学校历届最拔尖的精英们获得的。这条走廊就像是司辰高中的伟大勋章一样，见证了最优秀学生的成功和智慧。

This is the story for invincible true love. With social development, high school is no longer the "ivory tower" in fairy tales, but a reality with fully competition, purpose, even cheating.

十月的眼睛仿佛被什么东西黏住，痴痴地盯着一个熟悉的名字——

高二（一）班 明辰雨同学 荣获全国青少年科技大赛一等奖 特此表彰

高二（一）班 明辰雨同学 荣获全国数学奥林匹克大赛一等奖 特此表彰

高二（一）班 明辰雨同学 荣获全国高中英文演讲比赛一等奖 特此表彰

高二（一）班 明辰雨同学 荣获全国高中联盟辩论大赛一等奖 特此表彰

……

紧盯着“荣誉走廊”上数不清的“明辰雨”的名字怔怔出神。半晌之后，十月才突然回过神来。她苦笑地摇摇头，似乎在嘲讽自己古怪的行为。

我到底在想些什么？仅仅是看到明辰雨的名字就发呆，真是无药可救了……

十月一边无奈地笑笑，一边准备继续向前走去，然而，就在目光抬起的瞬间，刚刚迈出的脚却又愕然停住——

她的目光越过明亮干净的玻璃窗，一直飘到窗外红绿相间的宽阔运动场。在运动场的尽头处，远远矗立着一棵参天大树，纠结相连的巨大树冠投下遮阴的树影，每一片叶子都绿得发蓝，在阳光的映照下，好像垂挂着无数忽明忽暗的蓝宝石。

树下一个修长、孤独的身影正半眯着眼睛倚靠在褐色的树干上，他的身上宛若笼罩着一层淡淡的薄纱，阳光透过浓密的枝叶将斑驳投射在他的身上，但光线却仿佛并非在照耀着他，而是从他身上徐徐散发出来的一样。

清风从开启的那扇窗户吹进走廊，徐徐吹动十月手中的作文纸，纸张飞扬翻动之际，一段描写少年的文字若隐若现。

少年的身影颀长，有着一种玉树临风的英姿。站在人群中的他仿佛能够散发出光，吸引着所有人的注意力。他的五官没有一丝瑕疵，精致得就好像是最上等的美玉，温润而透彻。此刻他微微眯起了眼睛，眼中洋溢着宛如清澈泉水一般的波纹。

十月突然觉得自己是那么渴望那双泉水般的眼眸，能够睁开看一看自己，却又害怕那双眼睛睁开之后全是冷漠和空洞，不带一丝情绪和感情。

就在胡思乱想之间，那双眼睛竟然不期然地张开，像有心理感应似的看向了林十月。

电光火石间，令人根本来不及闪躲。

两人遥遥地四目相望，相隔甚远的距离似乎在一瞬间消失了。十月清晰地感受到两道温润的光从对方清澈沉静的眼眸中透出，如同一泓泉水般温柔、清澄，把她所有的坏情绪都洗尽，这些日子以来的悲伤、惶恐和烦恼竟然奇迹似的统统烟消云散。

十月怔怔地望着他，时空仿佛停滞了下来，耳边只余心脏“扑通”、“扑通”，不住跳动的声音。

明辰雨，真的……是你吗？我不是在做梦吧？

明辰雨，为什么最近都看不到你？难道是在故意躲避着我吗？

明辰雨，为什么……为什么你对审片会的事情只字不提？

明辰雨，不管是什么都好，对我说点什么吧！只要是你说的，我一定相信你！

……

一连串的疑问和期待重重叩击着十月的心脏，那双清澄的眼睛也始终牢牢地锁住她，仿佛发出无声的召唤，让她犹如梦游般不由自主地迈出一步——

“林十月，你也去交作文吗？”

突然，一个身影毫无预兆地闯入，硬生生地挡在十月面前，将他们遥遥相望的视线阻隔。十月不禁微微一怔，过了几秒钟才反应过来，发现站在自己面前的人正是同班同学金蕾。由于金蕾平日里成绩优异，所以经常得到老师和同学的赞扬和推崇。

此时，金蕾的目光正透过圆形黑胶框眼镜，好奇地看着十月捧在手中的作文簿。

“是、是啊……”十月恍惚地点点头，像还没有从刚刚梦境般的场景里清醒过来，含糊地回答道。

“你怎么看起来很不舒服的样子？脸色好差哦！”金蕾的眼睛里闪烁着异常关心和热切的光亮，隐约间还透露出一丝惊奇。

“啊？有、有吗？”十月像被人看穿心事似的，有一丝慌乱。

“这样吧，你先回教室休息一会儿！我正好也要去交作文，顺路帮你一起交给老师！”金蕾热情地从十月手中一把抽走她的作文簿，安慰似的拍拍她的肩膀，转身向教师办公室走去。

“谢、谢谢……”由于一切发生得太过突然，十月来不及作出任何反应，只能呆呆地目送着金蕾的身影消失在走廊拐角处。

哎？怎么金蕾突然会这么热情？平时她一看到我，眼神中总是流露出不屑和鄙夷呢……十月感到有点错愕，还有点受宠若惊。直到金蕾飞快消失在视线里，讶异的心情才稍微退去一点，回过神之后，反而有种松了一口气的感觉。

不过，幸好她很快就离开了……充溢在心中的小甜蜜再次涌起，十月连忙踮起脚尖，迫不及待地再次向窗外望去，希望能继续看到那双令人感到安心、幸福的眼眸。

可是这一次，倚靠在树下的人却消失不见了。参天的树冠仍旧像一把展开的绿绒大伞，在暖暖的夏风中轻轻摇曳着，三三两两的学生从操场上走过，发出一阵阵欢声笑语。然而，那个仿佛将全世界的光辉都聚拢于一身的俊美少年已经离去，只留下空气中漫无目的浮动着的金色分子，星星点点地随风飘散，弥漫在运动场上、绿荫路旁、灌木丛中……

所有的一切因为明辰雨的离去，仿佛在刹那间回归平凡。

失落在十月的心底漾起一圈圈涟漪，令她不由得叹口气微微低垂下头。可是一想起刚刚明辰雨那不染纤尘的温柔眼神，失落的情绪中又掺杂着说不出的希望和甜蜜。

在我的心中，明辰雨就像我刚刚看到的那样，充满光芒。他是这么完美，任何黑暗，任何不堪的事情绝对是与他绝缘的。一旦有机会跟他聊一聊，所有的事情都会迎刃而解。

没错。我就是信任着这样的明辰雨，也会永远守护着这样的明辰雨。

阴谋迭起的作文竞赛
THE UNFAIR COMPETITION

自从和明辰雨那一次不为人知的“眼神邂逅”之后，时光如梭，转眼间又过了许多天。

尽管心中无限期盼，可是再也没有和明辰雨发生过任何交集，不但如此，连在猫舍碰见他的概率都是零。唉，难道这就是电视剧里常说到的“有缘无分”？

不不不，绝对不可能是这样的，一定是老天爷对我的考验！

林十月坐在教室里做功课，却悄悄进行着混乱的天人交战。因为苦恼着明辰雨的事情，她根本不知道自己在纸上鬼画符般地乱写乱画了什么。

正在这个时候，脸上洋溢着幸福和喜悦的金太子，就像是传播爱与微笑的天使，从教室门口兴冲冲飘到了十月身边：“十月，我有一个好消息，你想知道吗？如果想知道的话就求我啊！”

十月好气又好笑地抬头看向喜滋滋的金太子，而就在这一刻，眼角的余光却恰恰捕捉到了正带着暧昧笑容站在金太子身后的牧野，于是她收敛起脸上的笑意，低下头继续在笔记本上写字，冷冷道：“……不想知道。”

金太子的神色瞬间黯淡，但立刻又打起精神：“真的是一个天大的好消息哦！这段时间你都没好好笑过了，我保证你知道以后开心得笑开花！快点求我吧，只要你求我一次，我就马上告诉你！”

“……”十月坚定地摇摇头。还有什么消息会让我开心呢？而且……浑身不自在地挪了挪身体，在牧野那漂亮得无与伦比的危险笑容下，只想躲得远远的，哪还有心情和金太子笑闹啊！

金太子双手激动地撑在十月的桌子上，急迫地恳求道：“只要求我一次！一次就可以了哦！”

“不要。”

“真的是好消息！这样吧，算我求你行不行，求求你，快点求我告诉你吧……”

“……”见金太子不依不饶，十月也无奈地呼出一口气：“好吧……我求你。”

金太子目光一亮，他被充了气一般挺起腰板，摆出一副气沉丹田的架势，用央视频道男主持人的浑厚嗓音如朗诵般说道：“亲爱的林十月同学，你知不知道你的……”

“……十月，天大的好消息！你的作文入选复赛啦！”

突然，一个兴冲冲的声音硬生生地闯了进来，打断了金太子已翻来覆去准备了好几次的台词。

紧接着，只见韩格格猛地将金太子撞开，一把握住十月放在课桌上的手，兴奋地嚷道：“十月，我真是太替你开心了！明辰雨也入选了，所有入选者会一起参加动员会呢……十月，你还真是深藏不露啊！”

明辰雨……一起参加动员会……听到韩格格话中的关键，十月脸上顿时多云转晴，隐藏不住的欣喜将她整个人笼罩起来。韩格格再说了些什么，她已经听不见了。

韩格格一口气说完，回头看到金太子一脸铁青，不禁一怔，随即露出了然的表情，用力拍了拍金太子的肩膀：“唉，我也听说了，这次作文比赛你也榜上有名，不过是语文老师私下传阅的烂文排行榜！金太子，虽然你受到很大打击，但也不能因为自己的失败就嫉妒十月的成功啊！”

“流、流言可耻！”金太子脸色一黑，气得张牙舞爪，乱叫一通，“我一定要亲手揪出这些八卦的小人！”

“怕是真的有古怪哦……”始终站在一旁，一直没有开口的牧野突然若有所思地接话道。

就在金太子瞪大眼睛期待着他的分析时，牧野猛地凑近十月的脸，目光直视她的眼睛，笑眯眯道：“明辰雨也就算了，想不到连林十月的作文也能入选，评委老师的审美标准真是独特呢。”

“……”

十月一下子从粉色世界中回神，兴奋和欣喜一瞬间湮没在牧野那张意味深长的笑脸中。

“是有点奇怪。明明规定每个班级进入复赛的人选只有一个，为什么我们班的入选名额有两个啊？”没听出牧野“弦外之音”的韩格格沉思状托住下巴，马上又露出恍然大悟的神色，“这只能说明我韩格格的朋友实在都太强了！”

“哼！”金太子斜睨着韩格格，没好气地打击她，“怪事出，必有妖孽！”

“你这个乌鸦嘴，不许乱说话！”韩格格立刻跳起来追着他打，金太子敏捷地在教室里躲来躲去，两人转眼间又吸引住所有人的注意。

唯有牧野，那张冶艳到令人不敢直视的脸上，难以察觉地挑了挑眉毛，桃花眼中一闪而过一道不易察觉的光亮。

不得不说，猫舍里的人非常雷同地具有同一种特性——乌鸦嘴。

十月从语文老师办公室回来的时候，脸色苍白得像冬日的天空，她精神萎靡地低垂着脑袋，

This is the story for invincible true love
With social development, high school is no longer the "ivory tower" in fairy tales, but a reality with fully competition, purpose, even cheating.

连脚步都沉重得如同拖着千斤脚镣。

“怎么样？老师找你什么事情？是不是说作文比赛入选的事？”金太子紧张地迎上前问道。没得到十月的回答，他猛然领悟到什么似的，不敢置信地倒抽一口冷气：“十月……你落选了？！”

“你这个乌鸦嘴到底要晦气到什么时候！”韩格格气得横眉竖眼，朝着金太子的额头就是一记栗暴。

“看样子真的被乌鸦嘴说中了呢！”坐在座位上的牧野悠闲地伸长腿，见怪不怪地看着眼前的好戏。十月恨恨地对牧野飞去一记白眼，然后欲哭无泪地望了天花板三秒钟，故作轻松地微笑“没关系，乌鸦嘴的不止金太子一个人……”

“什么事情被乌鸦嘴说中了？”熊杏儿正弹钢琴似的在脸上“试验”着其他女生“进贡”的最新护肤品，她停下手中的动作，纳闷地看着十月。

“我一走进办公室，就看到金蕾也站在里面，而且一看到我，就像是见到了杀父仇人一样指着我的鼻子说‘本来以为和她志同道合，两个人可以相互提提意见，交流切磋，没想到她居然剽窃我的作文！’”十月将语文老师办公室里发生的一切老老实实地全盘说出。

“什么？！这简直是纯粹的诬陷！那女人疯了吗？！”金太子和韩格格瞪大眼睛，异口同声地大吼出声。

“可是，老师给我看了她的作文，几乎一模一样。”说着，十月掏出两篇作文的复印件，平摊放在茶几上。牧野顺手拿起来对比，边说边漫不经心地提到：“我刚在走廊里看到明辰雨被叫去办公室，看来也是为这件事了？”

“明辰雨？那太好了，他一定会帮十月说话，明辰雨知道十月绝对不是会作弊的人，对不对？”韩格格像听到救星的名字一样，安心地拍了拍胸口。

“老师确实是找明辰雨做个评判。”十月看着众人期望的目光，深吸一口气，“可是明辰雨说，这种事情不应该由他介入，而是让老师来决定最合适，然后就离开了。老师认为我的作文水平跟金蕾相比，很平庸，没有特点，所以……”

说到最后，十月想要强撑一抹不介意的笑容，一直想要上扬的嘴角却始终没办法上扬。

韩格格看着十月笑得比哭还难看的样子，不由担心地皱了皱眉，同时又不解地轻声嘀咕：“我感觉老师分明是屈打成招！可是明辰雨他怎么会……”

“怎么不会！明辰雨不仅这次袖手旁观，之前 DV 的事情不也落井下石吗！现在的明辰雨一点都不像以前的他了！全是那个金蕾兴风作浪……”金太子气得鼻子里喷火，咬牙切齿地吼道，“你放心，十月，我绝对不允许你受到这种诬陷，这件事情就包在我身上！”说着，他怒气冲冲地跑出教室，留下大家面面相觑。

“金太子这个笨蛋到底想干什么？他一出马，只会越帮越忙吧？”韩格格焦急地直跺脚，一时之间也想不出什么好办法。

十月下意识地想要把金太子追回来，没想到刚迈出脚……

“这种事情还是让男生来解决。”牧野不假思索地站起身，伸手拦住她，再将两份稿件折叠好塞进口袋里，简洁地说了一句，立刻离开了教室。

“喂，你凭什么说十月抄袭你的文章？十月写那篇文章的时候，我和韩格格可是在旁边看着的，我金太子可以用人格担保，十月绝对不可能抄袭你的作文！”

金太子怒气冲天地站在操场中央，举起手指着对峙的“眼镜女生”大声呵斥道。操场上，以金太子和女生为圆点，方圆一百米以内空无一人——一百米以外，数不清的学生们远远地躲在树丛、篮球架、垃圾桶等障碍物后面，心惊胆战地围观着操场里发生的一举一动。

“就凭人格担保，那还要法院做什么？金太子，你还是多读点书吧！”金蕾有恃无恐地环抱双臂，身后跟着一帮小跟班。她蛮横骄纵的样子俨然是个小太妹，一点老师面前乖乖女、优等生的样子都没有。

“你敢给我颠倒黑白？！难道不知道惹火太子党是什么下场吗？”金太子紧紧攥着恨不得立刻挥出去的拳头，但为了十月，他只有压低声音继续以“和平方式”沟通。

“哼，金太子，别搬出太子党来吓唬我！就算找我算账，也应该是林十月的正牌男朋友才对吧，你算是她什么人，上次被林十月骗了 30 万还没清醒啊！”金蕾的话带着讽刺，无比刺耳。

“不准侮辱十月！”金太子怒不可遏，一个箭步冲上去扯住她的衣领，紧握的拳头眼看就要打下去。

“金太子，你敢打我一下试试！”金蕾厉声呵斥道，透过镜片，她的眼睛里像窜出两条致命毒蛇，“打我就说明你们心里有鬼！连老师都已经定论的事情，你还想翻案不成？”

谁都没有注意到，牧野就站在离两人不远处的位置，将这一切尽收耳底。他长而浓密的睫毛微微垂下，被遮掩的目光变得更加深邃。

操场被骄阳炙烤得热气蒸腾，从金太子身上散发出来的怒焰比骄阳还要强烈，空气中仿佛弥漫着一股烤焦的气味。愤怒的眼睛里射出刀子般锐利的光芒，金太子狠狠地瞪着金蕾，但停顿在空中的拳头不得已缓缓垂下，却比之前更用力地攥紧。

强行压抑住随时可能喷薄而出的怒火，他哑着嗓子说道：“你……你说吧，到底想怎样？只要你放过十月，我任何事都可以做到。”

“现在求饶已经晚了。”金蕾一把推开金太子，冷冷地笑了笑，“呵呵。不过，如果你愿意在我面前跪一分钟，我也许可以考虑放过林十月。”

This is the story for invincible true love. With social development, high school is no longer the "ivory tower" in fairy tales, but a reality with fully competition, purpose, even cheating.

“什么？你要我下跪？！”金太子不敢置信地瞪着金蕾。

“怎么样，你不是很情深意重吗？连为她做这么点小事也不肯？”金蕾露出挑衅和期待的笑容，“你不是喜欢林十月吗？我倒要看看你喜欢她的决心有多大！”

如果金蕾不是女生的话，金太子早就一拳揍上去了。

可是眼前浮现出十月沮丧难过的样子，金太子紧攥着拳头，拼命克制着自己，过了好一会儿，他把牙一咬心一横：“你……你说话可要算数！”

“你真的愿意……”这下反而是金蕾露出不可置信的神色。全校一向天不怕地不怕的“太子党”成员金太子竟然为了一个女生要跪在自己面前，这简直比外星人攻打地球还不可思议！

金太子一闭眼睛，依言弯下腰，眼看就要单膝跪地的时候，一个明朗的声音突然打断了他的动作：“金太子！”

只见牧野悠然地向两人走来，垂在额头的碎发遮盖住那双令人意乱神迷的桃花眼，看不出任何情绪，仿佛眼前这一幕根本没发生。他不紧不慢地说道：

“金太子，你和足球队校医很熟吧？刚刚十月不小心扭伤了脚。”

“什么？十月受伤了？你怎么不早点说！”金太子一听顾不得许多，心急火燎地往教学楼的方向跑去。牧野的嘴边浮现起满意的弧度，并没有跟着金太子离开，仍旧站在原地一动不动地看着金蕾。他优哉游哉的目光却让金蕾有些脊背发毛，她忍不住打了一个寒噤，脸上露出恐惧和防备的神色。

“你……不要以为你来求情就有用。林十月这次死定了！”

“是吗？这不是你自己说的，要正牌男友来才有用吗？”牧野轻轻向前踱了两步，看起来有些困扰和苦恼，“不过怎么办呢，我并不是来求情的……”

尽管牧野的话语听不出任何危险，但他身上散发出的气场却逼得金蕾不由自主后退两步。她壮起胆子，虚张声势地质问道：“那你来做什么？”

“金蕾同学，你一直生活在本地吧？”牧野答非所问地丢去一个问题，狭长的眼睛眯起来笑了笑。

“是又怎么样？你、你问这个做什么？”金蕾微微一怔，不安地扬起声调。

“答案是肯定的话……”牧野的声音越来越轻，笑意却越来越深，令人联想到即将发动攻击的野兽，在静谧中封锁猎物所有的退路，“林十月是外省人，而你是本地人又从未离开，那么，请问你的作文中为什么出现好几处十月家乡的方言和民俗习惯的描写呢？从小就居住在本地的你，又是怎么知道的？可以解释一下吗？”

“你……”牧野只是三言两语，金蕾却像是被人掐住了脖子，刚才还咄咄逼人的她一下子说不出完整的话来。

牧野漫不经心地扬起招牌式的迷人微笑，缓缓说道："你说如果我把这两份复印件和说明递交给市立的评审组，你会有什么后果？所以我才说……"他略微停顿了一下，笑容不减，却一字一顿无比清晰地说道，"我不是来求情的，我就是来……威胁你的。"

"你、你到底想怎么样？"金蕾已经彻底败下阵来，原本傲慢的脸庞看上去就像是被刷成灰白色的墙壁。

"很简单。"牧野微微勾起嘴角，帅气的笑容绽放出令人目眩神迷的光，但他的目光却无比凌厉地逼视着金蕾。

"告诉我，'老师都定了案的事情你还想翻不成'这句话是什么意思？抄袭事件不是还在调查中吗？为什么老师已经私自下了定论！"

第二天下午，林十月怔怔地站在人头攒动的布告栏前，不敢置信地看着一张刚张贴不久的通知——

本校高（二）一班 金蕾同学因抄袭他人比赛作文的行为严重违反校规，并在我校造成严重的不良影响。经由校方和学生会讨论后，一致得出对金蕾同学予以记过一次的处分加以惩戒。

这……这到底是怎么回事？仅仅是一天的时间，事情怎么会发生这么大的转变？

虽然冤情得以昭雪，可是十月的脑海里又卷起一股困惑的漩涡。

就在24个小时之前，金蕾理直气壮的画面仍旧历历在目，为什么一夜之间她就从"受害者"变成被处分的对象？

雀跃围观的众人和十月一样困惑，讶异的议论声、窃窃私语声就像无数只巨型的蚊蝇，嗡嗡嗡地响个不停。有等待看好戏的观望者，也有发表酸溜溜见解的八卦者，时不时还有"学生会"、"明辰雨"几个字眼深深钻进十月的耳朵里。

学生会？明辰雨？

对啊，其实早就该想到了，一定是明辰雨出手帮忙……没错！除了他，谁还有能力在这么短时间里帮我洗清冤情？回想前一天我还因为明辰雨的"置身事外"有些伤心，但没想到，原来他一直在默默地帮助我。

十月越琢磨越笃定得出的结论，脸上不由得露出含羞带怯的笑容，她生怕被人发现似的，低着头带着几乎快要满溢出身体的幸福，悄悄离开喧闹的人群。

此时此刻，布告栏对面的教学楼三楼，两个身影破天荒地在走廊窗台边并肩而立，同时望着布告栏上那张醒目的处分通知单。

“呵呵，真是可惜啊，这么大费周章、劳心劳力，结果还不是给他人作嫁衣？”熊杏儿翻了个白眼，斜睨着站在身边的修长人影。

“……”牧野没有说话，却像欣赏艺术家的大作一般，微笑着打量着那张通知单。

“从来没见过有人扮演‘守护天使’像你那么失败的！”牧野满不在乎的态度激得熊杏儿忍不住出口讥讽，“你要上演做好事不留名的戏码吗？我敢保证这次十月一定认为是明辰雨帮她解决问题的！”

“这些好处记在明辰雨身上也没关系。”牧野不紧不慢地说道，“我可不用靠一些小恩小惠让女生对我感恩戴德。总有一天，她会明白谁才是真正值得喜欢的男生。”

熊杏儿张了张口，欲言又止，半晌后话锋一转：“……你真的不打算告诉十月？”

“没有必要。”

乌黑深邃的桃花眼眸里泛着迷人的光泽，花瓣般的唇角扬起不羁、坏坏的笑意，牧野的回答就像在说一件天经地义的事情，“我就继续扮演‘失败的’守护天使好了。”

星河电视台的下班时间，无数身穿职业装的工作人员从高耸的办公大楼蜂拥而出，纷纷向停车场和地铁站拥去。潮水般的人流中，一个颀长的身影却逆流而行，他的脸上露出招牌式的笑容，时不时冲着几张相识的脸孔点头示意。

牧野敏锐地发现，一路上偶遇的同事们，包括傲慢的海星兄弟，在看到自己的时候虽然没有露出排挤、讽刺的样子，但是也少了日常的寒暄。

看样子一定是因为我在DV审片会上违背了与王淑瑶之前的约定，失去了她的支持。这些家伙，见风使舵惯了，现在当然选择对我敬而远之！

牧野表面上不动声色，大脑却在一刻不停地飞速运转：但糟糕的是，王淑瑶现在连十月也不肯放过，金蕾的出现绝对不是偶然的意外！而且按照王淑瑶的性格，第一次的报复没有成功，她只会做出后果更严重的事……

牧野的脚步最终停在一扇红木大门前，他略一沉吟稳步走去。

意外轻松地进入王淑瑶的办公室，牧野利落地关好门。房间里宽敞舒适、光线昏暗，在一张偌大的写字台前影影绰绰地站着一个身影。

意料之外的情况让牧野一怔，他眯缝着眼睛仔细看去，瞬间紧绷的身体慢慢松弛下来：“看来我不是唯一不请自来的人。”

身影慢慢转过身，被一道透过百叶窗照射进来如刀割般的光束照亮，那张平静却无比完美的脸孔，竟然是明辰雨！

序幕

MEET THE FATE

昏暗的房间里，两个各具特色的颀长身影对峙而立，各怀心思地彼此对望，尽管构成一幅吸人眼球的华丽画面，可是弥漫其间的氛围却极为浓重：冷峻得仿佛地球的南北极气候，同时又焦灼得仿佛一点点声响就会引发巨大爆炸。

"……"明辰雨静默地看着牧野，出乎意料先开口："你想要什么？"

"我要那盘DV母带。"牧野顿了顿，毫无隐瞒地说道，"要想击败一个人，最直接的方法无外乎是找到他的弱点。一直以来你所表现出来的完美已经让王淑瑶抓狂了。现在她认为十月是你喜欢的人，也就是你唯一的软肋，但这一切都需要证明。王淑瑶的计划就是一步步将十月推入险境，只要你一旦出手相救，那就是最好的证明。所以，王淑瑶手中的那盘DV母带现在就是会对十月造成最大伤害的定时炸弹。"

明辰雨微微一怔，却轻微得让人几乎无法察觉。

他淡淡地开口："那么，我想和你做个约定。"

"约定？我和你？"牧野晃过一丝惊讶，黑曜石般的眼眸里涌动着纷乱的暗流。

"我会设法让你得到那卷DV母带，作为交换，你需要重新回到王淑瑶身边，获取她的信任，了解到她针对我的全部计划。"明辰雨同样选择直接。

"没想到，明辰雨你居然也有主动出击的时候。"牧野紧紧盯着明辰雨看不出任何情绪的眼睛，"我一直不明白，为什么王淑瑶要针对你？你们有什么深仇大恨吗？"

"她是我的继母，我是明氏的长子和继承人。"明辰雨一动不动地站在阴影中，言简意赅。

"利益真是最大的仇恨和利剑。"牧野微微一怔，可是立刻露出了然的神色，戏谑地得出评论，他的眼神却无比犀利地射向明辰雨，"好，我答应你，我会去获得王淑瑶的信任。但我也有一个条件。不管你做什么，都不能伤害到十月。"

"那么，这个约定生效了。"

没有过多言语，明辰雨转身与牧野擦身而过，径直走出了办公室，走进此刻光线昏暗的走廊。夜幕不知不觉间覆盖上了整个世界。

牧野站在唯一被光亮照耀之处，目送着明辰雨的背影渐渐消失在明与暗的临界点，望着这个仿佛将全世界光辉都聚集于一身的少年，原来也有被黑暗笼罩的时刻……

This is the story for invincible true love. With social development, high school is no longer the "ivory tower" in fairy tales, but a reality with fully competition, purpose, even cheating.

海星与狮子 ②

Chapter IX: Hundred Years of Solitude and Love

郭妮作品集

爱丽丝与兔子先生的初次邂逅指南

在真实与虚幻的世界，当海星与狮子相遇，神说，只有爱才是命运……

林十月误上贼船 庆功会天堂地狱

青春浮世绘小说
畅销"笑*泪"大作

Volume: 02

校园勇者王之卷

The Best:GirlneYa Works
A story of pure love

上了贼船的林十月
FALL IN MACHINATIONS

“没想到参加作文比赛也会闹出这么大的风波……不过，幸好有明辰雨……”

猫舍厨房里，一个不住散发出甜蜜气息的身影，一边切着砧板上的一根胡萝卜，一边碎碎念着。

一根胡萝卜就要被切完了，心神不定的身影却完全没有意识到，嘴角定格在上扬的弧度，右手仍旧用菜刀在砧板上“咚、咚、咚”地切着，眼看明晃晃的刀就要朝左手手指切去——

忽然，一只手敏捷准确地握住刀柄，一张英俊的脸也从十月的肩头凑过来，眨了眨迷死人不偿命的眼睛：“想什么呢？该不会是想我想到连菜都不会切了吧？我的女朋友，我好感动。”

“牧野？！”十月一惊，先是紧张地低头看了看牧野握住刀柄的手，确认他没有受伤后才偏着头，狠狠地砸了一记白眼。

真是的……他那是什么眼神？一副高高摇晃着尾巴的大灰狼模样！

十月浑身上下的细胞都变得警觉起来，忍不住往旁边挪了一步：“别胡说八道，我从来没有承认过你是我的男朋友！”

牧野似乎一点没察觉到十月的躲避，不依不饶地再次靠近：“不管你承认不承认，目前我们必须是男女朋友的关系。”

“为什么？！”

十月气恼地再次瞪过去，没想到迎面拂来一股让人心律不齐的迷人气息，等她稳住心神时，发现自己和牧野之间的距离近到几乎鼻尖相贴，十月的脸刷地一下涨红了。

牧野漫不经心地耸耸肩膀，后退一步拉开两人之间的距离，好整以暇地靠在冰箱上，满意地欣赏着十月红透的耳根：“理由很简单，也很重要。第一，上次的审片会风波，正因为那个吻才得以勉强过关。第二，现在DV选拔赛的结果一直悬而未决，如果不想惹麻烦的话，最好还是对外界保持我们甜蜜的男女朋友关系。”

“当时，当时你是救场……”气势汹汹的“纸老虎”十月顿时有一种吃瘪的感觉，她讷讷地嗫嚅道，“而且凭你的‘聪明才智’，难道就非要用这么、这么‘极端’的方式吗？你应该知道，我喜欢的人是……”

“小十月，现在下结论太早了吧。”牧野漆黑的眼眸一闪，轻笑着打断十月的话，“难道是你对自己的爱情没有信心吗？还是说，你对‘现在’喜欢的那个人没有信心？你听说过吗，可以被拆散的爱情就不算是真正的爱情！如果你对自己懵懂的爱情有信心的话，又何必那么怕我呢？”

“我……”牧野定定地看着十月，目光中闪烁着不知名的光彩，灼热得像一块烧红的烙铁。

十月终于招架不住，别转目光，只能假装专心致志地切菜。

牧野微微挑了一下眉毛，露出十分受伤的语气："你就那么不愿意接受我？"

十月决定不再上他的当，果断地摇头："不愿意。"

"肯定？！"

"是！"点头。

"绝对？！"

"没错。"再点头。

没想到牧野没有再逼问，而是重重地叹了一口气，十分遗憾地说道："唉，本来我还想和你分享一些男女朋友之间的秘密。"他顿了顿，刻意地拖长了声音，"比如说……王淑瑶针对明辰雨的计划之类的。"

十月怔了怔，连忙转过头追问道："你刚刚说什么？"

牧野抱起双臂，幽深的眼眸中晃动着最难测的涟漪。十月紧紧地盯着牧野，想从他的眼神中看出些什么，但最后，却还是认命地微微呼出了一口气。

这家伙，他到底知道些什么呢？

联想起 DV 审片会前，牧野与王淑瑶见面的情形，十月相信，他肯定知道王淑瑶的不少秘密，若是这样的话……无论如何，我都要帮明辰雨！

想到此，十月闭了闭眼睛，艰难地从牙缝里挤出了一句话："好，我就暂时做你女朋友，不过只是名义上的。"

话音刚落，她便看到牧野那一直在微笑的脸庞在刹那间变得极冷，虽然依旧在笑，目光中却散发出一种危险的信息。

十月下意识地往后缩了缩："干、干什么，我不是已经答应你了吗？"

"所以我要提醒你，我的女朋友。"牧野带着邪魅的笑容不依不饶地凑过来，一字一顿地缓缓说道，"从现在开始，你心里还想着其他男生，后果真的会很严重……"

DV母带的约定
A PROMISE OF MAN

林十月有一种上贼船的感觉。

清晨，睡眼惺忪的她就被催命一样的敲门声震醒，只能跌跌撞撞地爬起身。

"刚才还梦见明辰雨温柔地朝我微笑，到底是谁破坏了难得的美好时刻……"

十月嘟嘟囔囔一边打着大大的哈欠，一边把门打开。

“牧野？！又是你！”真是阴魂不散！

“十月，你刚睡醒的样子好可爱，不过……嘴巴别张那么大，有虫牙……”

牧野一句话就让怒气腾腾的十月乖乖闭上嘴，她只能瞪着一大早就扰人清梦的恶魔——牧野进行目光绞杀。显然牧野没有丝毫罪恶感，依旧露出明媚如花的灿烂笑容，电力十足地眨了眨浓密的睫毛。

只见他身上不合时宜地穿着一件俗气不堪的艳绿色T恤，正中印着一个卡通老公公。

明明不是看恐怖片，但十月的脑子里第一反应蹦出的确实就是这个词。她只能艰难地从牙缝里挤出一句：“你又要……干什么？”

“男朋友一大清早去找自己的女朋友，当然是为了约会！为了我们特别的约会，牧野王子特意为十月公主送上华丽的——”

抑扬顿挫地说着，牧野展开另一件艳绿色的T恤，上面赫然印着一个卡通的“老婆婆”图案，无论从款式还是图案几乎和他穿的那件T恤一模一样，只是尺码略小一点而已。

咔嚓嚓！一道晴天霹雳毫不留情地劈中十月的天灵盖，震得她脑袋嗡嗡直响。

这……这难道就是传说中的……情侣装？！

两件T恤图案拼在一起，根本就是浓情蜜意、白头偕老的一对！

拜托，情侣装已经很过分了，更何况是这种“天雷阵阵”的雷人套装！

“我死也不穿！”十月联想到出门后被路人当成动物园里的猩猩一样围观的情景，猛地倒抽一口冷气，“绝对，绝对不穿！”

“真的不穿？”

“穿什么也不会穿这件！”斩钉截铁的坚决，十月难得地不肯退让。

“这可是你说的……”牧野的声音越来越轻，十月的心也越悬越高。

“要不就穿国王的新衣吧。”牧野轻描淡写地说，然后像变魔术一般从身后拿出一个精美的纸盒，朝十月一扔。

“五分钟后在楼下等你，如果你还没有换好的话，我不介意目睹你换上新衣的整个过程。”牧野说着，瞟了瞟只穿着睡衣的十月，扬了扬嘴角，胸有成竹地转身离去。

国王的新衣……不就是……裸体？！十月羞愤地瞪着他的背影，刚要把手里的盒子丢出去——等等！“国王的新衣”怎么还有盒子？这个牧野到底搞什么鬼？

举起一半的胳膊又收了回来，十月纳闷地打开纸盒：只见鹅黄色的软纸下，一条千格鸟图案的丝绸小礼裙静静地躺在纸盒里，在清晨沾满金色蜜粉的阳光照耀下，闪耀着梦幻般的微光。

“好、好漂亮！”十月的双眼呈无限憧憬的星星状，她痴迷地打量着美丽的新衣，可是嘴巴却口是心非，“牧野那个家伙……又被他摆了一道！他真是一点都没变，不管做什么事情都喜欢耍心机！我为什么要任凭他摆布……”

“十月公主，倒数计时开始，10……9……8……7……6……”楼下却开始传来读秒的声音。

啊——不是说好了五分钟吗？！牧野这个彻头彻尾的浑蛋！

人来人往的人街上，牧野一如既往地吸引着无数人的回眸，那些女孩的目光简直比阳光还要灼热。

气喘吁吁的十月紧跟着他的脚步，时不时地投去一个充满愤怒的眼神。

但牧野却始终盯着穿着千格鸟吊带小礼裙，脚踩白色高跟鞋的十月，仿佛在欣赏一幅美丽的画卷，过了一会儿，他满意地点点头："真漂亮……"

这句话仿佛有神奇的魔力，十月的愤怒立刻烟消云散，她脸一红，心里涌起了一丝喜悦。可还未等这丝喜悦消散，耳边的声音却在继续："我说的是裙子……"

“……”老天爷，我为什么会答应和这样的恶魔出来“约会”啊！

“看你脸红的样子，该不会以为我是在夸你吧？”牧野却笑眯眯地伸出手捏了捏十月滚烫的脸颊。

十月捏起拳头刚想砸过去，牧野却又淡定地松开手，迈开步伐往前走去，目光自顾自划过街边一排排招牌各异的饭馆，自言自语道："啊……肚子饿了，请你吃你最喜欢的花生酱凉面怎么样？"

“嗯？！”牧野怎么会知道我最喜欢花生酱凉面？！

等一等！林十月，冷静！千万要冷静！你没有发现从开始到现在，你都被牧野牵着鼻子，耍得团团转吗？！

不行！我一定要给他点颜色瞧瞧。

叮！一个邪恶的预警声在脑中响起，十月的内心发出几声阴险的冷笑。

想用便宜的冷面就打发掉我？岂不是太便宜他了？怎么说都应该狠狠“砍”他一刀！

“我不要吃凉面！”想到这里，十月斩钉截铁地出声拒绝。

“那你想吃什么？”牧野回过头，挑着眉毛饶有兴趣地问道。

“嗯……”十月连忙用目光四下搜索，猛然锁定一间装修得精致高档、看起来就是那种连一杯白开水都能卖出天价的餐厅，她立马快步走到餐厅前，信手指向推荐菜品的最上端、最昂贵的一行，扭头对牧野说道："我要吃这个！"

“小姐，这是您点的我们餐厅最新推出的‘爱意绵绵无绝期，此生非你莫属”情侣套餐，售价888元，请慢慢享用。”当服务生笑容可掬地将菜品端上来，当看到牧野在餐桌对面坏笑，当餐厅里几乎所有人的目光都注视着她……十月只想挖个坑把自己埋了。

呜呜呜！老天爷也被牧野传染了，特别爱捉弄我吗？！为什么我选中的偏偏是餐厅为即将到来的“520 我爱你”推出的情侣套餐！这也就罢了，现在只要一想起自己刚刚站在马路上，气势汹汹地大喊“我就要吃这个”，而且还是一副“今天不吃我就赖着不走”的悲催样……

自己无与伦比丢脸的时候，好像都有牧野在场。

“十月，想不到你竟然爱我爱到这种程度。”牧野抛来一记深情款款的媚眼，托着下巴故作害羞地凝望着她，“刚刚的举动，难道是你表白的特殊方式？”

厚颜无耻！乘人之危！卑鄙小人！十月在心里恨恨地骂道。没想到竟然被牧野这家伙占了口头便宜……哼，不过看在能狠狠“砍”他一刀的分儿上，就姑且忽略不计了吧！

看我今天吃垮你！

牧野这时开心地拿起刀叉，在面前的小牛排上熟稔地切起来：“我真是幸福啊，女朋友竟然请我吃这么贵的情侣套餐。”

当啷啷！

手中的刀叉锵然掉落，十月失神地抬起头怔怔地盯着牧野，声线颤抖：“不，不是你请客吗？”

“我只说请你吃凉面，你说不要，那么吃情侣套餐的钱就应该由你来付啊。”牧野一脸认真地回答，继续欢快地切着小牛排。

天外飞来的噩耗彻底把十月惊呆了，她一把拿过菜单再次仔细核对上面的价格，惊讶地倒抽一口冷气，然后紧张地摸了摸口袋里干瘪的钱包。

888 元啊！我来付？我来付！我来付？！

再向牧野看去，他原本迷死人不偿命的模样，在十月眼里却比刽子手、恶魔还令人发指！还有，牧野优雅的手势下正被切割的、飘着诱人香味的小牛排……分明就是我的心头肉啊！

十月不堪打击地瘫软在座位里，连哭的力气都没有。

“小十月，是牛排不合胃口吗？”牧野笑容满面地问道，“这可是很贵的，不吃就浪费了。”

十月有气无力地看着他，如果说这世界上有恶魔的笑容，那么眼前这张帅脸上的笑容就一定是了！

就在十月觉得这是史上最为难以下咽的一餐时，牧野将面前切好的牛排餐盘递到十月面前。他用叉子叉起一块，递到十月嘴边：“尝尝看，味道很不错哦。”

“哎？”十月愣住了，对这种情侣之间才有的甜蜜举动不知作何反应，只是下意识地张开了嘴，牛排的美妙滋味顿时在口中弥漫。

惨了，惨了！我居然吃下去了。都怪该死的牧野引诱我，这下铁定要买单了！

牧野像是完全能洞悉她内心的一举一动，又拿过十月面前丝毫未动的牛排餐盘，熟练、优雅地切了起来："快吃吧！我从来不会让自己的女朋友买单。"

"……"十月微微一怔，脸上露出半信半疑的神情。

"怎么了？"牧野抬起头，笑眯眯地看着瞪着自己的十月，"我是不是可以理解成，你还是坚持要自己付账？"

"不不不，我完全没有这个想法。"十月生怕牧野反悔似的，连忙抓起刀叉狼吞虎咽地吃了起来。

"呵，小十月，你还真是可爱……"牧野满意地点点头，举起刀叉继续切牛排，然而切到一半手却蓦然停住，仿佛在忍受什么痛楚般两道剑眉紧蹙在一起，可是几乎只有一秒钟，他的脸上依旧是一副若无其事的模样。

咦，牧野怎么了？十月察觉到牧野的表情变化，仔细注视着他的手臂。

看起来他的手臂很痛的样子，被袖子遮盖住的地方好像缠绕了绷带……

难道是……昨天在厨房里，牧野为了帮我挡住菜刀而受伤了吗？但如果受伤的话，为什么当时他一点表示都没有？一大清早还找我约会？

"嘿，你又走神了！"一个轻轻的吻猝不及防地落在十月的嘴唇边，打断了她毫无头绪的困惑，温柔中带着一丝挑逗的意味。

这个亲密的小动作让十月的脑子顿时"轰——"地一下乱了套，恍惚中，她发现牧野的眼神却直直望向自己背后，她下意识地转过头，只见三个熟悉的身影驻足于不远处：那是一脸阴测测的肖驰，别有意味的王淑瑶以及没有任何表情的明辰雨。

完蛋了！明辰雨？！明辰雨怎么会突然出现的？！

乱成一团麻的大脑再次遭受到铁锤重击，十月大脑瞬间短路。

天啊，天啊！我为什么不昏倒？只要昏倒，就不需要继续面对此刻羞愤到恨不得去投江的尴尬局面！老天保佑，拜托你告诉我明辰雨没有看到刚刚的一幕！

"牧野，你也在这儿？"王淑瑶意味深长地扫视牧野和十月，再轻瞥了一眼面无表情的明辰雨，"你们在约会吗？很甜蜜。"

"我、我们……"十月窘迫得满脸通红，想也不想就忙不迭地想要解释，"其实……"

"小十月……这有什么不好意思的？"牧野炽热地看了一眼十月，大方地看向众人，指了指桌上的情侣套餐，"没错！我们在约会！"

跟牧野这种人多待一秒钟，就会少活十年！

十月欲哭无泪地偷偷看着明辰雨，扭曲的五官像在无声地控诉："明辰雨，你千万不要误会，事情绝不是这样的！"可是一看到明辰雨毫无变化的脸色，心中拼命想要申辩的小火苗像被一只无情的手拍灭。

牧野兀自对王淑瑶说道："王总……正好我有事情想要找您单独谈谈。"

"哦？"王淑瑶略感意外，她扫视了一圈神情各异的众人，慢条斯理地说道，"好，跟我上来吧。"

"一、一起坐吧。"

两人离开后，十月偷偷看了一眼对自己视若不见的明辰雨，鼓起勇气主动邀请道。明辰雨也不看她，静静地和肖驰交换了一个眼神，两人默契地在餐桌旁边的位置坐下。偌大的餐厅里空气突然变得有点稀薄，让十月只能急促地小口换着气，仿佛唯有这种方式才能稍稍平复一些跳得飞快的心脏。

她垂着头紧盯面前的玻璃杯，不经意地看到在茶色玻璃桌上倒映出明辰雨的脸，眉宇之间散发着拒人于千里之外的淡漠信号。

虽然是在这么尴尬的情况下，可好不容易见到明辰雨，真想亲口问问他为什么要在审片会上那么做。他到底遇到了什么困境，我好想知道能不能帮上忙……

一直翻滚在心里的疑问越来越强烈，虽然明明知道场合、机会不对，可是想要了解真相的心情却一发不可收拾，无数疑问不受控制地涌到嘴边，十月下意识地张了张嘴脱口而出："明辰雨，我想……"

"林十月，我为选拔赛那天的事情向你道歉。"肖驰的声音却突然打断了十月的话语，"当时也是形势所迫，我说了很多伤害你的话。对不起，无论你想怎么惩罚我都无所谓。"

说着他转向明辰雨，"明辰雨，你有什么话要对林十月说吗？"

十月带着一丝期待抬头看向明辰雨。

她等待着，觉得自己的心脏剧烈跳动到呼之欲出。明辰雨抬起眼睛，轻柔的眼神就像风一样拂过十月的脸庞，当她的心再度失去频率时……

"十月，你是否原谅我，我并不在意。"耳边平静无波的声音响起，"但是请你原谅肖驰，当时他完全是为了维护我才会说出那些出格的话。"

当啷！手里搅拌咖啡的勺子锵然掉落到杯子里，发出清脆刺耳的声响。

十月无声地垂下头，只觉得心中泛起一阵无法抑制的疼痛。

明辰雨，我的谅解对你来说并不重要是吗？

满怀期待的心被撕得粉碎。呼之欲出的心脏停止悸动，就好像坠入无底深渊。

过了半晌，十月再次缓缓抬起头，仿佛竭尽全力般地微微扬起唇角。

几秒钟之后，隐忍住无限悲伤的脸上终于成功地浮现出一个灿烂笑容，可是无法撒谎的眼眸里却蕴藏着一片黯然。她轻启嘴唇，故作欢快的嗓音却变了声调，好像走音的小提琴。

“没关系，事情都已经过去了。”

二楼VIP贵宾间，王淑瑶和牧野坐在可以将一楼坐席俯瞰得清清楚楚的落地窗前。虽然听不到楼下三人交谈的清晰内容，但是却能够感受到明辰雨的波澜不兴，以及像受伤的小羊一样的林十月。

“我为什么要同意你的提议？”王淑瑶观察着一楼的一举一动，意味深长地对牧野说道。

“因为……”牧野拖长了声音，缓缓说道，“我是你所有的‘棋子’中与他们最近，并且是朝夕相处的人。就凭这一点，你也不应该放弃我。”

王淑瑶盯着他的眼睛看了一会儿，心中有些意动：“那我为什么要相信一个背叛过我的人？现在，你又为什么要背叛他们？”

“背叛？我的字典里从来没有背叛，只有合作。”牧野毫无退缩之意，坦率地迎视她，“因为DV审片会的时候，我察觉到你想把我当成弃子，利用完就弃之不理，所以我才救了林十月、间接也帮了明辰雨，让你明白我不是无足轻重的小卒。只有我们互相合作，才能获得最大的利益。”

王淑瑶挑了挑眉梢，垂眸思索起来。牧野见状，将目光移向了楼下的明辰雨，依旧微笑地说道：“明氏集团的第一顺位继承人，理智是他最强大的武器，让他变得无坚不摧。要想在他身上找到突破口，我是你这盘棋中必要的选择。”

牧野的话正中自己一直以来的考量，王淑瑶饶有兴致地盯着这个不可小觑的年轻人，颇有一种刮目相看的感觉：“你的打算是？”

“我现在是林十月的男朋友。只有疯狂的嫉妒才能让明辰雨失去理智，失去理智才会露出破绽，不是吗？”牧野镇定地说道，“让我继续留在你的身边，你就会看到你所期望的。”。

顺着牧野的目光，王淑瑶看着楼下的明辰雨。他微微低垂眼帘，安静地搅动着手中的咖啡汤匙。从窗外照射进来的阳光笼罩在他身上，璀璨的光令人无法分辨那张俊美脸孔的表情变化，只觉得他就像那游走的光线般难以捉摸。

“好，那我就再相信你一次。”

金太子的守护天使梦
GUARDIAN ANGEL BOY

砰！一丝疼痛从头皮蔓延入大脑，让十月瞬时清醒过来。她还想继续睡下去，但是忽然想起自己还有事情要做，也就不得不爬起来。

记得昨天是在客厅里熬夜整理电视台新节目的资料……

我是怎么睡在床上的？不会是梦游吧？！

十月窘了窘，急忙下楼去问正急着出门的韩格格："格格，昨天是谁送我回房间的？"

"好像是牧野。啊，是明辰雨。也不对，好像是金太子。对对，是肖驰……十月，不好意思，我昨天很早就睡着了……"

"……"

十月有些失落地低下头，她想起上次被牧野逼迫一晚上折一千只纸鹤，累得在露台上睡着的时候，是明辰雨送她回房间的。但是现在……

"你是否原谅我，我并不在意。"

明辰雨平静而淡漠的声音依然在耳畔回响，与此相伴的是十月一阵阵难以忍耐的心痛。送走韩格格，十月强打起精神，拖着软绵绵的脚走回房间。

"现在没有时间低落，还有好多事情要做呢……"

DV评审的结果一直悬而未决，但自从上次在餐厅相遇之后，王淑瑶突然独排众议安排十月、牧野和明辰雨以企划人员的身份加入了狮星王特别节目——《520我们恋爱吧》。

牧野更是把十月变成了御用女友兼女仆，十月稍有松懈，牧野就像在她身上装了24小时的摄像头一样，弯起他细长的凤眼笑眯眯地抱一堆待处理的资料出现在她面前："亲爱的女朋友，为了不让你还有时间去想别的男生，现在、马上替我把这堆资料整理出来吧。"

不过，因为太过忙碌，倒也真没有时间去想和明辰雨有关的伤心事。看来我已经被牧野训练成标准的受虐狂了。

十月摇摇头，叹了一口气，把鼠标点在嘉宾名单中那个刚刚回绝自己的男明星名字上，她一边琢磨一边喃喃自语："唉，我该怎么做？到底怎么才能让他回心转意……"

正巧经过走廊的金太子刚好听见，他犹豫了一会儿，还是选择走进十月的房间，依旧露出阳光般的笑容，晃了晃手中的一罐可乐："十月，请你喝可乐！"

十月没有伸手去接，笑着摇摇头："不用了，太子，谢谢你！"转头又继续盯着屏幕上的名单。

金太子紧皱眉头，想要对十月说些什么，但随即又顿了一下，挠了挠头："十月，你要打起精神来，你看我妈那么一个要强的人，发生了'那样的'事情，每天都还过得很滋润，照吃照睡，以前骂我的现在也一句不落，照样把生意料理得井井有条。"

"你妈妈……"想到姜喜嫔，十月心中不由得涌起浓浓的内疚，"太子，上次你妈妈和我爸的事，真是对不起……"

“不用对不起，又不是你做错了什么。”金太子赶紧抢白道，“十月，我知道你妈妈的情况后，真的为你爸爸妈妈的事感动。这才是真正的爱情啊！”

十月迎上金太子一派阳光大男孩的目光，轻轻笑了一下：“太子，你还不知道什么是真正的爱情。”

“谁……谁说我不知道？！”金太子有点不服气，“十月，你就这么看不起我吗？我觉得爱情就应该是认认真真对待一个人，付出自己的所有，不求回报。我喜欢一个人就会一辈子喜欢她，即使她变成植物人，即使她喜欢的一直是其他人，我愿意等她到海枯石烂！”

“太子，虽然你说得很感人，但有点像电视剧里男主角的台词……”十月有些哭笑不得，“你没有真正喜欢过一个人，不可能懂的。”

“你怎么能说我没有真正喜欢过一个人！”金太子露出了受伤的表情，“难道只有你们的喜欢才是真正的喜欢吗？”

十月的目光变得有些黯然：“对不起，其实我也没有资格说这些话。”

金太子看着她有些悲伤的样子，回想着她刚才的喃喃自语，定定地看着她问道：“十月，你认定明辰雨就是你心中那个真正喜欢的人吗？”

十月迎向金太子认真的眼睛，点了点头：“是。”

金太子清澈的眼眸添上了一分失落，他咬咬牙，艰难地掩去了心底的痛，轻轻扯了扯唇角，说道：“其实你不用伤心的，昨天，昨天我看到抱你回房间的人是明辰雨！”

“真的……是他？”十月的脸仿佛一下子被一束夏日的阳光照亮了一样。

金太子的心中却飘过一片乌云，他微微偏过头，装作若无其事地说道：“如果他是你真正喜欢的人，就千万不要错过。”

说着，金太子伸出了自己的右手：“来！让我给你勇气吧。”

啪！

清脆的击掌声就像元气补给站，在最无力、最困惑的时候，将暖暖的抚慰源源不断地灌输到心里。十月同样扬起手，元气十足地向金太子的右手击去。

“加油！我会一直支持你和明辰雨的！那我……我先不打扰你了。”

金太子一溜烟地跑出了十月的视线范围，直到跑到猫舍厨房，他才重重地靠在墙上，脸上的笑容像是被大风刮跑了一样。他失神地看着手中的可乐，喃喃地自言自语：“你这个傻瓜，刚才都干了些什么？为什么没勇气告诉十月，昨天抱她回房间的人就是你自己……”

可乐红色瓶身上精致而浪漫的花纹，不知为何看起来有点刺眼。

金太子久久地盯着可乐出神，终于慢慢举起手臂，将可乐投向冰箱旁的垃圾桶，红色的饮料瓶“嗖”地在半空中划出一道优雅的曲线，正要落入目标时，却被一只手拦截下来！

像导弹拦截系统一样精准抓住可乐的人正是金太子眼中宿命的敌人——韩格格。

她满头大汗地用刚买的杂志扇着风，眼睛却死死盯着从天而降的可乐，迸发出兴奋的光。

“金太子，没想到你这个禽兽脑袋浪漫起来也是很潮的啊！最近这个可乐在女生中很流行的！”说着她摊开手中的杂志，翻到了广告版，“你看，‘爱她，就为她买爱可乐’。这可是最新推出的‘520 告白日’限定版，到处都抢断货，你扔了干吗？”

“还给我！”金太子一把抽走韩格格手里的可乐，脸上露出被玷污的表情，死活也不肯给。

“让你丢了，还不如给我呢！浪费！”

“这是我买的东西，要丢也是我的权利！”

……

正当两个人扭成一团的时候，金太子放在茶几上的手机响了。

“啊，糟了！”金太子看着手机屏幕上闪现的“老妈来电”的字样，脸像得了什么重症似的瞬间变得惨绿。

惨了惨了！我死定了！昨天一晚上守着十月没有回家，怕吵醒她又把手机关掉了。刚刚才想起开机……这下完蛋了！

他看着响个不停的手机，正犹豫着要不要接。韩格格却眼疾手快一把抓过手机，得意洋洋地瞟了金太子一眼，按下了接听键。

“你……”金太子苦不堪言，但电话已经接通了，他敢怒不敢言，只好对着韩格格拼命做着口型：快给我！

韩格格得意地看着一脸窘迫的金太子：不给你又能拿我怎样？

举着电话的韩格格还未来得及出声说“喂”，就听见姜喜嫔的声音不用免提都响彻了整个猫舍客厅：“金太子！昨天是不是一晚上都没回家？！居然还敢给老娘关机！你翅膀硬了是不是！臭小子！快说！你昨天晚上去哪儿鬼混了？！”

“……咳……阿姨……是我……我是韩格格。”拿着电话的韩格格冲一旁焦急的金太子做了个鬼脸，但声音却乖巧甜美。

“啊，格格啊……”听筒里一阵沉默，就在韩格格得意，金太子绝望自认为死路一条的时候，电话那头传来姜喜嫔温柔、甜得发腻的声音，“你现在和太子在一起？”

金太子一听到老妈的声音差点没一跤摔到地上——他非常清楚地知道，每当姜喜嫔碰到可以将 18 元的路边货卖到 1800 的时候，就会发出这种“磨刀霍霍向猪羊”的声音！

“是啊是啊！”韩格格冲无计可施的金太子露出邪恶的笑容，更加娇滴滴地回答，“阿姨，我可以证明，他昨晚绝对没有回家！”

“……”电话那头又陷入了沉默，金太子惨兮兮地捂住耳朵准备迎接下一轮的爆发。

哪知，隔了数秒，传来的却是宽慰的柔声细语：“那么阿姨先不打扰了，下次让太子带你来我们家吃饭呀！”

说完，电话被挂断，金太子和韩格格愕然地面面相觑，张大的嘴巴可以塞进一整个苹果。

谁也不知道“喜饼娘娘”这一次又是唱的哪一出戏。

直到中午，在厨房做饭的姜喜嫔嘴角都一直挂着微笑。

当看到出现在家门口的金太子时，她整个人眉开眼笑地拖着他在餐桌前坐定：“乖儿子，来，坐下！妈问你几句话，你答完了再吃。”

金太子一脸狐疑地看着满桌子的大鱼大肉，有些摸不着头脑。

不是应该拷问我一夜未归的事吗，怎么老妈看起来心情很不错的样子？

正想着，就听姜喜嫔十分热心地问道：“你昨天晚上不回家，其实是一直陪着‘她’对不对？”

被说中心思的金太子脸上一红，硬着头皮点头道：“呃？嗯……”

奇怪，老妈怎么知道我抱十月回房间这件事情的？

这个死小子，什么时候跟韩格格进展这么快了？真是跟你死去的老爸一模一样！

姜喜嫔喜笑颜开地继续追问道：“你已经这么喜欢她了？”

“……”金太子一怔，心想老妈问得还真是直接，但是我金太子敢做敢当，没什么不敢承认的，“没错，我是喜欢她。”

“儿子啊，妈妈不是反对你们在一起，青春期是有那个‘冲动’的，妈妈也是过来人，也懂你们是那个年纪了……”姜喜嫔难得讲起大道理，说得金太子一愣一愣的。

“咳，不过不要越过了禁区啊，为了你们两个人共同的未来，现在这个时间一定要一起努力学习！等你们长大成人了再……也不迟。”

“妈，你在说什么？”金太子一脸茫然。但他茫然的表情在姜喜嫔的眼里却被理解为“青春的迷茫”，她连忙义不容辞地扮演起“心灵鸡汤妈妈”的角色。

“你和她之间有什么问题，尽管问妈妈，咱们母子俩一起商量。”

“问题？”回想起十月说自己“没有真正地喜欢过一个人”的话，金太子把浓眉拧成一个“川”字，困惑和无奈的表情跃然浮现，“老妈，她说我不懂什么是爱情……爱情到底是什么呢？”

“儿子，一个人一辈子能遇到很多很多人，但是碰到一个真正喜欢的人很不容易。”

这恐怕是姜喜嫔十七年来第一次跟儿子谈起这个话题，金太子目不转睛地看着母亲陷入回忆的表情。

“我和你爸爸认识的时候也像你们那么大。追我的人可多了，可我就喜欢你爸爸。你爸爸和你一样呆头呆脑的，不知道要我暗示多少次才明白。”姜喜嫔虽然嘴上抱怨，脸上却露出了少女般幸福的表情，“他这辈子可轻松了，追也是我追他，到了生下你不久，他就一个人先去天上享福了，留下我一个女人要养活你这个小祖宗。不过我一点都不后悔，遇到你爸，我就是这个世界上最幸福的女人。我知道他一定在天上看着我们。”

“妈……”听到母亲的话，金太子鼻子有些发酸。

“爱一个人就是专注、专心。一个人活着要过日子、要生活，感情哪有那么多啊，所以一辈子只能最喜欢一个人，可以和你爸结婚生子已经是我上辈子修来的福气。所以我和林晟合的事儿成不了。”姜喜嫔慢慢说道，“上次从十月妈妈那儿回来以后，我对着你爸的照片说了一宿的话。一个人一辈子哪能喜欢上两个人啊。”

“喜欢一个人就是专注、专心待她好，老妈……我也是那么想的。”金太子点点头，他犹如找到知己似的，一把拉住老妈的手重重一握，长吁短叹地感慨道，“就算那个人不喜欢我，我也不能随随便便改变心意……有一首情歌里唱过：爱是一种信仰！不能随便随便改变的！”

十月站在一棵树下，洋溢着幸福的笑容，她眨着星星眼，看向面前那个伟岸的背影，只听那个背影用充满磁性的男中音说道：“你不用知道我是谁，每个女孩都有自己的守护天使，当她失落的时候，他会一直陪伴在她的身边；但当她幸福的时候，他就会张开洁白的羽翼飞向天空。”

脑海里幻化出这样温情脉脉的画面，金太子用力点点头，神色坚决地说道：“老妈，我想通了。就算作为男子汉的尊严全部丢尽，可是只要能远远地看着她幸福、快乐，我就心满意足了……”

“儿子你长大了啊！跟你死去的爸一模一样。”金太子一番深情款款的话语感动得姜喜嫔热泪盈眶，她用力拍了拍金太子的肩膀，开导着儿子，“就算在恋爱上经历了痛苦的事情，你也不要轻易气馁啊！”

看样子，一定是年轻气盛的儿子和脾气火爆的韩格格之间发生了什么小曲折，以至于儿子这么伤感吧？不行，作为老妈有必要在这种关键时刻帮孩子树立信心和斗志！

姜喜嫔在心中暗想，一定要帮帮这两个孩子。

永远的利益至上
FOR THE BENEFITS

“灯光，灯光怎么样了？”

“舞台灯光已经调试完毕。”

“场务呢？”

“正在确认所有的环节！”

狮星王特别节目《520 我们恋爱吧》的演播厅里，工作人员各自忙碌着手头的工作。这时，十月急匆匆地跑了进来，边跑边喘着气说道：“咖、咖啡买来了！”她的两只手里提着四五个很大的袋子，里面足足装有二三十杯的咖啡或奶茶。刚放到桌上，就已经累得有些虚脱了。

也不等她喘上一口气，就见牧野拎着几个比她那些大得多的袋子，里面装满了便当。

“明公子，您的事情都忙差不多了，先坐下来休息一下吧。”十月寻声望去，就见现场导演拿起一杯咖啡，向正在指导观众的明辰雨递去。

“你们还愣在这里干什么？”就在这时，一个场务匆匆跑了过来，向十月和牧野吼道，“让你们去联系的嘉宾呢？怎么一个都没有回应？！”

十月有些沮丧地垂下头：“不好意思，答应参加录播的只有三个人。”

白天全部被安排打杂的工作，联络只能在下班后进行，对方的手机不是关机，就是以不是工作时间为由直接挂断。

“不好意思？！”场务扬了扬手上的纸，“你留着跟导演讲吧！”

“这……”十月还想争辩。这时牧野却拦住了她，笑了笑：“没关系，我陪着你，起码我们还有 48 小时可以通宵达旦。”

“我们分头进行。”就在这时，明辰雨也走了过来，安抚般轻柔地说道。简简单单一句话，让十月就像是伤口会自动愈合的机器人：明辰雨，不管怎么样他还是一直在关心我的，每次遇到困难他都会挺身而出不是吗？那我为什么还要介意他上次的话，自寻烦恼呢？或许他当时只是比较担心我对肖驰会有成见。

想到这里，十月元气十足：“放心吧，如果一次不成功的话，打上两次、三次，他们肯定会被我的诚意所打动的！”

于是，她信心满满地拿着待邀请嘉宾的名单，跑到公用的电话机旁。

“你好，我是狮星王节目的实习助理。”

“助理？一个小破助理也配跟我说话？！”

十月拿着笔，划去了一个名字。

“你好，我是狮星王节目的实习助理。请问张小姐能不能再考虑一下参加节目的事情？”

“什么阿猫阿狗都打电话来，烦死人了！”

“嘟嘟嘟……”

十月看了看电话，失望地又划去了一个名字。

“喂，你好……”

“嘟嘟嘟嘟……”

……

只一会儿工夫，写着满满名字的纸上已经被画满了大叉。直到这时，十月才意识到自己太天真了。她拿着电话，看着手上的纸，也不知道该怎么向明辰雨和牧野说这件事。

正在这个时候，一个化着浓妆、穿着低胸露背晚礼服的女子正款款走进众人忙得焦头烂额的演播室。十月看着有些眼熟，忽然想起她是在《非常女声》里进入准决赛的四流小明星，艺名好像叫安琦儿，记得自己之前打过电话邀请过，但被一口回绝。

安琦儿人漂亮、妩媚，但她公然标榜自己拜金女的身份，数次发表要嫁入豪门的言论，雷人事件频频发生。她一进来就用甜得发腻的声音问道：“明辰雨先生在吗？”

“不好意思，他刚才出去了。”十月没有多想，欣喜地回答道，“您是来参加我们节目的吧，请稍等，我去办理一下手续。”

“想让我参加节目可以。”安琦儿用那双戴了美瞳的眼睛瞥了一眼十月，随即抬起骄傲的头，“但是，我能得到什么好处呢？”

“这当然可以增加你的公众曝光率。”十月乖乖地回答道。

“你不认识我吗？我可是进入这届《非常女声》总决赛的。”安琦儿轻蔑地哼了一声，“曝光率这种东西，我根本不在乎。你们现在让明辰雨来邀请我，我倒还能和他谈谈。”

“安琦儿小姐，只要你肯接受邀请，‘谈谈’只是小意思。”这时牧野走了过来，露出了他那招牌式的蛊惑人心的笑容，“我还可以安排你和明辰雨的一次约会，并且让你们的照片登上八卦周刊的头条。”

安琦儿死死盯着牧野俊美的脸，态度稍微有些缓和，但口中依旧不依不饶：“拍照片有什么用？能让我嫁入豪门吗？我又不是傻子。”

牧野的笑容意味深长：“有明氏公子作为你的垫脚石，还怕吸引不到那些豪门公子们的注意力吗？”

听他这么一说，安琦儿明显高兴起来：“好，那就这么说定了！半小时之内，我要看见明辰雨出现。”说完，她扭动着水蛇一样的腰肢走进了接待室。

十月整张脸都黑了下来，因为生气，胸口不住地起伏着：“你怎么可以这么轻易向她妥协，还把明辰雨出卖给她？我现在就去告诉她，明辰雨不会和她约会。我去想别的方法让她留下。”

“你还能有什么方法？”牧野拉住正要冲出去的十月，眯起眼睛看她，“让明辰雨和她吃顿饭造个小绯闻而已，又不会少块肉。”

“如果所有的嘉宾都像安琦儿这样，你每次都要明辰雨出面吗？你这种低级行为实在太卑鄙了！”

这……这简直就是在玷污我心中的神啊!

十月话音刚落，牧野脸上竟然浮现出少有的愠怒，他的嘴角永远漾起的那一抹笑意消失了。"没错，在你林十月的心目中，我永远都是无耻的，只有明辰雨才是神圣的! 那么，我告诉你——如果换作是明辰雨，他也会这么做!"

生气的牧野令十月感到既陌生又害怕。她一眨也不眨地看着他，像极了一只受到惊吓、全身戒备的小猫。

看到十月紧张不安的模样，牧野不忍地皱了皱眉，他深吸一口气，硬生生将冲到嘴边的尖刻话语又咽了回去，用一种就事论事的声调继续说道："即使只是一些三流小明星，毕竟也能起到陪衬的作用，带动整个节目的氛围和效果，他们能让主持人更好地主导整个节目的进展。"

"借口。"十月看着振振有词的牧野，心里就像是被一块大石头梗着。他真是一点都没有变，永远都是那么利益至上。为了利益，可以不择手段，也能够无比冷血。

牧野眼神犀利地瞥了她一眼："请你拿出专业态度，不要掺杂个人情感。"

话音刚落，就听见演播室门口一阵喧哗。

"谁要和你这种家伙参加节目啊! 今天必须取消报名!"

随着喧哗声越来越近，竟然是韩格格与金太子手拉着手，从演播室门口冲了进来。十月惊讶地看向他们：这两人什么时候这么好了? 近了才发现根本是韩格格把金太子死拽来的，两人手中间还被缠上了制服的领带。

"都是你妈! 说什么今天早上给我一个'惊喜'。什么惊喜，我看是惊吓才对吧!"韩格格抱怨着说出姜喜嫔居然偷偷帮韩格格和金太子报名参加《520我们恋爱吧》，而且还暧昧地表示虽然两人进展顺利，但还是要注意太早升辈分不好。

"你到底在你妈面前造了什么谣? 我一向洁身自好，现在就要被毁在你这个小子手里! 开什么玩笑! 我告诉你，我绝对不会参加的!"

十月赶紧以灼热的目光看着她，目光中传递出来的只有两个字：拜托!

"格格，你是我的好朋友、好姐妹，这次就全靠你了啊!"

"这个真的不行，答应的话我以后还怎么嫁人? 这个忙我帮不了你，十月……"韩格格为难地看着十月，最后还是一咬牙一闭眼。

"金太子，总是听说你被韩格格欺压，我一直不信，不过今天看来流言也不全是谎话。"一旁的牧野却露出了坏坏的笑容。

"谁说我被她欺压!"金太子被轻易地挑唆了起来，下定决心道，"韩格格，就这么说定了，明天我们一起去，谁不去谁就是小狗!"

"做梦!"

“少废话！”金太子突然一声大喝打断了韩格格的话，双手扳过她的头，额头抵额头，以他居高临下的身高看着韩格格，“难道你是在怕我吗？”

“你……”韩格格刚想咆哮，突然一句话都回答不上来，她这才发现自己在女生中常常被形容过于高大的身材，站在金太子旁边才刚刚够到他的肩膀。

第一次有男孩子离自己这么近，一种陌生的男孩气息将自己笼罩起来，是简简单单却干净清爽的香皂味，而金太子那双大大的眼睛在双眼皮的映衬下显得格外明亮，那双黑眸中模糊映照出的自己，让自己熟悉又陌生。

像支突然飙升的温度计，韩格格的脸刷地一下红到了耳根。

“好……我，我参加！”韩格格的声音有些底气不足，但强撑着提高了音量。

“一言为定！”金太子刚答应下来，手一松，韩格格就朝门口冲去，一溜烟地消失了。

看着韩格格有些仓皇的背影，十月向金太子投去了刮目相看的目光：太子什么时候对女生这么有一套了？

啪啪啪！

“厉害厉害！”牧野带着得逞的笑鼓起掌来。

“小意思！”金太子一仰头，酷酷地说道，“以前我家养的金毛狗要捣蛋的时候，我就用这种严厉的眼神教育和震慑它！对付韩格格，看来一样有效！”

众人闻言，纷纷僵化。

果然酷和傻只有一个字的区别。

金太子没有注意到大家鄙夷的眼神，直接对十月说：“十月，你一直喜欢明辰雨我却没能帮上你什么忙，这次终于能帮你做点什么了，我很高兴。你说过的要为明辰雨努力，不要忘记！要努力！加油！”

他的嗓门实在有些大，轻易就让在场的所有人听得一清二楚，更让十月恨不得钻到地缝里的是，明辰雨正巧走了进来。十月顿时呆住，完全不知道该作何反应。

但是金太子一见到他，却是更起劲了：“明辰雨，你一直以来都不太说话，这样很容易吓跑女孩子的。记住，对十月好一点……好了，我先回去了。”

明辰雨不解地缓缓移过目光，十月的心顿时跳得很快，她的脸颊烫烫的，匆忙低下头，不敢看他。

但让十月有些失望的是，他什么都没有说，只是拿过一叠资料便走出了演播室。

怔怔地望着明辰雨的背影，十月又陷入了失神的境地，直到有只大手一把抬起她的下巴。这一次可是与以往的“调戏”不同，牧野骨节分明的手指恶作剧般用力捏住十月的下巴，痛得她的眼泪差点涌出眼角。

"笨蛋，"牧野脸上还是笑嘻嘻的，但压低的嗓音中却透着浓浓的威胁，"刚刚才当着我的面把别的男生奉若圣明，现在居然又当着我的面红杏出墙？"

"……"十月一惊，觉得自己又要倒霉了。

"这个道具放在这里很丑，你以为观众的审美和你一样差吗？"

演播室内，牧野颐指气使地坐在一旁喝着饮料，看着十月把道具搬来搬去忙得满头大汗，顺便不忘冷嘲热讽几句。十月直起身来，气鼓鼓地瞪着他："牧野！你别站着说话不腰疼！"

看着她气得脸都黑了的样子，牧野笑眯眯地喝了一口饮料："把你手上的东西搬回去，再拿些新的来。快点做完，你还要回家给我做饭呢。"

"牧野，你不要太过分！"

"我就是喜欢对你'过分'怎么样？"

"……"

啪啪！

两记击掌声打断了他们的话，只见一个场务走近他们身边，目光在他们两人身上扫了一圈，说道："明天直播后需要一个人留下来，处理一些杂活，应该需要通宵。这几天林十月干了不少活，直接回去休息吧。牧野，通宵的工作你来处理。"

牧野脸上的神情未变，点点头。一时间，十月朦朦胧胧地好像意识到了什么，她下意识地问道："你……你早就知道今天会指定通宵加班的人？"

"不用太感动……我也是会照顾女生的。"牧野说着走过来伸出长长的手臂勾住十月的脖子，"别光顾着感动了，我们就快迟到了哦！"

十月定定地站了一会儿，一看表已经快七点了，这才想起今天早上临出门的时候，和熊杏儿约好今天一起吃饭，瞬间有种天要塌下来的感觉。

猫舍齐聚一堂
GATHER TOGETHER

气喘吁吁地赶回猫舍，一进门就见到了熊杏儿气呼呼的脸："还进来干什么呀？都那么晚了。你知道我打了多少个电话？"

"杏儿，对不起，今天实在是太忙了。"十月不住地道歉，又赶紧掏出自己刚买的一瓶红酒进献上去，眨眨眼睛，可怜巴巴地等待赦免。

熊杏儿接过红酒，打量了一眼，慢吞吞地说道："虽然牌子不怎么样，不过算你还知道错，进来吧。”十月松了一口气，赶忙跟上熊杏儿，往猫舍的露台走去。

打开露台的门，十月吃了一惊。

原本空落落的露台挂着精美的彩色灯泡，周围植满了花草，色彩绚丽的光线将整个露台花园点缀得格外迷人。露台正中间放了一张圆桌，猫舍的其他几个人已经围坐在那里。

“杏儿你真行，最近都没见到你的人，原来一直在忙这个啊。”十月无比佩服地望着熊杏儿，眼睛里闪着崇拜的光芒。

“这只是小意思，我最近还有更重要的事情呢……不过得等以后再告诉你。”熊杏儿神秘兮兮地说道。

被熊杏儿拉着坐下来后，十月才注意到，明辰雨居然不在。

是演播厅里有什么事情耽搁了吗？想到这里，十月担心地拿出手机，飞快地输入了一条短信后，按下发送键。

“干什么呢？”一个声音突然闯入十月的耳中，她顿时被吓了一跳，手一抖，手机差点掉在地上。

十月扭头看着正站在自己身后的牧野，迎上他充满危险性的目光，她忙不迭地摆手道：“发短信给那对没联系到的嘉宾。”

话音刚落，露台的入口处响起了两记短促的音乐声，随后就见明辰雨走了进来，而他的手上正拿着手机。

“明辰雨，你总算出现啦，大家都在等你呢。”看到他，等待已久的众人都扬起手来招呼。

十月的脸上刚刚划过一抹微笑，耳边却是牧野似笑非笑的声音：“哦，看来你的‘嘉宾’已经接受到你的短信了。”

“呃……巧、巧合啦。”

“是吗？”正说着，牧野修长的手臂从十月身后伸了过来，趁着她还来不及反应，就一把抢过她手上的手机，潇洒地从露台上扔了出去，只留给十月一道残酷的抛物线。

“喂，你这人怎么这样？这里面有很多重要的工作号码，我还等着嘉宾给我回复呢！”

“是情侣就该用情侣手机啊！”牧野从口袋里掏一个粉白相间的手机，跟他自己那个蓝白相间的正好是情侣款，他顺手把手机扔在十月掌心里，“这里面的通信簿和我的是一样的，你需要的嘉宾电话里面都有。”

十月愣了愣，飞快地打开通信簿看了一遍，抬头质问道：“为什么没有明辰雨的号码？”

牧野理所当然地勾起嘴角：“我又不暗恋他，干吗偷偷存他的号码？”

“你……”两人之间的动静已经惊动了猫舍的其他成员，一时间所有的目光都看了过来，十月也顾不上搭理牧野，把椅子往旁挪了一大步，作出对牧野无声的抗议。

牧野却好整以暇地也将椅子挪了过去，紧紧挨着十月，慢悠悠地喝着桌上的饮料。

“好啦，你们两个注意点，这里好歹是公共场合。”熊杏儿看着他们两个，眼神略有黯淡，但立刻又若无其事地说道，“既然人都到齐了，我们的露台聚餐就此开始！”

精致的餐前小点心被端了上来，看着入口即化的红豆沙和金灿灿的南瓜饼，闻着刚出炉的暖香，让人不由得食欲大增。

不一会儿，猫舍的“传统料理”热气腾腾的火锅也上桌了。

“啊，有我最喜欢的杏鲍菇！这个是我的。你们都不许抢！”金太子眼明手快地往自己碗里夹着心爱的杏鲍菇，“韩格格，今天我是绝对不会让给你的，韩……”

扭过头去，金太子发现自己身边的座位空空如也。

大家这才意识到，总是不请自来的韩格格此刻竟然没有出现。

“咦，格格还没到？”

十月不解地嘟囔了一声，拿起手机，拨通了韩格格的电话。

很快，电话就接通了，但里面却传来很混乱的声音，夹杂着韩格格并不清晰的回答：“……我马上就到。”

接着，电话被匆匆挂断。

LAZ 专柜。

“小姐，请问您试好了吗？”专柜小姐轻轻地敲了敲试衣间，低声询问道。

“好、好了……”门砰的一声被大力推开，只见韩格格仍旧穿着自己的衣服，一脸失神地抱着一大堆衣服走了出来。

“小姐，您试得怎么样了？您身材那么好，一定都很漂亮。”专柜小姐面带微笑地说道。

韩格格把所有试过的衣服统统递还了过去：“这些都不要……”接着便低声喃喃道，“我中邪了吗？我竟然为了跟他去参加 520 节目来买衣服？我到底是怎么了？”

“520？原来小姐是为了男朋友来买衣服啊？”专柜小姐试探地问道。

韩格格的脸刷地红了：“没有没有，我还没有男朋友。”

专柜小姐见怪不怪，了然于胸地点点头，又笑吟吟地拿着几件衣服走过来：“小姐，想叫你的那位‘他’喜欢呢，就要把自己打扮得更加女人味一点。你看，你身上这套冲锋衣把你身材的曲线完全遮盖了，男人都不会喜欢的。试试最新款的雪纺长裙吧，这是今年最流行的呢，保证穿上立马就有淑女范儿，男人都喜欢有女人味的女人！”

黛青的底，点缀着米色的小碎花，长及脚踝的雪纺印花长裙。韩格格的眼睛定定地望着这条“女人味”的裙子，怎么也移不开视线。

等众人都吃得差不多的时候，露台上出现了迟到的最后一人。

“格格你是怎么了，怎么那么晚……你怎么穿成这样？”

只见韩格格穿着一件黑色宽松T恤，上面还绣着一只老鹰的图案，下面穿着卡其色挂着四个大口袋的工装裤。活脱脱一个男人婆。

“我去买衣服了。”韩格格嘴巴动了动，魂却好像不在身上。

“最近格格好奇怪……”十月忍不住说道。

“没什么好奇怪的，她只不过比以前更没女人味了。”金太子翻了个白眼，招呼大家喝红酒。韩格格狠狠地瞪了他一眼，却不像往常那样有力。她蔫蔫地坐了下来，顺手拿过熊杏儿的酒杯，三两口就喝了下去，紧接着又倒了一杯。

就这样一杯接一杯，喝得没完没了。

金太子看着她的样子，嘲笑道："韩格格，你该不会是在为明天的节目壮胆吧？”

平日和金太子斗得不可开交的韩格格竟然没有回嘴，只见她晃动了两下身体，又瞪了他一眼，目光有些复杂。正在金太子被她看得莫名其妙的时候，韩格格的嘴里突然轻轻念道："天青色等烟雨，而我在等你……”

“《青花瓷》？！是我耳朵出问题了还是她刚刚被外星人抓去改造过了？”熊杏儿眼看着红酒被韩格格喝了一大半，只好选择喝饮料。

韩格格依旧没有回答，只见她突然捂住胸口，顾影自怜状喃喃自语着什么，众人仔细一听:“河一样的他/用很强的势头把周围卷进去/不停地被他不知带向何处/我被爱的激流卷走了……”

这，这不是一本很有名的文艺小说中的经典台词吗？真想不到，大大咧咧的格格居然会迷上这样文艺腔的爱情小说。

十月不由自主地打了一个寒战，用不可思议的目光望着韩格格。

“哇哈哈哈哈！简直笑死我了！”连平时总是阴着一张脸的肖驰也喷饭狂笑，他边笑边朝继续发着酒疯浑然不知的韩格格努了努嘴，“别告诉我，下一步，她就会扛着小花锄，泪眼婆娑地唱着什么‘花谢花飞花满天’地学林黛玉去葬花了。”

“哈哈哈哈……”

众人都忍不住大笑起来，就连明辰雨在这一刻也露出忍俊不禁的笑意。

笑声好像冲破了这些日子以来笼罩在猫舍上空的黑云，这些好友之间似有若无的芥蒂和不愉快也好像在这一刻彻底烟消云散。DV风波后，这还是猫舍的众人第一次没有任何芥蒂地坐在一起吃吃喝喝，这种欢笑的感觉和从前是如此相像。

熊杏儿率先站起来，并举起了杯子："让我们为了明天的《520我们恋爱吧》，干杯！”

紧接着，所有的人都站了起来。

砰……七个装满红酒的杯子碰在了一起，映衬着七张充满青春和活力的面庞。

520我们恋爱吧！
LOVE FESTIVAL

《520 我们恋爱吧》直播当天，十月早早起床，为猫舍众人的爱心便当忙碌着。

“杏儿最讨厌姜和大蒜，这两样绝对不能放进去……太子对牛奶过敏，饮料就准备果汁好了……格格吃到猪肉就会浑身起疙瘩，千万不能记错……”

“十月，你是在给明辰雨做便当吗？”幽灵一样的声音把十月吓了一跳，回头看见宿醉的韩格格扶着脑袋站在她身后。

“没有啊！”十月纳闷地看着睡眼惺忪的韩格格。

“不讲义气，竟然还瞒我？”韩格格哼哼两声，指着桌上的黄桃，肯定地说道，“黄桃就是证据！除了明辰雨以外，猫舍没有人吃黄桃寿司！”

什么？我在做黄桃寿司？这不可能……

十月闻言一惊，连忙低头看向自己忙碌的双手——此时，那双手正在无意识地将米饭铺在海苔上，压实后放上蟹棒、香肠、蔬菜和黄桃，卷好做成寿司，放入一个便当盒内。

“……”十月咧开嘴尴尬地干笑几声，不知道怎么解释现在的情况。

“早啊，十月，一大早就那么辛苦，我来帮你！”正好走进厨房的金太子解救了不知所措的十月，见十月正准备切案板上的辣椒，抢先一步拿起菜刀。没想到，切着切着，他自己却被呛得直咳嗽，泪流满面：“水！水！”

韩格格一听，慌忙递了瓶水给金太子，金太子看也没看就喝了两口，很快又吐出来：“怎么是醋！”

看着金太子扭曲的脸，脸上羞涩的红晕还未褪去的韩格格瞪大眼睛，盯着他手上的瓶子看了片刻，终于确定自己竟然拿错了瓶子。

还未待她有所表示，金太子已是怒火冲冲地嚷道：“你是不是为了临阵脱逃，不想参加节目，所以故意耍这种手段？”

我想临阵脱逃？这个禽兽没看到我还特意穿了新裙子吗？

“你这条不知好人心的狗！”韩格格被激得也火了起来，转身走出厨房，心里不爽地嘀咕着。挫败！原本还以为会得到众人的赞美声呢，没想到碰上反应迟钝兼心不在焉的十月、不解风情的金太子，真是一腔春意向东流……

吵闹中，肖驰见怪不怪地走进厨房为自己倒了一杯牛奶，从面包机上取下面包，自制了一个三明治。

就在这时，明辰雨也到了餐厅，拿了块面包，直接出了门。肖驰见状立刻追了上去："我和你一起去电视台。你要是需要帮忙的话，我……"

"不用了。"明辰雨淡淡地回答道，神色一如既往的平静。

肖驰看着他渐渐离去的背影，脸色掩盖不住黯然。

"啊，便当……"十月也想尾随明辰雨追上去，迈出的脚步却迟疑了一下，终于没有继续，只是低着头默默将明辰雨的便当和其他人的一起放进了袋子里。

急匆匆地抵达演播厅，就看到灯光师、摄影师、化妆师、场务等所有人都热火朝天地忙碌在各自的岗位上，十月小心翼翼地避开穿梭过往的工作人员，终于来到公用的休息场地。松了一口气后，她便将袋子里的便当盒一一拿出来。

坐在她身边的牧野快速地瞥了一眼排列整齐的便当盒："咦？怎么只有一份是黄桃寿司？"

十月还未回答，就听金太子一脸认真地说道："这可是十月特意为明辰雨准备的，明辰雨最喜欢吃的就是黄桃！"

"是吗？"牧野意味深长地看了窘迫的十月一眼，一把将便当盒抢了过去，转脸笑眯眯地对金太子说，"你弄错了，这是十月特意为我准备的，真正喜欢吃黄桃的人是我！"

说着，他捏起一个寿司放进口中。

"不愧是我的女朋友，还真是了解我的口味啊！"

十月立刻伸手去抢，但又争不过他，只能眼睁睁地看着他三两口就把便当吃了个精光。

吃完，牧野却看着空空的饭盒，轻声自语道："但愿今天不会有事。"

"你能有什么事？！跟你在一起的人才应该祈祷呢！"十月气哼哼地说道。

"对了，你说一直没联系到的那对嘉宾怎么样了？"牧野却换上迷人笑容，语气轻松。

"还……还没联系上。"提到这件事情，十月嗫嚅着，闷声说道，"我想了想，还是我们两个上去参加节目吧。"

"我们？你不是最反感和我组成情侣档吗？"牧野举起桌上的水杯喝了一口，眯起眼睛问道。

"联系不到嘉宾是我的失职，大家都努力那么久了，不能放弃的。"十月咬咬牙，一副烈士就义前视死如归的表情。

尤其是，我绝对不能拖明辰雨的后腿啊。

"呵呵，小十月，虽然我一直认为自己很聪明，但却猜不透你呢！"牧野俯身凑近十月的耳朵，用低沉的嗓音慢慢说道。

“那……那当然……”十月硬着头皮说道，别开目光看向其他地方，强行压抑着凌乱的心绪。

猜不透?

为什么我反而觉得牧野的目光就像是一把锋利的匕首，不论我把真实想法隐藏得多么深，他都有办法撕开一道口子，走进我的内心……

“好，我同意你的提议，就算是你为我做黄桃寿司的回礼吧。”

良久，牧野定定地看着十月，嘴角漾起一抹了然的笑意说道。

“啊，竟然还有两个蛋挞没有遭到牧野的毒手?”

牧野等人率先离开休息室，十月一边为即将到来的节目录制忐忑，一边继续整理着便当盒，突然她眼睛一亮，在一个小盒子里发现幸存的两只黄桃蛋挞。

太好了!黄桃寿司被牧野夺走了，总算还有点幸存的食物可以给明辰雨送去!十月心中暗喜，警惕地捧着蛋挞向坐在角落处的明辰雨走去，生怕牧野从哪里窜出来将蛋挞夺走。

走近低头专注看文件的明辰雨，十月先深吸两口气，鼓足勇气将蛋挞双手奉上。

“明辰雨，给你吃……”糟糕，明明事先打好腹稿，说点鼓励加油的话，怎么一开口就舌头打结?

明辰雨抬起头看了看捧到面前的蛋挞，再看了看紧张到极点的十月，温和地露出一丝笑容，伸手接过。

呼——紧张死了，幸好明辰雨没有拒绝我!

十月紧张地转过身就走，背后不期然地传来明辰雨的声音。

“谢谢你，十月。”

“别、别客气……”十月连忙转身向他拼命摆手，羞赧地涨红了脸。

就是那么一句简简单单的谢谢，让十月感觉似乎一切都没有改变，明辰雨依旧是那么温和明媚。一瞬间，十月觉得不管发生什么事情，只要能够看到明辰雨温和的笑容，就算是为他赴汤蹈火也心甘情愿。

一股难以遏制的甜蜜涌上她的心头，她竭力掩饰住嘴角幸福的微笑，再次转身准备走回自己的座位，没想到一回头就和一双意味深长的眼眸对上——是王淑瑶!

她正远远地站在大厅门口，似笑非笑地看着自己，似乎将刚刚发生的一幕尽收眼底。

十月心里一惊，从脊背处冒起一股寒气，

奇怪，王淑瑶为什么会在这里?她什么时候需要监督具体的节目录制了?

因为王淑瑶的大驾光临，演播厅里的所有人员都紧绷神经，为开场前的最后准备忙碌着。

十月满腹疑问地来到后台，牧野走过来将一张纸条递给了她："待会儿'默契大作战'，把它背下来。"

狐疑地接过，才看了一眼，十月脸上愤怒之色油然而生，她狠狠地瞪着牧野："为什么我的'癖好'填写的是'花痴'？"

"因为，你看见我的时候就会发花痴咬指甲。"牧野回答得十分自然，他将脸向着十月凑了过去，"不信我们试试……"

他的嘴角微微扬起了一个弧度，无懈可击的面容仿佛花开的一瞬。

十月还来不及移开目光，就看到了如此妖孽的一幕，一瞬间就呆住了。尽管她心里多少有些讨厌牧野，但……爱美之心，人皆有之。当看到他冲自己这么笑着的时候，依然会挪不开目光。不，准确地说，这种笑容，任何女生都没有办法挪开目光。

"呵呵……"正在出神之际，牧野坏笑的声音传来，十月不禁一怔。

她呆呆地低下头审视自己哪里不对劲，一看不要紧，顿时恨不得找个地缝钻进去——

我……举到唇边的右手是怎么回事?

还有，从对面金属门反射出来的、星星眼的痴迷眼神又是怎么回事?

以及……脸颊上的两片粉红色红晕……天啊，我根本就是在现场演绎一个十足的花痴!

呜呜呜……真是太不争气了!

十月紧紧地咬住牙齿，拼命克制想揍自己一顿的冲动："不行，换一个有格调的！换成'喜欢看德国哲学家、思想家尼采的《查拉图斯特拉如是说》'。"

"查拉……什么来着……"牧野微微偏过头，装作思索了半天，无可奈何地一摊手，"记不住！"

"记不住也要记，你一定要背下来，我可不想丢脸……等等，这个问题又是什么？"

十月的目光刚在小抄上移了一行，怒气再度升级。牧野凑近看了一眼，若无其事地说道："哦，只是问，是否知道对方最喜欢的内裤颜色啊。"

"低俗！你怎么能够允许这么低俗的题目出现！"

"哪里低俗？十月，你学坏了哦，想到哪里去了？"

"色狼！禽兽！"

"放心，面对不喜欢的女孩子，就算她什么也不穿我也没兴趣。不过你就不同了……"话说到一半，牧野用电力十足的桃花眼轻瞄了十月一眼，她顿时觉得好像有一股刺人的电流传来，只觉得又羞又气，却想不出什么话来还击，只得拖着站在一旁、还在为上台扭捏的韩格格夺路而逃。

紧张的准备工作终于结束，所有的工作人员已经在各自的岗位上就位，每个人都屏息凝神。

已经感受过几次现场直播紧张气氛的十月还是有几分忐忑，毕竟这是她第一次坐在嘉宾席上。

“各位电视机前的观众朋友们，欢迎大家收看《520我们私奔吧》的现场直播！”

没想到主持人一上场就紧张得口误，偏偏把“520我们恋爱吧”说成“520我们私奔吧”，惹得现场观众一阵哄堂大笑。金太子被搞笑的氛围感染，忍不住学着主持人搔首弄姿的样子，尖着嗓音凑近十月面前说：“我们这是健康节目，请大家不要聊不雅话题！”

逗得处于紧绷状态的十月“扑哧”一声笑了出来。

一旁的韩格格竟然一反平日的豪迈，而是温柔地抿起了嘴，笑不露齿。

“啧，韩格格，今天太阳怎么从西边出来了，竟然笑得那么淑女？”

金太子说完，这才发现韩格格居然穿了一身雪纺印花长裙。平时的马尾辫，也变成了半披着的公主头。

金太子不由得一愣，脸上的表情有些呆滞。

自怀心思的十月转头看向工作区，极强的灯光下是明辰雨显得有些朦胧的身影，他们不过是在嘉宾席和工作区的距离，却看起来那么遥远。

正当她望着明辰雨的身影发呆时，手被什么人紧紧捏住了。

“亲爱的女朋友，你在想什么呢？我说了是白色的，这个答案别想了，不能改。”

“你……”十月脸上像红绿灯似的一阵红一阵绿，她正压抑住要暴走的情绪，却发现牧野白净漂亮的脸颊竟然微微发红，总是气定神闲的样子也变得微微有些紊乱。

十月呆呆地看着反常的牧野：妖孽也会脸红？

正在奇怪时，只听一边现场导演喊话道：“大家准备好了，嘉宾准备上场！”

直播进行得很顺利。

终于轮到了嘉宾上台环节，在舞台灯光的照射下，十月和牧野、韩格格和金太子两组嘉宾被请上了场。他们的面前各有一块空白的看板，而每个人的手上则拿着一支黑色的签字笔。

海星兄弟之一的主持人NONO拿着话筒兴奋地说道：“终于到了我们的情侣默契度测试环节，今天我们将为到场的情侣提供一套最最权威级的试题，两位请背对背！情侣默契度测试——开始！”

另一位海星主持人蔡抗勇来到十月和牧野身边，诡秘地笑着说道：“呵呵呵呵！没想到平时我们的好兄弟牧野今天是以嘉宾身份出现，作为兄弟我一定‘格外关照’！现在，开始我们的第一个问题……牧野喜欢的电影是什么？”

“《绝对领域》！”

“十月最喜欢的歌手是谁？”

“林宥嘉。”

“牧野最常穿的球鞋是什么牌子的？”

“NIKE。”

所有的问题都和小抄上的一样，十月回答得十分顺利，可还没等她松一口气，又听NONO说道：“厉害厉害，竟然全部都答对了，那么接下来我们要给两位‘加码’了哦……”伴随着急促鼓点的现场音效，两位主持人一唱一和。

“没错！那么接下来的问题是……哎呀呀，是谁出的这么少儿不宜的问题？！”蔡抗勇夸张地将嘴巴张成大大的“O”形，看着手卡一字一顿地问道，“牧野喜欢什么颜色的内裤？啊哟——好刺激哦！”

果然很——低俗！但是这个问题也被牧野预测中了！十月沉吟了一下，硬着头皮在题板上写上“白色”两个字。另一边，牧野也坦然地举起手中的题板……

“啊呀，牧野写的也是白色哦！看来你们的关系还不是一般的亲密呢！两位还是在校生吧？也太开放了，会教坏小孩子哦……”蔡抗勇的嘴巴张得更大了，发出不善的笑声。

牧野还是淡然一笑，仿佛就算和十月真有什么，也是纯洁如皑皑白雪，干净如透明水晶，不染一丝尘垢。

“我觉得很奇怪耶，他们两个人实在太有默契了，怎么看怎么像托儿！”NONO阴阳怪气地故意说道。

“没错，我也有相同的感觉！怎么样才能戳穿他们的真实关系呢？看样子，我们需要换个精神层面的问题！”蔡抗勇认同地点点头，转头面向牧野开始发难。

“请牧野回答，林十月有什么特殊癖好？你们两人关系这么亲密，没可能答不出来吧？”

不会吧，还真有这个问题！尽管不愿意承认，可是十月对牧野预测能力表示100%地五体投地。可是佩服过后，更严重的问题接踵而至——牧野到底有没有记住她要求的答案呀？

“不行，换一个有格调的！换成‘喜欢看德国哲学家、思想家尼采的《查拉图斯特拉如是说》’。

“查拉……什么来着……记不住！”

“记不住也要记，你一定要背下来，我可不想丢脸……”

如果他真的不记得怎么办？算了算了，这次就按照他的意思吧。

十月紧紧地捏着手中的笔，犹豫了很久，终于一咬牙，在答题板上写下了两个字：

花痴

“哦，原来这位女嘉宾的癖好这么特殊啊！”NONO抢看了十月的题板一眼，夸张地叫了一声，说着牧野的题板被翻开，十月顿时愣住了，因为在牧野的题板上赫然写着“喜欢看尼采的《查拉图斯特拉如是说》”这几个字。

什么？牧野真的会听我的？！

十月不敢置信地望向牧野，正对上他带笑的眼睛看过来，四目相对的一瞬间，她只觉得像有电流划过身体，连忙紧张地低下头不敢直视他。

“不对哦……”乐队发出了遗憾的音效。

“惩罚！惩罚！”两个主持人像是等待许久终于逮到一条大鱼似的，兴奋地几乎手舞足蹈，拼命煽动现场观众大声起哄。

“按照比赛规定，但凡答错题目就要接受惩罚！”NONO眉开眼笑。

“没错！”蔡抗勇像打了鸡血一样，立刻接话，“既然两位情比金坚，那么我宣布对两位的惩罚是：立刻为观众们再现私下相处时最亲密的举动！对了，刚刚连内裤的问题都回答正确，不要告诉我们，两位私下里只有牵手和拥抱哦！最起码也要是Kiss级别的……”

什么？让我们当众Kiss？！

十月一愣，不知所措地看着牧野，为难得五官几乎要拧在一起。

“主持人，如果我没有记错的话，在对来宾进行惩罚的时候，不是都会有一个备选方案吗？”牧野气定神闲地看了十月一眼，不动声色地反将两位海星兄弟一军。

“这个……有，当然有！这样吧，除非现场有嘉宾自愿参加‘我糗也请爱上我’环节，令现场爆笑分贝超过120，才算是帮助你们过关！”蔡抗勇一怔，不大情愿地说出备选方案。

NONO连忙接口应和道：“这个环节的难度极大，从来没有人成功令全场爆笑分贝超过120。牧野，你们只能自求多福了哦……”

就在海星兄弟在台上絮絮叨叨说个没完的时候，台下的金太子早就按捺不住烦躁的情绪，狠狠瞪着两位主持人的双眼几乎要喷出火焰来。这两个跳梁小丑究竟想搞什么？竟然让牧野和十月当众接吻？而且还是现场直播，会被千家万户都收看到的节目？绝对不行！

上次在审片会上，牧野和十月当众接吻事件已经成为我心中不可磨灭的伤口，这次绝对不能眼睁睁地看着十月又被牧野这个小子占便宜！

想到这里，金太子不管不顾拉着还没回过神来的韩格格说道：“我们去！”

被金太子拖上台的韩格格还没来得及有所准备，就听到NONO说道：“既然是备选方案，可是没有那么容易过关的！”他一边说一边又抽出了一张题卡，“你们的题目是，请说出你女朋友10个不为人知的糗事！现在……倒数一分钟，计时开始！”

韩格格震惊地望着金太子，也不知道他会怎么说的时候，却已听到他飞快响起的声音：“1.不爱洗头。2. 不爱洗澡……"

哗! 伴随着金太子的声音，观众席一阵喧嚣，场上的分贝指数立刻就达到了 90。

眼见"半路杀出个程咬金"，破坏了自己能让牧野现场丢丑的计划，蔡抗勇手持话筒阴阳怪气地说道："哇，这位选手看来已经是拼了，不过他选女朋友的'品位'还真特别啊！"

NONO 的脸色也微微有些泛冷，恨恨道："这位女同学能够有'这样'的男朋友，'运气'也不错呢。"

"这位男同学，现在离 120 还差很多啊。"蔡抗勇扬手让观众看向场上的分贝指数，并继续怂恿道，"快点再想想，还有没有什么其他更劲爆的？"

金太子早已是不顾一切了，继续爆料道："3. 内衣一个月换一次。4. 喜欢裸睡……"

观众席轰然大笑，笑声一浪高过一浪。

"9. 喜欢吃油炸蝎子！"

"哇，好可怕的女生啊！"场下一阵惊呼，分贝指数一路飙升。

蔡抗勇看着计时表："快快，现在已经是 117、118 了，再来一个更劲爆的！"

"10. 袜子正面穿脏了，换一面继续穿！"

轰! 分贝指数瞬间跃过了 120 的关卡!

"为了表示公平，我们来问问这位女生，他爆料的这些究竟是不是真的？！"

眼看着话筒已伸到自己面前，明知金太子是在顺口胡诌，脸色一阵青一阵白的韩格格眼睛已经有些湿润，像是快要哭出来了，但还是强撑着点了点头。

"既然这样……两位过关。"蔡抗勇和 NONO 只能不情不愿地宣布。

……

明明逃过一劫，十月的心情却坠入谷底。这时，她眼角的余光正看到一位现场导演走了过来，他拍拍牧野的肩膀，赞赏地说道："你找来的朋友够意思，连这种难堪的问题都肯回答！"

十月闻言顿时一呆，脸色骤然僵掉。

"……原来你直到现在还在做这种事，你早就知道整个节目的流程，也知道海星兄弟会问这些刁钻古怪的问题，却还是硬要拖着金太子和韩格格来上节目……"十月噌地一下站起身，因为气愤涨红了脸，如连珠炮似的说道，"这些都在你预料之内，就是为了所谓的收视率吗？牧野，你太过分了！金太子和韩格格是你的朋友，难道连朋友也要算计？！你根本就是给别人带来灾难也一点愧疚都没有的冷血动物！"

……十月，你为什么总是不相信我？

牧野一怔，可是这一次他没有再开口反驳，俊美的脸上掠过一抹难以名状的神色，然后就完完全全地沉默下来。

忽然，海星兄弟的声音再次打破尴尬的沉闷，只见蔡抗勇走到舞台边缘，扬起手指向十月和牧野："不行不行！虽然过关了，可是我还是不能认同。这最狡猾的一对恋人，每次都会逃过终极大惩罚！大家说，我们能不能放过他们？"

"不能！"台下异口同声地起哄道。

"那么就让他们来一个现场Kiss，以弥补观众们受伤的心灵怎么样？"

"好！"

太无耻了！

金太子和韩格格付出那么大的代价，终于在"我糗也请爱我"环节中胜出，怎么能这样言而无信？一定又是牧野的算计！他知道我喜欢明辰雨，所以故意要我和他在明辰雨面前Kiss，将"假情侣"的关系弄假成真！

刚刚燃起的愤怒和质疑的小火焰越烧越旺，十月狠狠地瞪着面无表情的牧野，心里暗忖道。

可是在一阵高过一阵的起哄声中，牧野和十月再次被赶上舞台。站在舞台中间，看着台下一片黑压压、嘘声连连、等着看好戏的人头，十月只觉得从头到脚都在发抖。

"哎呀，牧野是艳福不浅，观众们是眼福不浅！"

"是呀，如果这一次牧野还想拒绝的话，备选方案是做100个俯卧撑哦！"

"什么？100个？根本就是不可能完成的任务啊……"

"那当然！相信聪明人一定会选择Kiss吧？"NONO和蔡抗勇一唱一和，"各位观众朋友们，脸红红心跳跳的激动时刻马上就要到来了哦！让我们拭目以待吧！"

我不要，我不要！绝对不能让明辰雨看到这一幕！

十月战战兢兢地环视着混乱的现场，却看不到一点回旋的希望，自己仿佛站在没有退路的断崖上，只能硬着头皮往下跳，濒临绝望的边缘。

"……我选俯卧撑。"

谁都没有想到，牧野轻瞥一眼十月苍白的脸色，然后举着话筒清晰无比地回应道。

出人意料的回答立即在现场引爆一场更大的喧闹，包括海星兄弟在内的所有人都发出不敢置信的嘘声。

我、我没有听错吧？十月瞪圆眼睛看着牧野，受到震惊的程度不啻于任何人。

"我的女朋友很害羞，这种私密的事情还是私下进行吧。"牧野一句淡然的解释，云淡风轻。

"咦？我觉得这个选择很诡异哦……"NONO连忙加以阻拦，抢白道，"对于一个普通男生来说，与自己的女朋友亲吻一下，这是很正常的事情，为什么你会宁愿选择100个俯卧撑？难道你们俩是伪装的情侣不成？"

"普通男生？"牧野弯起嘴角，露出自信的笑容说道，"我不是普通男生，我是出类拔萃的男生，所以为了我羞涩的女朋友，出类拔萃的男生会选择为她做100个俯卧撑。”

精彩的回答立刻博得现场观众一片鼓掌叫好，也令横加阻挠的海星兄弟讪讪地哑火。

十月惊讶地望着牧野，要知道平时他有事没事都会来占自己便宜，现在，可是让他光明正大乘这个机会来吻自己，怎么就……

更奇怪的是，只见牧野的额头布满了汗，脸色带着古怪的潮红，还痛苦地皱起了眉头。

透过敞开的衣领，十月发现牧野的脖子上不知何时起了大片红印，还有小的红疙瘩，很是触目惊心。这很像一种过敏症状……十月突然想起以前有人说很多人对一些水果过敏，比如芒果，比如黄桃……黄桃！是那份黄桃寿司便当！难怪刚刚牧野一直脸色古怪，他对黄桃过敏……可他还把它们一扫而空。难怪过敏症状会这么严重！

十月的目光中透着担忧，想来过敏中的牧野肯定非常难受，居然还支撑到了现在。想到之前还在跟他吵架，十月的心里内疚极了，偏偏又不知该如何是好。只能在心中默默祈祷节目能够快点结束、而就在这时，她看到牧野已经趴在了地上，并做好了做俯卧撑的准备。

而NONO仍旧不甘心地嚷嚷着：“牧野，100个俯卧撑哦！你真的考虑好了吗？千万不要为了在女朋友面前逞强，最后英雄不成、成狗熊！”

“请计数吧。”

牧野轻松的回答却让十月越发忐忑不安，没有人比她更清楚牧野此刻的状态有多糟糕！

“那好吧，倒数十秒钟就进入惩罚环节！是Kiss还是100个俯卧撑？就给他们最后一次机会进行选择！场下的观众们，请大家跟着我一起数！10、9、8……”

十月焦急地看向牧野，只见他从脖子一直蔓延到脸上的红色疹子已越来越多，额头上布满一层细密的汗珠，整个人仿佛随时都会支撑不下去一样。

怎么办？这个时候到底该怎么办？十月的心狠狠地揪在了一起。

“7、6、5……”伴随着场下的计数声，牧野的脸色越来越苍白，十月再也顾不上多考虑，把心一横，上前一步大声说道：“我选择Kiss！”

说完，她双眼一闭，一副壮士扼腕的样子，朝着牧野的脸就冲过去——砰！光洁的额头一下子撞上牧野的下巴。

轰——

台下立刻发出震耳欲聋的哄笑声，十月委屈地摸着被撞得红红的额头，无措地看着同样捂住下巴、哭笑不得的牧野。

“傻瓜，Kiss可不是这样的……”

牧野放下手，唇角和眉眼弯起迷人的弧度，仿佛有一千种琉璃色流转的眼眸定定地锁住十月，深情且执著，看得十月一瞬间忘记额角的痛楚，甚至忘记自己身在何处。

接着，牧野缓缓抬起一只手臂伸向她，在十月还未反应过来的时候，一把将她揽入宽阔的怀中——十月只觉得一阵天旋地转，同时一股好闻的气息扑面而来，一声巨大的轰鸣在脑中响起。然后在众人的尖叫声、口哨声中，两人的身影紧紧地叠在一起……

台下，明辰雨面无表情地注视着重叠在一起的两个身影，唯有一双澄澈的眼眸有些轻微的闪烁不定，接着，他转身，头也不回地走出直播厅。

不远处，王淑瑶满意地目送着明辰雨离去的背影，露出胜利在即的笑容。

就在明辰雨刚刚走出直播厅，Kiss定格足足有半分钟的两人终于被海星兄弟分开。十月面红耳赤地紧盯着地面，除了怦怦跳动的心脏声以外，周围发生的一切都听不到了，脑海中不断盘旋的只有牧野刚刚对自己说的话，以及一个仅仅碰到脸颊的吻——

“傻瓜，Kiss是恋爱的承诺，你必须要心甘情愿才行。除此之外，我不接受任何形式的吻……我会等你。”

天堂与地狱的距离
HEAVEN AND HELL

接下来的节目很顺利，直到最后节目结束的时候，十月才发现牧野根本连移动的力气都没有了。在金太子的帮助下，十月把他搀扶到休息室躺下，忍不住埋怨道：“你对黄桃过敏，明知道寿司里放了那么多黄桃，居然还抢着吃！”

“不能吃也要吃，我怎么可能让别人有机可乘？”

十月拿他的理直气壮毫无办法：“算了，你在这里好好休息一下，我去替你买抗过敏的药。”

走出电视台，傍晚的天色已经被夜幕笼罩，两排整齐的路灯发出橘色的光晕，将笔直的柏油马路映照得半明半暗。马路上空无一人，静谧得让人不敢大声喘气。不远处的一盏路灯下面，映出了一个修长的黑色影子。

灯光透过梧桐树的浓密枝叶倾洒下来，宛若在那人的身上笼罩一丝淡淡的薄雾，更增添了一抹出尘脱俗的气质，十月不禁有些看呆了。

整个世界突然安静了下来。

一切的喧嚣都已淡去，留下的只有倒映在十月眼中的一个身影。

是……明辰雨！

他，他怎么会站在这里？

短暂的恍惚之后，十月的脑袋嗡地一下乱成麻线团，突然有种陷入进退两难的窘境。

……继续往前走？假装很自然、很大方地和明辰雨打个招呼？

为什么一想到这里，心脏就像要从身体里跳出来一样。

……那么，假装没看到他，悄悄地退回去？可是这要是被明辰雨看到的话，会更尴尬吧！

想到这里，十月的脑袋摇得像个拨浪鼓。

……明辰雨又不是洪水猛兽，虽然紧张得快要抓狂了，不过打个招呼还不至于做不到！

第 101 次心理辅导之后，她深吸几口气，一步一步略显僵硬地走到明辰雨面前。

“明辰雨，没想到这么巧……”

话一出口，十月就后悔了。

白痴，半夜三更，你以为是鹊桥相会吗？

“不是巧合，是我在这里等你。”

就在十月低垂着脑袋，懊悔地在心里狠狠唾弃自己的时候，明辰雨缓慢而坚定地说道，轻柔的仿佛耳语一般的声音却让她一下子失了神。

等……等我？

这句话是什么意思？十月愕然地抬起头，两人的目光交织在一起。

此时此刻，明辰雨的双眸没有一贯的淡然，而是透着一种十月从未见过的忧伤。

好像过了一万年那么久，他就这么一直静静地凝望着，十月只觉得自己的灵魂都要被吸进那双深邃的眼眸里，不能思考也不能动弹，耳边只听见扑通、扑通的心跳声。

“十月，你知道吗？亲吻是恋人间承诺的印记。”

良久以后，明辰雨仿佛叹气一般幽幽地说道，他轻轻向前迈进一步，两人之间的距离瞬间缩近，近到只有一条细细的橘色光线从狭窄缝隙中勉强透过。

哎？明辰雨这么说……是因为他看到我和牧野的“假 Kiss”？

糟糕，他一定误会那是真的！

“其实我……”十月急着想要解释，可是话刚出口，一股温润而又熟悉的气息扑面而来——这是明辰雨所独有的气息！

她怔怔地睁大眼睛，像看电影慢放镜头一样，不敢置信地看着明辰雨抬起一只白皙修长的手，一点点地，一点点地……缓慢无声，却又不容拒绝地伸向自己的脸颊，然后没有丝毫停留地擦过脸颊，伸向自己的肩膀。

身体像木偶一样僵硬的十月，感受到从肩头传来的暖意，她再次不敢置信地抬起头，迷惑地看着温柔凝视自己的明辰雨——紧接着，从肩部传来一股力量，将她温柔地揽向面前的怀抱。

大脑瞬间当机的林十月，只来得及反应出一排大字：明辰雨，抱了我！

“……”

这是在做梦吗？对，我一定是在做梦……

轰鸣的心跳声中，一个小小的、满足的声音对十月说道。

我在做梦，梦里明辰雨抱住了我，我居然还能真切感觉到从他的胸膛里传来同样剧烈的心跳声。

我一定是在做梦，梦里明辰雨用那只伸向我肩膀的手，再次轻轻托起我的下巴……迷离的橘色灯光下，他的嘴唇和眼眸闪动着迷人的光泽。对了，我曾经好多次有过这种幻觉，只有天使才会有这样美丽的眼睛和嘴唇。

多么甜美的梦境啊……否则，此时此刻，为什么只属于天使的嘴唇怎么会向我俯来？越来越近，越来越近……直到轻轻地印到我的嘴唇上？

夜空中，只有昏暗的路灯还在不住闪烁。

滴答、滴答……

这个梦境好像有一个世纪那么长。

路灯下，原本有着一线之隔的两个身影，终于重叠在一起，仿佛再也没有什么可以将他们分开……

休息室内，头顶着冰袋的牧野躺在长椅上，脸上的红疹格外刺眼，而身上更是瘙痒难耐。但想到正为了他跑去买过敏药的十月，牧野的脸上还是不禁透着一丝甜蜜。

吱……休息室的门被突然推开。牧野拿下额头上的冰袋，连忙抬头，刚喊了一声“十……”，却失望地发现站在那里的是一脸欣喜的王淑瑶！

“干得不错，这次总算没让我失望。”王淑瑶向他走了过来，毫不吝啬地赞道，“这个你拿去，可以在林十月面前再为你加加分。”说着她从小挎包里拿出了一卷DV带子，递到了他跟前。赫然正是那盘DV母带。

牧野十分意外，但脸上却没有表露出分毫，而是淡然地接过。

“果然如我们所料，明辰雨终究不是石头做的。现在只有当你在林十月心中的分量足够重，才能做到让明辰雨因为感情自乱阵脚。”

目送着王淑瑶走出房间，牧野低头看着手中的母带，心中隐隐有些不妥的感觉，但却想不出究竟发出了什么事。

他摇摇头，决定还是快点去找十月，告诉她这个好消息，至少他们都不用再为DV母带有可能被公开的事而担忧。

于是强忍耐着身体的难受，牧野拿着带子匆匆走出休息室，谁知刚走到电视台门口，他的脚步不由自主地停滞了下来。

目光远远地注视着马路对面，就在不远处的路灯下，两个依偎在一起的身影竟然是如此熟悉。牧野只觉得心脏猛然一记抽痛，原本无比雀跃的心立刻灰暗了下来。

与十月分开后，明辰雨径直向办公室走去，一边走一边回忆刚刚在路灯下的情形，向来宁静无波的眼眸中浮现起一层困惑的雾气。

真是好奇怪……原本只是想要抱十月一下，为什么自己当时会……吻她?

明明不用这么做的。

微微摇了摇头，将无法解释的奇怪想法甩出脑海，明辰雨刚准备拧开办公室的门柄，忽然一只手挡在他的面前。明辰雨下意识地扭头，看到的是掩盖不住愤怒的牧野。

显然已经意识到什么，明辰雨一言不发地迎上牧野的目光。

牧野紧紧地注视着他，脑海中已全然被愤怒和焦急所湮没，他大声质问道："你到底做了些什么，让王淑瑶相信十月对你很重要，才会主动把 DV 给我，让我去讨好十月，加重自己在十月心中的分量来制约你?！"

"我说过，我们之间只有一个约定。"明辰雨低头看向牧野手中的母带，淡淡地说道，"现在你只需要按约定把你该做的做完，你没有资格来质问我。"

两人之间的空气瞬间胶着，他们聚集在一起的目光迸发出了浓浓的火药味，仿佛稍有动静就会演化成一场剧烈的爆炸。

牧野的肩膀微微颤抖着，他握住拳头，拼命抑制着心中的那份冲动。

静默维持了几秒，率先开口的是明辰雨："我要的只是当初跟你约定的结果。至于你拿到这卷母带是去讨好十月还是怎么样，我不会有任何意见。"

"你！"

明辰雨轻描淡写地拨开了拦在身前的手臂，打开了办公室的门。

"站住！"牧野愤怒地喊了一声，他当着明辰雨的面，用力几下拉扯出了带子，随着母带一起扔进了一旁的垃圾箱里。接着，他缓缓地说道:

"我，牧野不需要靠这种手段来讨女生欢心！"

5 月 20 日的节目取得了空前的成功，不但顺利地通过了电视台 15% 的收视率要求，还进入同时段栏目收视率的前三。

数据出炉的第二天，星河电视台的制片主任在平时只接待重要领导和大牌明星的宴会厅里举办了庆功宴。制片主任喜滋滋地切完大蛋糕，讲了一通感言以后，把第一块蛋糕分给了站在他身旁的明辰雨。

“这次直播大获成功，我们团队里有一个人功不可没，他虽然年纪轻轻，却成功地独立策划了节目。”

明辰雨躬身向在场所有人礼貌道谢，迎来一片掌声。

“独立策划……”牧野意味深长地重复了那个词汇，转头看向十月，“看来我和你因为变成了嘉宾，就不再是策划了。”

十月没有回答牧野，她看着台上的明辰雨被众星捧月似的围在中间，她知道他们不在乎这个节目究竟是不是他独立策划的，他们更看重的是“明”这个姓氏。明辰雨站在台上致辞，像一个真正的皇子，而自己只是站在台下来不及换掉校服的普通小宫女。

他们之间的距离，又哪里只是台上和台下？

昨晚那个吻，仿佛只是一个甜蜜的梦……

仿佛要摁进手心的皮肤一般，十月把手里的命运硬币捏得更紧了，在手心里按下了一个深深的印记。

“……谢谢所有工作人员的努力！”

致辞完毕的明辰雨再度谦逊地感谢了所有人，他环视着台下，眼神扫过十月的时候不易察觉地停滞了一下。

心莫名地也跟随着停滞了一下，十月的脚步不知不觉朝明辰雨的方向走了过去，却无意中撞到了一个人。

叮！一直捏在十月手心里的东西掉了下来，在地板上发出清脆的响声。

“对不起！”十月一边道歉，一边弯下腰捡了起来，一抬眼，正看到牧野站在自己的面前，定定地注视着自己。他的脸色有一些奇怪，但十月却又说不清是奇怪在什么地方。

十月不自在地偏了偏头：“你、你干吗？”

牧野盯向她手中的硬币，心中已是了然：“有件事情我想告诉你，最好离明辰雨远一点。”

十月很惊讶地瞪大了眼睛：“为什么？”

“原因我不能很明确地告诉你，但有一点，你必须记住。”牧野一反往常的嬉皮笑脸，神色凝重地说道，“明辰雨根本就不喜欢你。”

“你胡说！”十月心头的甜蜜顿时被一股怒火所覆盖，她气恼地斥道，“牧野，你太过分了！”

牧野并未理会，继续往下说道：“他从一开始就是在利用你，而这一切只是为了他自己。”

“够了，牧野！”十月气愤地抿起了唇，充满怒火的目光直视着他，“我已经对你一再退让，无论你怎么欺负我，我都无所谓，但是……但是你说明辰雨的坏话，我绝对不能接受。”

牧野不知该怎么说才好，他看着十月一脸坚定的样子，恨铁不成钢地脱口而出：“林十月，你这个只会自欺欺人的笨蛋！”

十月的脸已经气得通红，胸口一上一下剧烈起伏着："就算我笨也没关系，反正我很清楚地知道，就算全天下的人都来骗我，这个人也不会是明辰雨；就算全天下的人都来维护我，但这个人也绝对不会是你——牧野，因为你的心里只有利益和算计。"

她狠狠地瞪着他，一字一顿道，“你不要在我面前再说关于明辰雨的任何坏话，不然的话，我们就连朋友也做不成！”

说完，她再也不看牧野一眼，紧握着手心中的硬币，匆匆离开。

有一个人弯起了嘴角。

她穿着堇色的旗袍礼服，手里举着盛着香槟的高脚杯，站在明氏集团的董事长明君华身边，不断和往来的上流人士招呼、斡旋，目光却时不时地瞟向自己的继子，加深了嘴角的笑意。

她向台上使了一个颜色，庆功会的主持人赶紧举起了话筒：

“下面，我们有请明氏集团的明董事长夫人讲话。”

啪！

台下的灯光全部熄灭，而台上，除了明氏夫妇，还站着明辰雨和本不应该出现在今天庆功宴上的熊杏儿。

所有的灯光将接过话筒的王淑瑶映衬得明媚无比。

“今天真是双喜临门，既然辰雨已经向大家证明了自己的才华和能力，我还要宣布一件喜事……”王淑瑶优雅地露出淡淡的微笑，但这个轻柔的笑容，像两根飞刺，一根飞向了台上的明辰雨，一根飞向了台下的十月。

“我想大家都知道明辰雨和熊家千金熊杏儿小姐两人从小青梅竹马，门当户对。我们和熊校长商量了一下，一致认为现在可以送他俩一起出国深造。启程时间就定在明天。”说到这里，王淑瑶似笑非笑地看向明辰雨，带着不易察觉的挑衅。

“明天？”全场一片哗然。

熊杏儿意外极了，她抬头看向自己的父亲，又忍不住看了一眼牧野。

牧野并未注意到熊杏儿的目光，他挑了挑眉梢，联想起了那卷母带。在这一刻，他清楚地意识到王淑瑶已经出击了，虽然不知道明辰雨会如何还击，他只希望十月不要被牵连进来。

而十月则完全被这个消息给震住了，她下意识地注视着明辰雨，眼神中的期待与恐慌不住地交织着，脑海里像是被堵上了一团乱麻，乱哄哄的，让她无法去思考任何事。

但她依然紧紧地望着明辰雨，直到看着明辰雨双唇微启，她的心仿佛一下子停了下来。

“我……”

明辰雨的脸上没有表情，他的嘴角动了动，却隔了很久才发出声音："我尊重长辈的意见。"

此言一出，深感意外的王淑瑶脸色一变，但很快就恢复了镇定的神情，她的目光从明辰雨身上收回，意味深长地投向了台下的牧野。

面对王淑瑶的视线，此刻牧野的震惊并不亚于王淑瑶。但是，他唯一担心的只有十月。

牧野偷偷地握住了十月颤抖的手。

这一次，十月没有挣开，她的脑海早已是空白一片，完全不知该如何反应，就这样彻彻底底地呆在了原地。在这一刻，她甚至都已经感觉不到心痛，就好像有谁说过，当痛到极点的时候，痛楚反而会消失一样。

现在的她，只是呆呆地看着明辰雨，看着他揽过站在身边的熊杏儿的腰。

灯光的聚焦下，身穿华贵礼服的明辰雨紧紧搂着熊杏儿，一对璧人像是王室订婚典礼上完美的王子和公主，如此般配。

十月依然没有挪开目光，她的眼睛涩涩的，隐隐约约，仿佛有液体慢慢地滑落了下来。

她用力抽出了被牧野握紧的手，慢慢地往后退，只希望自己从来都没有看到过这一幕。

只盼望这一切仅仅只是一个梦。

一个不愿去回想的噩梦。

直到退无可退的时候，她转身飞奔出了会场。

明明沉重的双腿却无法停止地一路狂奔出去，十月一边跑，一边回忆刚刚发生的一切。

"我想大家都知道明辰雨和熊家千金熊杏儿小姐两人从小青梅竹马，门当户对。我们和熊校长商量了一下，一致认为现在可以送他俩一起出国深造。启程时间就定在后天。"

"我尊重长辈的意见。"

脚步终于停了下来，因为心跳太过剧烈，十月不得不站在原地大口喘息着。

不是那样的……

明辰雨一定是因为当时的局面才那么说的！一定是！

眼睛发红，她克制住不让自己现在哭出来。

十月握紧手里的硬币咬住了嘴唇：只要把硬币交给明辰雨，他一定会告诉她，刚才的那一切都是假的。

像是抓住最后一丝希望般，十月揉了揉眼睛，抬起发麻的双腿转头跑回会场的方向，忐忑、不安、憧憬……所有的情绪搅在一起，像酸甜苦辣的调料打翻在了一起。

没有想到的是，明辰雨像是在那里等着她一样已经站在了会场门口。

十月像是梅雨季节的天气，终于见到了曙光。

双眸一反先前的暗淡，变得明亮许多。十月紧紧地握住了项链上串着的幸运硬币，仿佛只有这枚硬币能够带给她力量。她远远地看着明辰雨，一步一步向他走去。

这一段路并不长，但她感觉走了很久，就好像是从地狱走到天堂。

十月抬起握紧硬币的手，举在明辰雨面前，满怀希望地说："刚才发生的一切，我都可以当做没有发生，只要这枚硬币还在，就能证明发生在我们之间的一切都是真实的。"

她顿了顿，心中带着一丝忐忑地将硬币递了上去："我觉得这枚幸运硬币是会眷顾我们的。"

明辰雨没有接。

叮——

硬币忽地坠落在地上。

"不用给我了。"他的表情安静，声音沉着冰冷，"现在这枚硬币告诉我，你跟我在一起只会得到不幸。"

"为什么？"十月难以置信地望着和昨天判若两人的明辰雨，分不清此时此刻是梦境，还是昨天的那个吻只是自己的想象，"昨天我们明明……"

"对不起。"明辰雨的声音依旧镇定得没有温度，"我为昨天的事道歉。"

"难道那个吻对你来说一点意义都没有吗？"十月忍住眼中的泪水，倔强地质问他，口气里却带着几分恳求。

"如果每个吻都有意义的话……"明辰雨淡淡地反问，"那你和牧野的吻呢？"

……

像是一场突然从天而降的冰雹雨，十月只觉得全身的皮肤像被冰冷、尖锐的冰雹砸开了，泪水再也无法抑制地涌了出来。

看到满脸泪水的十月，明辰雨的嘴角不易察觉地抽动了一下，但他没有再说什么，转身就走。

"等等……"十月擦了擦泪水，努力不让自己的声音哭出来，而勉强地露出了一个笑容，"我有一个最后的请求，请你把我送到电视台门口，再放开我的手。"

"……"

明辰雨什么都没有说，也没有继续往前走，沉默像针一样扎在十月的身上。

她闭上眼睛，任泪水沿着脸颊滚落。

但下一秒，手却被牵住了。

她睁开眼睛，看到的只是明辰雨看不见表情的背影。

是他牵着她的手。微凉的温度从对方的手上传来。

不想那么分开，或许只要自己不放手，就一直能牵着手走到永远。

可是永远的距离到底有多远呢?

一步、两步?还是数亿光年?

或许是因为自己的泪水，即使牵着手，他的背影在眼中也模糊得看不清。

千山万水，只要努力还是可以跨越，可如果是海市蜃楼，就永远也触碰不到。

不要放开，不要放开，求求你，千万不要放开……

十月在心里不停地祈祷着。

可是就在靠近电视台大门的一刹那，那只手还是轻轻地松开了。

耳边传来了明辰雨的声音，淡淡的两个字。

“再见。”

晚上九点，电视台附近的小吃一条街仍旧热闹非凡，这条街有着全市最有名的夜市大排档，整箱整箱的啤酒堆在地上，不少上班族下班之后相约在这里，还有附近大学的大学生。而此刻，混杂在这群人中间的一位高中生打扮的少女异常显眼。

女生一个人坐在一条长板凳上，抱着一个啤酒瓶当做麦克风，声音哽咽地唱着：“分开的时候不回头，你就永远无法知道，那个人在原地，看着你的背影，哭了多久……”

“小屁孩学人家唱苦情歌！”周围不少人对着她捂着嘴窃笑，指指点点，“她懂爱情吗?她懂男人吗?”

“老板，再来一瓶！”

舌头像卷了好几圈一样压不平，虽然已经说话不利索了，她还坚持用古怪的口音唱道，“你就永远无法知道，那个人在原地，看着你的背影，哭了多久……”

“嗝……”

唱得声嘶力竭，连连破音，还因为醉酒不停地打嗝，惹得众人纷纷捂上耳朵。

但那位女生丝毫不以为意，见服务生送来啤酒，又豪放地拿起瓶子对着瓶口直往喉咙里灌。

“这位美女，有什么伤心事要在这里一个人借酒浇愁啊?”

一个声音从背后响起，醉酒的女生缓慢地回过头，眯起醉得模糊的双眼看去，只分辨得出对方是一个男生。

一言不发，转头继续喝。

“面对我路飞这样的帅哥，居然看一眼就转头……美女你真是太有性格了！”

简单的白衬衫勾出了完美的身材，脖子上松松地系着一条休闲领带，整个人看上去一副慵懒、闲散的样子，鼻子上却架着一副斯文的眼镜，把高挺的鼻梁衬得白皙又英气。

这是一个可以直接登在时尚杂志上的英俊男生，引得大排档的顾客们都把视线从发酒疯的女生身上挪开，纷纷侧目这位突然出现的帅哥。

路飞拍拍十月的肩膀，或许因为他本身长得帅气的原因，并不会给人一种特别轻浮的感觉。

“美女，好酒量，我再请你喝两杯？”

见对方不理自己，路飞也不怒，他招呼跟着他一起出来玩的几个哥们儿围着醉酒女生的桌子坐下，他自己就坐上女生的长板凳空出的位置，叫了几份烧烤。

“男人不过是一种消遣的东西，有什么了不起！”

好像没有看到路飞一样，女生又换了一首歌继续唱着。

“美女唱得好，不过既然那个人已经伤了你，你又何苦再为他伤心呢？你看大街上那么多好男生，又不是只有他一个。”

路飞用手撑着脸，眼睛亮晶晶地望着脸色红扑扑的女孩，笑嘻嘻道，“既然我们在这里遇见，就是缘分。说不定老天让我遇见你，就是为了让你重新看到这个世界上还是有不少好男生的！”

醉醺醺的女孩子看也不看路飞一眼，仰头又喝下半瓶啤酒。

“大言不惭啊，飞哥，你不是号称把妹高手吗？你看人家根本就懒得理你。”坐在路飞对面的兄弟笑着揶揄他，“真是什么人都能搭讪，她看上去那么普通，你也有兴趣？这个世界上还有什么女孩子是你不会碰的吗？”

“其实我很有节操的。”路飞推了推眼镜，冲对街一个正在偷看他的 OL 眨了眨眼，引得对方脸红心跳，“这个世界上只有一个女孩子我不会碰……”他的嘴角飞扬起一个潇洒的微笑，“她的名字是——林十月。”

“林十月？有什么特别吗？”对面的男生不解地问道。

“对了。”

路飞没有回答，只是转过头，抓住身边那个正准备继续往嘴里灌闷酒的女生的手，“美女，我们聊了那么久，都没有请教你的芳名。”

对方皱了皱眉头，显然对路飞阻碍自己喝酒的行为感到了不满，她卷着含糊的舌头慢吞吞地报上自己的名字。

“林十月。”

“什么？”对方喝醉的舌头不太利索，路飞觉得自己大概是听错了。

“林十月。”

醉醺醺的女生又说了一遍，然后一把从失神的路飞手里抢过酒瓶。

“……”

路飞的嘴角僵硬了一下，愣了半晌，突然哈哈大笑起来：“美女，你真是风趣！你听到我刚才说不会碰林十月，就对我说自己是林十月。哈哈哈哈，太会开玩笑了，哈哈……”

“十月……”

还没等路飞说完，远处一个男生的声音打断了路飞的笑声。

路飞寻声望去，只见街对面，一个他再熟悉不过的身影正冲着他们走来。

“怎么是他？”

路飞看看正朝这边走来的俊美男生，再看看已经醉得趴倒在桌子上的女生，刚才还潇洒的他，嘴角不觉抽搐起来。

“糟了，这女孩还真的是林十月！天底下怎么真有那么巧的事！”

“老板，不用找了。”

他赶紧取出大钞放在桌上，拉着兄弟们一起跑了。

藏到街角树后的阴影里，路飞远远看着牧野抱起醉得不省人事的十月慢慢离开，他若有所思地喃喃自语道：

“那就是你喜欢的女孩子啊，牧野。”

海星与狮子②

Book Ⅱ: King of Young Times
Starfish and Lion

郭妮作品集

抒写人生悲喜事，留住青春小时光

在真实与虚幻的世界，当海星与狮子相遇，神说，只有爱才是命运……

狮子王王者不再 王淑瑶恼羞成怒

The Best:GirlneYa Works
A story of pure love

青春浮世绘小说
畅销“笑*泪”大作

Volume: 02
校园勇者王之卷

送出的硬币
THE COIN

头涨得像是被狠狠撞击过一样，压在软绵绵的枕头上，又沉又昏，抬不起来。

窗帘被拉着，只透出些微的光，无法靠天色来辨别时间。十月半眯着眼睛，伸手去摸手机。按亮的屏幕在她眼中由模糊慢慢聚焦成“14：25”的数字。原来已经是下午了。十月用手轻捶了两下涨痛难当的脑袋，呆呆地看着天花板。

为什么头会这么痛，到底发生什么事了……昏昏沉沉的大脑就像是被覆上了一层薄纱，眼前一片蒙眬。过了一会儿，才隐约想起，昨天晚上自己好像是跑出去喝酒了。

想到这里，十月的肩膀一动，瞪圆了眼睛。

脑海里，有一幕怎么也不愿意去回想的画面慢慢浮现了起来……

“我们明氏集团和熊校长商量了一下，一致认为现在就可以送明辰雨和熊杏儿小姐一起出国深造，启程时间就定在明天。”

轰！本就如一团乱麻的脑子顿时更乱了，十月下意识地用手去摸了摸挂在脖子上的项链，硬币的金属感传递到了指尖。

“不用给我了。”明辰雨的表情冷静，清冽的声音听不出任何起伏，“这枚硬币告诉我，你跟我在一起只会得到不幸。”

哪怕是再一次回想，明辰雨的话依然似利剑般，将她的心剜得鲜血淋漓。

她深深地吸了一口气，沉沉的脑袋无法思考更多，只感到四肢无力，喉咙生疼得像梗了一团杂草。抿了抿嘴唇，干得都快裂开了。

我大概是生病了吧……身体也好，心也好。

十月吃力地支撑起身体想要下床，不经意间看到了一旁的床头柜，却惊讶地发现在柜上放着半杯清水和一瓶药。

莫非，是有人一直在照顾我？这样想着，十月摇摇晃晃地站了起来，走进空旷无人的客厅。

她的双腿像是飘浮在天空的两片云朵，一下子失去重心，身体不由自主地向前倒去。而就在即将倒下的瞬间，一只强有力的手臂支撑起了她虚弱无力的身体。

皮肤上传来温暖的触感，鼻间也仿佛嗅到了一股清新而又熟悉的气息。

十月微微一怔。

不、不会吧?

心顿时被某种期待所笼罩,偏偏又不敢回头去看,生怕这一点点的念想又会落空。但渐渐地,终于还是难以克制地缓缓抬眼,就在那一瞬间,一张精致无比而又十分淡然的脸庞映入了眼帘。

明辰雨……真的是他?

他不是应该已经和熊杏儿在出国的飞机上了吗?为什么现在还在这里?

我是在做梦?她惊讶地张了张嘴,好半天,也没能说出一句话来。

周围的一切都好像已经慢慢模糊了,十月的眼中,就只看得到明辰雨一个人。也不知过了多久,当恍然意识到自己身体还被明辰雨扶着的时候,十月的脸刷地红了,赶紧站直了身体。

"不要随便下床,你的身体还很虚弱。"明辰雨温暖的手掌搭上了她的额头,尽管他的脸上依然没有太多的表情,但体恤的声音还是像春风一样吹入十月的心中,就连她身体的不适也好像立刻就好了一大半。

原来一直在照顾我的人是他。

难道……他是为了我的那番恳求才留下来的?

惊讶、喜悦、羞涩……百感交集说不出话的十月,轮番交替的表情像在上演一台生动的默剧。

也许,我在他心中的位置并没有那么糟糕。很多时候他只是因为家族的压力不得不做一些妥协罢了。现在他就站在我面前,没有按照家里的安排出国留学,就是我最大的幸福了。

手下意识地贴在胸口,摸到了一直贴身戴着的,由幸运硬币做成的项链。刚刚还昏昏沉沉的身体,此刻却充满了温暖和喜悦的力量,从四肢百骸一直到心脏,每一个细胞都充满了希望。

十月仰头看着明辰雨,唇边挂着满满的笑意,带着少女的羞涩和甜蜜说道:"谢谢……谢谢你回来,谢谢你照顾我。"

明辰雨的脸上露出一丝细微的异样,轻启双唇道:"你好好休息,我还有些事情需要向我父亲解释。"

他转身准备出门,而这时,十月像是想起了什么,快步赶上去说道:"等一下。"她慎重地将硬币从项链上取下,仰起满怀希望的脸。

"有一个人对我说过,只要点亮心里希望的光,即使它很微小,小到任何一阵风都可能吹散它,也不能真的让它灭去……总有一天,会有一种不灭的光芒照亮整个人生……那种光就叫做'奇迹'。"

仿佛一朵迎着夏日微风盛开的太阳花,十月的脸散发着光芒,递给明辰雨硬币的手指因为激动微微发颤:"我原本都不敢这样想了,但现在看到你在这里,我想说:有奇迹真好。这枚失而复得的硬币,现在我把它交给你。无论你需要多长时间我都愿意等,只要你愿意回来给我一个确切的回答。”

看着虽然一脸病容却满怀期待的脸，还有十月微微颤动的指尖，明辰雨的嘴角不易察觉地动了一下，然而还是什么都没有说，只是从十月的手中接过了那枚被她的体温捂得发烫的硬币，给生病的她倒了一杯水，这才转身离开了猫舍。

直到明辰雨的背影完全消失，十月终于收回了凝望的目光，转身坐回到了沙发上。

水杯的水慢慢凉了下来，但十月却好像浑然不知，依然抱着怀中的抱枕，呆呆地坐着，她的脸上带着笑容，沉浸在甜蜜和幸福之中。

叮咚！

门铃响起，十月吓了一大跳，身体猛地从沙发上弹了起来，她慌张地站在原地，却迟疑着不去开门。

难道是明辰雨回来了吗？他是不是后悔了？还是已经作了其他的决定？

叮咚！叮咚！叮咚！

站在门前的身体僵硬着，直到铃声的频率快到只有“叮”没有“咚”，她才赶忙打开了门。

站在门外的，竟然是身后堆着两个行李箱，满头大汗、气喘吁吁的熊杏儿！

“累死我了，你怎么那么慢才开门啊……”熊杏儿把一个行李箱交给仍呆立失神的十月，“愣着干吗，还不快帮我把行李拖回房间。”

“你、你怎么会在这里？”十月瞪大眼睛，结结巴巴地问道。

“怎么了？这是老娘的房子，我不可以来吗？”一脸疲惫的熊杏儿似乎已经快累趴下了，不耐烦地吼道。十月的脑袋还浑浑噩噩，而刚进门的熊杏儿则直接就躺倒在了沙发上，拼命地大口喘气。十月呆呆地盯着她看了一会儿，总算确定眼前这个熊杏儿的的确确是真实的，而绝不是她的幻想。

于是，心中的惊讶更重了：“你……你不是应该坐飞机去留学……”

“没去，我逃了。”熊杏儿用手扇着风，轻描淡写地回答道。

十月一怔，更加惊讶：“什么？”

“理由很简单，我和明辰雨两个人不可能在一起。很明显，现在我们的心都不在彼此身上。可是，如果一定要有人违背大人的想法，一定要有人‘犯错’的话，那就我来吧……”熊杏儿回答得理所当然，停顿了一会儿又开口道，“十月，别傻愣在那里，帮我倒杯水。”

“好，好的。”十月反应迟钝地应了一声，又呆站了几秒这才跑进厨房。

她拿着杯子站在饮水机前，脑子因为刚刚熊杏儿的一席话而方寸大乱。

难道这才是明辰雨回来的真正原因？

从机场反悔逃走的人并不是明辰雨，而是熊杏儿?

明辰雨并非有心要留下来和我在一起……

“啊，痛……”十月痛苦地皱起眉，匆忙移开了端着杯子的手。原来在不知不觉中，杯中的开水早已溢了出来，顺着杯沿流到了她的手背上。手背被烫得通红，但相比之下，心里有一块地方却更痛。

一阵一阵，难以抑制的疼痛。

过了好一会儿，十月才勉强装作若无其事的样子走了出去。她把杯子递给熊杏儿，强打起精神说道："谢谢你，杏儿，你实在对我太好了……"

想到熊杏儿为此作的牺牲，十月感激又有些失落地说道:“我知道你把我当做好朋友，但是，你没有必要为我牺牲那么多。”

一定是杏儿知道我喜欢明辰雨，才作出这样的决定。虽然心里被感动充溢着，但无论如何却开心不起来。因为留在猫舍，这并不是明辰雨的决定……

熊杏儿闻言抬起头来，目光复杂地看着十月，神情间好像正在犹豫着什么。

她默默地接过十月手中的杯子，当再次抬起头看着十月的时候，目光已变得无比坚定："别把我当成滥好人！做出这次的决定我不是为了你，而是为了我自己。有时候，人真的要到永远失去时，才知道什么是永远都想留在身边的。”

她含糊不清的话，让十月不解地蹙起眉来。

这时，只听熊杏儿语气微沉，而又若有所指地说道：

“林十月，你这种总把别人当好人的思想真应该改改了！如果你都不为自己考虑，谁又会真正在乎你呢？”

黄昏将近，落寞的夕阳渐渐收敛起了它的光辉，缓慢而决然地坠落，就连变化不息的云也仿佛被染上了一层异样的色彩。远远地，拎着水果、药品还有冰宝宝之类的牧野，正急冲冲地往猫舍赶去。

他抬手看看表，口中喃喃道:“不知道那个傻瓜醒了没有，实在不放心把她一个人留在猫舍。”正在这时，他脚步一滞，抬眼看向前方，远远地，只见从猫舍的方向走来一个熟悉的人影。

是明辰雨?

牧野微微一怔，漆黑的眸子倏地变得深邃起来，平日里总是带着调笑意味的眼神在这一刻显得格外沉重。

审片会的新面孔
NEW FACES

今天是《狮星王》节目的周例会时间。

刚走到第三会议室门外的走廊上，牧野就听到副导的声音传了出来："老三，你的裤子怎么和牧野的那么像？"

会议室门口正站着三四个《狮星王》的工作人员。

一看到牧野，海星兄弟之一的陈韩典脸迅速垮了下来，经历着从开花到腐烂的转变，唇齿相讥道："最近也真是难为牧牧你了，一整期节目里却只给你两个镜头，明氏的夫人好像已经不太帮你了。人家说，伴君如伴虎，当小白脸也是很辛苦的。不知道，你那个叫林十月的小女朋友能帮到你什么？"

"……"

见牧野没有回应什么，陈韩典自以为戳中了对方的软肋，正要乘胜追击，却发现牧野根本没在听他说话，而是正微微眯起那双狭长的眼睛，紧紧盯着走廊的另一头。旁边几个人见没戏可看，就推开会议室的门走了进去。

发现牧野根本没把自己放在眼里，陈韩典也只好跟着其他人，走进了会议室，但在那之前还是快快地说了一句："我就等着待会儿看你这个高中生主持能给节目组带来怎样的市场调研结果。"

牧野像是没有听见一样，视线始终锁定在那个越走越近的人影身上。

等到那个人走了过来，正要走进会议室，牧野挡在了他身前："你怎么会在这里？"

"开会。"

被挡住的明辰雨不温不火，也没有解释什么，只淡淡吐出两个字，算是回答。

"有件事你还欠我一个解释。"牧野的眼睛像是在酝酿一场风暴一样逐渐变深，他压低声音，仿佛只有那么做才能压制住有些高亢的情绪，"为什么不遵守我们之前的约定？我说过不管你做什么都不能伤害十月，你为什么出尔反尔？"

"这是我和十月之间的事情，与你无关。"

明辰雨淡淡的口气就像只是在吹散眼前的一团烟。

他绕过牧野想要去拉会议室的门把手，但却从背后被拽住了肩膀，下一秒，一记重拳狠狠砸在他的左颊上。

牧野收回拳头，毫不避让地与他目光相对，向来带着意图不明的笑容的脸此刻却露出明显的愠色。

"你给我听着，只要是林十月的事，就是我的事。"

明辰雨用手背抚过微微有些擦伤的脸颊，情绪依然没有任何波动。

他顿了一顿，透明得像是玻璃珠仿佛从未在意过任何东西的眼睛，淡漠地望着牧野，一字一句轻缓地说道：

“你的愤怒，究竟是为了保护林十月，还是因为……她喜欢的人始终是我？”

云淡风轻的话语却让牧野的肩膀猛地一颤，就好像被一只无形的拳头击中。

下午三点，例会准时召开，议题也非常鲜明：为上期节目作总结，同时开始策划下期的节目主题。

会议一开始，王淑瑶就率先发难：“牧野，自从我将《狮星王》的策划交给你，连着两期，节目收视率都在不断下降。而电视台的王牌达人秀、婚恋相亲节目的收视率却不断上升，尤其是王牌达人秀，并不像《狮星王》那样占着本台最好的时间档，却可以成为收视冠军，这很难说不是节目策划人水准高低的问题。”

“关于近期《狮星王》收视率下滑的原因，我做了这样一组调查，”面对王淑瑶的质问，牧野面不改色地打开电脑上的 PPT 文件，展开各种数据，“《狮星王》只是针对十二到十八岁这个年龄段的男女生，而历年来，五六月份都是学生的考试季，作为我们主要受众群的他们自然没有时间看电视。我调查了十年的记录，同类节目在这个月份的收视率从来都是最低的。但是，今年的收视率反而是例年来最高的。”

自信地侃侃而谈的牧野一反在节目里调笑装吃瘪的样子，让台下刚才还在等着看好戏的其他与会人员闭上了嘴。

“当然，过了这个考试档的冷冻期，七、八月份暑期档，收视率就会自然回升，甚至超越其他档期……无论是选秀，还是学生类综艺，暑假都能飚红。我相信现在这个时期不需要太过焦躁，而是应该为下一个档期做准备。在暑假这个竞争激烈的档期，到底该用什么新题材才能吸引住学生族的眼球，从同行中争夺收视率。而不是去拘泥于同一个电视台收视人群完全不同的节目间的竞争。”

听到牧野无懈可击的回答，王淑瑶从喉咙里冷哼了一声，没有再多言语，只是将目光移向了在座的明辰雨。

只见明辰雨的左颊通红，并微微肿起，已经引起一片诧异的目光。但尽管如此，他依然是以明氏公子的身份坐在评审席中，被无数的工作人员谄媚的笑脸簇拥着。

这一幕就像一根又长又尖的刺，深深扎进王淑瑶的眼睛。这么久以来，为了打压身为明氏集团继承人的明辰雨，自己实在是费尽了心机。却万万没有想到，居然会棋错一步，反而让他进入了节目的决策层。

想到这里，她将目光再次投向牧野，他那一如往常的表情让王淑瑶实在有些吃不准自己是不是又被这颗自己选中的“棋子”摆了一道，但眼神却渐渐尖锐起来。

“有力气打架，没力气干活……”王淑瑶硬生生地冷笑，“我不管你的收视率是高还是低，我要的最新策划呢？”

知道王淑瑶的目的并不在解决问题上，牧野果断地关掉文件：“新的方案我正在筹备，还需要一点时间。”

一股山雨欲来的气息顷刻间笼罩在《狮星王》众工作人员身上，几乎每一个人都惴惴不安，交换着眼神，看别人有无应对的方法。

然而王淑瑶却突然转过头，和颜悦色地对着坐在评审席首位的明辰雨。

“辰雨，作为新任节目组负责人，你有什么好主意？如果没办法解决狮星王的收视率低迷的问题，我作为整个公司董事考虑停掉这档节目。”

会议室的其他工作人员闻言都露出了难以置信的表情，不满和质疑的目光刷刷刷一下子齐聚到明辰雨的身上，窃窃私语声立刻打破周围的安静。

原本众人就对王淑瑶对明辰雨、牧野等新人赋予重任感到不满，如果再因为他的无能造成节目被毙掉，大家跟着一起丢饭碗的话，无疑是变成了替罪羔羊……一下子，怨念和担忧犹如暴风雨来前的潮湿空气，迅速浓重起来。

可是，被发问的明辰雨并没有露出意外的神色，他迎向王淑瑶的视线，随即慢慢站了起来。

“其实我今天来参加会议是想宣布一件事。”

无论站在如何剑拔弩张、陡峭险峻的境地，他还是依旧俊美出尘，平静淡然。

“我刚刚从教育局得到了授权，《狮星王》节目将全程独家承办本届‘市学生联盟会主席选拔赛’。希望这次比赛能够给这档节目带来令人满意的收视。”

会议室安静了数秒，然后像是终于消化完明辰雨话里的意义，响起一阵骚动。

在场所有人都知道，市学生联盟会是全市各高中的学生会主席联盟，以决策重大的高中联合活动。而坊间则把联盟主席称为“学生会主席中的主席”，等于是全市最优秀学生的代名词。“市学生联盟会主席选拔赛”每年更是各大电视台争相申请承办的项目，如果用“头破血流”形容竞争的激烈程度，也丝毫不夸张。

但明辰雨初出茅庐就带来这样的好消息，足以让在场的每一个资深策划人都深深臣服。

众人情不自禁地长舒一口气，就像栩栩如生地演绎“墙头草”这一名词似的，刚刚私下议论的负面言论一下子改成赞美和钦佩，无不众口一词地称赞明辰雨“年轻有为”、“目光独到”、“虎父无犬子”……

之前的阴霾一扫而光，气氛变得热烈起来。

王淑瑶仍旧面带微笑地看着明辰雨，目光却异常尖锐，只是她所看到的，仍旧是淡然与平和的明辰雨。

会后，王淑瑶第一时间回到了自己的办公室，她“砰”地一下甩上门，把手上的文件夹狠狠地扔在了桌子上。她的胸口不住地起伏着，拼命地喘了几口气后，拿起电话，快速地拨了几个号码，平和了下声音道：“是李主任吗？我是王淑瑶，上次向你们推荐的那位叫做牧野的保试公费生，他可能来不了了……对，我知道这个机会很难得，不如就让给其他优秀的学生吧……”

“我是王淑瑶，牧野在电视台的专属办公室明天会挪给其他节目用，你让他今天之内把所有的东西统统搬走。”

“你好，是陈导吗？我是王淑瑶，你正在准备的节目里，会起用一个新的主持人。嗯……就替换掉牧野吧。”

……

一连串的电话后，王淑瑶靠在自己的办公椅上，轻轻地呼了一口气，好像积压在心里的郁闷之气终于在践踏牧野这件事情上得以发泄和舒缓。

她眼睛微微眯起，唯独脸上还残留着一抹淡淡的冷笑。

黑板与硬币
BLACKBOARD AND COIN

十月坐在猫舍客厅的餐桌前，面前放着一本摊开的笔记本，但本应奋笔疾书的她，脑海里却像是被敲击的钟摆不停回荡着熊杏儿的话。

“我逃了……我想了想，如果两个人中一定要有个人犯错的话，那就我来吧。”

“别把我当滥好人！这次的决定我不是为了你，而是为了我自己。有时候，真的要到永远失去时，才知道什么是永远都想留在身边的。”

“林十月，你这种总把别人当好人的思想真应该改改了！如果你都不为自己考虑，谁又会真正在乎你呢？”

杏儿说她回来是为了她自己，那明辰雨呢，如果杏儿不打乱计划，他会为了我在机场反悔吗？想到几天前的酒会，十月依旧能感到心脏像被一根无形的绳子越捆越紧。

她叹了口气，停下笔来，忽然神情一滞，发现在写满数学题目的笔记本上，竟被画上了“到底喜不喜欢我”这几个大字。

“啊……你……”

正在这时，十月的肩膀一重，她吓了一跳，抬起头看去，只见牧野挑起嘴角，嬉皮笑脸地看着自己。

“小十月，男朋友辛苦了一天，还不赶紧倒杯水慰劳慰劳？”

十月连忙合上笔记本，假装漫不经心地瞥了牧野一眼：“你怎么会这么晚回来？听说明辰雨也去了，有什么事吗？”

“第一个问题很简单，因为今天是《狮星王》节目的例会日。至于第二个问题嘛……如果你想知道的话，作为交换，也必须回答我一个问题。”

牧野看着十月的眼神由戏谑变得深沉认真，“我很好奇，你为什么一再受到明辰雨的伤害，却还是喜欢他？”

为什么？

十月陷入了沉默，可是为了得到想要知道的答案，只得老老实实地认真回答。回忆的思绪慢慢飘回时光的漩涡，她口中喃喃地说道：“因为他是送我幸运硬币的人……”

放学后静谧无人的校园里，十月独自躲在图书馆的小房间里，不停地用粉笔在一块小黑板上写着什么，掉落下来的粉末在空气里飘扬消散。

“呼——把这些不开心的事情都写出来，心情就好多啦！”

大功告成的十月心满意足地拍去手上的粉末，长舒了一口气。

第二天，相同的时间，相同的地点，十月把眼睛瞪得圆溜溜的，错愕地看着小黑板。

“怎么搞的？我昨天写的心事被谁擦掉了？还有……这些鼓励、宽慰的话，又是谁写上去的？是写给我看的吗？”

她一边纳闷地自言自语，一边踮起脚尖，小心地左右环视空荡荡的图书馆。

“那个人不断在小黑板上写着鼓励我的话，还送了一枚幸运硬币给我……后来我才知道，那个人就是明辰雨。”十月的脸上露出憧憬的微笑，仿佛在描摹一件至美至幻的事物，幸福的模样让牧野看得有一瞬间的失神。

“明辰雨可以无条件帮助一个素不相识的人，又怎么可能会为了利益而不择手段呢？这就是我一直相信他的原因，相信他绝对不会做任何伤害我的事情。”

恍惚间，好像有一股记忆的浪潮，一浪高过一浪地拍打在牧野的心中，令他震荡不已。虽然记忆多少已经有些模糊了，但牧野还清楚地记得自己第一次在阅览室的黑板上看到那些字时候——

"呵呵，是谁在这里乱写乱画？"

牧野手臂里夹着几本书，好笑地看着图书馆里的小黑板，密密麻麻的文字旁边竟然还画了一个哭泣的Q版脸，"看样子是个很苦恼的女孩子哦……不管是谁写的，既然让我看到了，也不能装作没发生过，就做一次好人安慰安慰你吧！"

"真是有趣……"第二天，他又鬼使神差地来到那张小黑板前，惊喜地发现黑板上居然又有了一些新的留言。

"……要继续加油哦，迷茫的小女生！"牧野在黑板上又写下新的留言，笑着自语道。

虽然一开始只是觉得有趣，但渐渐地，随着两人在黑板上聊天次数的增加，当发现那个人真得因为自己的鼓励而振作了起来的时候，牧野还是止不住心中的欣喜。

只是万万没有想到，当初的一时兴起，居然在十月心中造成了这么大的误会。

望着眼前正沉浸在幸福的回忆中，可是却把真正的主角误认为是明辰雨的十月，牧野的脸上泛起一丝自嘲的笑意。

难道我就要输在这一场误会上吗？

牧野欲言又止地张了张嘴，还是把快要说出口的话咽了下去，笑着站起身。

"好吧，既然小十月这么诚实，我就回答你第二个问题吧！明辰雨也没什么事，就是去开会而已。"

"……牧野，你、你实在太过分了！"

交换了一个隐藏在心底多年的秘密，结果竟然只得到这么敷衍的答案！

十月气得跳了起来，抓起沙发上的一个抱枕就向牧野丢过去。

"你怎么会因为这么幼稚的理由就喜欢上明辰雨？"牧野潇洒地一伸手，稳稳地接住十月丢来的抱枕，笑眯眯地看着她。

"喂，如果我说送你硬币的人是我，你该不会也喜欢上我吧？"

十月微微一怔，没想到牧野会问出这种问题，似乎一时之间陷入混乱和思量中。

她仔仔细细地看着牧野，对方也坦然着迎视着她……如果那个人真的是牧野的话，自己也会喜欢上他吗？

十月在心里轻轻问自己，然而，下一秒钟，明辰雨的脸骤然浮现在眼前，她像从梦境中惊醒一般，神情由困惑转为嗔怒。

"是谁都不可能是你！更何况，即使真的是你，我也根本不可能会喜欢你，只会讨厌你！"

"……"

笑容僵在脸上，只有两秒钟的时间，牧野沉默地停顿了一会儿没有任何动作，然后像负伤一般捧着心："十月你好绝情啊！我的心……真的是伤透了！那好吧，看样子我得去找几个美女聊聊天，给我好好疗伤了……"

说完，牧野潇洒地转过身，头也不回地摆摆手走出猫舍大门。

真是的，又被牧野戏弄了。

十月目送着他消失在玄关外，双腿一软，失神地跌坐在地板上，轻轻半趴在沙发旁边，不知不觉中天色渐晚，客厅里光线昏暗，她却想不起来要去开灯，兀自呆坐在黑暗中回想着刚才的一幕。

是看错了吗？为什么牧野在离开前的一瞬间，他的眼睛里好像有着前所未有的认真，似乎还有一点点……难以名状的失落？

等一等，十月，你是傻了吧！

认真？谁都可能认真，可是牧野那种吊儿郎当的人绝对不可能认真！

失落？像他那种十足的利己主义者，不具备这么多愁善感的人类感情！

十月习惯性地抬起手，想要用力拍醒胡思乱想的脑袋，结果还不等拳头落在头上，只听到"砰"的一声，接着一阵令人眼冒金星的剧痛袭来——

"呔！小贼看打！"

"啊！ 啊啊啊！"

啪啪！哗啦啦！

一阵混乱之后，不知道谁终于摸到了墙边的开关。

"嚓"灯光亮起来了。十月揉着自己头上的包，哭笑不得地看着依旧举着一根木棒的金太子和躲在金太子背后大声尖叫的韩格格。

"拜托，被打的是我，应该我尖叫才对。"十月揉着头，哭丧着脸。

"十月，你干什么啊，怎么一个人坐在地板上都不开灯？！"韩格格说道。

"我，我们以为是小偷……所以，打痛了吧？十月，我帮你揉揉！"金太子露出心疼不已的神色，一副"打在你身痛在我心"的模样。

"金太子！都怪你多事，我们猫舍治安一向良好，而且有这么居家的十月看门，这么会有小偷？"韩格格跺脚道。

"我是怕万一嘛，最近猫舍那么冷清，常常没什么人在。"金太子心虚地吐了吐舌头，"要真的有小偷怎么办啊，我是男的倒是无所谓，大不了被卖去当苦力，可是你……"

金太子看了看韩格格，继续说道："……嗯，卖到深山老林里当童养媳也不错！要不就卖到菲律宾当菲佣！从此我们猫舍就真正清静了啊……"

"金太子！你找死啊！"

"……"

"好啦，我去打电话叫杏儿回来吃饭。"十月趁两人又开始例行争吵，连忙找借口逃了出来。

行踪神秘的熊杏儿

FRIEND IN STRANGE

熊杏儿的手机明明是开机状态，但却偏偏没有人接听，十月不免还是担心起来，走上二楼想去看看熊杏儿究竟在不在家。

"咚咚咚。"没有人应。

"杏儿，吃饭了！我可以进来吗？"十月把耳朵贴在了房门上，听不到半点声响，她犹豫了一下，拧开了门锁。房间里空无一人，好像熊杏儿就没有回来过。

"奇怪，杏儿到底去哪儿了？"

十月想了想，再次给熊杏儿打了个电话，手机里传来清晰的"嘟嘟"声。

手机音量怎么这么大，铃声就好像在房间里回响一样。十月暗想。

突然一下反应过来：根本不是自己的手机音量有问题，而是杏儿的手机就在猫舍！

"杏儿走到哪里都不会忘记带手机的呀。就连洗澡，她也习惯把手机带进浴室里。"十月喃喃自语。猛地一下，她突然听清楚了铃声的方位，正好是在浴室！

"杏儿，你在里面吗？在就回答我一声。"十月已经隐隐约约感觉到事态不对，立马冲向浴室，拼命地拍打着门。

哗哗哗哗。

没有人回答，不停的水流声音却更让浴室安静得简直诡异。

十月赶紧再次拨打了熊杏儿的手机，这一次，铃声清晰无比地隔着浴室的门板传了过来。同时，那哗哗的水流声一直没有停。

十月用力地拍打着浴室门，声音焦急万分："杏儿，杏儿你在不在里面，快点回答我啊！"

还是没有人回答，顾不上许多了，十月只能用身体奋力撞门。

"哐当"一声，门被撞开。只见熊杏儿歪着头倒在了地上，双目紧闭，手里还拿着沐浴花洒。

"杏儿，杏儿你别吓我啊，醒醒，醒醒！"十月急得眼泪都流出来了，她抱着熊杏儿一时不知道该怎么办，下意识摇晃着她的身体。

“……别叫了，你想让人都来免费参观啊？”也许是敞开的门带来了新鲜的空气，渐渐地，熊杏儿慢慢地睁开眼睛，她挣扎着想站起来，却看到十月哭得梨花带雨的样子，额角滑落一大排黑线。

“别摇了，活人都能给你摇成死人！快扶我起来。”

一见熊杏儿清醒了过来，十月总算松了口气，赶紧去拉熊杏儿的手，却见她原本白皙的肌肤上青一块紫一块的。

“哎哟，疼疼疼！”熊杏儿皱起眉头，“你轻一点啊。”

“杏儿，你怎么会受伤？没事吧？难道是被谁欺负了吗？”十月把熊杏儿扶起来，看着她身上那么多淤伤，担心地问道。

她忽然联想起牧野过去折腾自己的事情，忍不住问：“不会是牧野那个家伙……”

听见十月说牧野，熊杏儿好笑地斜睨着她：“我要说是牧野那家伙干的呢？”

“哎？”十月微微一愣，完全没有明白熊杏儿的双重含义，一脸“小白兔乖乖”的迷茫表情。

“哎，算了，算了，现在这个时代怎么还会有你这么单纯的人类啊？”熊杏儿无奈地叹了口气，“像你这样，就算我被别人欺负了，你又能怎么样？本来就是人吃人的世界。”

先是一头雾水，后来又被说得哑口无言的十月低垂下头，喃喃地说了一句：“对不起……”

知道十月是关心自己，同样也意识到自己也说得太过了些，熊杏儿没有再开口。

她抚了抚湿漉漉的额发，稍微稳定了一下心神，这才不好意思地轻声说：“抱歉，我刚才的话太重了，最近压力挺大的，你不要介意。”

话说完，她看到十月依然等在一旁，于是又说道：“你们吃饭吧，不用等我，我不想吃。”

看到林十月一个人走下楼，韩格格啧了一下，忍不住嚷嚷：“难得十月出面请不动熊杏儿，这是从来没有过的事情。”

金太子斜睨了韩格格一眼，一副老江湖的样子点评道：“当两个女人密不可分的友谊出现了裂缝，那么只有一个可能。”

狼吞虎咽的韩格格正吃得满嘴油光，她蠕动沾着酱油的嘴唇问：“什么？”

“嗯哼……”金太子清了清嗓子，发表高论，“那就是，她们原本密不可分的友谊中，挤进了一个男人。”

“这个我懂！”韩格格连连点头，快言快语，“就像肖驰和明辰雨躺在一张床上，中间突然挤进了一个牧野，你们不会觉得很奇怪吗？”

“呃……”金太子认真想了一会儿，然后露出了终于想通的表情，“还好还好，床大就没问题。”

“噗……”十月刚送进嘴里的那口饭差点喷了出来。

啪——

刚回到猫舍，坐在一旁的肖驰把碗筷重重地按在桌上站了起来，他像地府里的白无常一样，刷白了一张脸，安静地看着笑容僵在脸上的十月，连平日的毒舌都没有，却显得异常恐怖。

十月赶紧转移话题："最近也不见你们两个回来，到底在忙什么？"

"嘿嘿！"刚刚还气得要揍金太子的韩格格得意地笑了起来，"其实是上次520节目以后……"

"不，十月，我和她没什么的，你不要听她乱讲。"

金太子一听，赶紧要捂住韩格格的嘴。韩格格一甩手，大大咧咧地说道："你要有什么我还不答应呢。"她吐了吐舌头，慢慢说出由头，"有什么不好说的，其实就是，我妈和她妈看了上次520的节目，不知道为什么特别高兴，莫名其妙给了我俩很多自由时间和约会经费……所以嘛，为了自由和金钱……你懂的，我就勉为其难暂时和这个家伙出双入对，算是我们彼此的'双赢'吧。"

十月听完，额角滑落一大滴汗。

能用恋爱找父母骗吃骗喝的，还是第一次听说。关键是还骗得那么天经地义心安理得的，这两个人也NO.1了。不过多亏了这两个家伙回来，要不然，最近猫舍的气氛还真是沉闷呢。

"熊杏儿啊，说来真是奇怪，最近她好像老是神龙见首不见尾的。莫非也和肖驰一样，正在和谁冷战？"韩格格又心直口快地说道。

冷战……

韩格格的话让肖驰想起最近明辰雨一直对自己不冷不热的态度。失落、焦躁和愤懑很快凝聚成脸上那个阴测测的冷笑："冷战总比某些人没原则没节操地跟过去的仇人假装约会骗吃骗喝好。"

觉得自己无辜受到牵连，金太子瞪了他一眼："肖驰，你最近怎么像吃了火药啊！"

"咳……"自知踩到肖驰地雷的韩格格，赶紧转移话题把煞神给送走，"肖驰，要不你现在给辰雨哥哥送饭去吧。他刚打过电话说没时间回来吃晚饭。"

肖驰冷哼一声，但还是立刻放下筷子，拿上十月准备好的便当就出了门。

"肖驰，你饭还没有吃……"十月话音还未落下，肖驰的身影就已经消失在了视线里，她轻轻呼了一口气，一转身就看到金太子和韩格格站在自己身后。

金太子有些尴尬地说道："刚刚收到牧野的电话，他也要吃晚饭。而且指名要你送……"

啊？十月嘴角抽搐，忙不迭地摇头加摆手。

但是金太子和韩格格却是以无限歉意的目光望着她，双手合十道："听说牧野最近在电视台的日子过得挺凄惨的，海星兄弟一直在排挤他，十月你不会这么残忍吧！好了好了，不说了，为了下个月的零花钱，我们现在得去陪爸爸妈妈吃饭。所以……十月，拜托了！"

林十月这下彻底石化。

王子与贫儿
THE PRINCE AND THE PAUPER

讨厌的牧野，又要求我去给他送饭！算了，我不跟这种人计较，送就送，说不定顺路能碰碰运气，看看明辰雨在不在……

十月一边在心里不住地嘀咕，一边拿着饭盒轻车熟路地来到电视台，往牧野的化妆间走去。

忽然之间，耳边隐约听到了一些声音。

“你看，论坛上又有人说了，‘牧野还是直接变性好了，我只对他扮伪娘感兴趣’。”

“哈哈哈哈，还有这条，‘牧野扮女人和小丑都蛮好玩的，蠢得让人发笑’……”

“长得秀气有什么用，说好听点是中性美，说难听些就是娘、小白脸，还不是照样被观众嘲笑？”

“幸好我妈没把我生成那样，不然我一定羞愧得想自杀。”

“那么说的话，牧野还真是个坚强的人，哈哈哈……”

……

寻声望去，只见海星兄弟其中的两个人正凑在不远处，看着手中的IPAD，并发出阴阳怪气的笑声，让十月不自觉地握紧了拳头。

“你们……”明明自己看牧野不顺眼，但是听到别人说牧野的坏话，心里却好像有一万只蚂蚁爬过，难受得令她无法忍受。十月张开嘴巴，正准备打断没完没了的讥讽声，然而背后却传来一个比她更快的声音——

“你们看什么那么好笑？一起来分享一下？”十月回头，是牧野正一脸坏笑地站在她身后。

海星兄弟也抬起头，看到牧野来了，几个人脸色变了变，但随即又露出讪讪的笑意，假装同情地看着他。

“牧牧啊，你看微博上那些观众真是过分，竟然那么说你，我们正在为你打抱不平呢！”

“哦，是么？让我看看。”牧野露出了饶有兴趣的表情，在几个人还没有准备好的情况下出人意料地抽走他们的手机。

“一个叫‘菊花殇’，一个叫‘帅断肠’，啧，他们以为是唱‘菊花残满地伤’么……不过……我想起来了，这两个人的ID不就是你们两个人平时用的马甲吗？”

牧野的笑容像和煦的春风，本该让人心旷神怡，然而却让被揭穿的海星兄弟刚才的笑容僵硬在嘴边，“想不到，这个世界上还真的有人品位和你们一样呢。不过正好，这样可以提醒你们下次注册的时候记得起个品位好一些的。”

“原来微博上那些话都是你们说的！你们这些人实在太过分……”十月为牧野不平，还想说什么，却被牧野打断了。

他看到十月手里拿的便当盒，那张俊美的脸立刻露出甜蜜的笑容："原来我亲爱的女朋友那么关心我，还给我送饭。而且怕我被人欺负了，要为我打抱不平，是吗？"

一旁脸色不善的海星兄弟乘两人还在说话的工夫抽走还拿在牧野手里的手机，快快地离开了。

"就让他们那么走了？"十月看着海星兄弟的背影，虽然刚刚还觉得为牧野担心有些多余，但忍不住又问他，"你不要紧吧？"

"只要这个盒饭里面没有黄桃，我就一点关系都没有。"牧野看到十月被自己气得干瞪眼，反而笑眯眯地打开饭盒。

看到十月仍旧一脸愤愤不平的样子，他坦然自若地继续说道："市学生会联盟主席选拔赛要在《狮星王》举办，这对于原本受众群比较单一的学生栏目来说是一个千载难逢的好机会，所以在现在海星兄弟之间都斗得很厉害，大家都希望在正式的安排中获得更重要的角色和分配。"

牧野边说，边带十月走进自己的化妆室，"因为我也参加了选拔，有更多的出镜机会，他们不高兴也是正常的。"

"那也不应该使用这么低级、下流的手段啊！真想不到电视台里面的竞争可以残酷到这种程度……"十月咬紧嘴唇讪讪说道，眼角偷偷瞥着满不在乎的牧野，心中暗忖：一直以来我都认定牧野是个奸猾的小人，可是为什么从来没考虑过他身处的环境呢？

"好了好了，十月，你突然这么维护我，感觉真是受宠若惊！"牧野一边笑眯眯地望着她，一边从柜子里拿出自己的专属化妆品。结果打开一看，不是粉饼碎了，就是发胶变成五颜六色的，或者护肤的果酸流在柜中的衣服上。

他的化妆品并不多，最多遮遮黑眼圈，生病的时候让自己看上去健康一些而已。这下全部报废，连替换的都没有。

"太过分了！一定是那些人干的！"刚刚才压抑下去的怒火，被眼前看到的狼藉画面一下子又激将起来。十月不敢置信地瞪圆眼睛看看被毁掉的化妆品，再看看面无表情的牧野，愤怒地攥紧了拳头。

"只是几个跳梁小丑，没什么好介意的。"牧野轻瞥了一眼愤怒的十月，淡淡地说，"而且……这点程度也不算什么。"

为什么他会这么不在乎？面前忍气吞声的人真的是牧野吗？仿佛牧野若无其事的态度更让她生气，十月不客气地大声质问道：

"这还不算什么？难道他们还有更过分的？"

"比如，录像的时候不给镜头；就算镜头扫过脸也只是定格在下巴以下，甚至是背影的位置……"牧野轻松的口气好像在谈论"今天天气不错"一样自然，"再比如突然换了稿子，又或者是换了直播室也没有人通知……"

This is the story for invincible true love.
With social development, high school is no longer the "ivory tower" in fairy tales, but a reality with fully competition, purpose, even cheating.

这算什么？被人这样不公平的对待就那么算了？

“不行！他们能在网上那么诽谤你，我也要去网上把真相统统昭告天下！”一把无名火在十月的心中“嗖嗖”地往上蹿，二话不说就想冲出去讨公道，不想被牧野拦了下来。

“干吗要怕那些家伙？”十月瞪着他，“你什么时候这么软弱了？明明平日很会使唤我，碰到强硬的对手就不行了？欺软怕硬！”

牧野饶有兴致地盯着十月气恼的样子，不但没有生气，眼神里更晃动着异样的光彩，让十月的心情更为不爽。

这家伙是不是脑筋不正常？喜欢把快乐建立在我的愤怒之上？

而这时，就听他轻笑着说：“十月，不管我经历的事情有多么残酷无情，只要你愿意站在我的身边支持我，我就有力量和勇气面对一切。况且，胜利这种事情，可不是只争朝夕……”

“什么只争朝夕？你又在胡说什么……”十月嘟囔着。

“我可是很认真地在说。”牧野在嘴角绽开一朵桃花一般的笑意，细长的眼睛掠过撩人的水光。他那张极具欺骗性的魅惑的脸慢慢凑近十月，“就像是今天我才明白，你平时生我的气，一定都是在心底想着我；你开口骂我，一定是在担心我。所以，我一定要奖励你……”

冷不防，一个软软的散发着薄荷味的吻落在了十月的脸颊上。

“滚开！”又被吃豆腐了！

十月红着脸擦了擦嘴，赶紧推开眼前这个只会欺负她的家伙。

牧野不以为意，对退后三步的十月挑起嘴角，继续靠近：“小十月，这么快就又想我滚过来亲你了。”

“……”我是撞了头才给这个浑蛋送饭的！

十月决定不再理会牧野，怒气冲冲地转身离开。可是她没走几步，却又不自觉地停了下来，想到自己刚刚有些冲动了，害得牧野要空着肚子上场。

想到这里，她鬼使神差地往直播间的方向走去。

莹白色的灯光笼罩在舞台上，嘉宾都已在后场准备就绪，而观众们此刻也开始一一入席。

在正式开始前，导演将海星兄弟们召集在了一起，将整场节目的流程进行了最后一次确认。

据导演所说，这次的节目中邀请到一位以火爆脾气著称的知名男演员，金马奖影帝——陈明道。但是由于他在幼年时曾有过一段贫困潦倒的生活，甚至还因为偷窃而被捕，所以这段生活一向是他被采访的禁忌。

“这次采访我们不仅要让他平和地对这段往事侃侃而谈，同样也需要他配合完成后续的采访，绝对不能让他中途离场。”导演叮嘱了一声，又说道，“此外，在介绍这位明星时，需要有一段即兴的表演。那么我就来分派一下各自的任务。”

话音一落，海星兄弟们不由面面相觑，但还是一一上前领取了一张写有各自负责明星的名字。

“这不是那个以撒娇著称的女演员嘛。”

“太好了，我和宅男女神搭档！”

轮到牧野时，他展开纸条一看，只见上面写着陈明道几个字。

其余的海星兄弟们一一过来拍拍他的肩膀：“兄弟，祝你好运！”

……

直播间内，很快就轮到了牧野上场，只见他衣衫褴褛，手中则端着一个缺了口，放了两三枚硬币的破碗，竟然就这么走上了台。

“哈哈哈哈……”虽然不明白牧野到底是要表达什么，观众们都被这滑稽的情形逗笑了。牧野作出在街头行乞的样子，绕着整个舞台转了一圈，来到海星兄弟们的面前，突然带着迫人的气势说道：“让我进去，我才是真正的爱德华王子！”

经验丰富的海星兄弟也一时摸不着头脑，都不知道他想玩什么花样。

而这个时候，负责控场的狮子王已命人举起了提示板，示意他们配合牧野的演出。

海星兄弟们毕竟训练有素，忙收敛起脸上的诧异，恭敬地行礼道：“欢迎您回来，爱德华王子殿下。”

这时牧野越过他们走到观众面前，拿起话筒说道：“刚刚我只是在真正的演员面前班门弄斧而已。刚才为大家表演的是美国著名作家马克·吐温的名著《王子与贫儿》中的一小段，但我想告诉大家的是，汤姆并非天生就只能当贫儿，爱德华也不是生来就只能当王子，全部的不同只在服饰和地位。当爱德华有了那段平困的经历，内心真正变得强大的时候，他才会成为一位真正的王……下面有请我们的嘉宾陈明道先生来讲述一下他从一个底层的贫儿成为演艺界的王者，这一段独特而精彩的经历！”

他的话一说完，全场立刻安静了下来，没有多久，轰然迸发出了一阵如雷般的掌声。自然接下来的两人合作也是水到渠成。

“胜利这种事情，可不是只争朝夕……”

看着眼前的这一幕，十月不由回想起刚才牧野说的话，她这才发现自己原来一直不解的一件事情。导演不给镜头、海星兄弟抢词、被人故意把麦克风弄到没声、总让牧野来演受人嘲笑的角色……致使牧野在过去的节目中，常常处于弱势的状态。

但所有人的目光总是会锁定在他的身上，原来以为是因为牧野那张漂亮脸庞的缘故，但是今天才发现，他虽然在整个节目里面受尽嘲笑和调侃，有的时候还要上蹿下跳的，甚至像今天这样扮乞丐，但是镜头却自然而然始终捕捉着他的身影，使他从角落站到了舞台中心，成为众人视线的焦点。

甚至连海星兄弟都不自觉地跟在他的身后，跟着他的脚步做出相应的反应。无论是女人、小丑、乞丐还是傻子，他都敢演，但似乎只有一个角色最适合他……那就是王者。

难道，牧野其实就是一个扮成乞儿的王子？

十月感到了一丝困惑，视线不知不觉停留在正和陈明道侃侃而谈的牧野身上。

没想到看起来全神贯注的牧野，竟然像是一直关注着十月一样，察觉到她的目光。他悄悄转到摄像机拍不到的角度，突然眼角一挑，用手指轻轻拂过唇边，冲十月飞了一个媚眼加飞吻。

这个人总有办法让我在每次正经担心他的时候，觉得自己像个白痴！

十月嘴角抽搐着从座位上站了起来，头也不回地离开演播室。

我在想什么？王者、王子？

他根本就是一头扮成绵羊的狐狸狼！

牧野顺利从台上下来，原本看起来挑战系数很大的节目可以预期到非常好的播出效果，大家都显得干劲十足。牧野走过狮子王身边，拧开了一瓶饮料，像是不经意地说道："我发现一个有趣的事情。这次的邀请名单很奇怪，邀请的明星不是在中学期间有过不良记录，就是出名的性格古怪、不好相处，甚至还有几位明星是被列入访谈节目黑名单的……"

狮子王一直忙碌着整理台本的手，这次终于顿住了，他浑厚沉着的声音中透露出威严和严厉。

"你的意思是，我对邀请名单动了手脚？我可是《狮星王》的老大，我为什么要这么做？"

"如果我没有猜错的话，相信你已经打算好要离开电视台了……你会选在市立学生会联盟主席选拔的时候突然离开，不是偶然吧？"

看到狮子王略显震惊的表情，牧野淡淡地点出了重点。

"……不会是'她'的意思吧？"

狮子王的脸上掠过一丝意外，但随即爽快地笑了笑："后生可畏。没错，是'她'。不过我很意外，你居然早知道我是'她'的人。"

他打量牧野，目光中带着深意："这么说来，你和'她'的关系不一般吧。"

"总之，谢谢您之前让我学会了更多在电视台这个现实环境下的生存法。"牧野却答非所问，并谦逊地向狮子王深深鞠了一躬。

狮子王微微一愣，很快了然地眯了眯眼睛："既然都被这样感谢了，我就最后再给你一个忠告。据我了解，明辰雨出现在星河电视台决策层不是意外，你也应该知道之前他一直受到王淑瑶的排挤和恶意的打压，这一次如果不是他利用了那个姓林的女孩，骗过了王淑瑶，在明氏股东面前演了一出‘识大体遵从长辈’的好戏的话，是不会这么快就得到机会的。而且据我所知，明辰雨也会参加这次联盟主席的竞选……联盟主席的位置，才是他最在意的，而且志在必得。”

伴随着狮子王的话语，牧野回想起王淑瑶宣布明辰雨将和熊杏儿一起出国留学的那一幕，那天对于十月来说，实在是残忍到了极致，当时同样在场的他，亦能真真切切地体会到她内心的痛楚。

无论发生什么事，他都不愿意将十月牵连进来，可是明辰雨却……

想到这里，牧野的目光迸发出了愤怒的光芒。

狮子王看着牧野的眼神，淡淡地开口了。他的表情像是在闲话家常，却给人一种自然而然的威严感。

“木秀于林，风必摧之。依照‘她’的安排，我们始终不会站在星河的风头浪尖，所以这段时间都会安稳地度过，你千万不要因为那个姓林的女孩子舍弃一贯的准则。记住，每一场棋局中，真正的王者都是下棋的人，而不是深陷其中的棋子。”

身陷其中的棋子
THE CHESSMAN

剪辑室的灯已经关上，灰暗的房间里，只有十月面前的电脑屏幕还在不住闪烁，从音响里播放出来的综艺类节目所特有的“插科打诨”的声音也弥漫在了整个房间里。

十月神色认真地盯着显示器，而正在播放着的，是《狮子王》节目的录影。

一连看了十场，十月却越来越津津有味，同时也再次肯定牧野总是能够控制着观众的紧张、大笑和感动，而摄像也总是会在不知不觉中给他长镜头。

表面弱小的人未必真的弱小，只要懂得掌握舆论，让大批的人站在他这一边，那么他不仅代表正义，而且是真正的强者。牧野正是利用这种方法，让别人不断为自己鸣不平；接着在最恰当的时候反击，大快人心。

十月忍不住对牧野在台上的表现佩服至极。

虽然一开始我觉得你是个绣花枕头……不过看来，你是个很有保健功能很有内涵的绣花枕头。

“在看我的节目？”身后有人冷不防地拍了一下十月的肩膀。双眼紧紧盯着屏幕的十月回过神来，回头，牧野此刻正弯着一双妩媚的双眼，“含情脉脉”地看着自己。

“你终于发现你的男朋友有多么英俊潇洒了吗？”

“你有妄想症么？自恋狂！”十月不客气地打断他的自我陶醉，顺手递了一杯水给他，“喝口水清醒清醒吧。”

牧野笑眯眯地接过茶杯，心情大好地喝了一口，明明是清水，他的表情却好像加了蜂蜜般甜蜜：“别害羞了，明明在这里反复看我的镜头，不是迷上我了还能是什么？”

十月不理会他的调戏："牧野，我怎么觉得你在节目中是故意示弱和装弱。为什么会这样？难道你有被虐倾向吗？"

牧野喝水的动作微微停了一下，发愣半秒，突然恍然大悟似的笑了起来。他的头慢慢凑近十月，温热的呼吸轻轻萦绕在十月的耳畔，"十月，不知道有时候你是真的笨，还是真的聪明。说你笨的话，有些事情你却能够看得比很多人都通透；说你聪明……你怎么能绕这么大一个弯子只为了夸奖我啊！"说着牧野端着水杯就往外跑，十月气不过，死死地追着他的身影。

吵吵嚷嚷间，两个人不知不觉到了台长办公室外面。台长办公室里人声嘈杂，像是有人在争吵。见牧野停下来，十月抬起手正准备大肆报复，却被牧野转身捂住嘴唇，做了个噤声的动作。

"《狮星王》节目的最后环节出了纰漏，本来可以以电视台的势力掩盖住，可是节目播出没几天就遭到网络人肉搜索，还将电视台隐瞒的黑幕疯狂传播，现在狮子王引咎辞职，对手电视台立刻发布媒体宣言，星河根本没能力承办这次高中联盟学生会主席竞选比赛，而且预备继续争夺承办资格……所有的事情都乱了套，你却偏偏要推举明辰雨来救场，这根本就是推他入火坑！"半掩的门里传出了一个熟悉的声音，竟然是肖驰！

而坐在他对面的是办公室的主人——王淑瑶。

"傻孩子！"向来手段毒辣、冷淡倨傲的王淑瑶眼中竟然流露出稍许温柔的光辉，十月差点以为自己看错了。

"我有什么错？正所谓乱世才能出英雄，在这个阶段让明辰雨出来主持大局，才能让他展示才华。"王淑瑶连眉毛都没动一下。

"你别骗我了。"肖驰毫不相信地冷哼道，"我可不是好骗的小孩子。明辰雨再怎么优秀，又怎么能和经验老到的狮子王相提并论，这么短时间又怎么可能控制住局面？！狮子王在这一行里已经做了三十多年，一直以来都是这个节目的核心。"

"你也知道自己不是小孩子？你知道我这么做都是为了谁吗？！"

见肖驰干脆挑明，王淑瑶的目光才露出恨铁不成钢的尖锐，"你要记住。你所面临的比赛只有两个人参加，所谓的第二名就已经是最后一名！你无路可退，一定要击败明辰雨。"

"如果我说，我无法做到呢？"肖驰沉默良久，抬起眼睑，直视着面前的王淑瑶。

两人的目光交织着固执的愤怒和失望，几乎迸射出火光。

站在门外的十月早已经听不下去了。

狮子王离开节目？那这次举办市立学生联盟主席选拔比赛，明辰雨会面临极大的困难？他好不容易才争取到举办权的，而且几乎整个电视台的人都在等待最后的结果，他绝对不能失败。

上次明辰雨毅然决定去留学的冷酷早被她抛到九霄云外，眼前的王淑瑶、肖驰，还有身边的牧野都仿佛不复存在。

此刻的十月心里只有一个念头：我必须立刻去帮他！必须现在就去见他！

恨不得现在能插上一对翅膀，身体里有一股无形的巨大力量瞬间汇集推动着十月，让她无法抑制心中的急迫，飞快地朝猫舍的方向奔去。

猫舍一如这些日子以来的安静，夕阳的余晖透过客厅的落地窗倾洒在明辰雨身上，此刻的他正坐在沙发上，手捧着笔记本电脑，聚精会神地看着屏幕上的一组组资料。

十月远远地看着他，犹豫了片刻，小心翼翼地走了过去。

“我……”十月的眸中充满了忧色，斟酌着语句说道，“有件事情我想要告诉你……狮子王很有可能打算退出星河。”

她顿了顿又急忙道，“我也不知道自己能帮上什么忙，可是不管什么事，我都愿意……”

“我刚刚接到电话，他已经提交辞呈了。”明辰雨轻描淡写地开了口，他头也没抬，直截了当地打断了十月的话。

如此平静是十月未曾想到的，她双唇微张，准备了很久的话也不知该如何继续往下说。

明辰雨还是没有抬头，但却好像感受到了十月忧心忡忡的目光一样，又说了一句：“我的事我自己会处理，现在我还有些事情要忙。”

只觉得气压仿佛在一瞬间沉了下来，让她难以呼吸。十月勉强扯了扯唇角，打起精神说了一句：“那我就不打扰你了。”

然后就拖着好像挂了重铅的双脚，垂头丧气地转身往外走去，而这时，好似有风将明辰雨的声音吹入耳中，“不过，十月，还是谢谢你能来告诉我。”

淡然的声音如同一阵清风吹散了所有阴霾，欣喜瞬间浮上了十月灰暗的面庞。

她露出了灿烂的笑容，忙不迭地摇头道：“没有关系的，这只是件小事。”说完她又急忙补充道，“更何况无论让我做什么，我都会一直支持你的。”

不知何时，牧野已站在了客厅外，眼睁睁看着这一幕。本就沉重的心像从千米高处坠落而下一样，脸上已没有了一贯的笑容，唯有深邃的眼眸中，透出了一种异样的神色。

“明辰雨，等一等！”

第二天，明辰雨刚走进电视台大楼，就听见一个急促的声音。他停住脚步，回过头看见肖驰早就等在大厅左侧的会客区里。

“我有事情想和你谈，”说着，肖驰拉住明辰雨走到无人注意的角落，压低声音急促地说道，“我知道电视台会让你去《狮星王》节目组救场，你一定要拒绝！此时的局面，谁担负起这件事情就是去送死！这根本就是不可能完成的任务！”

“你想说的就是这件事？”明辰雨面无表情地看着焦急的肖驰，声调没有一丝变化。

“没错！”

“……我会接受这个任务。”明辰雨别转开目光，淡然的声音中暗含着坚定。

“你疯了?！你难道没有听清楚我刚刚说的话吗?！”肖驰急得面红耳赤，竭力压低的声音也不由自主地扬高，“我知道了，你一定还在生我的气吧?自从审片会DV事件以后，你一直都不肯原谅我！”

“……”

“自从那件事情以后，不管我如何向你道歉，你一直都和我冷战到现在，我知道你是为了‘那个女孩’才和我冷战！”肖驰气急败坏地低吼，因为气愤而拧在一起的清秀五官看起来有一丝狰狞和扭曲，“现在，你是不是也为了‘那个女孩’一定要承担这次节目?”

“……”仿佛死寂的大地终于受到震动，无动于衷的目光再次调转回肖驰身上，明辰雨轻启嘴唇说道，“……你想太多了，她对我来说无关紧要。”

从始至终，肖驰都没有说出“那个女孩”的名字，可是他知道明辰雨很清楚自己说的是谁。然而，明辰雨不置可否的态度让他的心更加剧烈地疼痛：自己违背母亲的意愿，特意跑来警告明辰雨，可是他竟然坚持为了一个那么平凡普通的女孩去犯险。

无关紧要?明辰雨天真地认为我会相信这种自欺欺人的说法?

“明辰雨，你知道吗?因为我比任何人都要更久地注视着你，所以我比任何人都要了解真正的你……”愤怒到极致的肖驰竟然笑了起来，可是笑声中透露出无限的悲凉和落寞，“你是骗不了我的！”

说完，他紧抿着嘴唇不发一言，转身走出电视台明亮干净的玻璃大门，将沉默的明辰雨远远地甩在身后。

这是明辰雨第一次正式出席《狮星王》讨论会，王淑瑶的脸色有些阴沉，她时不时低眼看向桌上那份市立学生会联盟主席候选人名单，上面的“明辰雨”三个字实在有些刺眼。但他却不是唯一的新面孔，因为牧野也出现在了这里。

“呵，只不过是一个编外主持人，居然还堂而皇之地坐在我们这里。”

“可不是，狮子王走了，有些不知自己几斤几两重的家伙就这么迫切地妄图取而代之。”

各种议论声不绝于耳，直到王淑瑶微沉的声音响起：“上次让你们做的策划方案怎么样了?”

还不等明辰雨开口，牧野先行一步站起身来说道：“这是我的策划方案，我提议使用PK的方式来进行这次联盟主席的选拔。”

“PK？这已经是个太老套的赛制了。”王淑瑶冷冷地摇了摇头。

并非牧野的方案不好，她只是懒得看而已。再有才华的人不能为己所用都是空谈而已。

“我并不这么认为。”牧野的脸上却充满了自信，“没有必要为了求新颖而放弃切实有效的赛制。一场比赛牢牢锁住观众注意力的关键因素就是动情，而 PK 这样一种方式却能够很好地做到一点。除此以外，它的紧张刺激也能够带来极大的悬念感，不到最后一刻，观众永远不知道谁会被淘汰，而谁又能够获得最终的晋级。”

他的目光缓缓地扫过在座几人，而所有人闻言也不禁犹豫了起来，会议室内一时间变得格外安静。

而这时，只听牧野说道：“而且这次 PK 最大的不同在于——海选，也就是说，市学生会联盟主席的选拔，原本只有各校学生会主席才有资格参加，但这一次，我们却要让所有的普通学生都参与进来，赋予他们同样的机会。那将是一场真正的‘草根与王者的较量’！”

“刚一听牧野提出海选，还觉得没什么特色，原来真正的精华点在于此。”

“这倒是一个不错的主意，算是一次创举，这么一来肯定能够引来更大的关注度。”

王淑瑶微微有些动容，正在她思索时，又听牧野说道：“为了证明我对这个策划的信心，我愿意率先加入选拔。如果沦为失败者，我就会退出狮子王，退出星河！”

“哦？”王淑瑶听到这里，抬眼以审视的目光看着牧野，又移到了一旁的明辰雨身上，忽然意识到牧野口中“草根与王者”的较量，所指的不正是眼前的两人吗？

她的神色中流露出了一丝兴趣，重新拿起了企划案：“既然你下了如此大的决心，承担得起这样一个后果吗？”

牧野的笑容自信从容，仿佛是非洲草原上的猎豹，认准了目标，只等着一场即将到来的追逐与厮杀：“不管是草根还是王者，如果被淘汰掉，只能说明他不适合在这里生存，理应承担一切的后果。”

王淑瑶闻言面露浅笑，又别有深意地看向明辰雨说道：

“我也觉得这个主意不错，你认为呢？”

海星与狮子 ②

Book Ⅱ: King of Young Times
Starfish and Lion

郭妮作品集

抒写人生悲喜事，留住青春小时光

在真实与虚幻的世界，当海星与狮子相遇，神说，只有爱才是命运……
熊杏儿坦露心扉
选拔赛风云迭起
青春浮世绘小说
畅销"笑*泪"大作
Volume: 02
校园勇者王之卷
The Best:GirlneYa Works
A story of pure love
○草根与王者的较量 ○校园麻豆成长记 ○情侣门事件 ○猫舍打气会 ○24小时拉票真人秀 ○草根的崛起与陨落 ○雨中的决裂
明星梦？明明是白日梦、痴人说梦！
一个天生的明星胚子就算踩进水坑也能优雅自如！

草根与王者的较量
THE OBVIOUS RESULT

十月像往常一样来到电视台，远远地就看到电视台大门口围满了女孩。她疑惑地走近，才从疯狂的尖叫声、拼凑的只言片语中了解：这些女孩子都是《狮星王》节目的忠实粉丝，她们没日没夜地围聚在电视台门口，就是想要撞运气，试试看能不能堵到最近风靡整个城市的“市立学生会联盟主席选拔赛”的选手。

“我是……我是电视台的工作人员！”

费劲九牛二虎之力，奋力从粉丝人潮中挤到门口，向保安亮出自己的工作牌后才得以走进电视台。十月一边向电梯走去，一边回头透过玻璃大门看着推推搡搡的人群。

哎，遥想当年，我也像这些小女生一样被拦在电视台外面不许进入呢！哈哈，怎么突然有种油然而生的优越感？十月偷偷露出一丝得意的窃笑，调转回来的目光不经意地掠过挂在电视台外墙上的海报，占据了整整一面墙的海报完整地汇总了比赛的全部状况——

《狮星王》节目承办“市立学生会联盟主席选拔赛”的广告一经播放就引起了巨大的轰动。在各大闹市区举行的公开海选激起参与和观看的疯狂浪潮。牧野的策划非常成功，那些从来不敢想象自己也能成为市学生会主席候选人的普通学生们，群情激昂、跃跃欲试。对于他们来说，即使不能获胜，只要可以参加这个比赛也可以吸引到足够多的关注。

从海选到每个赛区的小决赛，每一次明辰雨都是以压倒性的高比分，毫无悬念稳坐第一、顺利晋级，将所有选手远远甩在后面。

YES！明辰雨果然是最优秀的！十月在心里用力握拳，开心的笑容跃然脸上。

可是……幸运女神却并没有眷顾作为参赛选手的牧野：从最初的海选、到进入前100强、前50强的“大逃杀”中，他每次都以倒数第2、3名的吊车尾成绩险险过关……赛区决赛上，数次险些遭到淘汰的牧野再次站上了终极PK台。

十月不自觉地皱起眉头，呆呆地看着海报出神，过了好一会儿才猛然回过神。

我在瞎操心什么？牧野那种人，就算丢到沙漠里也能安然无恙……根本就不值得担心！

她转过身，刚刚迈出去的脚却猛然停住——只顾着出神发呆，竟然没有注意到还有一个人也站在这面宣传墙下。只见对方静静仰头注视着墙壁上的海报，眼睛里闪动着明亮的光彩，专注得仿佛忘记了周边的一切。

是肖驰？他在看什么，那么认真的样子……十月好奇地循着他的目光望去，才发现他一直专注仰望的竟然是明辰雨的宣传海报！

“肖驰！”十月扬起嘴角，决定主动打招呼，“最近你都不怎么待在猫舍，在忙些什么？”

“你多管闲事的毛病真是令人讨厌啊……”肖驰听到招呼声转过头，在目光触及到十月的时候，脸上显露出嫌恶的神情。

“哎？我只是……”十月不知所措地看着他，讶异于对方莫名的敌意。

“……没什么，只是你比我更忙，所以不常遇到而已。”似乎意识到自己的失态，肖驰立刻巧妙地掩饰住呼之欲出的敌意。

“啊，你在看明辰雨的海报吗？他真的好厉害，在这么多人的竞选中，仍旧立于不败之地。”十月恍惚觉得刚才只是错觉，拼命在脑海里找话题，以打破令人尴尬的冷场。

“那当然，绝对不会有人胜过明辰雨的。”肖驰的目光调转回海报上，声音中是压抑不住的自豪和骄傲，仿佛海报上的人不是明辰雨，而是他自己一样。

“……”又没话说了。

看到这样的肖驰，十月不知为什么有些语塞，虽然她也同样为明辰雨的成绩感到开心，可是总觉得肖驰的话中隐含着更深层的含意，而且自己无论如何也领会不到。

“我先走了。”正在她犹豫该不该走开的时候，肖驰扔下一句话转身离开。还不等她长松一口气，牧野的声音从身后传来：“小十月，看来你已经成为我最忠实的粉丝了。”

好容易完成最新一场比赛的牧野走过来，神色有些疲惫，一边走一边用湿巾擦着脸上的汗渍，但依然笑得十分灿烂。十月没好气地白了他一眼，走到饮水机面前倒了一杯水递过去。

“你这是在关心我？”牧野心头一暖，心情顿时好了很多，

十月没有回击，而是担忧地看着显得异常拼命的牧野，犹犹豫豫地开了口：“你要不还是放弃吧，照目前的情况来看，别说跟明辰雨 PK 了，连进决赛都很难。”

牧野刚才还蕴涵着笑意的狭长眼睛微微眯缝了起来，令人不敢直视。他低下头看了看手中的水杯，然后慢慢向十月凑了过去，声音放得很缓：“别担心，最难的那场比赛在你心里，我也照样会是最后的赢家。”

“……”

“等着吧，我一定会让你刮目相看！”

“不是吧？”

死死盯住网页的十月不禁喃喃自语，这才短短几天的工夫，牧野的人气居然已然飙升到了第七位。他是神吗？怎么会发生这种戏剧性的场面？

现在只要在搜索引擎里输入“牧野 PK”的关键词，就会立刻跳出数千条的信息。信息大致上分为两派，一派是力挺，而另一派则是打压，但是当十月一一点进去后却发现，无论在哪个帖子里，最后还是支持者刚刚好占了些优势。

此外，论坛上也出现了许多其他选手的丑闻，比如说为了增加人气值，通过 PS 的手段捏造自己与粉丝的合影照片，于是类似于“史上最给力的粉丝”、“相同的 N 张脸”等等标题在网上纷纷传播。

十月看着看着，发现了一个点击率非常高的视频，点开，就看到许许多多的人正聚集在星河电视台门口，为他鼓舞打气。牧野站在大家面前，脸上露出迷惑妇孺的笑容，周围响起了一大片的尖叫和欢呼。

……可是这一切，反而让十月觉得有些奇怪。这一连串的事情，发生的时间间隔似乎也太短了些，而且，那么多的粉丝聚集在电视台，星河平时那几个凶神恶煞的保安居然也没有阻止？

正在这个时候，牧野走进猫舍，看到十月神情认真地盯着电脑屏幕。他凑头看了一眼，立刻欣然一笑，说道：“怎么样，我说过会让你刮目相看的，没有食言吧？”

但令牧野意外的是，十月脸上没有一丝开心，她转头直视着他：“你发誓，没有使用任何不正当的手段在这么短时间里逆转局面，比如……就像之前你和王淑瑶的那些约定？”牧野无法反驳，但迷人的微笑继续浮现在他的脸庞上：“你真是越来越聪明了。”

十月的语气更冷了：“这实在是太卑鄙了，对于其他的选手根本不公平。”

牧野收敛起了笑容：“利用王淑瑶来淘汰一些阿猫阿狗有错吗？反正最后会是我和明辰雨堂堂正正地较量。”

“你认为现在说这些话我还会相信吗？”十月用一种无可救药的目光望着他，她合上电脑，再也不愿意理会牧野，转身就往外走。

牧野笑了笑，但声音却带着自嘲。

“十月，如果在你的心目中，我的计谋真那么厉害的话，为什么在你这里却总是失败呢？”

校园麻豆成长记
GRIL MODELS

几天后的一个周末，由于韩格格被她老爸带回店里帮忙，难得清静的金太子自得地抱着笔记本电脑靠在客厅的沙发上。

网上已公布出了十强名单，而第一轮淘汰赛的比赛项目是——专题视频制作。

金太子边看边笑了起来：“哈哈，这不是正落在你们的饭碗里嘛！哟，还是这次的评委会主席王淑瑶女士提出的……”十月闻言冷冷瞥了牧野一眼，而这边，金太子则继续说道，“……《残酷而美好的青春》，这名字好文艺啊！”

十月不屑地插嘴道：“就是因为暗箱操作的不公平，青春才会变得残酷吧。”

“既然考题已经确定了，我们就别再浪费时间了。只是，我还缺少一个助理。”牧野笑盈盈地看向了十月。他的眼神就好像是大灰狼在看着小白兔一样，让十月不由打了个冷战。

金太子见状连忙跳了出来，大声说道:“牧野，你就别再欺负十月了，我来做你的助理好了。”

牧野勾起嘴角笑了笑：“金太子，韩格格不在，你就来舍身取义吗？”

“十月一直都是我的助理。”

没想到，明辰雨静静地出声。清澈的目光迎视气势逼人的牧野，两人交会的目光似乎对撞的四道激光射线，弥漫着令人不安的硝烟。

时间一分一秒地过去，十月只觉得自己的心脏都快停止跳动。

剪辑室里，明辰雨、金太子、牧野和十月四个人，围坐在正有画面闪现的显示器旁，每个人的表情都是紧张又严肃。而这时，一个声音从一旁的音响中传了出来：

亲爱的观众朋友们，大家好，欢迎收看《校园麻豆访谈实录》。“麻豆”是现在网络上最新流行的一个字眼，指的是网络平面模特。但是在这样一个人人称美的职业背后，大家可曾想象过一个截然不同的黑暗世界？

现在有一个勇敢的女孩站了出来，用自己的亲身经历告诉大家：或许在掌声和光芒背后所隐藏着的是泪水和屈辱。……

画面中出现了一个脸上打着马赛克，声音经过处理的化名可可的少女讲述自己的经历。

可可是在一次好奇心的驱使下把照片邮寄到某杂志参加平面选美，结果竟然收到杂志社的通知说选中她作为代言模特，但是却需要支付一大笔的报名费，而她所积攒下来的零用钱，乃至于学费都投到了这样一个无底洞里。

在和杂志社签约后，他们频繁带可可出入一些高档场合，但是却会经常遇到一些人对她动手动脚。可可揭露道，更惨的是，自己还会被一些地下摄影公司用一些不雅照要挟，如果不听话的话，那些照片可能就会落到……

说到这里，可可已经说不出话来，声音充满了哽咽。

此时画面一转：那是一间黑暗的地下室，女孩子裹着床单坐在强光灯前，周围则是几个猥琐大叔，而他们手中的照相机甚至都快要贴到女孩子身上。

尽管刚开始的时候，可可还是故作平静，但到这一刻，却已是泣不成声。

咔！画面播放戛然停止。

剪辑室内鸦雀无声，所有人的内心都被深深地震撼，一直以来都生活在象牙塔中的他们根本无法想象现实的残酷和扭曲。

金太子正义之魂熊熊燃烧着，愤怒地说道："那些男人太无耻了，欺负女孩子算什么！"他摩拳擦掌，恨不得把那些人揪出来痛打一顿。

"只要这些采访画面播放出去，一定会对那些盲目怀着模特梦的女生们起到警醒作用，也可以给那些不正规的模特公司一些警告。"向来在剪辑时保持缄默的明辰雨破天荒地开口。

十月点点头。可想而知，劲爆的黑暗内幕爆料，再加上明辰雨精湛无比的剪辑技术，一旦这集节目播送出去，无疑将会是一枚深海炸弹，实在难以想象会引发出怎样的轩然大波。

门边忽然传来牧野漫不经心的声音："剪辑得不错，精华部分全部收录进去了。"他嘴角翘起一抹挑衅的微笑，"金太子，军情刺探完了，我们也该回去剪自己的片子了。"

十月愣愣地看着牧野脸上游刃有余的表情，明明时间已经所剩无几，明辰雨的短片又是如此震撼，牧野究竟要怎样做才能够匹敌呢？但是他却又是一副信心十足的样子。

更令人不解的是，明辰雨也未向牧野隐瞒自己的策划。

有时候牧野和明辰雨剑拔弩张得让周围人都窒息。

有时候又像两个狭路相逢的剑客一般惺惺相惜。

真是令人难以理解的关系……

"你们的片子准备得怎么样？"看着牧野，十月忍不住开口道。

"如果你担心我的话，不如就回来当我的助理吧。"牧野笔直的眉毛扬起一边，突然几步走到她身边，修长的手臂一把勾住她的脖子，脸颊几乎完全贴上十月的，坏笑着说道，"如果你不和我在一起的话，难保那些美丽动人的模特儿不会打我的主意……美貌有时对我也是一种难以割舍的负担啊！"

十月怔了一怔，恼羞成怒地一把推开牧野："我是明辰雨的助理！"

"没错！"没想到牧野却耸耸肩膀笑道，"你是他的助理，但却是我的女朋友，身为男友的我应该支持女朋友的工作，那就大度一次吧。"

临走之前还绅士地关上剪辑室的门。渐渐闭合的门缝里，明辰雨始终笔直地面对着闪烁不定的屏幕，既没有说话也没有回头，沉静的眼睛却像是窗外浓重的夜色。

"你们几个不知天高地厚的小子，给我站住！"

"把你们刚才采访的资料留下！否则谁也别想离开这里！"

"十月快跑，这里有我们挡着！"

安琪广告公司的大门前，被牧野勒令扛着 DV 的金太子吃力地应付着凶神恶煞的保安，身手一时迟钝下来，被连踹带打了好几次。他抬手挡了一记飞踢，气喘吁吁地暗想：本太子居然会为了帮情敌而死！牺牲的话，算烈士还是叛徒啊？

可当他抬眼望着已经跑远的十月的背景，又忍不住喃喃：“十月，为了你什么都是值得的。”

“市立学生联盟主席选拔”决赛第一场的专题视频制作，明辰雨选择揭少女模特被非法模特公司利用的黑幕；而牧野则想到了“学生打工王”，讲述学生打工族在社会里经历的辛酸故事……主题虽然不同，却不约而同选择了这家模特公司进行秘密采访，又不约而同地同时被发现，于是就展开了这场宛如港产黑帮片的疾走追逃。

“你们几个不知天高地厚的小子，给我站住！”

“把你们刚才采访的资料留下！否则谁也别想离开这里！”

“那边还有一个女的，别让她溜了！”

恐吓、叫嚣的吼声传来，十月回头一看，几个彪壮黑衣大汉挥舞着警棍追上来，声势慑人的场面吓得她脚下一软，一个踉跄跌倒在地，蜂拥而上的追兵瞬间就追到面前。

“啊！”眼看着警棍就要落下，跌坐在地的十月下意识地举起手臂挡住脸，不敢去看迎面而来的灾难。

“片子在那女的手上，别让她溜了！”

暴怒的吼声响起，十月回头一看，几个彪壮黑衣大汉挥舞着警棍追上来，声势慑人的场面吓得她脚下一软，一个踉跄跌倒在地。

“啊！”眼看着保安手中的警棍就要落下，跌坐在地的十月下意识地举起手臂，不敢去看迎面而来的灾难。

就在此时，一股力量从她的肩部传来，有力地将十月从地上拉起来继续向前跑。十月紧闭的双眼还未来得及睁开，耳边传来一声吃痛的闷哼。当十月睁开眼睛回头看去，只见牧野不知何时竟已冲到她身后，硬生生用手臂挡住了警棍。

肯定很痛吧！十月担心地看着牧野，但换来的却是一个笑眯眯的媚眼。

“都什么时候了，你还在耍帅！再不跑快点就死定了——”

“我不会死的，我死了的话，你怎么办？”牧野坏笑着说道。

十月气得恨不得用拳头砸他的脑袋，无奈身后四五个看起来和流氓没区别的“经纪公司保安”气势汹汹地追赶不舍，只能把私人恩怨先放到旁边，保住得之不易的资料和小命要紧。

“明辰雨，你带着十月和带子先跑，我和金太子垫后。”牧野朝明辰雨大声说道。

“可是你们……”十月迟疑地看向身后的追兵，明辰雨也蹙起了眉。

“别再婆婆妈妈了，再这么下去，我们都走不了。”牧野边说边推了他们一下，向着已近在咫尺的保安迎了上去。明辰雨见状，只能拉着十月的手往大门的方向跑去。

十月担忧地回头看去，只见牧野向金太子打了个手势，便向不同的方向散开，没有多久，原本密集的保安就已被分散开来。

十月一边在心里为他们两人祈祷，一边跟着明辰雨一路往外奔去。

不知转了多少个巷口，也不知跑了多少路，两个人终于成功地将追兵甩掉。他们俩筋疲力尽地坐在路边大口大口喘气，恍惚的表情仿佛不敢相信自己居然能逃出生天。

“你没事吧？刚才跌得痛不痛？”明辰雨擦去额角晶莹的汗珠，担心地上下打量着十月。

“我没事……”十月勉强扯起一抹安慰的微笑，上气不接下气地回答，却觉得肺部痛得快要炸开一样。明辰雨露出了稍微安心的表情，虽然气喘吁吁，但回忆起刚才“亡命天涯”的一幕，反倒体会了一种别样的轻松和恣意：“我真没想到，采访还能那么做。”

两个人面面相觑，看着彼此狼狈的样子，不由得会心一笑。刚刚还沉浸在危机中的十月眼睛弯得像一轮月牙：“很刺激吧，怎么样，跟拍港产武打片一样……我们俩刚刚……”

——手牵手一路狂奔活像一对亡命鸳鸯……

刚要说出口的十月这时才发现她和明辰雨的手还紧紧握在一起，原本就因为狂奔而发红的脸烫得烧了起来，她触电似的赶紧松开了手。

明辰雨看着十月笑得月牙弯弯的眼睛，表情轻松了很多，但此刻掌心中的温暖一下子消失了，让他的心有些空荡荡的，眉头不自觉地皱了一下。

十月窘迫地别开脸，依然红着脸说道：“没想到明辰雨你也会做这样的事情……”

明辰雨一只手抚摸着挂在脖子上的DV机，像摸着得之不易的珍宝一样：“其实我做过。”

十月惊讶地抬起头，她不敢相信总是温润如玉的明辰雨竟然也有过这样的经历。只见他像是记起了什么，认真地解释道：“我小时候……”

说到一半，明辰雨突然像是想起了什么截断了自己的话，“我们还是尽快回电视台吧，希望他们两个没事。”说完，头也不回地一个人大步向前。

虽然他没有说完……但，多少对我有些敞开心扉了吧。今天，是个开始，接触到了不一样的明辰雨。总有一天，总有一天，我可以真正地走入他的内心吧。

十月冲着明辰雨的背影不顾一切地追了上去，幸福的表情像一朵找到太阳的向日葵。

回到电视台以后，牧野立刻投身于节目制作之中，金太子以助理的身份在旁边帮忙，时不时做一些查找资料的辅助工作。

时光飞速流逝，天色在不知不觉间逐渐被夜色覆盖，璀璨的辉星错落有致地镶嵌在墨蓝色的苍穹里，透过电视台一尘不染的落地窗窥探着仍旧忙碌在电脑前的人们。

牧野紧盯着不断滚动资料的屏幕，伸出手去拿桌子上的水杯，送到嘴边才发现杯子是空的。

“十月，帮我倒杯……”牧野下意识地递出杯子，发现身边没有人，一丝淡淡的惆怅弥漫在心中。他笑着摇了摇头，胳膊却传来了一阵钻心的疼痛，当时的画面又浮现在了他的脑海里……

保安拿着警棍砸向了十月，牧野一个闪身，冲到了十月跟前，抬起手臂，挡在了她的面前。警棍狠狠地击中了他的手臂，顿时疼痛难当。

思绪在看到从门口探进来的一个人影时，停了下来，牧野镇定自若地关掉电脑屏幕，再站起来转过身时，脸上已经恢复平时的冷静和敏锐。

“牧野，这么晚还在努力用功啊？”走进房门的中年男人笑嘻嘻地说道，狭小而灵活的眼睛在房间里滴溜溜打转，一副有所准备的样子。

“您不是也一样吗？”牧野了然于胸地微微一笑，仿佛已经看穿对方的意图。

“呵呵呵，现在学生里像你这么拼命的可不多啦！”对方好像没听懂牧野言语中的奚落，打着哈哈说道，“是这样的，我听说你最近在参加学生联盟主席的竞选，其实何必那么费力呢，我有办法让你放弃比赛之后，依旧能接替狮子王的位置成为《狮星王》的头牌主持，而且，还有不菲的零花钱……”

中年男人从口袋里掏出了一叠大钞，“啪”的一声摆在桌上，厚厚两叠，摆在牧野面前。

这样的厚度少说也有两万元……

牧野面带微笑：“可惜，我对你的提议没兴趣。”

中年男人似乎早有准备，又从口袋中拿出了一张女生的照片：“联盟主席的位置摆明已经有了主人，你又何必坚持一场输定的比赛？你不在乎这些没有关系，但这个女孩子，你总不希望她遇上危险吧？”

“你知道吗？我最喜欢别人威胁我，但是……用女生来威胁，手法会不会太低段了。”笑意浮上牧野的嘴角，中年男人竟然不自禁地打了个冷战。眼前的男生依然面带微笑，只是饶有兴致地说道：“我倒想知道，是谁愿意做冤大头来收买我？”

“已经不少选手接受了我的‘建议’，还是第一次被问这个问题。是谁……我不太好明说，”中年男人神秘兮兮地讪笑了一下，摇了摇手机，“如果你可以答应我的提议，我也不介意……”

牧野伸手接过手机，打开通信记录后，只见屏幕上赫然出现“明公子”三个字。

“想不到竟然是他……”牧野不怒反笑，可是眼眸中却射出让人不寒而栗的冰冷。

“其实，你不用那么辛苦的，随便拍一个就能过关，何必那么熬夜拼命呢？”此时此刻，明辰雨办公室里，站在他身边的肖驰有些急迫地说道。

“……”明辰雨并没有立刻回答他，只是以一种越来越冰冷的目光紧盯着对方的脸，沉默了半晌。肖驰刚张开嘴想要说些什么的时候，突然被门口传来的声音打断。

“他说得没错，你又何必要在这里装君子。”牧野冷笑着说道，“也难怪十月那个傻瓜被你迷得团团转，就连我也差点被你骗了，还当你是个正人君子，没想到会用这种手段来收买我……‘明公子’就是你吧，明辰雨？用钱用利益，最后还想用十月来威胁我吗？”

明辰雨抬眼看去，见牧野站在门边冷冷地盯着自己。他微微垂眸，默然将目光转向了一旁神色古怪的肖驰，心中已有了一丝了然。

但他的神色平静依旧，只是淡淡地说道：“肖驰，你先回去吧。”

肖驰看向怒气冲冲的牧野，有些犹豫：“可是……”

“我有话要和牧野说。”明辰雨的声音虽然淡然，但态度却十分坚决。肖驰双唇动了动，最终还是什么也没有说，讪讪地走了出去。

直到这时，明辰雨才再次看向了牧野，云淡风轻地说道：“我只想说一句话，不是我做的。”

急怒中的牧野根本不理会，大步走了过去，一把揪住了明辰雨的衣领：“看来上次的拳头还没让你记住，我再说一次，你要是敢伤害十月的话，我绝对不会放过你的！”

“明……”牧野的拳头正举起，拿着夜宵兴冲冲来到剪辑室的十月恰恰看到了这一幕。

她先是一呆，紧接着就扔下夜宵跑了上去，用力推开牧野：“你疯了！牧野！”

那一瞬间，空气凝滞了起来。

因为愤怒，十月的脸已经泛红了，胸口不住地起伏着。她张开双臂站在明辰雨身前，目光化为一柄锋利的利剑，直指牧野。

牧野闭了闭眼睛，而下一刻，那一双微微眯缝的桃花眼直勾勾地盯着十月充满愤怒的脸，蓦然出声：“我只想告诉你，明辰雨挨这一拳一点都不冤枉！”

毫无准备的十月困惑地看着牧野：明明他们之前还好好的，怎么突然就打起来了呢？但是她认真的眼神中带着坚定不移：“不管怎么样，你都不能动手！”

“现在你只需要回答我相信谁。相信明辰雨？还是相信我？”牧野深深凝视着十月，一字一句地问道。

十月定定地看着他，目光又渐渐移到了明辰雨身上：“我……反正我相信明辰雨！”

冷哼了一声，牧野的声音升腾出的是浓浓的嘲讽：“这么说，你也不会管什么是非黑白，无论他做什么，你也会无条件地相信他是吧！”

“你……”牧野这个家伙简直是不可理喻。

心中的火焰直往上蹿，十月干脆直视牧野的双眼，坚定地说道：“明辰雨不可能不分是非黑白！就算全世界都欺骗我，都利用我，我也相信那个人绝对不是明辰雨！”

明辰雨微微一愣，平静无波的目光中隐隐有些触动。

牧野愣在原地，不知该说什么的时候，十月已拽上了他的胳膊，把他用力地往外扯。

她的手正好拉上了他被警棍打伤的地方，牧野的额头上冷汗直流，但是他已经分不清，这种痛楚是来自手臂还是自己的心。

“你快点出去！”十月用力把牧野推出门外，满脸涨红地大声嚷道，“你就别在这里发疯了，你这个人，为了赢什么招数都想遍了。我告诉你，我是不会中你的离间计的。”

手臂上的剧痛越发猛烈，牧野的脸色也越发苍白起来，汗水顺着额头不住地滑落。

见他这样，十月的心里涌起了一丝说不上来的滋味，她忍不住问道：“你怎么了？”

牧野深深地看着她，眼神中的笑意早已荡然无存，漆黑的眸中所隐藏着的是失落与心痛。

片刻后，他转身往外走去，背影是前所未有的落寞。

“牧野……”

耳朵蓦然响起了十月的声音，牧野的肩膀微微一动，黯然的眼神中透出了一丝满怀期望的光。他连忙转身，凝望站在面前的十月，但是迎上的却是一张一本正经的脸庞，以及那声声直刺内心深处的话语：“牧野，以后就算我真的发生什么事，你也不用管。”

牧野的心猛地抽痛了一下，他想笑，但是拼命地扯了扯嘴角，偏偏怎么也笑不出来。

他依旧看着十月，从齿缝中挤出了几个字：“那么，你教我。”

“什么？”十月不明所以。

不知为何，她不敢看向牧野，但依然躲不过耳边那连她的心也跟着抽痛的声音……

“看着自己喜欢的人生气，难过，流眼泪，却要不闻不问……你教我，怎么样才做得到？”

《校园麻豆成长记》按照原计划进行制作，牧野也专注于自己的视频。争分夺秒的制作周期一眨眼临近尾声，距离正式开播终于只剩最后半小时。

铃铃铃！

十月在最后一次确认播放程序的时候，突然接到一通电话。

“喂？”忙碌的十月接通电话。

“你好，是我……虽然这种时候提出无礼的要求，会让人觉得不可理喻，可是……可是能不能请你停止播放这档节目？”一个略带哭声的少女声音从听筒里传来，十月立刻意识到是被采访的少女模特可可打来的电话。十月抬头看了一眼正在远处忙碌的明辰雨，用力摇了摇头。

不行，我绝对不能在这最后的关键时刻去打扰明辰雨，这件事情，我必须得自己解决。

“这几天我想了很多，想要成名就要付出很多代价，即使曝光了公司也根本起不到积极作用，反而会影响我未来在模特界的发展。这种黑心的经纪公司很多很多，也不可能将所有不正规的公司一网打尽，我又何必自找麻烦呢……”可可激动地在电话另一边提高声调。

“可可，你先冷静一下，你听过小孩救鱼的故事吗？”十月急中生智地说道，“有一个小男孩在退潮的海滩上，捡起那些被冲到岸上的鱼往大海里扔。有人说：别傻了，那么多鱼你是扔不完的！小男孩边继续往海里扔鱼儿，边回答说：可是，只要我扔进去一条，就可以救一条小鱼啊！”

“……你想说什么？”可可怔住了，沉默了半晌说道。

“虽然不能挽救所有人，至少这次被公众注意到的女孩子就可以脱离那些公司，命运会就此发生改变。只要能救赎一个女孩，我们所做的一切就是有价值的。”十月耐心地对电话轻轻说道，“这个道理，我相信你早就明白，对吗？否则，我就不可能收到你的E-mail”

“你的故事很动听，但故事永远不是现实。”沉默了半晌，可可的声音从听筒里传来。

“请你一定再认真考虑一下。”十月着急地连声说道，“拜托你了！”

可可犹豫了片刻，终于松了口：“……那好吧，我答应你会认真考虑的。”

耶！十月挂上电话，欢呼了起来。远处明辰雨投来的询问目光，十月忙开心地扬手向他比了个“OK”的手势。

太好了，我终于可以凭自己的力量帮上明辰雨的忙了！爱情的力量果然是无穷的啊，没想到我的口才居然也变得这么好！

十月握紧手机，喜滋滋地想着。

决赛第一场专题视频PK赛的现场直播正式开始，首先播出的牧野的视频。

关于“学生打工王”的话题引起了很多学生族的共鸣，有一些感人的地方让不少有过类似辛酸经历的观众落泪。整个视频播放的过程中几位评委的脸色就一直保持着赞许和欣赏。其后的采访，更是引得在座观众主动上台来分享自己的经历。

但是这一阵一阵的掌声好像鞭子一样不停地敲击着十月的心，因为……可可还没有出现。

“下一组呢，很快就轮到你们了！”工作人员催促的声音越发频繁起来，让十月的心更乱了，她紧紧地捏住手，手心中满是黏糊糊的汗水。

“下一组，快点准备了。”十月看向手机，她已经发出了三十几条消息，却没有收到一条回复，而电话也不知已经打了多少通，却始终都没有人接。

怎么办、怎么办？

随着时间的越发临近，十月焦急的泪水终于忍不住从眼眶里滚落。

“不要乱……我去想办法。”明辰雨虽然脸色沉重，语气中却没有丝毫责怪的意思。他温柔地安抚了十月两句，就拿起手机从直播室走了出去。

林十月！镇定！这种时刻哭有什么用！哭不能解决任何问题！

十月偷偷抹掉眼泪，镇定下自己已然哽咽的嗓子，一遍又一遍拨打可可的电话。

只要不放弃，就还有 1% 的希望！

“你所拨打的电话已关机，请稍后再拨。”可是无情的现实只是让十月的脸色越来越苍白。

时间就像一根快被绷断的弦。

终于，到了明辰雨上台的时刻。

只见他在台下女性观众的赞叹和男性观众的艳羡中走上台，面对镜头礼貌地弯起嘴角，那是一种和牧野带有攻击性的艳丽笑容截然不同的温柔。直播现场像是扬起一阵春风，一直从台前送到了电视屏幕前的每一个观众的心里。

“下面为大家播放我此次的参赛视频。”

……

专题视频顺利地播放完了，但视频中的可可没有出现在十月面前。十月徒劳地尝试最后一次拨打对方的电话，却是无情的关机提示。

放完了视频之后就是原定的正式采访阶段。

“现在，有请我们勇敢出镜的校园麻豆……”明辰雨淡淡地扬起手，聚光灯在故弄玄虚地旋转。站在后台的十月握紧拳头，指甲掐到手心里面。

啪——

伴随着夸张的音效，晃动的聚光灯终于停下，而刚刚还空着的嘉宾席上，竟然坐着一个身穿小礼服的少女。黑瀑布一般的长发盘成一个欧洲古典式发髻，落下几丝刘海映衬着洁白姣好的面容，修长的双腿正显示着出众的身材……

那个出现在嘉宾席上的校园麻豆……竟然是……熊杏儿？！

“熊杏儿同学，你好，能向观众们讲一讲作为校园麻豆的特别经历吗？”

“当然可以。”

明辰雨和熊杏儿俊男美女的组合在台上相映成辉，所有人的目光都被这幅美妙的光景吸引，无法移开视线。

“成为麻豆的女孩无一不想成为模特。模特一般分为野模、C 模、B 模、A 模和顶级的超模。现在能够在大赛中获得一个比赛的名次，对于一名模特来说是相当困难的。”

“那么最终取得名次的模特，是在训练中付出最多辛苦和代价的人吗？”明辰雨抛出一个诱导性的问题。

“并不是这样，有付出就有收获——这句话在模特界并不适用。”熊杏儿笑着摇摇头，“除非模特自身确实具备相当的实力，否则就必须要寻找财团靠山或经纪公司花巨资购买名次；再有一种情况是模特与比赛的重要决策人有隐形的公关交易。”

……

向来话语犀利的熊杏儿详细描述了模特界的黑幕，以及模特光鲜外表下的苦楚和辛酸，立刻引爆巨大反响，网上同步的BBS和微博炸开了锅一样踊跃讨论。

而明辰雨的这档节目以选材的独特和大胆也得到了评委极高的评价。

现场直播结束后，熊杏儿一下台就被激动的十月一把搂住了：“杏儿，你怎么会来？”十月又惊又喜，同时还有为杏儿及时救场的感动。

熊杏儿拍拍她的肩膀说道：“我以前不是说过我在做一件秘密的事？就是在为成为模特而努力。你也知道的，我一直都想成为模特儿，现在也算是小有成绩。”

想到差点因为自己毁了明辰雨的节目，十月露出了不好意思的笑容，脸上泪痕未消地看向表情恬淡的明辰雨：“总之，真是太好了！终于没有空窗，这关顺利通过了！”

“你看看你，又哭又笑的。”熊杏儿一副无可奈何的样子，往她头上轻拍了两下，“你这也算是傻人有傻福了！”

“别担心了，事情都已经解决了。”这时明辰雨递上了一张纸巾，轻柔地替十月擦去了脸上的泪痕。他平淡的神情在这一刻充斥着温柔，这份温柔如流水一样，洗刷着十月这一整天的焦虑不安，让她再也无法移开自己的眼睛。十月痴痴地看着明辰雨，唇边浮起了一抹甜蜜的笑容。

同样晋级的牧野，此刻正站在不远处一言不发地看着这一幕。这时，熊杏儿似乎感觉了什么，微微偏头，两人的目光瞬间交会在了一起。

牧野却展露出一如往常的微笑，但又像是在用微笑掩盖着什么。

熊杏儿的心仿佛被刺了一下，目光像是被抽乱的丝线纠结地交织起来。

情侣门事件
EXPORURE OF THE COUPLE

午后的阳光总是懒洋洋的堇色，并不耀眼，却带来着阵阵暖意。此刻光芒正透过落地窗投射进猫舍闹哄哄的客厅里。

“杏儿，这次多亏你了。”十月真诚地道谢，她实在不敢想象，要是那天熊杏儿没有出现的话会有怎样的后果。

“十月，熊杏儿才亏不了呢！她现在的人气简直是水涨船高！论风头，一点也不输给选拔赛排名第一的辰雨哥哥！”韩格格将头凑了过去，兴奋地说道，“熊杏儿，难怪前些日子都没怎么看到你，原来你瞒着我们不声不响去做了模特！”

“还一跃成为最近大热的新任宅男女神！”金太子一拍大腿，冲她竖起了拇指，“杏儿，你真为我们太子党争光！”

听到朋友的夸赞，熊杏儿扬起一抹得意的笑容。就听金太子继续兴致勃勃地说道：“我还听说，最近有不少媒体找你去录制节目，就连风头最盛的《狮星王》也按捺不住出动了，真是太棒了！”

“真的啊？”韩格格立刻接口道，“不过，熊杏儿，你最好一个也别接。”

“咦，为什么？”十月奇怪地问道。还没等韩格格回答，就见金太子故作老成地清清喉咙，一副得到喜饼娘娘真传的“淘宝达人”姿态：“对！一个也别接！而且杏儿，你记得要摆高姿态！趁着这股势头，他们开出的条件只会越来越好……这叫什么来着……”

说到一半，金太子为找不到合适的词汇而语塞，韩格格连忙补充一句：“这就叫奇货可居！”

“没错，奇货可居！”

金太子和韩格格真不愧是出身商人家庭，果然经商头脑不同凡响，一拍即合……十月偷偷擦去额头一滴冷汗，汗颜地暗忖道。

只听见两人继续你一言我一语地踊跃献计，把十几年听来的、看来的、学来的“吸金大法”倾囊相助。然而，熊杏儿只是笑而不语，半晌之后，静静说了一句——

“我已经答应一家了。”

熊杏儿的声音让四周顿时安静了下来。十月惊讶地张大嘴巴，只见韩格格和金太子的双眼闪闪发亮，像大满贯游戏机一样“叮叮叮”转出＄＄符号，兴奋得噌地一下凑拢过去：“是哪家？我知道了，一定是出场费最贵的那家，对不对？”

“我知道了，一定是答应在黄金时段播出的那家！”

“一定是预算最多、为你量身打造的那一家，对不对？”

……

唧唧喳喳的询问声中，熊杏儿无比清晰地回答道：“我只提出了一个条件。”

“你确定只要这个条件？”

忙碌而嘈杂的摄影棚内， 脸严肃的大胡子导演看着站在自己面前的熊杏儿，进行最后的确认。熊杏儿笑着点点头。大胡子导演不解地看着她，继续劝说道：“你进这 行没多久，刚刚才积累起了一些人气，这样做对你没有太大的好处，要不要再考虑一下？”

熊杏儿的脸上依然展露出职业化的迷人微笑，但眼眸中所流露出来的却是显而易见的坚决。

“我已经决定了。”

“可是现在正是你的人气上升期，为什么不选择收视率更高的节目呢？”导演苦口婆心，不死心地继续劝说。

“导演，灯光已就位！”

“报告导演，所有的话筒都测试过了，没有问题！”

“这里是一号、二号、三号摄影机，都已就位！”

……

这时，不远处传来工作人员的提醒，大胡子导演再次看了看坚定不移的熊杏儿，无可奈何地摇摇头：“你们这些年轻人啊，真是意气用事！好了好了，各就各位……Action！”

摄像机开始慢慢推近，现场直播就此拉开了序幕。

“杏儿真够义气，没想到上节目的条件就是给我们安排这么有档次的位子！”

“是啊是啊，第一排 VIP，我还是第一次坐呢！”

“没想到《狮星王》还真把市学生会联盟主席的热门竞选人都邀请来了，这下我们太子党可算是到齐了！真是猫舍的荣光啊！人才辈出有没有！杏儿现在成为当红的明星模特，牧野也在电视台混得风生水起，明辰雨就更不必说了，从始至终都是站在巅峰上的男人……我为自己是太子党的一员感到自豪！”

台上的录制正热闹地展开，台下坐在超黄金席位的猫舍成员激动不已地议论纷纷。

说话间，十月的目光移到了台上，看向了坐在嘉宾席位上的明辰雨和熊杏儿，然后是担任主持人之一的牧野。三人一起出现在舞台上，每一个都样貌出众，镇定自若，构建出一幅令人心之神往的梦幻画面，原本璀璨四射的舞台因此更加熠熠生辉。

“电视机前的观众朋友们，很高兴在《狮星王》的特别节目里再次和你们见面！很多人都对大明星的包包怀有好奇心：到底藏了什么东西在里面呢？是不是跟普通人的包包完全不同？今天，我们就有机会为大家一晒当红明星私人包包里的秘密！千万不要转台哦！下面有请当红‘宅男女神’、模特界最闪亮的新星熊杏儿小姐——”

海星兄弟中的三人组成了主持团。蔡抗勇率先举起话筒，用极富煽动性的语调高声介绍。

“哇，杏儿出场了！快，快鼓掌！”在台下组织导演的带动下，猫舍成员和其他观众们一起为熊杏儿奋力鼓掌。十月看到身穿一袭紫色晚礼服的熊杏儿仪态万千地站起身后，也激动起来，目不转睛地盯着台上。

“熊杏儿小姐，这次节目的主题就是展示大明星包包里的秘密，那么可否方便让我们打开你的包包，将里面的东西给大家看看呢？”面对女王气场自然流露的熊杏儿，口无遮拦的蔡抗勇也不由得毕恭毕敬。

“想看我的包包没问题，只不过……既然我是客人，你们是主人，难道不应该以身作则，先展示几位主持人的包包吗？”熊杏儿落落大方，话说得滴水不漏，不动声色间就反客为主。

“哎呀，熊杏儿小姐真是不好惹！”三人主持团立刻夸张地告饶。

“我看要不先从男嘉宾下手，会比较容易一点吧？”三人主持团之一的 NONO 提议道。

“你是说……明辰雨吗？”另外一名主持人程汉典露出一副受惊的表情，“明辰雨可是星河的皇太子殿下，万众女生膜拜的对象，你要是敢搜他的包包，出门一定被扁死！”

“那怎么办……只能乖乖听杏儿女王的处置了……”三个活宝苦着脸，百般不情愿地把共用的包包递给熊杏儿。

熊杏儿灿然一笑，对着镜头熟稔地说道：“大家好，我是本期《狮星王》的特约嘉宾。今天晒包包的主题，就从三位海星兄弟共用的包包开始吧——哇，护肤霜、护手霜，去角质膏、睫毛夹、眉笔、粉饼、面膜……这个小红瓶莫非就是港台流行教主推荐的头发专用蓬蓬粉？太惭愧了。我这个货真价实的女生相比较起来，真是汗颜！只不过……请问这些化妆品你们都是共用的吗？”

“啊哈哈哈，男人之间就不会计较那么多啦！”海星兄弟不好意思地打着哈哈，引得台下一阵哄笑。

“继续看看还有什么呢？围巾六条，皮带六条，袜子六双，剃须刀三只……牙刷两只？内裤一条？”熊杏儿挖苦地看向主持人，“看来三位真是‘不分彼此’的好兄弟呢！”

这次连十月也忍不住“扑哧”笑了出来，周围更是一阵哄然大笑。

三人团赶紧扯过自己的包包：“熊杏儿小姐就放过我们吧，我们不过是师奶杀手而已，不如爆料‘少女克星’会更精彩哦！”

说着 NONO 目光微微一转，伸手一指身旁的牧野：“就是你了，牧野！你随身携带的包包里都藏了些什么东西呢？拿出来和大家一起分享分享吧！”

牧野若无其事地笑笑道：“我？我的随身东西就太简单了，只有手机、钱包、钥匙而已。”

“真的没什么啊，也太没有惊喜了……观众朋友说，能放过他吗？”蔡抗勇不依不饶地问台下观众。

“不能——”在现场导演的带动下，观众们齐刷刷大声呐喊。

NONO 看到牧野的手机，眼睛一亮：“请问你的手机内容可不可以展示给大家看看呢？”

牧野镇定地淡然一笑：“恐怕也要让你失望了，手机里大多是工作短信，要么就是我妈叫我回去吃饭。”

“来来来，老实交代，有没有用手机给哪个女生发暧昧短信啊？”蔡抗勇也凑过来逗乐，“不如开机给大家看看吧。”牧野依言开了手机，递给主持人。

“果然大部分都是工作短信哦，真是……”蔡抗勇边看边说，然而声音突然停顿，精明的小眼睛眯缝起来，“咳咳，有料哦……”

坐在台下的众人不知道此时发生了什么，只是对于突如其来的安静显得有些奇怪。而这个时候，摄像机不知何时已慢慢地移到正上方，紧接着，舞台上升起了一个巨大的屏幕，在数秒的雪花后，赫然出现了一副极其亲密的照片，而照片上的男女主角正是牧野和熊杏儿！

只见牧野惬意地躺在沙发上，低头注视着依偎在他怀里的熊杏儿，两人深情款款地四目相对，距离近到鼻尖碰触到鼻尖，诱人的双唇仅仅差一线之隔，几乎要吻在一起！

十月只觉脑子“轰——”的一声，就连一旁的韩格格和金太子，也目瞪口呆不知说什么好。

伴随着“滴滴滴滴”的声音，手机内的短消息更是清清楚楚地暴露在屏幕上——

“你昨天好坏哦，都一直欺负人家！”

“亲爱的，我在老地方等你，不见不散！”

“你说要用一个特别的方式公开宣布我们的关系，我很期待！吻你，晚安。”

所有的短信发送人，全是一个名字——熊杏儿！

短暂的寂静之后，现场爆发出震耳欲聋的议论声，每个人都为眼前看到的景象震惊不已，有人甚至拿出手机立即发微博、短信，打电话……力图第一时间将这个消息传播出去。

“我有没有看错？杏儿和牧野什么时候在一起的啊？”

“他们俩还真是的，居然连我们也瞒着！”

“可是，十月，我怎么记得你才是牧野的女朋友啊？你们到底在搞什么？”

……

金太子和韩格格乱哄哄的声音让十月的心更乱了，她的目光不由自主地向牧野望去，他却保持着镇定自若的微笑看着熊杏儿。这时，十月感觉到另一道目光向自己射来，下意识地看过去，便迎上明辰雨温柔的目光，清泉般的眼眸仿佛在安慰她：不用担心，他们一定可以处理好的。

十月顿时觉得安心不少，勉强挤出一个笑容。却不知此时她和明辰雨四目相对、微微一笑的小动作却被牧野看在眼中。

“没想到今天我们节目有幸爆出这样的猛料，既然如此，不如把舞台让给当事人，让他们完成公布秘密恋情的心愿！”主持人 NONO 借势说道。

话音刚落，一个窈窕身影走到牧野面前，阻挡住他望向十月的目光，大大方方地挽起牧野的手臂——熊杏儿的大胆举动再次引发全场惊讶，主持人带动观众们纷纷发出叫好的起哄声。十月看向牧野时，他刚刚好收回目光，两人的眼神再次失之交臂。

看着不动声色、仿佛一切尽在掌握之中的牧野，十月心里涌起一阵复杂的滋味。

牧野，你这次又想做什么？为什么我永远也看不透你……

与此同时，牧野的眼神却缓缓移向了他身旁的熊杏儿，他的眼眸微微眯起，透射出了一股说不出来的意味。

“牧野，你太让我感动了。竟然选择在节目直播中宣布我们的关系，我真的太惊喜了！”熊杏儿充满幸福的声音让十月再次抬起头，她看到熊杏儿正幸福地挽住牧野的胳膊，头自然地靠在他的肩上。牧野依然不动声色，脸上的笑容堪称完美。

十月却觉得胸口像闷了一块大石头，连呼吸也变得有些困难，脑袋昏昏沉沉的。

“我去一下洗手间……”胡乱找了一个借口，十月悄然离开座位向出口走去。没想到在出口处竟然看到王淑瑶，她脸上露出满意的笑容，环视着现场的热烈气氛，然后微微侧过头对站在身边的助理说道：“牧野很不错，我果然没有看错人！”

咚！梗塞在胸口的石头一下子砸在心里，十月警觉地心里一跳。

难道……这又是牧野策划的一场戏？

“最终争夺冠军的两位人选马上就要确定下来了，如果目前你的人气不能和其他人拉开距离的话，都是危险的，我这么做只是为了要帮你！”

“晒包”节目的录制顺利地画了句号，牧野直接把熊杏儿带到一间空置的化妆间。她十指交叉，坦然地面对牧野的质问。

“最后的冠军之战，你想赢吧？但你现在的人气别说辰雨了，就连其他几个热门候选者都比不上。我现在有些小名气，借着这个势头，一定能够替你增加不少关注。看着吧，等明天，你的人气一定可以大幅度提升的！”熊杏儿的语气格外坚定，“不管你喜不喜欢我，但至少现在能帮你的人只有我。”

牧野的脸上浮现出少有的认真：“熊杏儿，你不需要为我做这些，而且这种方式不适合你。”

“牧野，你不是说过过程和手段并不重要，重要的只有结果吗？什么时候，你开始介意获得成功的方式了？”熊杏儿挑起一条眉毛，不置可否地反问道。

“因为我答应过十月，接下来跟明辰雨的比赛，不要任何计谋，堂堂正正。”

过了半晌，熊杏儿静静地问道：“……牧野，专题视频PK时那个小模特没有出现，是你拜托我出场帮助辰雨。要是当时你知道，这么做只会将十月推向辰雨，还会求我帮忙吗？”清亮的声音在狭小的房间回荡。

“我还是会这么做。”牧野想也没想，肯定地回答。

熊杏儿轻笑，娇媚的笑容中却透着一股说不出的无奈：“那么，我也是一样的。牧野，不管你最后是否会接受我，我都会尽一切所能地来帮你……”

熊杏儿看了看站在身边沉默的牧野，在心里坚定地默默说道：

牧野，你知道吗？其实我留下来的原因，都是为了你。

牧野，我……喜欢你。

猫舍打气会
ENCOURAGEMENT FROM FRIENDS

现实似乎真的印证了熊杏儿的话。

几乎所有的娱乐频道新闻、娱乐杂志的头版头条上所刊登的熊杏儿和牧野的照片，让牧野的关注度瞬间得到了极大提升，人气短信投票数在短短的几天时间里一路攀升。

“《当红靓模与新晋人气主持人不得不说的秘密》、《草根王子的崛起》、《粉红色的联盟主席总决选》……”

韩格格捧着 iPad，大惊小怪地嚷嚷着：“你们快过来看看，这些标题起得还真耸动！”

“还不赖嘛，牧野，最后关头让你迎头赶了上来！”金太子用手中的可乐杯与牧野的杯子碰了碰，“看来你这小子的运气还真不错，每次都让你惊险过关了。哈哈，话说回来，你和杏儿之间到底是怎么回事啊？”

“是啊是啊。”韩格格也是一脸的好奇，“你们这是在故意炒作，还是真有这么一回事啊？”

“大家朋友一场，有什么好隐瞒的。”

……

猫舍里两人唧唧喳喳，而身为当事人的牧野和熊杏儿始终都没有给出正面的回答，这让正坐在一边的十月心里弥漫开了一种说不上来的滋味。

她无意识地晃动着手上盛满了清水的玻璃杯，愣愣地看着杯中水纹波动。直到听见一声“十月”，才反应过来，仰起头，正见熊杏儿不知何时已走了过来，冲着她微微笑了笑，便直接坐到了她的身边。

“十月，干吗坐在这里发呆？”熊杏儿收敛起了面上的笑容，神情认真地看着她，这让十月也不由正襟危坐。

“啊，没有……我只是……”

“十月，现在我想告诉你，其实我是因为牧野才放弃留学，回到猫舍的。”听着熊杏儿如此认真的口气，十月的心突然一紧。

“如果牧野和我在一起，你……没有关系吧？”

熊杏儿话音刚落，十月立刻警惕地看了看牧野。回想起王淑瑶上次在节目现场说的话，她就怀疑牧野是另有目的。可是转过头，却看见熊杏儿直视着自己的目光中带着一丝忐忑和期待，心一下子就软了。

第一次看到高傲如女王的杏儿露出这种眼神，她真的是喜欢牧野啊……

无论如何，都不能伤害杏儿的心！

想到这里，十月故作轻松地扬起唇角，露出明媚的微笑，故意大声说道："当然没关系，我会祝福你们的。只希望牧野不要伤害你，否则我……还有猫舍所有成员一定不会放过他！"说完，她偷偷看了牧野一眼，作为"警告"。

没想到心脏却因为撞上牧野似笑非笑的眼神又乱了节奏。

"真的？"熊杏儿倒是明显松了一口气。

"当，当然。"十月结结巴巴地回答。

熊杏儿沉默了片刻，忽然站起身，径直走到了牧野的跟前。只听熊杏儿轻轻地说道："既然大家一直都追问节目上发生的事，我还是先坦白好了。自从牧野住进猫舍以后，我发觉自己不知不觉喜欢上他了。牧野，希望你能做我的男朋友。"

猫舍瞬间安静了下来，这突如其来的表白显然出乎所有人的意料，金太子和韩格格都停下手里的动作，目不转睛地看着他们。只有肖驰轻轻打了一个口哨，看好戏似的等待下文。

十月感到心脏突突突地跳个不停，屏息凝神地等待着牧野的回答。

"谢谢你，杏儿。"不知道时间过去多久，牧野的声音在异常安静的猫舍里响起，他声调不高，却异常清晰："但是很早以前，我就已经有喜欢的人……"

说到这里，他顿了顿，目光深深地笼罩在十月周围，才又继续说道：

"我对那个人，现在喜欢、以后喜欢、永远喜欢。"

周围的空气仿佛一下子浓稠了起来，让十月顿觉呼吸困难。她悄然起身，默默地退了出去，心里告诉自己只是去呼吸一下新鲜空气。

走出猫舍，关上门，隔绝了屋内的声音。十月深深地吸了一口气，清新的空气沁人鼻腔，但她依然觉得胸口闷闷的。

看着捏在手中的手机，十月下意识地按下了明辰雨的电话，似乎此时只有听到他淡然、好听的声音，才能稳住慌乱的心跳，获得镇定下来的力量。

嘟嘟嘟……

电视台的剪辑室里，明辰雨看着跳动在手机屏幕上的"林十月"三个字，他的拇指轻轻摩挲着接听键，却始终没有按下去。

"是十月吗？"当他终于下定决心按下接听键，把手机放到耳边时，传来的却已经是挂断电话的忙音。明辰雨轻叹了一口气，只听身后有低沉的声音传来："电话是林十月打过来的？"

说话的是一个面容严肃的中年男子，他神情威严，仅仅站着，就给人一种极大的压力。见明辰雨不置可否，他又开口道："你和她是什么关系？"

"同学。"明辰雨轻声回答。

"仅仅只是同学？"

"是。"

明君华的脸色没有半分改变，目光依然直视着儿子的脸庞："希望你没有骗我。"

明辰雨没有说话，但淡漠的眼神中却少有地充满感情。也许唯有面对最尊敬的父亲时，他才会露出这种融合着爱戴和崇拜的眼神。

只停顿了几秒，明君华又开口了："明天的比赛我都已经安排妥当了。"

"什么叫做'已经安排妥当'？"

"需要我明说吗？"

明辰雨沉默了一下，还是决定说出心里话："我不认为我会输给牧野，如果您连这点信任都不给我的话，那我希望能退出这场不公正的比赛。"

明君华神色未动，淡淡地说道："这是通知，不是商量。你参不参加都无所谓，对我而言，反正明天胜出的那个人才是我明君华的儿子。"

明辰雨肩膀一震，眼眸微微垂了下来。

"还有，明天你要邀请熊杏儿担任你的助场嘉宾。"明君华补充道。

明辰雨顿了顿，声音略带沉重地说："她还没在这盘棋局中失去作用吗？我们到底还要牵连多少无辜的人？"

"你不用操心，只要按我的话去做就行。为了整个明氏集团，你必须得到冠军。"

24小时拉票真人秀
24 HOURS VOTES

一大清早，星河电视台演播厅的擂台四周就里三层外三层地挤满了围观的人群。大红条幅上写着"市立学生会联盟主席冠军争夺战"几个大字。比赛还没有开始，现场气氛已经热烈到沸腾的程度。

"各位同学，根据比赛规则，闯入最终冠军争夺战的明辰雨和牧野两位同学会根据最后的人气短信得票结果，决定由谁来担任市学生会联盟主席一职！"万众期待下，音箱里终于响起主持人激昂的声音，"现在就由明辰雨与牧野两位同学，各自在现场里挑选一位助场嘉宾，来协助你们完成最终战——《24 小时拉票真人秀》！"

主持人的话音刚落，激情澎湃的会场爆发出更欢腾的呼声。

在个人优势上，牧野与明辰雨相差甚远。牧野是否能反败为胜，这最后的24小时无疑将会是关键。静默了半晌后，立刻有七嘴八舌的声音响了起来。

“哇，明辰雨居然选了最红的熊杏儿！强强联手，珠联璧合……天哪，还给不给人留活路啊！”

“也不一定哦，牧野也很强的！不到最后根本猜不出谁会赢！”

“算了吧，这场比赛根本毫无悬念，不管明辰雨选谁，肯定是他稳赢。”

“那不一定，说不定牧野还有反败为胜的机会呢。”

……

当熊杏儿与牧野擦身而过，与明辰雨站在一起时，他们两人就像是一种独特的光环，吸引着周围所有人的注意。

这根本就是一场没有悬念的比赛。

十月在心里黯然地想道，不免还是有些为牧野惋惜。

忽然，一只有力的手握住十月的手，无法抗拒的力量牵着她走向擂台。

牧野？！

十月微微一怔，下意识地想要挣脱出来。可是……牧野的手却握得更紧了！

一场外人不知道的力量角逐之后，十月半拉半扯地跟着牧野一起站到擂台上，接受着台下犹如炙烤阳光的注视。

“牧野，你干什么？为什么要拉我上台？！”十月压低声音，羞愤交加地对牧野质问道。

“你可是我的胜利女神，只要有你在，我就绝对不会输。”牧野却噙着一丝促狭的坏笑，悄悄凑近十月的耳边轻声说道。

胜利女神？

他一定是嫌我死得还不够快吧。十月一头黑线地想着。

“既然助阵嘉宾已经选定，我宣布，24小时拉票真人秀现在……开始！”

随着主持人的声音，战斗的号叫响彻比赛现场。

只要有你在，我就绝对不会输……

绝对不会输？应该是绝对……不能输得太难看吧？

尽管是一场没有悬念的比赛，可是为了不被人说“林十月专门负责拖后腿”，我还是要化身“全开女孩”，卖力地帮牧野拉票！

十月在心里暗暗为自己打气加油，一整天拉着牧野也不知跑了多少个学校。

不管是在艳阳高照下挥汗如雨，还是遭遇校园保安的围追堵截……她都以超非凡的毅力和意志力坚持下来，在各个校园里神出鬼没地发传单。

当然，即使是这么卖力，不肯买账的学生也大有人在：有人根本不屑于接传单，就算偶尔有人接过去，也随手丢进垃圾桶……几个小时折腾下来收效甚微。

终于，十月精疲力竭地瘫坐在一张椅子上，有气无力地瞪着一副悠闲模样的牧野。

“真是皇帝不急，急死太监啊……”她擦去额头的汗珠，欲哭无泪地叹气道，“我这么劳心劳力，你却根本不在意！”

“谁说我不在意？”牧野笑眯眯地紧盯着十月，“看到你为我这么全情付出的样子，我觉得好幸福哦……真不想浪费一分一秒，只想全身心好好感受十月的心意！”

说着，他竟然掏出一个 DV 摄录机，死到临头还不忘调侃道：“十月难得有不拖后腿的时候，嗯，一定要好好记录下来！”

“……”

不发一言的十月是因为差点气绝身亡。

一个拼命奔走，一个悠然自得，这种情况一直持续到中午。

炎热难耐的天气说变就变，转眼间天空落下倾盆大雨，雨势澎湃。看样子一时半会儿也停不下来，于是节目组只得暂时喊停，让两组人回采访车上休息。

回到采访车，明辰雨和熊杏儿已经在上面了，与一身狼狈的十月和牧野相比，他们两人显然自然从容得多，让十月不由得多看了两眼。

只见熊杏儿背靠在椅子上，看着正捧在手上的 iPad 2，而明辰雨也拿着水杯，面前放着一台笔记本电脑。

“你们回来啦！”一见到两人，同样守候在车上的韩格格和金太子就迎了过来，顺手递上了毛巾。

“你们怎么那么惨啊。”金太子咋咋呼呼地说道，“看杏儿和明辰雨他们俩，一整天几乎都没怎么出去，票数还比你们多了好多。”

十月一愣，目光顺势移到了监控屏幕，看着只能用“天壤之别”来形容的两组票数，失望地垂下了头。

另一边，韩格格点头附和道：“是啊，辰雨哥哥和杏儿的博客和微博上多了上万条留言，都是为他们加油的。这样看来，这场比赛也太没有悬念了吧。”

“不能这么说，没到最后，胜负如何还不知道呢。”牧野一边说一边拿起毛巾替十月擦着淋湿的头发。

“为了我能赢，十月辛苦了整整一天，付出了这么多，无论如何，我都得作出些成绩来才行。”好像要故意表演给别人看一样，牧野的声音听起来无比体贴，眼神中更是透着亲昵。

十月只觉得浑身不自在，下意识地东躲西藏，抬头去看明辰雨时，却发现他正在专心地准备资料，根本没有看自己。

终于避开牧野的毛巾攻势，十月却失望地垂下了头，掩不住心中的烦乱，一时之间感到口干舌燥，喃喃自语道：“水呢……”

话音刚落，三只手同时伸到了面前。她怔怔地抬头一看，只见牧野、明辰雨和金太子三人分别将手中的饮料齐刷刷递过来。

韩格格瞥了金太子一眼：“喂，这和你有关系吗？”

金太子咧嘴笑了笑，抓抓头，尴尬地将手放了回去。

只剩下牧野和明辰雨——两只手依旧坚持着，十月尴尬地左看看、右看看，犹豫一会儿，终于缓缓伸出手，接过了明辰雨递来的矿泉水，低声喃喃道了声“谢谢”，便低下头猛灌。

不知为何，她竟然不敢去看牧野的眼神。

牧野收回手中的饮料，脸上依旧保持着一丝不变的招牌式笑容，大口喝着被十月“抛弃”的果汁。

采访车上的气氛立刻凝重了起来，唯有坐在一旁的主持人一脸踌躇满志，心中暗暗欢呼：华丽四角恋啊！这绝对是一场最值得期待的、最扑朔迷离的比赛！播出后效果一定不同凡响！

想着，主持人连忙用力拍拍手说道：“外场拉票还剩最后一个小时，请两位候选人抓紧时间！”

“那个……我们走吧，只剩最后一小时了，你真想输啊。”十月自顾自说着，就准备下车。

“等一等。”

冷不防牧野伸出手臂拦住她，将一大叠宣传单塞到她怀里，又顺手夺走她手中的矿泉水：“这种累赘的东西还是扔掉好了，我看到这个瓶子就会触景伤情，心情不好。”

霸道的恶魔……

除了这个称谓，十月彻底想不出更合适的。

谁知一到学校门口，就遭到保安的驱逐。

“走！走！走！学校规定晚上校外人员一律不准进入！”

眼看着时间一分一秒过去，再换间学校显然是来不及了，无奈之下，两人决定翻墙。

牧野长得高，身手敏捷，翻墙不过是一件轻松的事。

可是十月——矮也就罢了，笨拙也就罢了，偏偏今天还穿了裙子出门！

“喂，你翻墙也翻太久了吧！别看风景了，快翻过去呀！”

十月踩着牧野的肩膀，小心翼翼地扶着墙，颤颤巍巍地刚抬起一条腿准备跨过去，猛然间想起自己的穿着，浑身一僵。

被踩得肩膀酸痛的牧野准备抬头，看看“磨蹭小姐”到底在干什么，十月手足无措之下，急忙放下抬起的脚猛踩牧野的头：

“不准抬头！流氓、色狼！”

“喂喂，好痛！”牧野吃痛，连忙低下头忍住笑，“我是看你扶好了没有，不用这么紧张吧？”

“再抬头你就死定了！”

十月再三确认牧野的头老老实实地对着地面，这才快速地横跨过高墙，刚刚一坐稳，就见牧野轻巧地翻了过来，又跳到地上。

十月坐在墙头，低头看去，立马觉得一阵恐慌。

恐高……为什么直到现在才想起来自己恐高？！

站在墙下的牧野，双手环胸，露出了坏坏的笑容：“快点跳下来啊！”

“那个……”十月的脚在发抖，“我……”

“怎么啦？刚刚接过矿泉水的时候，手脚很灵敏嘛！”牧野坏笑的嘴角越来越深，“刚才居然当着我的面选择明辰雨……必须接受惩罚！”

“我……我一直选择的都是明辰雨！”十月不服气地喊道。

小人，偏偏在这种时候翻旧账，小心眼！

“那好啊，选择明辰雨就待在上面，要不就选择我，扑进我温暖的怀抱里。”牧野眉毛一扬，故作凶狠地干笑两声。

“你……恩将仇报！”十月气得头顶冒火。岂有此理，我这么奔波忙碌到底为了谁啊？时至今日还要坐在墙头被他威胁！

“那好吧，我走喽……你就乖乖等着明辰雨王子来救你吧！”牧野无所谓地耸耸肩膀，无不遗憾地叹口气，转身作势就要走掉。

“牧野，你这个浑蛋！没良心的家伙！”十月简直要昏厥过去！

看着牧野的背影，她气得把牙一咬，心一横，闭着眼睛深吸一口气，直接往下跳去……

原本以为会和大地来次热烈的拥吻，没想到却落入一个温暖的怀抱。

“你？！”

十月睁开眼睛，难以置信地看着紧紧抱住自己的牧野。真不知道他是怎么瞬移到自己面前的，“你……抱够了没有？还不快放手！”

该死，抱得这么紧干什么？连他的心跳声都清晰可闻！

不知道他会不会听见我的……

"好不容易抱住，我才不会放手呢！"

"不要脸！"

"唉，既然都被你看穿了，我也没有什么好隐瞒的……"说着，牧野露出狐狸一样的笑容，突然开始一粒一粒解开自己衬衫的纽扣，刷的一声脱掉，露出结实的胸膛。

"啊！"十月惊叫一声，立刻用双手捂住眼睛，可是从指缝间仍旧隐约看见牧野完美的身形，越来越向自己靠近，"你到底要干什么啊？！"

"……"哪里想到牧野一言不发，突然出手揽住她的腰，他身上好闻的气息钻进十月的鼻子里，她整个人紧张得几乎快要抓狂。

牧野一边将衬衫展开系在她的腰上，一边戏谑地说道："难道你都不觉得特别凉快？"

"……"十月不明所以。

"你的裙子刮破了。"

"啊？！"

直到此时，十月才发现刚才从墙头跳下的时候，裙子后面早就刮了一个大洞。她羞愤得恨不得立刻去撞墙。

"我、我去发传单！"现在只要能够从牧野面前消失就好！

"已经足够了……"

一只有力的手紧紧握住十月的手腕，牧野深深地直视着她羞红的脸。

"今天你为我奔波了一整天。十月，就算全世界的人都不看好我，只要你支持我，我就心满意足了。"

十月怔住了，她呆呆地看着牧野一脸的认真和深情，突然说不出话来。

周围安静得仿佛一切都消失掉，全世界只剩下他们两人。

但时间却毫不留情地走向一个热火朝天弥漫着硝烟的战场。

草根的崛起与陨落
RISE AND FALL

"随着'24小时拉票真人秀'环节临近尾声，市立学生会联盟主席一职的选举终于到了最后关头，就在最终时刻即将来临之际，两位选手还有最后一小时的内场拉票机会！"

回到赛场上，主持人故作神秘地对着麦克风，把现场观众的心吊得老高。

悬空的大屏幕正呈现着两组极为显眼的数字，而在这最后的一小时里，都将会对两位候选人的得票数进行实况记录——

15115：8041

“差好多啊，牧野输定了吧。”

“只有一小时了，再怎么都扳不回来了。”

……

众人议论纷纷，十月紧张得说不出话。

虽然希望明辰雨能赢，但是一路看着牧野走到今天，他的努力和付出，同样是显而易见的。但是，胜利者，始终只会有一个。而现在，远远落后的，是牧野。

怎么心情会这么差?

难道是因为担心牧野?

十月在心里问自己，虽然早就预料到会是这样的局面，可是仍旧不忍心看到现实中的一幕。

“最后内场拉票环节只剩下一个小时，每个选手都有半个小时的自我展示时间，进行最后的拉票冲击!”

主持人公布了最后的拉票机会。

面对摄像机，牧野并没有表现出落后者的沮丧和颓然，他的表情十分平静，随着展颜微笑，完美无瑕的面庞上掠过了一抹真挚的笑容。

“感谢各位能够一路支持我到今天，虽然很有可能，我将要离开这个舞台，但有一份礼物，是我一直想要送给大家的。”

随着牧野的声音，巨大的显示屏上，亮起了一个黑色的，并没有经过任何修饰的标题：

草根牧野：现在与过去

随即，屏幕一转，一幕幕片段慢慢播放……

“哈，又进来一个满怀梦想的新人?别以为电视台是那么简单的地方，想进入演播室的话，先去擦三个月的玻璃吧!……不愿意?那就走人啊，没有人求你留在这里!”

“哎，这次要录制男生反串女人的节目，可是太丢脸了，根本找不到愿意出演的演员啊!那个谁谁，牧什么的，你来客串一下!”

“就算是你付出心血作出的策划又怎样?总之，不管是谁策划的都没关系，我只知道，观众们只想看到海星兄弟来主持这个节目。”

“真是白痴啊，每次抽签环节都成为人肉沙包，他是真傻还是装糊涂啊?如果是装糊涂的

话，不妨就让他多倒霉几次好了，连尊严都不要的家伙……"

"在你的节目中竟然发生自杀事件这么严重的事故，你根本没有资格继续待在电视台！更没有资格站在我面前要求新的机会！"

……

种种场面以片断的方式播放，没有音效，没有解说，甚至也没有配乐，平淡但却又无比真实。正透过屏幕观看的观众们，仿佛能够体会到牧野一路而来的艰辛，都不禁为他动容起来。

"快去看网络直播！"

"是那个海星兄弟里的牧野……"

"原来演艺圈那么苦啊。真不容易。"

"草根不愧是草根，被人欺负得那么惨，都忍下来了。"

……

手机、微博、QQ 聊天……网络上的视频点击率不知不觉攀升了起来，从百位数至千位数用了近十分钟，但点击从千到万，却仅仅只过了两分钟，而这个速度还在继续提升。

"看，牧野的票数升得好快啊！"

韩格格和金太子两个"苹果迷"，一边紧张地关注着现场的动向，一边拿着 iPad 进行网络实时跟踪。

十月下意识地抬头，只见大屏幕上牧野的票数，正以极快的速度攀升着。

视频短片仅仅播放三四分钟之后，两人之间的选票就出现了巨大的变化！

15366：8910

15599：9510

15820：10901

……

十月的心提了起来，久久，眼睛都没有移开半点。

这一刻，她已经不知自己是怎么想的，更不知道自己应该期望谁获胜。

观众们一一握紧了拳头，甚至可以看到，有些人的嘴唇正微微动着，似乎在说：加油，加油！牧野，加油！

屏幕上画面一转，视频中从第 11 分钟开始播放的画面定格在这次的比赛海选。

“这次站上PK台的选手是——牧野！”

“这次站上PK台的选手还是——牧野！”

“这次站上PK台的选手依旧是——牧野！”

“险险入围的选手面临的挑战更大，这意味着别的晋级选手已经在分享胜利，但你得继续面对魔鬼训练。你愿意接受挑战吗，即使晋级机会很渺茫？”

“我愿意！”

……

“啊，经过12小时的车轮大战，选手牧野的精神仍旧很好呢！”

“虽然只能利用转换场地的机会，在车上小憩一会儿，可是我对自己仍旧有信心。”

“真是钢铁般的牧牧啊，话说你确定自己真的不会晕倒……好，既然如此，我们的挑战赛马上开始吧！”

……

一路走来，几乎每一轮，牧野所得到的都是垫底的分数。

但就是这样的牧野，却在几乎不可能的情况下，走进决赛，让所有人都跌破了眼镜。

重新回顾这一段，看着牧野跌跌撞撞地跌倒，爬起，再跌倒，再爬起。

他的坚强、他的执著，他的信念，他对胜利的渴望透过视频，慢慢地传递给了坐在屏幕前的每一个人。

在这种气氛的感染下，有人的眼睛湿了，有人收起了嬉笑的神情，有人握紧拳头，有人闭上了眼睛……

但没有人能够否认，一个少年，他所付出的。

《牧野的现在与过去》在网上疯传转载，每一个视频底下都有一大串评论与留言，牧野的人气在短短的时间里达到前所未有的爆棚。

加油，加油！牧野，加油！

轻轻的呢喃声，变成了真实存在的声音，想要通过网络传递给正奋斗在最后一刻的少年。

16011：12409

16045：12993

16078：13767

……

“手机给我！”

“啊啊啊啊？”

“给牧野投票！”

“牧野是谁？”

“自己上网看去。”

碍于一部手机只能为一人投票的规则，类似的场景，在无人看到的地方，发生了一次又一次。

加油，加油！牧野，加油！

滴答，滴答……时间一分一秒地流逝着。

16267：14567

16456：15101

16822：15911

……

还有一点，只差一点了！

十月的心，紧紧地悬在高空，怎么都放不下来。

尽管一路走来，她很清楚牧野曾经所经历过的，但是当第一次，彻底站在旁观者的角度来回顾这一切时，她的心被拨动了，心湖之中泛起了丝丝涟漪。

十月的手心里湿答答的，满是汗水，她的眼睛不敢移开屏幕，生怕一个分神便会错过些什么。

直播现场，无数的工作人员几乎做着与十月相同的动作，紧紧地注视着屏幕上的数字。

17111：16325

越来越近，越来越近……几乎每一眨眼，屏幕上的数字就会有一番滚动，而每一次的变化，都会紧紧地揪着旁观者的视线。

“牧野，加油！”

隐约间，十月的耳边似乎听到有人正在为牧野鼓舞的声音，而立刻，这样的声音越来越多，越来越密集。

她抬眼看去，甚至就连明辰雨那边的工作人员也紧紧握着拳头，轻动着嘴唇，似乎在说：牧野，加油！

17422：16987

……

时间只剩下最后十分钟，而牧野与明辰雨的票数，仅仅只相差不到 500 票。随着时间的推移，这样的差距，竟然渐渐稳定了下来。

来得及吗?

牧野能够反败为胜吗?

无数人停驻在广场上巨大的电视墙前。

无数人紧紧注视着电脑屏幕。

无数人打开手机，时刻关注着比赛的现状。

……

牧野能赢吗?

这时，舞台的绚烂灯光暗了下去，正当所有人不知发生什么事的时候，屏幕上突然出现变幻的画面——

灿烂的阳光下，一个女孩笑容可掬地抱着一大叠沉重的传单，她的额头布满了汗水，在太阳光下，脸蛋红扑扑的。她一遍遍热情地说道:“请支持牧野同学！谢谢，请看一下传单内容，支持牧野同学吧！”

会场里的所有人都屏息凝神地紧盯着大屏幕，似乎被女孩发自内心的诚挚笑容吸引一样，现场由躁动变得安静极了。

啊！十月倒抽一口冷气，惊讶地捂住嘴巴。

画面里的女孩……竟然是自己?！

接下来，画面里快速地展示着十月在一整天内走过的所有地方、做过的事情。

牧野，他竟然……

十月呆呆地看着大屏幕，直到这时，她才知道原来整个拉票过程，牧野并非是在袖手旁观，而是用 IPAD 的软件将录拍的 DV 片段剪辑成最后的拉票视频!

“我喜欢这个女孩子为我努力的样子，我喜欢她为我微笑的样子。我希望她可以一直这样快乐地笑下去。所以各位，请大家支持我，帮助我留住她的微笑，好吗?”

播放的视频终于定格在十月一张灿烂如花的笑脸上，牧野深情款款的声音通过音箱盘旋在每个人的头顶，犹如吟唱着美妙的赞美诗，撩拨着每个人的心弦。

十月怔怔地看着牧野，出人意料的变化让她不知作何反应，只看见牧野扬起一抹迷死人的笑容，目不转睛地凝视着她。

“十月，我说过你是我的胜利女神，我想用这种方式让你知道你对我有多重要。”

明辰雨和熊杏儿也看着大屏幕，却让人猜测不出他们的真实心理，然而仔细观察的话，就会发现在他们的眼神中时不时闪过一抹复杂的光。

分数再一次飞速变化着，之前看似已经近乎静止的比分差距，竟然奇迹般地缩小了。

17450：17100

17461：17233

17501：17558

……

十月轻轻捂唇，努力克制着自己惊呼出声。

谁都没有想到，居然在最后这短短的几十分钟里，会发生如此戏剧化的一幕——牧野不仅追上了在所有人看来是如此悬殊的比分差距，竟然还……反超了！

在这一瞬间，直播现场的欢呼声顿时如雷贯耳。

牧野赢了？

所有人都不敢相信自己的眼睛，但事实却又正是如此，牧野的得票数依旧在一路攀升，短短的几分钟内，他已然领先了明辰雨数百票之多。

17611：18423

17652：19111

……

直播现场，许多记者已经动起了手指，一行行标题已然完成。

《草根的崛起》

《逆转 市立学生会联盟主席诞生》

《奇迹发生在 60 分钟内》

……

忽然间，正显示着比分的屏幕暗了下来，摄像机缓慢地移到了主持人的身上……

"明辰雨同学有什么要展示的吗？"牧野的视频展示播放完毕，主持人转身看向明辰雨问道。

"没有。"明辰雨淡淡地回答，引得台下一片哗然和议论。

"哇……明辰雨果然够自信哦！"

"大将之风就是如此吧！"

……

"投票通道依然敞开，在三分钟后，我们将公布最新的得票数，并庆祝新一届市学生会联盟主席的诞生，请两位候选人抓紧最后的时间！"

主持人话音刚落，突然用手扶住耳机，好像在听现场导演的指示，接着又听他扬起了更高的音量。

"牧野同学制作的 VCR 一定让大家激情澎湃。但刚刚我们又收到了一份新的 VCR，是自称明辰雨同学的支持者送来的。不知道在这短短的三分钟内会不会再次引发一场奇迹呢？请各位拭目以待！"

已然暗淡的屏幕再一次亮起，一张照片瞬间出现在了屏幕的中央。

正紧紧关注着动向的十月再一次张着嘴，好一会儿，都说不上一句话来！

原来那照片中的人正是牧野和熊杏儿，而他们两人，竟然正在……接吻？！

新播放的是一段非常粗糙的 VCR，大多是由照片和一些零散的片段组成，而在这段 VCR 里，赫然有着十月、牧野和熊杏儿的身影。

"十月，你快过来看！"一旁正盯着微博的韩格格，突然一声大喊。

"怎么了？"十月急忙凑近电脑屏幕，看着又被点击出来的页面。

"你先了看了再说！"韩格格把电脑推给十月。

喝咖啡的猫：@ 市学生会联盟官方微博 超级大爆料！先是利用有名的模特避免被淘汰，最后又利用草根女获得大众同情票，牧野根本就是个踩着女人往上爬的卑鄙小人。（三分钟前）

蜜糖：@ 喝咖啡的猫 @ 市学生会联盟官方微博 不会是真的吧？（两分钟前）

米蓝色：@ 喝咖啡的猫 @ 市学生会联盟官方微博 我也听说了，那个牧野在半决赛的时候本来是会被淘汰的，但自从一次《狮星王》节目里，他和熊杏儿的照片大曝光后，一下子就火了，这才让他进入决赛的！可是那些照片根本就是 PS 的！（两分钟前）

莉莉儿：@ 喝咖啡的猫 @ 市学生会联盟官方微博 我还替他投票呢，要真是这样，那他的人品也太糟了吧！（两分钟前）

夜水：@ 喝咖啡的猫 @ 市学生会联盟官方微博 我证明，这些是真的。我有一个朋友是《狮星王》节目的工作人员，他说，那个叫林十月的女生本来是牧野的助理，不知怎么就成了他的女朋

友，牧野一直跟林十月和熊杏儿两个女生保持着暧昧关系呢！（两分钟前）

夜落莫色：@市学生会联盟官方微博 严重抗议，要求取消牧野的参赛资格！（一分钟前）

Ye 卢卡：@市学生会联盟官方微博 我后悔了，真不应该投票给牧野！人渣！（一分钟前）

飞花雪月：@市学生会联盟官方微博 不想牧野这种垃圾成为学生会联盟主席的，就跟我一起，为明辰雨投票！飞快召集你们认识的人！还有一分钟了！（一分钟）

"这、这是……怎么搞的？"微博在短短的两分钟里被转载了数万条，而评论更是多得难以计算。

十月看着不停滚动的微博，怎么都不敢相信眼前所发生的。

这一切，真的是牧野所设计好的？

利用了熊杏儿，利用了她，只是为了赢？

真是这样的吗？

十月觉得好像有一株蔓草不知何时，从心底深处生长了出来，紧紧地缠绕住了她的心脏，勒得她只觉得苦涩和痛。甚至，就连呼吸也办不到。脑子空空的，眼前好像什么也看不到，唯独耳边依旧嗡嗡作响。

不想去怀疑牧野，但是摆在眼前的事实却让她不得不去怀疑。

站在台上的明辰雨回忆起父亲明君华对他说过的话，立刻明白现在发生的状况：

一切都已经安排好了……

记住，最终战的时候选择熊杏儿作为你的拉票同伴。

而站在不远处关注比赛动向的王淑瑶，眼看着牧野大势已去，紧皱眉头强行压抑住怒火，调头就走。

"请关注大屏幕！新一届市立学生会联盟主席即将诞生！"

主持人充满激情的声音唤回了十月的神志，随着"十、九、八……"的倒数计时，她的心也提了上来。

短短的数秒长若一个世纪，伴随着"一"的声音落下，两个大大的数字显现在了大屏幕上：

21111：19411

双方的分数停格在了这一刻，胜负已分。

主持人盯着屏幕上的数字看了很久很久，这才清清嗓子说道："现在我宣布，获任新一届市立学生会联盟主席的是——明辰雨同学！"

现场轰地响起了一阵鼓掌和欢呼。

"热血沸腾的环节到来了！下面有请获胜者——市立高中联盟学生会主席明辰雨同学，拥抱在场所有他想感谢的人！"

明辰雨脸上毫无表情，仿佛之前一小时的起伏跌宕与他没有任何关系。他从容、大方地站起身，一一与周围向他祝贺的人拥抱致意。

可是十月浑浑噩噩地被猫舍成员簇拥到明辰雨面前时却丝毫没有想起要向明辰雨祝贺，脑海中一直回旋着方才VCR中的画面以及微博上铺天盖地的谩骂留言。

正在魂不守舍之际，突然发现自己被人拥抱住，十月一惊，回过神来才发现自己被明辰雨拥入了怀中。

心跳停顿了一拍，身体好像也僵硬了，十月下意识地扬起了笑容，说了一声"恭喜"，直到明辰雨放开她。

乱哄哄的现实让十月并没有发现，明辰雨在拥抱着她的时候，情不自禁流露出一瞬即逝的眷恋，她更没有发现，当明辰雨察觉到十月正在为牧野的事情心神不宁时，眼神中流露出的落寞和黯然。

等到人群随着明辰雨的离开而渐渐散去，十月看到了正默默站在角落里的熊杏儿。

她犹豫了一下，走上前去："杏儿，微博上的消息是不是真的？牧野……牧野，他真的在利用你吗？"

熊杏儿游移不定的眼中闪过一丝犹豫和挣扎，然而只是刹那间，她仿佛下了决心似的，毅然决然地抬起头，直直看着十月，吐出了清晰的两个字：

"是的。"

轰！

一瞬间，仿佛有什么东西，在十月的脑海中轰地爆裂。

雨中的决裂
BREAK IN THE RAIN

屋外，小雨淅淅沥沥。屋内，猫舍的气氛仿佛阴雨下的天空般压抑。几人坐在客厅的沙发里，偌大的猫舍安安静静，没有了往日的热闹与欢笑。

"这两天一直都在下雨，有人还变成落汤鸡了，你们知道这是为什么吗？"被沉重的气氛压得喘不过气来的金太子索性走到窗台边，看着窗外故作夸张地说道，"因为……他们没有带伞！哈哈哈哈！"

"金太子，你真是说了一个史上最成功的冷笑话。"韩格格没好气地白了他一眼。

没有人答腔，倒是十月向窗外多看了几眼。

"我从来没有想过利用熊杏儿，也没想过利用猫舍里的任何一个人。"

十月用力甩甩头，但是，那天牧野的声音却始终盘旋在脑海里。

"我会一直等你，等到你肯听我解释为止。"

十月一下子站了起来，让正在"眼神大战"的金太子和韩格格吓了一大跳。

"我、我……"十月支吾了两声，"我出去买酱油。"

"啊？"金太子与韩格格面面相觑，又不约而同地扭头看向窗外，"这种天气……你出去买酱油？"

"……对。"十月随口回答了一声，低头正准备出发，耳畔传来一个温柔的声音。

"我陪你一起去。"

明辰雨拿起外套走到她身边，淡淡的微笑如同一阵清风，仿佛想吹散她心中的烦乱。

一路上，两人都没怎么说话，耳边只有淅淅沥沥的小雨声。

很快就到了距离猫舍最近的一家超市，十月刚走到货架，只听到明辰雨的手机铃响了起来，他略带歉意地向十月点点头，拿着手机走出了超市。

十月注视着他的背影，眼角的余光却隐约在马路对面瞥到一个熟悉的身影。

她难以置信地揉揉眼睛，再次凝神看过去。果然，那个人不就是……牧野？

牧野站在雨中，没有撑伞，也不知道站了多久，雨水早已将他整个人淋得湿透，水滴顺着额前的刘海滴滴答答地淌落。那张绝美的脸在雨中冻得毫无血色，可是他像尊石像一样伫立在雨中。

"我会一直等你的，等到你肯听我解释为止。"

十月的心颤动了一下，莫非……莫非真的是自己误会他了？

她看着手中的手机，犹豫了片刻，轻轻地按下一个熟悉的号码。

嘟……只响了一下，她慌慌张张地又挂断了手机。

林十月，你到底是怎么了，被牧野骗过那么多次，怎么就不死心呢！

十月用手轻捶了下额头，没想到掌心却突然传来一声振动，她的肩膀不由随之一颤。

是牧野打来的？

手紧紧地捏了一下手机，又慢慢放开，十月低头向正不住晃动的手机屏幕看去：是韩格格！

松了一口气，按下接听键。

“喂？”

“十月，你现在在哪里？”韩格格的声音十分急迫，也不等她回答，就急匆匆地说道，“你现在能不能看到电视？”

“不能……怎么了？”

“不得了了，明辰雨被告上法庭了！”

十月不明所以，紧接着，就听到从手机里传来的声音：

“本台独家报道，据神秘知情人士透露，之前教育界泰斗熊氏家族独生女、当红新生代模特儿熊杏儿小姐拒绝与明氏集团继承人明辰雨一同出国，引发明氏不满，认为此举直接影响其集团及继承人声誉。此外，熊杏儿小姐在市高中联盟学生会主席选拔时，作为明辰雨的助场嘉宾却又爆出与其他选手的暧昧照片，有知情人士放出惊人内幕说，熊氏指责一切的幕后推手都是对熊杏儿极为不满的明辰雨所为，现熊氏家族已聘请律师准备将明辰雨推上被告席。而刚刚才担任学生会联盟主席一职的明辰雨很可能面临被撤职的危险……”

十月彻底懵了，直到手机差点从手中滑落，这才猛然回神。她睁大眼睛，难以置信地喃喃自语道：“这……不是真的……”

为什么偏偏在这个时候，会闹出这种对明辰雨极为不利的新闻？！

突然，一个想法在脑海中一闪而过……

如果明辰雨在这个时候被拉下马的话，能够从中得到利益的，会是谁？一个人的名字在心中不断被放大……放大……其实早已有了答案，但十月却不敢去想。

“喂，喂，十月，你有没有在听？喂，喂！”

“我一会儿打给你！”十月匆匆忙忙地挂断韩格格的电话，赶紧拨通牧野的手机。

几乎只有一秒钟，手机里就传来牧野开心的声音。但不知道是不是在雨中站得太久，欣喜的声线中有一丝颤抖和哆嗦：“十月，是你吗？”

隔着玻璃看到牧野满脸开心的样子，十月突然觉得一阵钻心地痛。可是一想到刚刚听到的惊人新闻，她又咬紧牙关狠下心肠，冷冷地质问道："是不是你做的？"

"什么？"

"熊杏儿和明辰雨的不利新闻，是不是你做的？"不等牧野回答，十月继续质问道，"你这么做，为的就是抹黑明辰雨，让自己有机会能够取代他，是不是？"

"……"手机里传来一声苦笑，牧野的语气有些酸涩："既然有了答案，你为什么还要问我？"

"我要你正面回答我！"十月的语气越来越激烈，"你还想装作一无所知吗？在所有人里面，只有你有动机这么做，明辰雨被撤职，也只有你能够得到最大的利益！"

"十月，我答应过你，会和明辰雨来一场没有算计、堂堂正正的比赛。"牧野的声音是前所未有地认真，"我只希望你可以相信我能做到这一点。"

"好……我相信你。"十月深吸一口气，仿佛只有这样才能稳住激动的情绪，"这么说，我希望你去做的事情，你都会做到，是不是？"

"没错。"

"那么，请你永远都不要出现在我面前！"

"……"时间不知道停滞了多久，才从手机另一端传来牧野的声音，夹杂着淅淅沥沥的雨声。"你是认真的？"

"……是的。"十月的眼睛蒙上一层雾气，"从现在起，我不想再见到你，我不想再和你这种卑鄙无耻的人扯上任何关系！"

决绝地挂断电话，好像刚刚经历一场大战似的，十月无力地慢慢地蹲了下来，泪水决堤一般涌出眼眶。

而同一时间，牧野呆呆地看着手中传来"嘟嘟嘟"忙音的IPhone，沉默不语，然而犹如火山爆发一样，他猛地用力将手中的IPhone"砰"的一声砸在地上。原本光洁的镜面被砸得粉碎成无数片，在雨水的浇灌下，隐隐发光的屏幕一下子熄灭，很快遁入在黑色的雨幕之中。

牧野微仰起头，任由雨点洒落在脸上，嘴边又扬起一抹笑。只是这抹笑意再也没有往日的戏谑和嘲弄，而是浓浓的落寞和苦涩。转身，他走入了雨中。

背影是如此洒脱，也是如此孤寂。

很快，瓢泼的大雨掩盖了他，同样，厚重的雨帘也仿佛切断了他一切的牵绊。

海星与狮子②

Book Ⅱ: King of Young Times
Starfish and Lion

郭妮作品集

抒写人生悲喜事，留住青春小时光

只有爱才是命运……
在真实与虚幻的世界，当海星与狮子相遇，神说，只有爱才是命运……
过往事柳暗花明
明星梦支离破碎
青春浮世绘小说
畅销“笑*泪”大作
Volume: 02
校园勇者王之卷
The Best:GirlneYa Works
A story of
○消失的牧野 ○悄然开启的心扉 ○金太子舍身取义 ○痛苦的真相 ○牧野的安慰法则 ○迷茫的未来 ○崩塌的世界 ○我所困惑的人生
为什么每次遇见时，
你都那么狼狈。
一把雨伞能撑起一片世界。
只有两个人的世界……

消失的牧野
THE MISSING BOY

砰！到底有没有搞错啊！连老天爷都跟着一起捣乱！

看着“设备维修，禁止进入”的牌子，十月恨恨地一脚踢在公园的大铁门上，怨恨之余更多添一笔脚痛。她双眼望天，抱脚乱跳，真是心中无限悲凉！

丢脸！因为太担心最近铺天盖地的负面消息会给明辰雨造成精神压力，所以厚着脸皮硬是将他拖出来“散散心”，没想到竟然碰上这么乌龙的状况……

“回去吧……”明辰雨无奈地看着蹲在路边揉脚、欲哭无泪的林十月说道。

“不行，不行！好不容易拖你出来，还没散心怎么能回去？我想想看还有什么地方……”

十月拼命摇头摆手，生怕明辰雨失去耐心调头离去。她圆溜溜的眼睛四处环顾，努力回想着附近还有什么景色优美的地方可以去。

“为什么一定要我出来散心？”明辰雨看着一会儿陷入认真沉思，一会儿又拖着路人问东问西的十月，终于忍不住出声问道。

“虽然发生了不好的事情，但你还是让大家觉得好像一点都不需要为你担心。”十月微微一怔，坦白地说道，“但是，明辰雨和我一样只是中学生啊，又不是什么得道高僧，怎么可能会一点压力都没有？而且，我总觉得，你只是把自己的焦虑和不安隐藏起来，不希望大家为你担心罢了！”

说完，十月又纵身投入到“寻找散心地点”这件大事里去，丝毫没有察觉自己的一番话给明辰雨带来多么大的震动。

“……”

这是第一次……第一次有人把他当作“普通中学生”来看待！

尽管脸上依旧毫无表情，可是瞬间一滞的眼神，以及微微颤动的浓密睫毛泄露了内心的强烈触动，明辰雨像第一次见到十月一样，认真地望着这个不停奔走的女孩。

“我知道有个地方，我们去那里吧！”良久，轻启花瓣般的嘴唇，明辰雨轻轻说道。

“你说的就是这个地方？”

十月惊喜交加地看着前方，兴奋地回头问明辰雨。

“嗯。”明辰雨点点头，顺着十月的目光向远方望去，并没有察觉到自己被快乐得像小鸟一样的十月的情绪感染到，精致的嘴角也不由自主地扬起优美的弧度。

“你怎么能发现这么神奇的地方？”明辰雨带她来到的地点是一个靠近城郊的山顶，他们所站的位置刚刚好可以俯瞰到整个城市的面貌。

此时，夜幕已经完全降临，悬挂在广袤苍穹里的银月如同智者的眼睛，以王者的姿态俯视着静夜里的“星城”。一条穿梭着无数流光的公路延展起伏，连绵不断的车流给宁静的夜晚增添许多生机。霓虹绚烂，万家灯火。明亮的灯光从高楼的窗子里透射出来，远远望去，竟然也像天空中的繁星般耀眼夺目。

“有一次司机开车无意经过，我觉得风景很美就记住了，有时候心情不好就会来这边坐坐。”

温润的笑容如同湖面上的涟漪，一层层在唇边漾开，明辰雨闭上眼睛深吸一口气，感受凉风拂面的舒畅。

“的确很美呢！这里叫什么名字？”

“……”明辰雨微微一顿，睁开眼睛怔怔地看着一脸期待的林十月，被她的问题难住。

“没有名字吗？”十月扬起开心的笑颜，“那就叫它星星谷吧！”

“星星谷？”

“对！因为从这里看下去，整个城市的灯火就像是天上璀璨的星光，站在这里就觉得自己好像是天上的神仙一样！只不过，如果心情不好的时候，一个人坐在这里看风景的话，还是会有点寂寞吧？所以明辰雨，你应该这样……”

说着，十月慢慢闭上眼睛，气沉丹田，而后，她毫无预兆地睁开眼睛，气势如虹地大喊出声——

“喂——所有的衰事、烂事、破事，统统给我滚开！别再缠着明辰雨了——就算他看起来像钢铁侠一样无所不能，可他也有自己的喜怒哀乐，也会伤心难过，也会受不了你们的折腾！”

明辰雨错愕地瞪着双手叉腰、彪悍大吼的林十月，一向波澜不惊的双眸，此时充满着讶异。

“哈哈哈哈……明辰雨，你的表情好可爱哦！”十月转头看到平日里四平八稳的明辰雨终于露出正常男生的表情，像发现新大陆似的，忍不住哈哈大笑。

“不过你放心！不管发生什么事情，我们猫舍所有的人都一定会站在你身边，一起并肩作战！谁要是不服气的话，就放马过来吧！我们太子党可不是好惹的……”

“狂暴忘形”的十月越喊越起劲，明辰雨忍不住揉了揉鼻子，才得以掩饰轻笑。

“呼呼……明辰雨，心情不好就要大声喊出来，让全世界知道，呼呼——这样做心情才会变好一点！如果把全部情绪都隐藏起来的话，心会生病的哦！呼呼——”

十月气喘吁吁地转头说道，脸上露出明媚的笑容。

注视着十月动人的笑脸，那张淡漠到如同薄冰面具的俊美脸庞上，竟然不可思议地涌现出一丝暖意和感动。明辰雨敏锐的目光柔和下来，一动不动地停驻在十月身上，只觉得她的脸庞比此刻的景色更加动人心弦。

短短两天之后，林十月、金太子、韩格格和肖驰聚集在客厅，对着桌子上的几份报纸评头论足。

报纸的重要版面上，几条标题格外醒目：

恶作剧 PS 掀起艳照风波 始作俑者出面道歉

公益晚宴明、熊两大家族掌门人言谈甚欢 不合传闻不攻自破

嫉妒之心成导火索 爆料模特来历不明

“你们快看，报纸上说经过调查，原来那几个跳出来爆料熊杏儿的小模特啊，根本没签署任何经纪公司，平时跟熊杏儿完全没接触的！所说的全部是诬陷！”

韩格格捧着一份报纸，总结着占据二分之一版面的报道内容。熊杏儿听了，脸上并没有过多的表情。

“是啊，至于熊、明两家不合的传闻，也由两家掌门人亲自出面迅速摆平啦！”金太子展开报纸，将熊展鹏和明君华在宴会上谈笑风生的照片展示给众人看，“牧野和熊杏儿亲吻的照片也查出有 PS 痕迹，确定是网友的恶作剧……这下可好了，之前所有的风波终于得以平息，我这颗坚强的心脏也终于能休息休息了！”

“要我说啊，你这颗小心脏的担心根本就是多余！”韩格格不屑地瞪了金太子一眼，一副神神在在的样子，“你忘了这次风波针对的对象是谁了吗？是大名鼎鼎、无所不能的明辰雨！只要是辰雨哥哥，就没有他解决不了的问题！我可从来没有担心过，可以说，报纸上的结果早就在我的意料之中，只是时间早晚的问题！”

“想不到韩格格也会有说聪明话的时候，这一次我挺你。”肖驰冷不防插嘴，赞许地朝韩格格扬了扬尖细的下巴，噎得准备反唇相讥的金太子一口气没上来，讪讪地坐回沙发，嘟嘟囔囔地说道：“我、我其实也是这么想的，就是随便那么一说……”

听到每个人都对明辰雨赞誉有加，十月反而有一种羞愧感。她低头假装认真阅读报纸，回想起前几天自以为是地带明辰雨去星星谷的事情，脸颊上涌起一波接一波的红潮。

真是丢脸丢到家了！明辰雨一定把我当成神经病患者！没错，那时候他什么也没说、什么也没做，现在回想，分明就是对整个局面都胸有成竹、胜券在握。

可是……我却笨到把明辰雨当成普通人一样对待，还搞什么“发泄授课”……

我该怎么办？总是做这种蠢事，以后更加没法面对明辰雨了！

十月此时多希望有人能给她涨红的脸上套一个麻袋，或者给她一件隐身衣立刻消失。看到对面的明辰雨，她不好意思地低下头：“对不起，那天我真是太傻，居然把你当成一个普通人，还把你拖到山上大吼大叫……”

明辰雨的目光划过窘迫低头的十月时，久久停驻不动，继而转为一汪温柔的春水。他轻柔的声音也像是一阵春风："我反而觉得，做十月心中那个'普通的'明辰雨比较幸福。"

十月倏地抬起头，只见他清澈如镜的眼睛里映着自己的脸，透着淡淡的光。

"虽然负面新闻被压下去了，可是也不能放松警惕，转移公众注意力的最好办法就明辰雨新官上任三把火——做出成绩出来，负面言论就会不攻自破了！"肖驰冷冷地瞥了一眼四目交会的十月和明辰雨，生硬地开口说道。

"对哦！最近有什么让大家特别关注的事情呢？"

肖驰的话成功地吸引了众人的注意力，纷纷开动脑筋替明辰雨出主意。

"我想到了！最近保送生资格初选的事情闹得人仰马翻，我觉得从这个切入点入手，一定可以得到令人惊喜的线索！"金太子一拍桌子，兴奋地跳起来提议。

"保送生？你们这么早就在考虑考大学的事情吗？"

十月大吃一惊，打开桌子上的笔记本电脑，点击到校园论坛里最火的自主招生板块，第一个帖子就是往届的考生在"传经送宝"讲述应考秘笈。

"早吗？其实人家都在自愿或者不自愿的情况下，早早为高考开始作准备了。"

熊杏儿端着空杯子，顺便倚着墙做了一个标准的芭蕾劈叉，扭头看着十月突然问道，"喂，十月，你打算报考什么学校？"

"呃，我还没有想好，其实我也不知道自己应该怎么选择……"愣了愣，十月茫然地抬起头，"那你呢，杏儿，你怎么打算的？"

"我？这还用问吗？用脚指头想也知道，我这样出众的外表，扎实的舞蹈根基，天生就是模特的料。不考艺术院校那岂不是亏大了！若干年后校友名人榜上少了我这颗璀璨的明珠简直黯然失色！"

"对哦，依杏儿你的条件，报考艺术院校一定十拿九稳。"十月由衷地点头说道，她又转过头问韩格格，"格格，你想好要考什么学校了吗？"

韩格格满脸不在乎地咬了一大口苹果："啊，当然是商科啦！我爸说了我们家的生意以后就交给我了！"

"哎，我的志愿差不多也确定下来了，你们不知道我老妈抱着爸爸的遗像又哭又笑的样子，还对着相片说：'老公，你的嘱咐我很快就可以实现了！'哎，我爸走之前怎么也不跟我商量一下……"金太子叹了一口气说道。

"白痴，你爸走的时候你还是胚胎。"肖驰冷冷地加了一句。

嗯……看来肖驰是准备报考生物系。十月暗暗思忖：大家都好厉害哦，关于前程，每个人都有清晰的打算以及奋斗的目标，可是我的目标和未来呢？到现在一点想法都没有……

"我们猫舍所向披靡，熊杏儿是当红模特新星，明辰雨是高中联盟学生会主席，还有牧野……

对了，牧野好像好几天都没有去学校了！”韩格格掰着手指一个个说道，说到“牧野”时却猛地顿住，露出一副疑惑的表情。

“牧野转学了！”金太子接口说道，语气中无不惋惜和伤感。

“他、他去哪儿了？”十月呆了一呆。

“不知道，我也是刚刚得到的消息，而且，选拔失败后他也从星河电视台退出，从此不再参与任何《狮星王》的策划和录制。”

十月难以置信地瞪圆了眼睛，怔怔地看着金太子，多么希望听到他哈哈大笑一声，告诉她一切都是玩笑和恶作剧。

然而从他的脸色中，她看不到丝毫促狭的意味。

金太子说的……是真的？

牧野真的离开星河了？离开那个承载着他所有努力和汗水的地方？

还有……从现在这一秒开始，牧野就真的永远从我面前消失了吗？

悄然开启的心扉
HE QUITELY-OPENED HEART

星河电视台节目剪辑室里，明辰雨坐在办公桌前研究刚刚录制的节目：“这个角度再往后偏15°左右会更加完美……下一个画面切换到摄影机B，加入观众反应……”

深邃的眼神里闪耀着自信和智慧，每一个指令都简洁、精准。工作人员无一不透露着崇拜的眼神全力以赴。十月看着工作时的明辰雨，他全身笼着一层明亮却不刺目的光，像是夜空里的一轮明月，让群星臣服。

“啊，不好意思，我们进来整理一下剪辑室。”

得到明辰雨许可后，两个工作人员推开门，拿着事先准备好的纸箱，径直快步走到牧野的办公桌前，二话不说就将大叠的文件夹、办公用品以及水杯等扔进纸箱里。

“这是牧野的东西啊！你们怎么能随便动？”十月赶紧挡在两人面前。

“牧野已经被辞退了啊，这些东西以后都没人用了，趁早收拾掉。啊，对了，工作人员联络单也更新过，删掉了牧野的联系方式，还增添了几个新人的联系方式，请你注意确认一下。”

看到牧野曾经用过的东西被无情地丢进纸箱，十月抿紧了嘴唇，心里像塞了个刺团一样难受，她仿佛不忍心再看下去，别开目光看向闪烁的电视屏幕。

“每周五晚上，荧屏争霸！欢迎大家收看《狮星王》！我是傻傻海星兄弟的老大！”

“我是老二，比傻傻老大长得还高的海星老二！”

海星兄弟依旧在荧幕里插科打诨，可是里面已经再没有了牧野的身影……不知为何，十月觉得心里空落落的，好像缺失了一块重要的部分，可是她却怎么也想不明白缺失的到底是什么。

一旁的明辰雨注视着若有所思的她，眼睛里掠过一丝难以察觉的波澜。他蓦然出声，打断十月纷乱的思绪："十月，能帮我个忙吗？"

"哎？好，好啊……"十月连忙走到明辰雨身边，一边聆听他的指示一边频频点头，"是，是……好的……我知道了……"

"那就拜托十月了。"交代完工作，明辰雨温和地微微一笑。

"放心吧，一定完成任务！"抑制不住的喜悦在十月脸上蔓延，她走到隔壁工作桌前忙碌起来，似乎没有觉察到明辰雨望着她专注的背影，目光温柔地波动着，氤氲出淡淡的光晕。

"十月，在暑假开始的第一天，你可不可以和我去一个地方？"

"什么地方？"十月微微一怔，略有迷惑地转过头。

"你先答应我。"

明辰雨的话语温柔中透着让人不可拒绝的魅力。十月紧张得差点把嘴唇咬破，天啊，一定是天气太热，热疯了，皇太子明辰雨竟然邀约小宫女林十月？！

"我当然，当然答应。"

"怎、怎么会这样？！"

初中时代熟悉的学校大门、教室走廊、体操馆、实验室、计算机教室、食堂……通通和记忆中的一样熟悉。应明辰雨邀请，故地重游的十月曾经在这里的每一个角落都留下过足迹。

可唯独只有一个地方变了样——那就是十月魂牵梦萦的阅览室。

十月站在一栋二层教学楼门口，对着锃亮的黄铜牌子失声惨叫，牌子上赫然刻印着三个黑体字——电教室。

"刚刚值班老师说过，一年前阅览室就变成电教室了。"站在一旁的明辰雨看着十月欲哭无泪的扭曲表情，有些困惑，"我们是初中同学，我原本想到跟你一起回母校看看很有纪念意义。但你好像在找什么东西，是吗？"

"怎么可以说消失就消失，说改变就改变……"十月却深陷在失望中，声音越来越微弱，几乎变得有些凝噎，"阅览室不见了，秘密留言的小黑板不见了，我和明辰雨重要开始的地方不见了……"

"和我重要的开始？"明辰雨眼神一动，眼神复杂莫测地看着垂头丧气的十月。

"嗯……明辰雨，你还记得吗？"十月望着万里无云的天空下熟悉又陌生的二层建筑，仿佛陷入了回忆，"过去，我每次伤心难过的时候，都会跑到阅览室，在小黑板上写下难过的心情发泄，有一天有人开始给我留言鼓励我，为我打气，并且在我最丧气的时候，在黑板那里放了一枚硬币，正面是狮子代表现实，反面是海星代表梦想。那不就是我们最初的相识吗？可是现在，这个充满我们回忆的地方却已经消失了。”

我们最初的相识……

似乎意识到什么，明辰雨抬起头，第一次认真地注视着眼前的教室，眼角映着一丝日光的阴影，然后他转头看向十月，缓缓道：“其实消失了也好。这样的话，一切就可以重新开始了。”

可十月仍然有些颓然：“我是想在那块黑板上写下：现在的我们很幸福。”

“十月，教室会改建，黑板上的字随时会被抹去……”明辰雨蓦地一笑，拿出一直戴在脖子上的幸运硬币，硬币在他的手心里闪闪发光。

“最终，你把这枚幸运硬币给了我，幸福刻在心里不是更永久吗？”

“……”十月一愣，呆呆地看着明辰雨脸上比阳光还要温暖的笑容，一时之间心神恍惚，仿佛时光一下子回到初中时代，失落的神色慢慢从眉眼间退去。

“我们回去吧，十月。”明辰雨收回目光，率先转身走下水泥台阶。十月连忙快步跟上，慌乱间触地不稳，一个踉跄向一侧倾倒过去……

“啊！”十月恐惧的声音刚刚响起，明辰雨敏捷地转身，伸出修长的手臂一把将十月揽在怀里，待她站稳了之后才默默地松开手。

心脏仿佛骤然停止跳动，几秒钟之后，怦怦怦！怦怦怦！好像电视节目里被擂动的牛皮大鼓，不同的是，心里这面大鼓似乎永远都不会停息。

“谢谢……”十月面红耳赤地道谢。

“以后不用对我说谢谢。”明辰雨依旧淡淡地回答，轻轻的声音里透着让人安心的力量，“从现在开始，忘记黑板的留言，忘记这里曾经发生的一切。因为我就站在你身边，保护你。”

望着明辰雨明媚如春雨的眼睛，十月的心像被糖衣包裹着。仿佛一切真的又有了新的开始。

金太子舍身取义
THE SASCRIFICE JUSTICE

从高二下学期开始，为了升入高三作准备，一场考试大潮仿佛洪水泛滥一样汹涌而来，铺天盖地。它是如此繁复、密集，让人感到无奈。

不仅如此，每场考试都将被计入总均分，最后作为自主招生和校长推荐的重要数据。

“在这里我要提醒一下大家，这次的实验考试将作为 30% 的积分计入期中物理考，希望各位能够发挥所长，全力以赴！”物理老师一番话，令所有人绷紧了神经，纷纷以打仗的心态去对待每一场考试，严谨、认真得不亚于高考。

韩格格悲呼："教育局那些老头子真过分，十八年一场的灾难现在每个月都上演一次，还让不让人活了？"

金太子按理说成绩不错，但他依旧觉得悲惨，为整天这么多考试感到不耐烦："他们把头顶都想秃了。"

"是啊！"韩格格兴奋了，"以前我爸为我升学的事，带我去了一趟教育局，里面坐的全都是秃顶老头，脑袋亮得跟灯泡似的。"

十月插不上嘴，埋头只顾看书。熊杏儿无比郁闷："我爸现在是光头。"

肖驰开起了玩笑："那你以后得注意点，秃头可是会遗传的。千万别像你爸那样还没老就成了秃子。"

"去死！"熊杏儿霍地站起来，杏眼怒瞪，"你才是秃子，你们全家都是秃子！"

"熊杏儿，你眼中还有没有课堂纪律？"物理老师在讲台上气得直瞪眼，一拍桌子，头上那顶乌黑浓密的假发掉落下来，瞬间大叔变大爷，惹得全班同学哄堂大笑。

物理老师无可奈何地弯腰捡起假发，戴在头上，愤愤道：

"我现在宣布一下物理实验测试的考试规则：用抽签的方式，两人分作一个小组。小组最终取得的分数是两人共同的。下课前，大家开始抽签，确定自己的小组后再走。"

"啊，太好了！如果十月和太子党分到一个组，那实验分数就不用愁啦！"韩格格一听，偷笑着对十月比划"V"。十月也深有同感地频频点头，物理实验一向是最让她提心吊胆的科目，如果和自己人分成一组，多多少少能安心些。

没想到，抽签结果让人大跌眼镜：金太子和韩格格一组，肖驰和熊杏儿一组，明辰雨早就进入免试行列，所以只有十月一个人落单。

"十月，怎么办啊，你的……运气也太衰了点儿吧？"众人眼巴巴地看着老师把小组名单抄写在黑板上，无不同情地向十月行默哀注目礼。

"呵呵，反正我都习惯了，没关系啦，你们不要担心我……"十月也有一种被衰神重锤击中的感觉，可是为了不让朋友们担心，努力撑起笑容说道。

"十月，不如我们换组吧！"韩格格担心地提议，可是熊杏儿却在一旁幽幽提示道："你应该先看看十月和谁分成一组——那可是物理课代表贾浩宁！"

韩格格一听，立刻仰起脸确认写在十月旁边的人名，这才露出释然的笑容："物理课代表贾浩宁的物理成绩可是全班第一！这下我彻底放心了，和贾浩宁一组总比和不靠谱的金太子一组强，金太子复习时书还没看几页就呼呼大睡！"

"喂，交给我怎么就不放心了？"金太子气得哇哇大叫，眼看两个人又打闹在一起。

十月既对朋友们的关心而感动，又为自己能幸运地和课代表分成一组略感安心。

“贾浩宁同学，实验考试和你分成一组，请多多关照！”下课后，十月主动走到物理课代表面前，客客气气地打了个招呼。

“不用这么客气，我们可是互相关照呢！”贾浩宁报以大气的微笑，“都是同班同学，这点小事算不了什么！”

“话是这么说，可是我的物理成绩真的有点惨不忍睹……”十月不好意思地吐了吐舌头，羞赧地坦白说道。

“是这样……没问题，都交给我好了。”对方爽快地一口答应下来。

十月被少见的好运气感动得差点热泪盈眶，心里的压力重担明显减轻许多。

物理实验考试现场，每组成员都按照抽签结果两两出现在实验台前，唯有十月站在实验台边，形单影只。

到底是怎么回事？

考试马上就要开始了，贾浩宁怎么还没有出现？

堵车？在厕所里？还是前一天突然发高烧被送进医院了？焦急的十月几乎将所有能想到的可能性都想了一遍，频频向教室门口张望着，可是贾浩宁的身影仍旧迟迟不肯出现。

“要是我，宁愿补考也不愿和林十月一组……”突然，耳边传来窃窃私语声。

“如果林十月长得再漂亮点，像熊杏儿那样吧，说不定人家还愿意舍己为人……”

“听说林十月是靠补交三十万才分到重点班的……我要是成绩烂到她那种程度，宁愿退学也不要浪费父母的血汗钱！”

“人家能交到有钱的男朋友呗，能跟我们一样吗？”

十月只能硬着头皮假装什么都没听到，不经意地抬头，坐在斜前方的韩格格和金太子的目光正好与她相遇，隐隐透着关切和担忧。

“十月，一会儿我会小声告诉你该怎么做的，你别太担心啊！”韩格格伸长脖子，压低声音对十月嘱咐道。没想到话音刚落，就听到物理老师站在讲台上大喝一声：“韩格格，你想作弊是不是？！把脖子给我收回去！”

十月连忙朝韩格格回以微笑，示意别为她担心，心里却七上八下的，再加上耳边听到的全是同学们的嘲笑低语，整个人沮丧得看不到一点胜利的微光。就在她决定放弃的时候，角落里一位戴着厚底眼镜、十足书呆子相的男生战战兢兢地举手，怯生生地提出申请：“老师，我要求和林十月一组……”

“你……确定要换组？”物理老师一怔，迟疑地看着书呆男——物理奥林匹克班的尖子生，又问了一遍。

"没、没错，考试规定如果有落单的同学，可以申请换组。我要求和林十月一组。"

说着，书呆男二话不说，撇下原本的搭档，快速闪到十月的实验台前，紧张地推了推鼻梁上的镜架。

"哎？谢、谢谢你，不过为什么你会……"

戏剧化的大反转令十月一时反应不过来，只能怔怔地对额角冒汗的书呆男道谢。

"别、别说那么多了，我们开始实验吧……"书呆男目不斜视地紧盯着各式仪器，略作沉思便开始指挥十月做实验。他判断精准，下达的指示简单易懂。十月虽然有点笨手笨脚，但很快便领悟过来。

一个教得好，一个学得快，没想到十月他们组竟然是全班第一个做完实验的。等到物理老师检查完所有的实验后，宣布十月所在的组取得了班里的最高分。

"太棒了！这次考试真是托你的福！谢谢你，真是太谢谢你了！"

"不，不用……我也是被逼的……"十月激动地连声对书呆男道谢，没想到对方却面红耳赤，结结巴巴地抖出一句话，然后一阵风似的跑掉了。

"呃……被逼的？"他到底为什么帮我呢？以前好像从来没和他说过话……

十月尾随着书呆男走出实验室，看着他仓皇离去的背影，不解地自言自语。

说来奇怪，最近好像老是有些人时不时在自己有需要的时候跳出来帮忙，到底是怎么回事？

一走出实验室门口，十月意外地看到明辰雨竟然等在那里，一看到她立刻走过来："考试结果怎么样？还顺利吗？"

"嗯，一切都很顺利。"

十月怔怔地看着他，心里忽然冒出一个念头：也许暗中帮助自己的人就是明辰雨！

因为我就站在你身边，保护你。

想到这句话，十月更加肯定了自己的想法。

没错，一定是明辰雨！除了他，还有谁能让物理奥林匹克班的尖子生来帮助她？

"恭喜你，十月。"十月在一旁心潮澎湃，明辰雨露出一抹欣慰的笑容，"我想告诉你，最新一期节目也有了新线索，我已经决定从'暗箱操作'这个环节入手，来提高整个保送生选拔的透明度。"

"'保送生选拔'这么大的事情也会有暗箱操作？"十月惊讶地瞪大眼睛，不敢相信自己的耳朵。

难道保送生选拔，真的可以"暗箱操作"？

连续奔波三天的姜喜嫔疲累地瘫坐在路边公交车站，回忆起最近几天的悲惨遭遇——为了省打车的费用，她扛着厚重的行李箱步行从城南走到城北，再从城北走到城西，鞋跟都已经快磨平了；为了省钱，饿了就在街边买几个肉包子吃，连进小店吃碗面都生怕浪费；为了等到一个老师，好几个小时在别人楼下站岗，有时候甚至是一整个通宵眼睛一眨不眨地盯着紧闭的房门。

但别说是钱了，连一支香烟都没送出去。所有被找上门的老师见了这样的家长都像是遇到洪水猛兽般避之不及……

“不不不，你的心意我领了，但是东西绝对不能收。我奋斗了一辈子，不可能为了钱而毁了学术声誉，还是让你的孩子凭实力考吧。”

“你这样的家长我每天遇到好几拨，不可能走后门的，现在都是透明化选拔，会张榜公布的，作不得假。”

“还是回去吧，啊，回去吧！我家老李说了不见客，他最不待见的就是走后门来的人了。”

……

姜喜嫔迷糊了，当真是读书人清高有道德还是自己送礼的分量不够足？

“我不是一个合格的母亲，我竟然帮不了儿子。老公，对不起，我答应过你，一定要让儿子上名牌大学，我却没有做到。对不起，对不起。是我没用……”

回忆到这里，一向天不怕、地不怕的姜喜嫔不禁哭丧着脸，抱怨自己的无能。

“其实送礼也是有讲究的，不是随便拿着钱就能送出去。送礼的人每年都排着队，你没有一些门路的话不会有人收。”和她同样站在公交车站前的一个“高人”看出姜喜嫔为了送礼苦恼，不忍地轻轻提点道。

“什么？哎……这次彻底完了！”姜喜嫔一听，眼泪立马就在眼里打转，绝望得快要哭出来。

“也许，还有一条路可以走……”“高人”沉思半天，意味深长地徐徐说道。

“求您指点！”

像是抓住了救命稻草一样，姜喜嫔眼睛一亮，希望瞬间贯彻了全身，只觉得立马又神奇地恢复了活力。

教室里的高考倒计时警示牌又减少了几天。就连粗神经的林十月，这时候也感觉到了莫名的紧迫感。

一走进猫舍，十月就看到金太子正拿着一张纸发呆，平日里神采飞扬的脸上一点表情都没有。她不禁愕然地凑过去，探头一看，原来他正在对着一张体能测试的《达标通知单》愣神。

“金太子，你没事吧？”十月伸手在他发直的眼前晃了晃，担心地问道。

“不用担心他，他是太开心了！”金太子没有反应，倒是韩格格的声音响了起来，尖锐的声音中充斥着鄙夷。

“十月，你应该快点恭喜金太子通过测试！据说，整个足球队只有两个人通过了苛刻的体能测试，一个是国家一级运动员，另外一个，居然是把足球当作兴趣、玩一样去参加测试的金太子！你说他能不开心得发傻吗？”

“……”金太子仍旧怔怔地看着手中那张薄薄的纸，并没有像往常一样激动地和韩格格斗嘴。

“十月，你千万不要小看这张纸哦，那可是姜阿姨花 20 万血汗钱买回来的！”

“格格，你说的是真的？”十月一惊，不敢置信地看看木然的金太子，又看看冷笑的韩格格。

“当然是真的！姜阿姨不知道有多开心，打电话到处炫耀报喜，电话都打到我们家去了！这件事情还是老爸、老妈亲口告诉我的！”韩格格不屑地斜睨着金太子，眼神中透露出强烈的嫌恶和不屑，“金太子，恭喜恭喜，从现在开始，你就是传说中的‘特长生’啦，知道什么是特长生吗？就是‘特权生’和‘特有钱生’！还有，我想说最后一句：金太子，我看不起你！堂堂男子汉不靠自己努力，竟然还要辛苦赚钱的老妈为你到处奔走！再多看你一眼都是浪费精力！”

丢下这句话后，韩格格傲然地掉头就走，砰的一声将猫舍大门摔得震天响。

“……”听完韩格格的一席话，十月也呆住了，没想到“暗箱操作”保送生这件事情，真的活生生地在自己身边上演！

金太子不知道自己是怎样回到家的，头脑只盘旋着那几个字：特权生、特有钱生。

他压抑着自己的怒气，推开门。

“太子，你回来啦？快点吃饭，一会儿妈还要去看店。”姜喜嫔正因为儿子得到了特长生资格而高兴，做了一桌子菜准备和金太子一起庆祝，“看妈今天给你做了什么好吃的……”

“妈！”金太子啪的一声把《体能测试达标通知单》摔在桌上，这是继上次借给十月 30 万事件以来，他第一次冲姜喜嫔那么大声说话，“是不是你花钱走后门了？”

仍旧沉浸在喜悦气氛中的姜喜嫔没有注意到儿子的怒气，她高兴地接过通知单，喜滋滋地说：“是啊，看来这条路真是走对了，我本来还担心被骗钱……”

“我不要！”看到姜喜嫔高兴的模样，想到她这次的所作所为、同学的冷嘲热讽、韩格格的鄙视……金太子被压抑的怒火彻底爆发了，“你根本不尊重我的想法！你这样做，让我在别人面前抬不起头！有一个走后门的老妈，我觉得很丢脸！”

金太子一时激愤，整个身体都在发抖，他把心中的不满怒吼着发泄一通之后，忽然不知该如何面对沉默不语的老妈，咬咬牙冲出家门。

砰！随着一声巨大的摔门声，一滴眼泪也从姜喜嫔的脸上滑落。

我以为终于让金家出了一个名牌大学生，以后，再不会有人笑话金家五百年都出不了一个读书人了。为了这个机会，我低声下气求了多少人……

太子，妈妈刚刚还在你爸爸的照片前说，我终于可以实现他的愿望了。可是你竟然说，因为有我这样的妈妈而丢脸……

姜喜嫔在空旷的客厅里默默坐了一会儿，轻轻叹了一口气，然后站起身慢慢走出家门。

“跟你说过多少遍？这两款衣服虽然款式很像，但是面料、档次完全不一样，你怎么能把价格弄混那么久！”

坐在办公室对着店长训斥的姜喜嫔今天的心情很差，大部分是因为儿子金太子，小部分是因为店里正在忙碌的林晟合。

自从保安队裁员后，林晟合就下岗了。得知这个消息的喜饼娘娘特意把他招到了自己手下。

今天是第一天上班，林晟合显得很是拘谨，他搓着自己的双手，犹豫半天才说：“老板，我来报到。”

姜喜嫔不开心地皱着眉头：“老林啊，我们都认识这么久了，又不是外人，以后不要叫我老板，叫我喜嫔就可以了嘛。”

“是，老板。”林晟合立马站得笔直。

也许，他是初来乍到，熟悉了就好了。

等熟悉了，他也许就能明白自己的一番苦心，能够明白自己的心意了吧。

姜喜嫔叹了一口气，对着一大沓合同发起了愣。

转眼到了午饭时间，姜喜嫔走出房间，老远就看到林晟合在陪着隔壁美容院的老板娘聊天。

“哈哈哈哈……不瞒你说，你要不说我还真看不出你的岁数，没想到才只比我小 5 岁啊，我还以为你今年才三十出头，真显得年轻呢！”

好奇心让姜喜嫔蹑手蹑脚地走了过去，想要看看林晟合口中的那个“藏龄有术”的女人。只见紫色的沙发上坐着一个妖娆的女人。她的头发精心挑染成咖啡色，衬托出吹弹可破的白皙皮肤。一件墨绿色的日式罩衫，绣花工艺复杂，让身体凸显得玲珑有致。确实是一个美人儿。

老的小的，只要是男人就没一个好东西！

姜喜嫔暗暗骂道，但又忍不住摸着自己粗糙的脸，暗自感叹岁月不饶人。

“老林啊，上班时间……”姜喜嫔搬出老板的架势，提醒道。

这么一句提醒，倒是把隔壁老板娘给赶跑了：“老林，我不打扰你上班了，以后有空经常来玩哦。”

直到林晟合送走美容院老板娘，姜喜嫔的脸色都一直暗着，正当她想走出店门散心时，林晟合却叫住了她，塞给她一张 VIP 卡："这个是隔壁老板娘送的，我刚刚和她聊了聊，她们店里对女人保养皮肤还蛮有学问的，这张卡我家里也用不上，也没有什么东西可以感谢你，你就收下吧。"

刚刚还黑着脸的姜喜嫔瞬间晴转多云，她心头不由得一喜：自己的眼光果然不错，林晟合确实是老实人。

就在这时，"啪"的一声，有个小工打翻了店里的一个模特，也打断了两个人的对话。

年轻的小工发现姜喜嫔正转头看着自己，慌忙低头哈腰，连连道歉。

换作平日的姜喜嫔早就破口大骂了，但让所有店员弹眼落睛的是，姜喜嫔竟然满面笑容地亲自扶起了摔倒的模特，还和气地拍拍差点下跪的小工。

"没关系，没关系，下次注意点就行了。"

姜喜嫔亲切的声音让熟悉她的店员都怀疑……老板娘是不是中彩票了？

回过头看着林晟合，姜喜嫔脸上的笑意更浓了，甚至浮上一抹少女时代的娇羞，伸手摸了摸略有发烫的脸颊，言不由衷地谦虚道："哎呀，老了老了，岁月不饶人呀！年纪大脸上的皱纹也多了，不知道现在去保养还来得及吗……不管怎么说，老林，还是谢谢你了！"

"呵呵，皱纹只不过是一种痕迹嘛！"林晟合憨厚地笑着说，"现在市面上那么多护肤品，我想消除皱纹应该不是很难的事情，相比之下，最难消除的应该是心病吧……"

"嗯？"姜喜嫔一怔，听出林晟合话中有话，不禁投去疑惑和询问的目光。

"其实，我从十月那里知道你给太子买了一个体育特长生的名额。"林晟合顿了一顿，满脸诚恳地看着她，"姜老板，我知道您是一个要强能干的好母亲。身为一个父亲，我也明白您对太子寄予的期望有多高。可是我听说太子很反对这件事情，还在朋友、同学面前抬不起头。孩子的心理负担这么重，就算可以考进大学，可是他一点也不快乐。这种心理负担说不定还是一辈子的伤害……"

"……"一时间姜喜嫔说不出话来。

"姜老板，不管多么深的皱纹都是有办法消除的，可心里的伤痕没那么容易去掉的啊。"林晟合朴实无华的话语中蕴满恳切和真诚，重重地打进姜喜嫔固执的心里。

她没有强硬地反驳，也没有坚持己见，回想起儿子第一次激烈反抗自己的样子，沉默的脸上露出若有所思的神情……

翌日，猫舍的客厅里笼罩着一片令人不安的低气压。

原本几个一碰面就聒噪得人仰马翻的家伙，此刻却静悄悄地一点声音都没有。仿佛为了要打破这股令人难以忍受的沉默和焦虑，不知谁打开了电视机，可是却没有像往常一样选择欢乐的电视节目，只是停留在新闻播报的频道。

终于，明辰雨出声，一贯温和的声音中透出下定决心的坚定。

“我决定放弃保送生选拔的这条线索。”

这句话仿佛是投入平静湖面的石头，顿时在众人中引发一阵强烈的波动。

“不行！”肖驰第一个站起来反对，白皙秀美的脸上浮现出激动的神色，“你绝对不能半途而废！你不要忘记自己是要从事新闻媒体业的人，尊重和追查事实真相是新闻工作者的天职。难道你想听到别人说你包庇自己的朋友吗？”

接着，他又激动地转向一直沉默不语的金太子，又急又怒：“要怪就怪你那个多事的老妈，有本事你就让她去把钱收回来，把名额退还回去！金太子，你敢吗？平时就知道逞英雄，一到关键时刻就做缩头乌龟！”

“肖驰，你不要太过分了！”熊杏儿蹭地一下站起身，眉毛高高挑起，愤怒地和肖驰对峙，“明辰雨要是把这件事播报出去，太子的前途就毁了，你还是不是太子党的成员？！再胡言乱语，我立刻把你踢出猫舍！”

“我难道有说错吗？凭什么要为了一个不争气的家伙，让明辰雨做出退让和牺牲！”肖驰尖锐的声音像一把锋利的刀刃，“况且，这种事情根本就是纸包不住火，如果金太子不阻止他的老妈继续做蠢事，那才是真正害了他！”

糟糕，现在可怎么办才好？十月焦急地看着熊杏儿和肖驰争执得难解难分，一会儿觉得肖驰说得有道理，一会儿又觉得熊杏儿的仗义也没错，混乱得不知该帮谁说话。

而一向最喜欢发表意见的韩格格却意外地没有出声，只是冷眼旁观客厅里的一举一动，时不时向沉默不语的金太子投去一记白眼。

客厅里只听到肖驰和熊杏儿的“唇枪舌剑”，直到电视机里传出播音员训练有素的声音——

据最新消息报道，高校保送生选拔一事再曝光“暗箱操作”事件，某高校体育系主任因为收受巨额款项贿赂，私下提供体育保送生名额。教育局当即对此事件作出严肃处理，该体育系主任受到停职处分，并移送司法机构。参与行贿事件的学生将受到停考五年的严厉处分……

接着，一长串刺目的学生名单陆续出现在屏幕上，包括姓名、性别和学校名称等资料也一齐被曝光无遗。熊杏儿和肖驰不约而同地闭上嘴巴，猫舍里的每一个人都转头看向电视机屏幕。刚刚硝烟弥漫的战火被一扫而空，紧张静谧的空气中几乎可以听到几个人怦怦的心跳声。

直到学生名单全部播完，客厅里半天都没人说话。半晌之后，十月终于艰难地咽下一口口水，不确定地喃喃自语：

"好、好像没有看到太子的名字……"

"是的，我也没有看到。"熊杏儿深吸一口气，迷茫的样子似乎也在怀疑自己的眼睛。

几道犀利的目光刷刷刷地同时转到仍旧低着头、沉默不语的金太子身上。

"到底怎么回事？"肖驰忍不住问道。

众人眼睁睁地看着低垂着脑袋的金太子缓缓地、缓缓地抬起头来，露出一张得意的大笑脸。

"哈！哈！哈！当然是因为我老妈早两天就答应去讨回送礼的钱，所以这张曝光的名单上绝对不可能再出现我金太子的名字啊！"金太子一边得意扬扬地说道，一边还不忘摆出酷酷的Pose，仿佛被重新灌满活力。

"既然如此，你为什么不早说？害得我们还为你在这里吵架！"熊杏儿又好气又好笑，毫不留情地猛K了他一记。

"哟，想不到小白兔吃了豹子胆——金太子你还真敢去找喜饼娘娘抗议？我要对你刮目相看了……"肖驰故作讥讽的脸上却掩饰不住一丝放心的神情，他转而又斜睨着明辰雨，"现在你高兴了，这条线索被别人抢走了。"

"无所谓，只要金太子没事就够了。"明辰雨微微一笑，眼眸里也闪烁着欣喜和庆幸的光彩。

"太好了！金太子，幸好你没事！"十月开心地欢呼起来，一直悬在嗓子眼里的心终于落了地。看到猫舍的成员都长松一口气的样子，之前的阴霾和压抑一扫而光，金太子的心里别提有多感动。目光一一划过每个人开心的笑脸，心里比吃了最上乘的蜂蜜还要幸福。

可是当他的目光落在角落里始终没有说一句话的韩格格身上时，不禁微微一滞。韩格格的表情前所未有的复杂，很明显也为这件事情感到意外和惊喜，可是不知为何，却躲闪着不敢对上金太子的目光……

当当当！一支小银勺轻轻敲着细长的香槟杯身，发出清脆悦耳的响声，一个秀美得如同女孩子的少年朗声开口：

"各位请注意，作为派对的策划人——我肖驰宣布：为庆祝明辰雨正式入主《狮星王》节目，并获得市立学生会联盟主席冠军的猫舍派对正式开始！同时也祝贺大明星熊杏儿小姐能够在模特生涯中越来越红，一鸣惊人！以及祝贺大难不死的金太子顺利逃过一劫，我们干杯！"

"干杯！"

"干杯！"

"Cheers！"

众人热情沸腾地纷纷举杯，温馨的灯光下，几支香槟杯在彩带的映衬下相撞在一起，折射出耀眼的光泽。

“哎，想不到肖驰也会破天荒地举办派对，大家可要多吃点、多喝点！”金太子兴奋地跑前跑后，为熊杏儿端去一碟点心，“杏儿，我就知道，你与生俱来的那种女王范儿就是为T台准备的！”

韩格格看不惯金太子一脸跟班相，鄙夷地咂咂嘴。

可是一转身看到明辰雨，飞一般地立即换上标准的粉丝脸：“祝贺你，辰雨哥哥！要说‘意料之中’这四个字，绝对非你莫属！”

可是在场的“明粉”可不止韩格格一个——此时，十月也痴痴地看着明辰雨，虽然心里也为明辰雨感到高兴，可是脑海中却不禁浮现出几天以来两人相处的种种画面——

“十月，麻烦你把《狮星王》最近十期的录影带拿给我。”十月一走进剪辑室，就看到明辰雨早已出现在办公室里。

“好的，马上就去！”十月连忙一路小跑去档案室翻箱倒柜，找到后交给明辰雨。

“第三盒拿错了，而且你少拿了一盒。”明辰雨公事公办地轻轻说道。

“对不起，我马上再去找！”十月连忙又跑向档案室。

……

没错，虽然两人经常能在电视台见面，可是专注工作的明辰雨除了工作上的问题以外，几乎不谈论其他话题，两人的关系一点进展都没有……看着他那张完美到毫无瑕疵的侧脸，十月只觉得和明辰雨之间就像隔着无数道透明的屏障，看似触手可及，却怎么也跨不过去。

热闹欢乐的氛围里，只有十月一个人偷偷露出落寞失望的神情，而金太子却将她一蹶不振的样子尽收眼底。

不用问就知道十月和明辰雨之间有问题。虽心里隐隐刺痛，金太子却觉得自己一定要做点什么帮十月打气才行。

他转了转眼珠，郑重其事地把十月拉到客厅拐角处，一脸认真地直视着她：“十月，你觉得对我来说，最难的事情是什么？”

“呃？考进前三名？”

“不是。”

“那么……取得足球联赛第一名？”

“不是。”

“还是说，和姜阿姨保持和谐的母子关系？”

“当然不是！”

“那是什么啊？”十月举白旗双手投降，实在搞不懂金太子为什么要问这种没头没脑的问题。

“对我来说最难的事情，就是和韩格格在一起！”

金太子仰天长叹一声，大有英勇就义之态，像对十月承诺什么似的用力一点头：“可是从现在开始，我决定去追韩格格，我这么做只是为了告诉你一件事情：十月，如果连我都可以做到人生中最难的事情，那么你也一定可以！遇到困难和障碍你千万不要放弃！”

“哎？”十月迷惑地晃了晃脑袋，恍惚觉得金太子的比喻似乎有点不妥，但到底哪里有问题却说不上来。

唉……天底下怎么会有我这么大度的男人？竟然如此懂得放手，让自己喜欢的女孩去大胆追求渴望的幸福？金太子在心里默默流泪，为自己宽广的胸怀感动得一塌糊涂。

男子汉大丈夫，一言既出驷马难追！

为了向十月证明自己的决心和勇气，金太子找来一副眼镜戴上，二话不说来到韩格格身边。他深沉认真地推了推鼻梁上的黑框眼镜，深情款款地望着正在吃东西的韩格格，用充满感情、抑扬顿挫的声调说道：

“于千万人之中遇见你所遇见的人，没有早一步，也没有晚一步，刚巧赶上了，那也没有别的话可说，唯有轻轻地问一句‘哦，你也在这吗？’”

轰——

金太子话音刚落，在场众人不约而同感受到五雷轰顶的刺激，原本有说有笑的场面倏然沉静下来，时间像被瞬间定格，众人维持着刚刚的姿势，动也不动，隐约间还能听到屋顶上有乌鸦“啊啊啊”叫着飞过。

韩格格怔怔地张大嘴巴，准备送到嘴里的一小块蛋糕也停在空中不动。

“这位美丽的小姐，有兴趣与本太子谈一场恋爱吗？”

果然，这个世界上没有最雷人，只有更雷人。金太子故作潇洒地紧跟一句，终于震得韩格格将手中的蛋糕愕然掉落。

片刻的愕然之后，一股五味陈杂的滋味悄然涌上韩格格的心头。

甜的是自己确实有点喜欢金太子，可是酸苦的却是之前自己三番五次暗示都被这个粗线条的家伙无视：为了他试着穿淑女裙，不但没听到赞美反而被嘲笑；在《520我们恋爱吧》节目中，为了帮金太子度过关卡，结果被全场人嘲笑……哼，这个家伙现在才醒悟过来吗？！

“我，我凭什么和你谈恋爱！”一想到这些委屈，韩格格赌气地摆起高姿态，假装不在乎地反问道，“给我一个合理的理由！”

“理由？很简单啊，现在成双成对已经是猫舍的大趋势：你看明辰雨和十月整天出双入对……”忍着心酸，金太子悄悄扭过头对十月眨了眨眼睛，继续夸夸其谈，“牧野和杏儿也是绯闻情侣，不如我和你也凑成一对吧！”

“你说什么？”没有料到金太子竟然说出一番歪理邪说，韩格格气得鼻子里差点喷火，“金太子！就凭你也能和辰雨哥哥、牧野相提并论？辰雨哥哥是大名鼎鼎的校园节目导演以及学生会联盟主席，牧野是万人迷主持人，在电视台那也是混得风生水起……”

牧野……

原本其乐融融的气氛因为韩格格不经意的一句话，立刻降温到零下100摄氏度，每个人的脸上都是一僵，一股独缺牧野的古怪气氛诡异地四散开来。

十月心里缺失的那一部分似乎更加扩大了，犹如一张黑色的丝绒幕布铺开来，笼罩住所有欣喜和快乐，胸口闷闷地像堵了一块巨石。

“啊，刚才忘记买可乐，我现在去买吧……”十月放下香槟杯，找了一个借口走出猫舍。

夜晚的空气微凉、清新，十月拎着一袋可乐慢慢走在从便利店回来的路上，不时抬起头看着满天星斗的夜空。

“怪不得都说唯女子和小人难养也，林十月，想不到你是这么狠心的女人啊！”

一个又轻又冷的声音不期然地蹿出，仿佛守候已久的响尾蛇轻吐着芯子，吓得十月心中一凛。寻声望去，肖驰从一根电线杆阴影中缓步踱出，悠然自得的样子好像是专程等待似的。

“肖驰，你、你在说什么？”十月不明所以地讷讷问道，单独面对肖驰的时候，她总是感觉有点阴森。

“看你还这么开心地参加派对，知不知道有人为你病了一个月？”白净秀气的脸上扬起一抹不合时宜的诡笑，肖驰调侃地说道。

“你到底是在说谁？”十月更加迷惑不解，像不知不觉中了圈套似的追问道。

“当然是仅仅被提到名字，就能把我的派对弄成冰窖的那个人。”肖驰故意放慢音调，声音不高却显得格外刺耳。

难道是牧野？

牧野生病了，病了一个月？因为我？！怎么会这样……被肖驰不动声色丢下的重磅炸弹击中，十月的世界因为这个消息一下子动荡不已，她不敢相信地呆站在原地，不知作何反应。

另一边，肖驰却享受似的欣赏着十月又惊又疑的表情。

然而，他的眼神一动，忽然迈开步伐向猫舍的方向走去，在和心绪不定的十月擦肩而过的同时，原本笑眯眯的脸倏地变得冷若寒冰，他压低声线：“小心，别做出对其他男生担心不已的样子，你的真命天子来了……”

真命……天子？十月怔怔地回过头，没想到竟然看到明辰雨在路灯的照耀下，像一个炫目的发光体，向自己走来。

“明、明辰雨，你怎么出来了？”十月一下子回不过神，结结巴巴地问道。

“你出去很久，我担心有什么事情。”明辰雨温柔的声音比定心丸还有用，让陷入混乱的十月暂时忘记了牧野带来的震荡。

担心？意思就是说……明辰雨在担心我？他一直注意着我离开的时间？

十月的脑海中有个美滋滋的声音像在作旁白解释似的，她想将这个声音丢出脑海，可是脸却不自觉地红了。干笑几声当作掩饰，十月用手拼命对着脸扇着风，语无伦次地说，“真是的，本来想顺便出来透透气，可是没想到外面也很热啊……”

“是啊，马上就到暑假了，十月有什么计划吗？”明辰雨自然地接过十月手中的购物袋，和她并肩而行。

“我？我没有特别的计划，帮爸爸一起照顾妈妈，其余的时间应该就是在电视台帮忙，你呢？”十月认真地想了想说道。

“我也一样，我想把《狮星王》做到最好，所以准备把全部精力都投入进去。整个暑假应该都会在电视台。”明辰雨温柔地看着她，轻声说道。

“你一定可以做到的！这么说来暑假里，我们碰面的机会也很多……”

“是，我很期待。”明辰雨嘴角弯起，眼睛里晃动着宝石一样清亮、柔和的光。

天啊，他的眼睛怎么比星星还漂亮？目光往下，看到明辰雨优美的脖颈里戴着命运硬币的项链。十月的心失序地颤了一下，脑海里回荡起金太子鼓励的话。

我是不是真的该主动打破我跟明辰雨之间全部的隔阂，或者干脆像太子对格格那样……

仅仅想到这里，十月脸上又感到一阵难以遏制的滚烫。

“虽然初中校园作了改建，想不到附近的街巷还和从前一样，没有太大的改变呢！”

“猫舍庆功会”之后，再度启用“初中怀旧之旅”的借口把明辰雨约了出来，现在正穿梭在狭窄小巷间的十月没话找话，心思却全然不在这些事情上面。

没错，这一次出来的终极目的，就是向明辰雨表白心意！

十月在心底暗暗对自己说道：太子为了鼓励我已经做了那么多，我没有理由再胆怯下去了！林十月，鼓起勇气，是生是死就在今天的一搏！

她深吸一口气，故意不去理会擂鼓般的心跳，张张嘴巴哑声说道：“明辰雨，其实我……”

“有什么事？”明辰雨微微侧过头，看着她温和地问道。

“我……”一遇上那双清澄的眼睛，心脏再次以数倍强度“咚咚咚”运转起来，十月觉得自己的舌头全部打了结，情急之下脱口而出，“我……我要去找猫！”

“猫？”明辰雨困惑地望着她。

“没错！”十月连忙别开头掩饰热得发烫的脸，口中又胡乱地碎碎念，“是啊是啊，以前这里有一只很可怜的，被剪了尾巴的流浪猫。我常常分出一半的午餐给它吃，可它还是不肯让我靠近……”

明辰雨饶有兴致地注视着兀自嘀嘀咕咕的十月，虽然没有任何回应，可是眼角和唇边始终扬着温柔的弧度。

“小黑，你在哪里呀？喵呜——喵呜——小黑，你在这里吗？”十月蹲下身子，一边呼唤着记忆中那只流浪猫的名字，一边在心中狠狠大骂自己是个胆小鬼。突然之间，从前方小巷口里蹿出的几个阴影却让她噤声。

始终注视着十月的明辰雨，看到她突然停住脚步，也诧异地抬起头向前方看去，俊美的脸颊立刻涌起警觉和戒备之色……

挡在两人前行道路上的，是三个流里流气的年轻男子。浑身上下挂满叮当作响的金属饰品，表情狰狞的脸上架着墨镜，嘴角叼着呛人的烟卷。他们低着脑袋，浑浊的眼珠从下往上死死盯住两人，嚣张地一步一步向两人逼近，尽管没有说话，可是从头到脚都写着四个大字——来者不善！

“你、你、你们……想干什么？”

十月哆嗦着嘴唇，鼓足十万分勇气才弱弱地质问，可是话一出口，她立刻悔恨得想咬舌自尽，因为站在对方阵营中间，看起来最邪恶、最像头目的家伙，竟然毫无预兆刷的一声亮出一把明晃晃的刀子！

天啊，十月，你问的什么白痴问题啊，就算现实中没遇过劫匪，电视剧里也看过不少了吧？！现在这种情况还装什么英雄好汉，破财消灾，破财消灾，快点把钱包乖乖交出来就好了啊！

想到这里，十月开始哆哆嗦嗦伸手在口袋里摸索钱包，只想着快点配合几位“手头不太方便，借点钱来挡一挡”的歹徒大爷早点结束一天疲劳的工作。

“干什么？呵呵，问得好啊……小姑娘，这里没有你的事，只不过你身后的那位帅哥要留下来好好聊一聊了！”歹徒头目咧开嘴巴干笑两声，露出一口被熏黄的难看牙齿，目不转睛地紧盯着明辰雨。

他们的目标是……明辰雨？！十月愣住了，呆滞地转头看了神情凝重的明辰雨一眼，下意识地对歹徒头目摇头：“我、我、我可以把钱……把钱都给你们……”

“呸！他的一根头发都比你瘪瘪的钱包值钱百倍！”歹徒头目一下子把斜叼的烟头吐在地上，恶狠狠地低吼道，“废话少说！还不快给老子滚远点！”

说着，三人蓦然凶相毕露，骤然挥起手中的刀子就向明辰雨刺去，眼看就要在手无寸铁的明辰雨身上戳出一个血窟窿。

“不，不要！”

虽然一切都发生得太过迅速，仅仅是几秒钟的时间，可是在十月的眼中却像放慢几百倍帧数的特写镜头，缓慢而清晰。闪烁着阴森寒光的刀尖在瞳孔里越放越大，心里的恐惧也极速爆发，等她回过神的时候，自己不知何时已然张开双臂挡在明辰雨面前，屏住呼吸迎对着蓦然停在胸口的刀子。

“死丫头，你不要命了是不是！”及时收手的歹徒头目愕然地瞪着一副视死如归状的十月，气得跳脚大骂。

“呼呼——呼呼——不、不可以——伤害明辰雨！”由于太过神经紧绷，十月只觉得浑身无力，气喘吁吁地对歹徒说道。

“……”同样受到强烈震动、面露惊愕的人，还有被十月护在身后的明辰雨。

他难以置信地看着奋不顾身为自己挡刀的瘦小身影，寒冰一样的眼眸在一瞬间被融化，连同冰封的心扉也被一股名为“感动”的巨大浪潮吞没。

“你、你们到底……到底想要什么？……统统拿去！只要……只要放过他……”

硬着头皮和歹徒讨价还价的十月，话还没有说完，就感到从手臂传来一股温柔却不容拒绝的力道，将她拉到一个充满清冽气息的怀抱里。

“听我说，十月。”明辰雨双手握住她的肩膀，俯身平视她充满惊恐的眼睛，一双闪烁着温柔光彩的眼眸直透人心，“我自己可以解决现在的局面，你现在立刻穿过小巷，去马路对面等我。”

“可是……可是我不能丢下你一个人……”看不透明辰雨目光中涌动的光是什么，但自己就快被融化了。十月晕晕乎乎，好不容易定定神，头摇得像拨浪鼓，坚定不移地拒绝。

“傻瓜。”

明辰雨加重双手的力道，目光直视着十月的眼睛，低沉的嗓音无形中让人想要去信赖，“你留下来只会让我分心。”

“那……那好，不过你要快点回来！”十月犹豫不决地注视着那双深泓般的眼眸，几秒钟后，终于下定决心。

“嗯，放心吧。”明辰雨许诺似的点点头，轻轻放开紧握住她的双手。

“……”十月担忧地盯着明辰雨的脸，把牙一咬、心一横，掉头向两人身后的小巷尽头全力跑去。

就在她转身开始奔跑的同时，身后仿佛歌剧院里演奏交响乐似的，此起彼伏地响起沉闷钝重的跌倒声、撕心裂肺的惨叫声。

“不能回头，不能回头……明辰雨说让我在马路上等他，明辰雨说让我相信他，所以一定不可以回头……”

伴随着令人揪心不已的打斗声，十月一边强忍眼泪对自己说，一边全力向前奔跑而去。

“臭小子，你有种给我等着……我马上叫兄弟们来好好收拾你！”

几分钟之后，三个被打得落花流水的歹徒，狼狈地相互搀扶着，跌跌撞撞地朝另一个方向落荒而逃，愤恨的声音在小巷里不断回响。

明辰雨毫不理睬那几只丧家之犬的叫嚣，转身快步向十月离开的巷子尽头走去。还不等走出小巷口，远远地，他就看到站在马路对面等待自己的十月，她紧蹙着眉头，焦灼、担忧得像马上要哭出来似的，急得在原地团团打转。

刚才还是不慎被刀砍伤的手臂正有血迹不断涌出，明辰雨却放缓脚步，遥望着紧张不安的十月，脸上不自觉地露出温柔的笑意。不知为何，自己的心脏像被敲出一丝裂缝的蛋壳，有充溢的感情流泻出来，同时也有一股难以名状的暖流注入。

“不管明辰雨做什么，我都相信他！”

“就算全世界的人都利用我，明辰雨也绝对不会利用我！”

“这枚失而复得的硬币，现在我还是给你，我只希望一个幸福的奇迹。”

……

曾经被他利用，却没有任何怨言一味信任他，守候在他身边的女孩；唯一把他当成普通人一样来对待，关心他的喜怒哀乐的女孩；奋不顾身为他挡住歹徒刺来的利刃、站在马路对面担忧得要快哭出来的女孩，让他第一次感受到什么是温暖。

他下意识地伸手去摸戴在脖子上那枚幸运硬币，却意外地落了个空。

难道是刚刚搏斗的时候掉落了？

明辰雨转身向阴暗、幽深的小巷望去，锐利的目光在巷子里搜索。在耸立入云的高楼大厦的狭缝之间存活下来的小巷，仿佛是滋生在城市光鲜外表之下错综复杂的微血管，隐晦且难以察觉，形成另外一个截然不同的阴暗世界。

忽然，在不远处，一枚闪耀着银色微光的小物件落入明辰雨的眼中——是幸运硬币！

他毫不犹豫地走过去，弯下腰去拾捡，还不等他直起身体，只看到五六双黑色的尖头皮鞋哗啦啦地将自己团团围住……

“奇怪，明辰雨怎么还不回来？难道……他真的出事了？不行，我还是报警好了！”

十月每隔三秒钟看一次腕表的强迫症行为已经持续五分钟了，她从来不知道几分钟的时间原来可以这么难熬。当把所有电影里面的可怕画面和明辰雨结合、联想一遍之后，十月毅然决然地掏出手机，嘴里还在不停地碎碎念："没错，我早就应该报警的，脑袋为什么在这种关键时刻一片空白？我真是笨蛋……"

还不等她顺利拨完"110"报警电话，手机突然铃声大作，十月立刻接起电话，惊喜交加地喊出声："明辰雨，是你吗？你在哪里？一切都安全吗……"

一连串的担心还没全部问完，电话里传来的对答声却令十月欣喜的神色一黯。

"没错，我就是林十月……你说什么？！我爸爸晕倒被送进医院了？！"

一辆烟尘滚滚的出租车戛然在医院大门前急刹车，尖锐刺耳的刹车声引起附近人群的纷纷注目。坐在车里的十月匆忙中发了一条短信给明辰雨，得到他"我没事"三个字的回复，让她安心不少。

一到医院，十月风风火火地从出租车里跳出来。根据护士小姐的指示，她飞也似的跑到急诊室里，心急如焚地拉住主治医生恳求。

"医生，我爸爸怎么样？求您一定要救救他！"

"我们一定会尽力的，可是你父亲的状况比较严重，如果不立刻进行手术的话，恐怕会有生命危险。医院规定患者进手术室必须缴纳两万元押金，你还是赶快去办理手续吧。"戴着白色口罩的医生淡淡地说道，摆出对患者家属的哀求已经习以为常的态度。

"两万块？！这么短的时间，我到哪里去凑那么多钱？"十月惊呆了，想不到被送进急诊室的父亲不但没有得到治疗，反而要缴纳高额费用才进行治疗，这根本就是把人往绝路上逼啊！

"如果不缴纳押金的话，对不起，按照规定我们不能接收病人。"医生用没有丝毫情感的语调重申一遍，继续低头看病历。

"医生，我求求你了，钱我一定会想办法凑齐，可是能不能先给我爸爸治疗？否则他就会有生命危险，这不是您刚刚说过的吗？"焦急的泪水终于涌出眼眶，十月哽咽得扯住医生的袖子，苦苦哀求着。

"这是医院的规定……"

我该怎么办？这么短的时间内如何才能筹到两万块钱？就算找猫舍的人帮忙，等到钱凑齐的时候，说不定爸爸……

十月绝望得几乎摇摇欲坠，眼前的医生和四周雪白的环境，像雪崩似的纷纷向自己压来。

仿佛有什么液体滴下来，砸落在十月的手臂上，冷冷的。十月摸了摸脸，才发现自己已经泪流满面。她用手抹抹眼睛，刚擦掉几滴眼泪，眼眶里立刻又有了更多的泪水不断涌出，她赶紧再抹，泪水却仿佛永远也抹不尽一样。

病人、家属、医生、护士……走廊里人来人往，却没有一个人为这个哭泣的女孩停下脚步。

"住院押金我来付。"

远远地，有一个声音从哪里悠悠地飘了过来，像一个幻觉。

她泪眼模糊地转头看去，朦胧的视线中，有一个熟悉的身影拦在医生身前，交代着什么。医生一边听，一边朝她的方向点点头。也许是眼泪弄花了视线的缘故，她想看清那个人是谁，却总是被泪水迷蒙了视线……

就在十月用力擦眼睛的时候，一张纸巾递到她的面前："你都快哭成猪头了，快擦一擦别丢我的脸。"

当她终于看清楚那张熟悉的脸，十月震惊地脱口喊出对方的名字。

"牧、牧野？！你怎么会在这里？"

他……他怎么会出现在这里？刚才是他帮我付了两万块押金？

十月呆呆地转头，看到牧野身后还跟着摄影师。难道，他是在这里作采访，正好撞见了自己最无助的时候，所以来帮自己的吗？

说不出是幸运，还是一种更加复杂、难以名状的情绪在十月的身体里乱撞。

一直以为牧野永远都不会出现在我的视线里了……十月脑中不断回响着自己当初说过的那些决绝的话：

"如果我真的发生什么事，你也不要管我了。"

"就算全世界的人都会帮我，那个人也不会是你牧野。"

"你永远也不要在我面前出现！"

……

可是……

"我要继续回去工作了。"这时牧野笑着拍了拍呆望着自己的十月的肩膀，转过身。

十月忍不住开口叫住他："为什么……为什么会帮我……"

牧野的脸上依旧是戏谑不羁的笑容，但他的声音听上去是如此认真和无奈："就是因为放不下……我想我是真的栽在你这个小宫女手里了。"

雨夜里牧野那个受伤的身影在脑中浮现，而此刻出现在面前的仿佛是十月从未见过的另一个牧野。十月控制不住自己的眼睛，一直傻傻地看着他。

"没事了……你爸爸可以安心在这里养病。别发呆了，你再这么看着我，会让我以为你喜欢上我了。"说完，牧野笑了笑，潇洒地朝十月摆摆手，转身跟着摄影师一同离去。

一直看到爸爸被推进手术室，门上红色的灯亮起，十月才浑身疲软地瘫坐在走廊的椅子上。

她长长地呼了几口气，逐渐恢复正常思考和意识后，猛然想起刚刚只通过一条短信的明辰雨，连忙掏出手机拨通明辰雨的电话号码。

“喂，十月？”明辰雨温柔的声音在耳畔响起，十月才觉得心中的大石彻底落地。

“明辰雨，真是对不起，我没有遵守约定等你回来。我爸爸晕倒被送进医院，当时我急着赶去医院，所以……”十月急匆匆地对着电话解释。

“没关系，你爸爸现在怎么样了？”明辰雨毫不介怀地问道，温柔的关切透过电波传来。

“爸爸会没事的，我还在等待医生的治疗结果。你呢，有没有受伤？”十月担心地追问道。

“我很好……你有没有什么需要帮忙的？”

“……”十月的眼前浮现起今天在医院遇见的牧野的脸，她顿了顿，轻声回答，“没有。你放心吧。”

“那好，我们回头再见。”

“嗯，你早点休息，拜拜……”挂断电话后，十月疲惫地合上双眼。这一天过得实在是太“充实”，她急切地需要休息一下惊吓过度的神经，才能仔细去想清楚为什么牧野今天会以前所未有的极高频率出现在自己脑海中……

痛苦的真相
PAINFUL TRUTH

第二天午休时间，十月步履匆匆，目标是明辰雨所在的教室。

没错，昨天在医院里，如果不是牧野出手相助，我肯定会陷入困境之中，确实欠了他一个大人情！可是……欠了人情，以后想办法好好报答他，但绝对不能因此而被牧野搅乱了心绪。

十月在心里不停地对自己说道，仿佛只有如此不断告诫自己，才能成功地将牧野阻挡在心门之外。

至于明辰雨……一想到这个名字，十月不禁精神一振，尽管事后在电话里得知他平安无事，可是仍旧放心不下，还是当面再向他解释清楚吧！

经过一路的胡思乱想，十月终于站在高（二）一班教室门前，她略微定一定神，抚平被风吹乱的刘海，才咬着嘴唇、小心翼翼地向教室里看去。

“同学，你找谁啊？”

一个声音突然从背后响起，十月战战兢兢地转过身，立刻被几个身影团团围住。

“哎？我、我找明辰雨学长……”看着居高临下冷冷俯视自己的高挑女生，十月紧张地咽下一口口水，怯生生地小声回答道。

气场好强大，好恐怖……面对几张冷冰冰的面孔，十月已经开始手心冒汗。

“明辰雨？他不在班级里呢，你也知道他是一个大忙人，光是学生会的事务就够多了。”站在最中间的一个女生蓦地露出一个异常友善的微笑，笑眯眯地对十月说道。

“是这样吗……谢谢，我还是先回去好了。”十月连忙堆起笑脸回答，准备转身离开。

没想到刚走开几步，几位女生如箭矢般充满敌意和杀气的话语，仿佛故意要让她听到似的纷纷钻进耳朵里——

“这个女生怎么回事啊？最近总是来找明辰雨，难道是把明辰雨当成她家的吗？”

“看样子很普通啊，没有什么过人之处嘛！”

“什么普通？跟校花党成员比起来，简直就是次品！”

……

十月低着头，加快脚下的步伐，假装没有听见一样逃也似的走掉了。

“喂喂，这一个三分球一定要投进啊！”

“加油，加油！比赛的胜负就看这最后一个罚球咯！”

路过校园内最为热闹的篮球场，球场上不时传来男生叫嚣的声音，可是刚刚遭受羞辱的十月只顾着快点逃离这个地方。

“啊，小心！”突然从球场上传来一声惊呼，紧接着“砰”的一声，一个篮球回旋着从球场飞出来狠狠砸在十月的肩膀上！

好痛！她被篮球的冲力撞得踉跄后退几步才站稳，从肩部传来的阵痛使得眼泪差点涌出来。还不等她从一系列混乱的撞击、痛楚中回过神来，一个闪到面前的人影将她笼罩在黑色阴影之中。

“林十月，你又来这里干什么！”只见肖驰冷着一张俊脸气势汹汹地质问十月，鄙夷的眼神就像在看着一只可怜的爬虫。

“我……”十月忍着剧痛张了张嘴，还不等解释就被篮球场上男生们戏谑的哄笑声打断。

“喂喂，肖驰，我让你投三分球，你怎么跑去砸 MM 啊？”

肖驰是故意用篮球砸我？十月不敢置信地紧蹙眉头，抬着头看着高高在上的肖驰。

“别怪我没有警告你，给我离明辰雨远一点，不要再像个没有尊严的跟屁虫一样在他身边晃来晃去。”肖驰甩去额角的汗水，嫌恶地斜睨着她。

没有尊严的跟屁虫？

一股前所未有的怒火蹿上心头，十月只觉得热血不断地冲上大脑，这两天发生的事情好像海啸一样席卷着仅剩的理智。爸爸昏倒住院，神出鬼没的牧野，肆意讥讽自己的女生，见不了面的明辰雨……再加上肖驰的刁难，压抑隐藏的负面情绪好像火山喷发一样，再也不受控制，喷薄而出。

“你凭什么不让我来找明辰雨？”十月也不敢相信自己竟然敢对着肖驰大喊出声。

“林十月，注意你的说话态度，别以为你和太子党打成一片，又和明辰雨、牧野纠缠不清，所有人就都会让你三分！”面对十月的反抗，肖驰微微一怔，然而只是一瞬间的工夫，他的眼睛里闪烁着阴毒的寒光。即使站在灼人的太阳下，十月仍旧感到阵阵寒意。

“你，你说什么？”

“我说你是一个白痴至极、愚蠢至极、自以为是至极的蠢才！”肖驰一字一句说道，鄙夷之情展露无遗，“自以为明辰雨对你有意思，你到底知不知道‘自知之明’四个字怎么写？难道你以为自己真的能够和明辰雨走到一起吗？告诉你吧，明辰雨根本一直都在利用你，你以为他亲过你就代表他喜欢你？可笑！那不过是他一开始就计划好的一出戏，专门演给王淑瑶看的，目的是为了让王淑瑶以为你是他喜欢的人，是他的软肋，继而让王淑瑶对他的打压处处碰壁！你应该知道王淑瑶是明辰雨的继母吧……”

对方连珠炮似的话语让十月完全呆愣在原地，但大脑就像是被潮水侵蚀冲垮的堤坝，一溃千里。如果是肖驰故意造谣的话，为什么他说的每一件事情都是真实发生过的，甚至连一些不为人知的细节都了如指掌。

难道……一直以来，或者说更早的时候，自己就是明辰雨计划好的一枚棋子？

不不不，这绝对不可能。明辰雨绝对不是做出这种事情的人！

“你胡说！我凭什么相信你说的话！”十月逞强似的反驳，像一个濒临溺水的人抓住最后一根救命稻草。

“呵呵。信不信由你！”

肖驰望着十月苍白得没有一丝血色的脸，站立不稳似乎马上就会晕倒的身体，得胜地挑了挑眉毛：“你就是再蠢，也该知道我刚才讲的那些事情都是事实吧……”

说完，他不屑一顾地转身离开，只留下十月呆呆地站在毒辣的太阳下面，低着头紧盯着脚下的影子，半天回不过神来。

沉重的步伐踏在车水马龙的街道上，十月忽然感觉周围的一切都那么不真实，所有的事物都距离自己那么近，却又那么远。她站在一个十字路口上茫然四顾，混乱到不知道该选择哪个方向继续前行。

不远处是一个微型社区公园，绿意盎然的绿化设施里布满三三两两纳凉、消暑的人群，仿佛宿命般地，十月看到了牧野的身影。

他慵懒地坐在一张长椅上，看起来那么怡然自得，周身被粉白色的花海包围着，阳光透过头顶的树荫斜照在雪白的衬衫上，他漂亮得仿佛是从漫画里走出来的翩翩美少年。

牧野缓缓抬起头，远远地隔着一条宽阔的马路和她四目相对，像什么事情也不曾发生过一样，对着十月挥了挥手。

十月怔怔地看着璀璨如夏花的牧野出神，脑海中蓦然闪过一丝疑惑：为什么自己总是能从纷乱的人潮中，一眼就认出牧野呢？

牧野站起身径直从马路对面走到十月的身边，巡视着她缺乏生机的脸孔，狡黠地眨眨眼睛，一如既往地调侃道："怎么这么失魂落魄的？没我的消息几天你就不习惯啦？"

"……"

"早知道你这么舍不得我，我说什么都不会离开。"

"刚刚我遇到肖驰，他在操场上打球，还砸中了我。"面对牧野的戏弄，十月只觉得无力针锋相对，低头沉默半晌开口说着别人根本听不懂的话语……

牧野一改调笑的面容，担心地注视着情绪低落的十月："发生什么事了？"

"他和我说了很多事情，他说明辰雨根本就不喜欢我，所有的事情都是在利用我而已，真是的……"十月像想起某件好笑的事情，自嘲地轻笑一声，仰起脸逼视着牧野的双眼，声音中带着无法自抑的受伤。

"你一直骗我，没想到对我那么好的明辰雨也在骗我……到底我应该相信谁？已经不知道如何去判断了……好在被你欺骗受到的伤害会小一点，因为我从来没有相信过你。"

"呵呵，是吗？"牧野苦笑两声，重重地呼出一口气，故作轻松道，"既然对我有免疫力，那么我不就是最适合待在你身边的人吗？"

"你说得不对，就算有免疫力，但还是会心痛。"十月别开目光缓缓摇头，有气无力地转身说道，"让我一个人静一静吧。"

说完，十月拖着沉重的步伐继续向猫舍的方向走去。然而，牧野并没有听话地离开，而是保持着几米远的距离一直跟在十月的身后，安静、沉默地陪着她一路走着。

临近猫舍不远处，十月看到等待在门口的明辰雨，不禁一怔。

明辰雨是在等我吗？不然他为什么看着我露出那么温柔、欢喜的笑容？

十月难以置信地，仿佛看到幻影一般瞪大眼睛，一步步走到明辰雨面前，生怕一眨眼对方就消失不见了。

"你父亲怎么样了？"这是自己第一次等别人回家，明辰雨突然感觉有些不自然。

"……"十月没有回答，仍旧直直地看着他出神。

"怎么了？"

"明辰雨，刚刚有一个人告诉我，你之所以接近我，甚至……吻我，都是为了要利用我，利用我在王淑瑶面前演戏。他说的都是真的吗？”过了半晌，十月一字一句开口问道，由于太过紧张，声线甚至在微微颤抖。

“……”这一次轮到明辰雨沉默不语，他望着十月的眼神忽然变得很悲伤，还掺杂着内疚，可是他就是没有开口否认，这个举动令十月的心越发断裂成千万碎片。

她的眼眶一红，连忙别开脸掩饰即将涌出的眼泪。不经意间看到站在身后不远处的牧野，不知哪里冒出一股勇气，她三步并作两步转身走到牧野身边，一把挽住他的手臂，像示威似的将牧野拖到明辰雨面前。

“既然你无法否认，那么我要告诉你一个决定：明辰雨，从现在开始，傻瓜十月决定再也不喜欢你！”十月紧紧地挽住牧野的手臂，就像即将溺水的人拉住最后的救命稻草一般，似乎只有拉着牧野才有勇气面对这么残酷的一切。

明辰雨静静地看着十月逞强、倔强的脸，脸上没浮现任何情绪，他从口袋里掏出那枚幸运硬币，摊开掌心展露在她的面前：“我等你，是为了把硬币还给你。”

十月咬紧牙关，伸出微微颤抖的手将硬币接过来。

那枚象征着两人之间彼此信任、彼此鼓励的硬币，在重新回到十月的手中后，明辰雨淡淡地扫了并肩而站的两人一眼，没有多说什么转身就走。

不知道为什么，转身的时候，明辰雨明显感觉到身上的伤口撕裂般地疼痛，他挺拔的剑眉猛然紧皱，然而却没有被任何人发现。

和内心的疼痛相比，在巷子里和歹徒缠斗留下的伤口显得那么微不足道。

那张淡漠、俊美的脸上此时才漾起一抹自嘲的笑意，为了早点见到十月而不顾医生的劝阻，强行离开医院，想不到等待自己的竟然是如此令人绝望的场面。

他无法开口否认，因为十月说的一切都是真的。

即使是在心扉慢慢对她敞开的时刻，或者是真心喜欢上她的时刻，那些居心叵测、心存利用的过去也无法抹去。

这，就是自食其果吧……

明辰雨苦笑着仰起脸，看着辽阔的苍穹，再也无法掩饰内心的荒凉和冰冷。

牧野的安慰法则
DIFFERENT CONSOLATION

几天之后，在通往猫舍的路上，有一条被夕阳映照得长长的黑色人影，正拖着有气无力的蜗牛步伐慢慢行走。人影周身弥漫出沉重的气息，好像已经完全不堪负荷。

影子的主人时不时悲天悯人地长叹一声，口中絮絮叨叨地喃喃自语——

“金太子为了忙他的网店，整天看不到人影；韩格格也开始去老爸的公司打工；就连杏儿也找到打工的地方……唯一剩下游手好闲的人就是我。再加上明辰雨……”

一想到明辰雨，影子的主人像被针刺到似的，骤然挺直了脊背，咬紧嘴唇再也说不出话来，然而清秀的脸孔上浮现起更加浓重的忧愁。

“好啦，十月，不要让别人看出你情绪低落的样子，让别人担心是十分不礼貌的行为。微笑，微笑，再微笑！加油，你一定可以做到！”

终于走到猫舍门口，十月强打起精神，深吸几口气，两只手用力地拍了拍脸颊，好像要把自己从一个令人沮丧的梦境中拍醒一样。她用手指拼命地撑起嘴角，反复练习几遍微笑的样子，这才推开猫舍的门走了进去。

“十月，你回来得正是时候！为了庆祝你物理实验考试取得最高分，我们庆祝一下怎么样？过一个 Happy Weekend！晚上做点什么好吃的呢？你也出出主意好不好，这可是你的强项啊！”刚走进玄关，韩格格像一只欢快的小鸟飞向她，兴致高昂地连声说道。

十月微微一怔，抬头看去，发现客厅里除了兴奋的韩格格以外，还有金太子和明辰雨，此时两人一起将目光投向自己。

明辰雨！十月连忙别开脸，以此掩饰骤然大变的苍白脸色。

……我还没有想好该怎么样继续面对他啊！强颜欢笑，骗骗别人也就罢了，可是对方偏偏是我最在意的明辰雨，一定会被别人发现我有多么的不自然！

“没错，这件事情绝对值得庆祝！说吧，十月想吃什么，统统我请客！”金太子也爽快地随声附和，一看到十月不自在的脸色却愣住了，“你怎么了，十月，表情怎么看起来怪怪的？”

“没有啊……对了，我看还是不要庆祝了，其实也没什么值得庆祝的……”十月深吸一口气，仰起脸竭力保持着刚刚练习的微笑表情。

“怎么不是好事情？”韩格格大惊小怪地叉着腰，不解地瞪着她。

“呵呵，这个……总是因为成绩而屡屡遭到别人的非议，我想也该好好反省一下到底哪里出了问题。”不期然地，十月的目光瞥到明辰雨，心脏再次难以遏制地刺痛起来，竭力保持微笑的嘴角僵硬得几乎要抽搐。

糟糕，再也伪装不下去了……

“对不起，格格、太子，我突然觉得胸口很闷……”十月抱歉地对两人说道，低垂着脑袋，逃也似的快步走出猫舍，再也不敢看明辰雨一眼，仿佛当他是隐形人一般。

金太子满腹狐疑地看了看一溜烟消失在门口的十月，再看了看沉默不语的明辰雨，脸上浮现出担心的神色。

“呼——”

十月慌乱地跑出猫舍，微笑到脸部僵硬的表情刷地一下垮了下来，从胸口深处传来的疼痛让她几乎失去平日的活力，再也无法继续假装到底。

刚走出猫舍大门，就看到一个身影沉浸在夕阳的沐浴下，优雅地倚靠着大门口的墙身，那双迷人的桃花眼定格在十月脸上。

“为什么每次遇到你，都是这么狼狈的样子？”

“牧野，你怎么在这里？”

“你怎么对恩人说话的口气这么冷淡？”

“我现在真的没有力气和你斗，如果你是专门来欺负我的话，能不能等到下次。”

“你见过主子欺负宫女，还要看宫女心情好不好，才决定要不要下手吗？”

“……”

说来也奇怪，为什么自己可以努力在别人面前伪装坚强、伪装开朗，可是在牧野面前却不介意摘下面具，任凭真实的情绪肆意流露？

可能是因为，就算跟这个家伙伪装，也一定会被戳穿吧！

十月哭丧着脸，目光不经意间瞥到猫舍的门一开一合，有个身影从猫舍里走出来，连忙求救似的一把拉住牧野的手臂，语气中满是无助的央求：“拜托你，快点带我走，不管去哪里都好，只要离开这个地方就行！”

牧野眯着眼，迎着夕阳的余晖紧盯着从猫舍走出的人影，唇角漾起一抹了然的坏笑，那个人——似乎是明辰雨。

“既然你这么可怜地恳求我，那么……走，陪我去屋顶喂鸽子。”牧野一副发号施令的主子架势，可是眉眼之间却泛起迷人的涟漪，即使是用凶巴巴的强势口吻说话，都好似带着一股别样的温柔。

“这么晚了喂什么鸽子？”十月没好气地抗议。

“嗓门这么大，精力好得很嘛！宫女十月什么时候有反抗的权利？”唇角噙着一丝玩味的笑容，透着坏坏的味道，牧野歪了歪头，不容拒绝地再次重申。

“什么宫女、宫女的！你叫够了没有！不去，说什么都不去！”

十月被激将得火气一下子蹿上来，心里燃烧着不满和怒火。

“如果你不去的话，我就大声叫你‘宝贝’！是宫女，还是宝贝……你自己选一个吧。”牧野不怒反笑，危险又魅惑的笑容在脸上漾开，饶有兴味的样子仿佛在看一只张牙舞爪的小猫。

“喂，十月，快点喂鸽子啊，傻站在那里干什么？”

一个戏谑的声音在耳边响起，这时十月才像提线木偶似的，一把一把将手里的饲料扬出去，立刻有无数只白鸽咕咕咕地叫着，争相飞到她身边抢啄着饲料，在半空中发出纷乱、巨大的声响。

没错，此时此刻，她正站在猫舍的屋顶上——不情愿地、机械地、被动地喂鸽子。

“啊……傍晚的景色可真美呀，不是吗？干吗哭丧着脸？你要感谢本少爷带你欣赏这么美丽的景色。”

牧野心满意足地伸了一个懒腰，对着被鸽子围攻到几乎变成“鸟人”的十月说道。

可恶！为什么总是无法拒绝这个大魔头的要求？

这可是几百只鸽子啊！是要累死人不偿命吗？！可怜我十月天生宫女命，连伤心难过、想要一个人偷偷疗伤的时候都要被人使唤得团团转！

十月一边悲戚地在心中流泪，一边愤愤不平地将饲料狠狠丢出去。此时，火烧云笼罩了西边的天际，似一幅绚丽缤纷的水彩画。最初是一片鹅黄色打底，一层淡淡的橙红；橙红中加一条淡蓝色的彩带；彩带的一端满满地展开，渐行渐远一直扯到天边……就这样把夕阳衬托得更加鲜红、艳丽。不过，看到这样的美景，之前心中的抑郁和不畅快似乎一下子被清扫得干干净净。

“哎？还真是……很美呢！”

十月不由自主地向牧野望去，没想到一看之下竟然呆住了：在如梦似幻的背景中，身材高挑的他站在屋顶上，俯瞰着隐藏在半明半暗之间的世界。双手插在口袋里，姿态闲雅迷人，肌肤被映照得隐隐有光泽流动，眼睛里闪耀着一千种琉璃的光芒，美轮美奂，令人窒息。

尽管心中不服气，可是十月仍旧忍不住想要赞叹一声：

牧野这家伙……真是美到祸国殃民！

“十月，你这么色迷迷地盯着我，人家可是会害羞的哦！”

“没、没有啊！谁、谁在看你……”

十月冷不防被射中一记冷箭，急忙心慌意乱地别开脸，手中一把接一把地拼命抛着饲料。

“呵呵，再这样下去，小心鸽子们会被撑死的。”牧野轻笑一声，修长的手指放到精致的唇边，熟稔地打了一个响亮的口哨。

霎时，数百只鸽子就像一大片神奇的白色云朵般腾空而起，扑扇着洁白的翅膀一飞冲天，向无边无垠的苍穹飞去。那场景庞大惊人，令十月不由得“啊”地惊叹一声。时而有轻盈的白色羽毛飘落下来，一切梦幻宛如世外仙境。

“十月，你知道鸽子具备着极为优秀的品质吗？”牧野斜睨着她突然开口说道。

“优秀的品质？是什么？”十月喃喃地重复牧野的话，一时之间不知如何作答。

“不论在飞行的途中遭遇多么恶劣的天气，刮风下雨、冰霜闪电，又或者是遇到更为凶猛的飞禽猛兽，只要还能继续飞翔，它们就一定会抵达终点，因为每一只鸽子心中都有着非常明确的目的地。”说着，牧野的目光变得非常温柔，温柔得似乎要滴出水来，澄澈的眼眸眨也不眨地看着十月，“十月，你想要变得强大，不再受到伤害吗？”

“……”

想……非常非常想……

“只要你找到人生的‘目的地’，找到自己的目标，就没有任何人、任何事可以撼动你。你会为了这个目标变得越来越强大，强大到再也不会惧怕任何外来的伤害……因为无论中途发生什么事情，十月，你永远知道自己要去哪里，要做些什么，只要这样就够了。”

牧野一字一顿清晰地说道，眼中流露出来的光彩摄人心神，十月只觉得自己的灵魂都要被吸进那双深邃的眼眸中去。

“找到目标……就可以变得强大？”她细细地琢磨着牧野的话，陷入了沉思。

“……”牧野笑而不语地看着她，静静地不发一言，似乎不想打断脑海中正在进行着一场风暴的十月。

“等等，牧野，你就是为了对我说这番话，才强迫我来屋顶喂鸽子的吗？”十月突然想起什么似的，疑惑地看向他。

“呵呵，帮女朋友打气、加油的事情，本来就是男朋友的职责呀！”牧野的嘴角弯成迷人的弧度，声音散漫、慵懒，却似乎在说一件极为理所当然的事情，“况且，不管我说什么、做什么，最终作出决定的那个人还是你，十月。”

“……”

十月微微一怔，虽然对牧野还是抱有一丝警惕的心理，可是心中却升起一丝无法遮掩的温暖。

第二天午休，十月接到一个意想不到的电话，带给她的讶异程度不啻于午夜看到覆着绿色面膜的熊杏儿。

“你，你说什么？向我道歉？”

十月难以置信地对着电话结巴地重复对方的话语，怀疑自己的耳膜是不是出了问题。

“没错！请你一定要原谅我！那天我的做法确实卑鄙无耻、下流低级、禽兽不如……我真心诚意地向你道歉！”

他……他真的是贾浩宁吗？不会是什么人在恶作剧吧？

这下子十月真的懵住了，这么流畅的排比句应该不可能是幻觉，可是对方怎么可能是趾高气扬的物理课代表贾浩宁？这个世界颠倒了吗？！

“求求你了，十月，看在我们同窗一场的分儿上，就亲口说一句：我原谅你！不然以后我可就……”电话那边的声音有些哽咽，但是透露出更多的是焦灼和急切。

“好，好吧！我原谅你……”耳根子软、心也软的十月轻叹一口气，只好答应对方的请求：“可是事情过去那么久了，为什么你会突然打电话来道歉？”

“太谢谢你了！太谢谢你了！”谁知贾浩宁没有解答她心中的疑问，连声道谢后，啪的一声就挂断电话。

这……这是怎么回事？十月彻底被搞糊涂了，在物理实验考试上无故缺席的贾浩宁，当初连一句解释都没有，今天怎么突然像一个做错事、拼命恳求主子原谅的小太监。

到底发生了什么事情，才使得他发生这么巨大的转变？

还不等她弄明白怎么回事的时候，手机再次十万火急地铃声大作，屏幕上显示出“牧野”的名字，十月纳闷地按下接听键——

“十月，现在立刻出门，半小时以后在东森电视台门口等我！”

“啊？我……”

啪！嘟嘟嘟……根本不听十月的回复，对方潇洒地挂断电话，留下她在电话另一边气得把牙齿咬得咯咯作响，兀自对着忙音大喊大叫：

“我又不是你的女朋友！凭什么对我呼来喝去？我，不，去！”

可惜绝对没面子的是，半个小时以后，十月一边满脸懊丧地乖乖出现在东森电视台门口，一边没好气地左盼右顾地寻找牧野的影子。

“小十月，你比约定时间还早到五分钟哦，果然是一个称职的女朋友。”

伴随着芳草的清香和调戏的话语，牧野从电视台里走到她面前。

“拜托你遵守一下时间好不好，明明就是自己迟到五分钟！”十月没好气地白了他一眼，才发现牧野身后竟然还跟着一个相貌出色、神采奕奕的年轻人，活像从电视机里跳出来的大明星！

奇怪，这个家伙……怎么看起来这么眼熟？十月的头上蹦出一个大问号，她纳闷地眨眨眼睛，再凝神定睛看去，突然掩住嘴轻呼：“是你！”

没错！这个浑身上下都在发射“雌性生物通杀”的危险荷尔蒙气息的家伙，不就是自以为是万人迷大帅哥的路飞！

嘘！

路飞笑眯眯地站在牧野身后，不动声色地在唇边竖起一根食指，示意她不要说破。

尽管不明白路飞为什么要对两人认识的事情保密，可是心领神会的十月却听话地闭上嘴巴。

“路飞，现在我就把她交给你了，你知道该怎么做！”

牧野微微一笑，没有深究，自然地将路飞引荐到十月面前，没有再多说什么，挥挥手转身离去。

“喂喂，牧野，你把我叫出来到底要干什么？”这下子轮到十月丈二和尚摸不到头脑，急得冲牧野的背影大喊道。

“好啦，好啦，难道你不放心跟我走？”

路飞一个箭步挡住十月的步伐，抛了一个电力十足的媚眼，“牧野特别拜托我这个大忙人，带你去见识一下好东西哦！”

说着，不容十月再碎碎念，路飞一把拉住她的手臂就往不远处的一条商业街走去。

这是一条繁忙、热闹的街道，说是商业街也不够准确，因为它远离摩天大厦林立的繁华地带，是一条在破旧的筒子楼和居民区之间蜿蜒存在的羊肠小街。

狭窄的街道连通过一辆轿车都异常艰难，可是两侧却密密麻麻布满了各式各样的店铺。有卖早点的灌汤包铺，有修鞋、修自行车的修理铺，有粮食铺，有五金杂货铺，有只会剃平头的老式理发店，还有蹬三轮车运货的小型搬家公司……

“嘿，路飞，好久不见啦，你小子跑到哪里混去了？”一个五大三粗的农民工冲着路飞大吼，声音洪亮得像铜锣。

“哈哈，还不就是赚钱嘛，哪里混不是一样混？”路飞油嘴滑舌地回应道。

“哎？带着女朋友一起来逛街啊？”

“不不不，这位可是牧野大人的女人，大家认识一下！”

十月：“……”

“哎哟，是路飞呀，上次你帮我搬液化气还没谢谢你！来，刚出炉的肉包子吃几个吧！”卖早点的阿婆笑呵呵地把几个包子塞到路飞手里，布满皱纹的脸笑起来像一朵盛开的菊花。

“哎，谢谢奶奶！您的手艺还是那么棒！”路飞一口咬下去竖起大拇指。

“路飞，最近总不见你，大家都想你了，没事多回来看看啊！这个小女生是……”

“是牧野的女人！”

十月：“……”

路飞带着十月一路在小街上走过，每逢别人问到她的时候，就毫不客气地用“这是牧野的女人”向大家介绍。刚开始，十月还笨口拙舌地试图解释，然而很快她就发现自己的解释根本就是无用功，根本没有人在意她，索性由着自己脸红到底。

路飞像传说中的“地头蛇”一样，一边拉着十月在巷子里穿梭，一边熟稔地和每个人热切地打着招呼。

上到七八十岁的老人，下到七八岁的小毛头，好像相熟很多年的老朋友似的，无论谁看到他都要扯几句家常。

这一路的见闻简直让十月看到傻眼，让她傻眼的不仅是路飞的“神通广大”，更傻眼的是在面前闪过的人潮，每个人从事的工作看起来都那么卑微，可是每个人却看起来那么生机勃勃，对生活充满着无穷无尽的能量与斗志。

仿佛为十月开启了另一个世界的大门。

“路飞，你简直太牛了！完全是街霸啊！”

走了不知多久，路飞带十月在一间露天的小茶铺坐下休息，还点了两大碗凉茶。十月灌了一大口凉茶后感慨地称赞道。

“呵呵，我算什么，牧野才是真正的街霸呢！”路飞毫不在乎地笑了笑，眼睛望着热闹非凡的巷子说道。

“牧野？”十月咂咂舌。

“你不知道，以前牧野同时打十几份工，在电视台做节目的时候，更是大街小巷都跑遍了，因此结识了很多朋友。这条街上没有人不认识牧野的，不信的话我可以带你再去其他地方走走，只要提到牧野的名字，无人不知！”路飞转过头看着十月，“我不知道他为什么要安排我带你来这里看看，不过相信你走过这一遭以后，心里面应该有些想法了吧？”

“我的想法？我的想法就是：想不到以前的我竟然活在那么闭塞的世界里面。”十月怔了怔，一边认真想一边慢慢说道。

“哦？怎么说？”

“以前的我，只是为了学校、学业的事情就焦头烂额，懊恼不已，常常产生想要放弃、逃避的想法。一旦遇到困难，就下意识地对自己说……撑不下去了！”十月苦笑着摇摇头，像在嘲讽一个小时前的自己似的，“可是来到这里以后，我才知道这个世界上有很多人，他们所遇到的困难，比考出高分更难，然而却仍旧很努力地活着……我突然觉得无病呻吟的自己好渺小！”

“哈哈哈！”路飞突然仰天大笑几声，不管不顾周围异样的目光，用力地拍了拍十月的肩膀，“我说，牧野的苦心终于没有白费！也不枉费本少爷亲自跑一趟！”

“牧野的苦心？”

“你不觉得最近身边发生的诡异事件太多了吗？难道都没有和牧野联系到一起去？”路飞好笑地看着一脸不以为然的十月，夸张地长叹一口气。

“诡异事件……确实挺多的，例如今天还有人莫名其妙打电话来向我道歉。”经路飞一提醒，十月立马想起之前的那通电话，“还有完全不熟的同学，居然主动在物理考试中帮忙……”

"啊，打电话道歉的人是叫贾浩宁吧？"路飞漫不经心地说道。

"你怎么知道？"十月一下子瞪大了眼睛，不敢置信地看着面前的"神人"。

"闲聊的时候听牧野说的，他说路过补考教室看到那家伙因为做不出英语题目抓耳挠腮，看起来很痛苦的样子，所以就'好心'地把答案写在小纸条上丢给他，哪里想到他那么倒霉，偏偏被监考老师发现了。"路飞一脸幸灾乐祸的坏笑，云淡风轻的语调好像在谈论"今天天气好晴朗"之类的话题。

"什么？牧野帮他作弊？！"十月瞪圆了眼睛，虽然无法理解牧野的意图，可是觉得这件事情肯定另有蹊跷，"可是贾浩宁也不是傻瓜，他完全可以把责任都推卸到牧野身上啊，反正纸条也不是他写的！"

"没错，他确实想这么干，过河拆桥的事情，他是熟手了！只可惜纸条上面的字既不是他的，也不是牧野的，而是——英语老师的！而后，有人举报说曾经看到他翻英语老师的垃圾桶，前因后果联系起来，得出的结论就是：贾浩宁偷窃老师的考题！哎呀呀，说到这里，我还真是有些同情他！看样子考试按零分计算已经是小以惩戒，见家长外加记大过，恐怕是少不了喽！"

看到路飞津津乐道的样子，十月马上联想到牧野的脸——肯定也像此刻的路飞一样，得意得像一只奸计得逞的老狐狸，回味着天衣无缝的计谋。

真是……最毒美男心啊！

"牧野诬陷他作弊？这样做太过分了……等等！"

就在这时，另一个画面也出现在十月脑海中：

"太棒了！这次考试真是托你的福！谢谢你，真是太谢谢你了！"

"不，不用……我也是被逼的……"十月激动地连声对书呆男道谢，没想到对方却面红耳赤，结结巴巴地抖出一句话，然后一阵风似的跑掉了。

"呃……被逼的？"

"难道上次物理实验考试有人帮我……也是牧野？！"

十月震惊极了，没想到这一趟出门竟然有如此大的"收获"！

"我说，你总应该打个电话谢谢他吧！"路飞调笑地用眼神示意她拿起手机，一副风情万种的样子。

确实应该给牧野打个电话……十月略一沉吟，掏出手机拨通了牧野的号码。

"喂，牧野？"

电话很快就被接通，可是牧野那边传来非常嘈杂的噪音，听起来好像很忙的样子。

“十月，怎么突然打电话过来？”

“不是的……”听到牧野的询问声中透着一丝关切和担心，她张了张嘴巴，千言万语突然不知从哪儿说起。

“那就好，十月，路飞带你逛街了吧？”

“嗯……”

“有什么感受吗？”

“我……”

“十月，虽然那是一条不起眼的街道，但是我想让你看到有那么多人都在渺小、卑微地活着，也许他们只是这个万千世界中的一颗沙砾，可是却因为自己的努力和付出，获得真实的快乐。”声音中缺少了戏谑和嘲弄，牧野一本正经的腔调令十月感到有点陌生。

“我明白你让路飞带我来这里的原因，我打电话是想对你说：谢谢！除了今天的事情以外，还有以前……”十月咬了咬嘴唇说道，即使隔着手机说这番话，也觉得有点脸红难耐。

“以前？那小子肯定又多嘴了吧？”

“我想知道贾浩宁那件事情是不是真的。如果是真的，你会不会做得过分了一点？”

“为喜欢的女生做过分的事情，天经地义。”

没想到牧野爽朗一笑，简洁短促地说完这句话后，兀自挂断了电话。

牧野仍旧是那个恣意妄为、我行我素的牧野，可是不知为何，这一次十月却清晰地感受到内心深处有一种怦然心动的悸动。

“十月，最近老妈天天煲汤去给你老爸喝，弄得店里大半天都要歇业，要是你没有其他安排的话，不如帮我老妈看店吧！怎么样？”一连几天，好不容易抽空留在猫舍的金太子，看到十月打工计划不断搁浅，绞尽脑汁想出一个帮助她的办法。

“没问题！姜阿姨这么关心我爸爸，给她帮忙也是应该的！”十月想也没想，一口应承下来。

姜喜嫔经营着一间卖室内装潢饰品的店铺，店面虽然不大，但在她苦心经营下，在业内形成了良好的根基和口碑，回头客人特别多，生意也很红火繁忙。所以半天的歇业时间，常常会错失很多单生意。在金太子的引荐下，姜喜嫔十分欣喜地接受十月的帮忙，更加放心煲营养汤给躺在医院的林晟合补身体。

“小妹啊，这盏水晶灯怎么卖呀？”

这一天，刚送走姜喜嫔没多久，忐忑不安的十月就迎来了一个装扮高贵的中年女子。

“啊，水晶灯的价格是 2700 元。”十月连忙看了眼标签上的价格，毕恭毕敬地回答。

“这么贵？你这是什么水晶？哪里制造的？我刚才在别家刚刚看过，人家的价格可是只有你们的一半哦！”贵妇人挑剔地指指点点。

“不好意思，我们都是明码标价的。”十月老老实实地回答。

“你的意思是我不识货？”贵妇人一挑眉毛，尖刻地反问道。

“没没，我不是那个意思……您要是觉得别家的东西更便宜、更合适，可以不选择我们店里的……真的，没有关系。”十月一惊，连连摆手解释。

“你现在是在赶我走是不是？你嫌弃我买不起是不是？你到底是哪里来的小妹，这么不长眼！”贵妇人一听，更加生气，双手叉腰尖着嗓子喊起来，引得店里的其他顾客纷纷侧目。

“我可告诉你，我是这家店的老顾客，很多客人还是经由我的介绍才来光顾这里的！”

“我……我……我不是这个意思，您要是真的觉得这盏灯贵就不要买好了，我没有权利随便降低价格的。”

十月越解释越乱套，眼看贵妇人气得脸色都发绿了。幸好此时姜喜嫔回到店里，一看两人针锋相对的架势，连忙换上招牌式的笑脸迎了上去。

“哎呀，是王太太啊，怎么今天有空来逛逛？您看中了这盏灯？没问题，标签上的价格还不都是糊弄外行人的？只要您喜欢，这个数您就拿走！”说着，姜喜嫔用手指偷偷比了一个数字，立刻换得对方满意的眼神。

紧接着，两人又絮絮叨叨地闲谈，其间姜喜嫔又驾轻就熟地卖出其他几件贵重摆设，一直到让对方心满意足地离开。

“姜阿姨，真是对不起，我实在是……”直到把客人送出门外，十月才战战兢兢地凑到姜喜嫔身边道歉。

“没关系啦，你们这些小孩子哪里懂得做生意？刚刚那个女人的老公是这个大卖场的负责人，为了打点好她，就算打落牙和血吞也要送给她……”姜喜嫔疲惫地摇了摇头，手中却不停歇地在账本上记账。

正说着，她偶然抬头瞥向店外，突然大喝一声冲了出去，边喊边追：“喂，姓张的，上次你欠我的那批货款立刻给我结算了，否则我和你没完！”

十月吓了一跳，只见姜喜嫔不知从哪里拉来一辆自行车，略显臃肿的身躯飞快地蹬着自行车，几下子就追上不远处撒腿狂奔的男子，扯住他的衣领不顾形象地大喊大嚷。

看着姜喜嫔被围观人群指指点点的情形，看着姜喜嫔为了生计而拼命的样子，再想想连日来自己不停被客人挤对、不知所措的笨拙样子，十月突然觉得自己没用到了极点。

平时像泼妇一样的姜喜嫔，也许在以前会让十月觉得很可怕，望而生畏，可是现在却一点也不让她讨厌。

任何人做任何事情，都有自己的理由和苦衷所在，十月此时此刻愈发感受到这一点。在别人眼中粗鲁无比的姜喜嫔，却是更努力、更用心生活下去的榜样！

可是十月……你自己呢？她忍不住在心里轻轻问自己。

再次去姜喜嫔店里打工的时候，十月接到一个足以令她震惊到崩溃的电话。

“你、你说什么？50万一台的机器？好……好，我知道了。”

挂断电话，十月脸色煞白，任凭姜喜嫔叫了她好几声也充耳不闻，兀自沉浸在深受打击的震荡之中。

“十月啊，有什么事情你就说出来，千万不要一个人扛着，姜阿姨一定会帮助你的。”

姜喜嫔担忧极了，她第一次看到十月这么魂不守舍的样子。

“刚刚医院来电话，说妈妈的病情加重，需要换一台新的治疗仪器，可是费用要50万……这，这怎么可能做到……”说着，泪水像断了线的珠子般不断地从十月的眼眶中涌出。爸爸还在医院里疗养，家里面为了给妈妈治病已经倾尽所有，而且尚有负债，现在又传来如此噩耗，十月真的有种被现实打击到无法翻身的感觉。

“孩子，别哭别哭，别担心！我和你爸爸是……是朋友，你和金太子又是好朋友，阿姨一定不会放任这种事情不管的！”

嘴硬心软的姜喜嫔一看十月落泪，眼眶也跟着红了，她一拍胸脯将此事扛了下来。

“这样吧，阿姨曾经给金太子存过一笔教育基金，再加上店里的现款，凑一凑也有50多万，你妈妈的病就包在我身上吧！”

猫舍附近商业街的一间饭店向来生意很红火，每次吃饭时间都非常热闹，特别是今天。

餐厅大堂里，从顾客到服务生、前台收银员、传菜小弟……无不面露惊恐地看着同一个方向。几个俊男美女毫不顾及形象地举杯拼酒，桌上摆满了密密麻麻好几排空酒瓶，他们口中还在大喊着“统统给我干杯”、“来啊，今天一定要不醉不归”……

“喝！为熊杏儿顺利获得女主角，再次向国际明星迈进一步干杯！”韩格格豪气万千地一拍桌子，第N次为同样理由提酒干杯。

“我早就知道，这一天迟早会到来的！为杏儿踏上璀璨的红地毯之路，干杯！”金太子立即像弹簧一样跳起来，举杯热烈响应。

“放心吧，一切只是刚刚开始，更精彩的还在后面呢！今天我们不醉不归！”女王熊杏儿出面总结。几只盛满明黄色啤酒的玻璃杯碰撞在一起，发出清脆、愉悦的声响。

十月咕嘟咕嘟地将啤酒一仰而尽。妈妈的事让她有苦难言，又不希望扫大家的兴，只希望所有的烦恼能像啤酒泡沫，一一破裂，消失殆尽。

“金太子，金太子！你这个没心没肺的臭小子，竟然还坐在这里喝酒，给我滚出来！”

震耳欲聋的大嗓门划破饭店大厅的喧闹，余音刚落，众人只来得及感受到一阵强劲的风刮痛脸颊，紧接着，一个身影旋风般地出现在金太子身边，揪着他的耳朵提了起来。

“哎哎，妈，妈！有话好好说……”金太子顿时痛得龇牙咧嘴，觉得当众被揪耳朵实在有伤男子气概，羞得脸红耳赤。

“你给我说清楚，存折里的那笔存款去哪儿了？你这个臭小子，到底知不知道那笔钱有多重要？！”姜喜嫔气急败坏地冲他吼道，手上的力道一点也没有放轻。

“我……我只是暂时借用一下，拿去给网店囤货了，我会还钱的啦！痛、痛……”

“关键时刻一点都指望不上你！那笔钱我已经答应给十月的妈妈买治疗仪器，现在怎么办？！”姜喜嫔说完，手上的动作一僵，在场的众人也都错愕地看看姜喜嫔，又看看十月，但听姜喜嫔的说话内容都把结果猜到七七八八。

“姜阿姨，您别怪太子。”十月连忙替金太子解围，又不忍心看到姜喜嫔失落的表情，安慰道，“您的好意我心领了，其实我和家里的亲戚们说了妈妈的情况，他们都表示愿意出手帮忙！您千万别再责怪太子！”

“你说的是实话吗？”姜喜嫔半信半疑地问道，在得到十月肯定的回答后，才终于松了一口气，“谢天谢地！”

只有十月心里清楚，家里的亲戚们再也没人愿意帮助她和父亲了。

啊……我的头好痛，好像在被一百只锤子砸一样……

翌日，十月一边痛苦地摸着头痛欲裂的脑袋，一边从床上坐起来，迷迷糊糊看向墙壁上的挂钟。当看清楚挂钟上赫然显示着八点十分时，痛苦、扭曲的表情一滞，仿佛面对世界末日。

“糟了，今天说好在九点之前要帮姜阿姨完成运货……”

当看到工人们把货物横七竖八地扔在路边撒手不管时，十月的表情也是一样的绝望，因为她压根就不知道如何跟这些故意以大欺小的工人们打交道。

“你、你们不能把货物就这样丢在路边，我们之前不是谈好了要运送到目的地吗？”十月像条尾巴一样，急得跟着工头后面团团转。

“没错，我们谈好的工作是把货给你运到目的地，然后再卸下车，可是这里面可不包含我们要免费帮你搬运货物上车！”工头振振有词地说道，“总之，要想让我们搬货上车，你就得加钱，否则免谈！”

“哪、哪有这种说法？你现在是坐地起价，欺负人！”十月壮着胆子学着姜喜嫔平时的样子，微弱地发出抗议。

“什么，你这个死丫头居然敢骂人?！我可告诉你啊，你要是不满意就换别家搬运公司，但是钱已经付过了，我们是不会退钱的！爱运不运！”工头圆眼一瞪，挥了挥沙锅大的拳头，吓得十月一缩脖子。

真是倒霉透了，忍着头痛好不容易赶到运货现场，现在又遇到故意找碴儿、罢工加价的工人，眼看约定的时间也到了临界点，这可怎么办才好? 真是没用，换作姜阿姨现在肯定顺利解决问题，可是自己却……

看着被丢在路边小山高的货物，十月急得眼泪差点掉出来。

“没问题，各位就安心休息好了，搬货的事情就交给我们吧！”正当十月准备继续央求对方时，突然一个清朗的声音打断她，转头一看。

“牧野?！”这家伙为什么会出现在这里? 不不，为什么每次遇到麻烦事的时候，他都刚刚好出现? 不会是在我身上安装 GPRS 了吧?

在众人的注视下，牧野不慌不忙地拾起一个小件货物，像逛花园似的散漫地放进货车里。

“你疯了，这么多货物要搬到什么时候?！”十月连忙跑到他身边，压低声音提醒道。

“就咱们两个人，少说也要搬上一天吧！”牧野却扬起声音说道，仿佛故意要让工头听见似的，“没关系，既然工人大哥们不着急，我们也慢慢来好了。反正钱已经付过了，今天不运完这些货物谁也不准走！”

果然，对方竖起耳朵听的牧野的话，气得一下子跳起来反驳：“喂，你知不知道我们每天有多少订单吗? 怎么可能白白在这里陪你们两个小鬼浪费时间！”

“这可不关我们的事，既然钱已经付过了，你们就必须完成运货工作。你可千万别退钱，否则就是欺骗消费者，我一定去消费者协会投诉你们。”牧野满不在乎地又拿起一小件货物悠哉地向货车走去，不再理睬工头。

吃瘪的工头狠狠地啐了一口，终究觉得耗下去还是自己比较吃亏，气鼓鼓地把牙一咬：“你们赶紧把货物都抬上车，尽快运完走人！怎么碰上这么难缠的主儿……”

“是吗? 很高兴遇到一个聪明人。”

牧野不但没有气恼，反而像听到赞美似的，满意地微微一笑，拉着十月走到一旁，看工人们像工蜂一样来回穿梭，忙碌地将货物搬运上车。

“谢谢你……”直到此时，十月才回过神来，感激地看着牧野。如果不是他机敏地以其人之道还治其人之身，这场拉锯战还不知道要僵持到什么时候呢！

“我听说你妈妈的事情了，虽然你说亲戚们肯借钱给你妈妈购买治疗仪器，但我相信 50 万这么大笔的数字，应该不会那么轻易就解决……”谁知牧野却说起另外一件事，他意味深长地看了十月一眼，仿佛已经看穿十月在这件事情上撒谎的事实。

“……”十月嗫嗫嘴唇，不知该不该硬着头皮继续逞强。

“没关系，十月，只要坚持下去，就一定会有奇迹发生。”看着情绪一下子低落的十月，牧野轻声说道，声音有些低哑，却带着说不出的温柔。

十月闻言一愣，脑海中像有一道蓝紫色的闪电划过，剧烈的震荡令她错愕不已。

只要坚持，总是会有奇迹发生……

这句话，怎么很像是初中时代“硬币男生”曾经对自己说过的话呢？

像第一次见到牧野似的，十月仔仔细细地审视着牧野的脸，试图找到两者之间是否有丝毫微小的关联。可是目光一接触到他的笑容，心脏就擂鼓般响个不停。

不行……林十月……你一定要清醒！一定要振作！

如果再这样下去，你一辈子都会跟眼前这个家伙牵扯不清的……

定了定神，十月总算鼓起全部勇气说道：“你说得没错，我决定从今以后不再依靠任何人的帮助，凭借自己的能力开始人生。虽然很感谢你，可是，请你以后不要再出现在我周围了……”

“你以为我只有现在才出现吗？”牧野却轻笑一声。

十月心底微微一颤，思维一时短路：“你还什么时候出现过？”

“例如昨天晚上……”

“啊？”不祥的预感顿时从十月心底升腾。

牧野自顾自地接着说：“别担心，我出现得刚刚好，碰巧没看见你喝醉酒，没听见你很销魂地唱歌，没看见你疯狂地跳舞，也没看见你冲过路的司机扔鞋子……我也没有很幸运地把这一切都录下来，更没想过在下一期节目里用上。”

什么？昨天她……她有那么疯狂吗？十月艰难地吞下一口口水：“不要！拜托你替我保密！不要公布录像！”

牧野却笑笑，没有说话，而是……从背包里拿出一瓶水拧开，自然地递到她的嘴边。

这是干什么？不管了，早就口干舌燥的十月忍不住就势喝了几口，好解渴！牧野这才慢悠悠地开口：“帮你保密可以，你得先答应我几个条件。”

几个条件？十月投去防备的眼神，牧野装作没看见，又把水瓶递过来。吃人家的嘴软，十月舔了舔被水滋润的嘴唇，不情愿地点点头。

牧野的唇角扬起好看的弧度：“以后不许再把自己喝得那么醉醺醺的。”

就这个？十月怀疑自己听错了，生怕他反悔，连忙一口答应：“好！”

“再遇到类似今天的事情，不许和人家硬碰硬，有什么事直接来找我。”

“好。”

“一会儿回去睡一觉，你的两只黑眼圈活像大熊猫。”

“好。”

“让我亲一下。”

“好。”

……

话刚一出口，十月已然察觉到自己再次上当，看着牧野坏笑着越靠越近的脸，紧张得心脏差点停止跳动，下意识地一把推开牧野。

“喂喂喂，你不要太过分！我、我们可是高中生！除了这个条件以外，你到底想要怎么样！”

“我的要求不高，我只要你……”

牧野神色认真得令十月心慌，但他话说一半却顿了顿，“我要你永远都不会气馁，永远做一个打不死的小强，怎么样？”

十月微微一怔，心里刚刚升起一股感动，马上又条件反射地警惕起来。

小强？那不就是蟑螂？这家伙又在拐着弯地骂我！

“牧野你……”她刚准备反击，却见牧野释然一笑，挥挥手转身离去。身后已经搬运完货物的工头大声招呼着，来不及多想，十月急匆匆地看了他的背影一眼，连忙向卡车跑去。

背对着十月的方向，独自走在树荫下，斑斑点点的金色光斑洒满路面，牧野长长地舒了一口气，唇边扬起一抹失落的弧度。

十月，真正的请求其实怎么也说不出口。

不求能得到你的喜欢，不求你能对我微笑，只希望……只希望你不再讨厌我。

只希望在你遇到困难的时候，能够允许我帮助你，不再推开我。

……好不好？

迷茫的未来
CONFUSING FUTURE

暑假悄然而逝，漫长而令人畏惧的高三时代，伴随着看不到尽头的习题和考卷终于席卷而来。正如牧野所说的一样，50万的治疗仪器费用根本就没有真正解决。可是十月坚信：只要认真、踏实、努力地过每一天，只要坚持下去，奇迹就一定会发生。经过长时间的思考之后，十月以热情、积极、全新的态度开始了高三新学期的生活。利用闲暇之余，她还努力争取到几个兼职打工的机会，整日在学校和打工地点之间忙得团团转。

一连几天，猫舍成员们都感觉自己经历了一场不可思议的大梦——而带给他们这种感觉的人正是十月。

“糟糕！十月昨天晚上夜不归宿！我睡觉前她都没有回来，醒来之后又不见她的人影！”

大清早，熊杏儿像发现新大陆一样，噔噔噔地从房间冲到客厅，惊讶地对睡眼惺忪的猫舍成员们大吼。

“她昨天晚上一直在学校夜间自习室用功，那条路听说还蛮多色狼的，怎么办，她不会是发生什么事情了吧？”韩格格倒抽一口冷气，忧心地惊叫道。

“如果真有色狼劫持十月，我更担心的反而是色狼。”肖驰冷言冷语。

“你们看，餐桌上有纸条——‘我已经准备好早餐，大家一定要吃完再去学校，十月’。”金太子扬了扬手上的纸条，又目瞪口呆地指着餐桌上的早餐，“没错，我的心情和你们一样，我也不敢相信自己的眼睛。”

“十月，快来帮我！肖驰太猖狂了，今天玩宫斗牌一直在赢！你去帮我杀杀他的嚣张气焰！”

午休时，韩格格对急匆匆跑向门口的十月要求增援。

“啊？不行，我有几道问题要去问老师，放学因为要打工所以不能留在学校，必须现在就解决掉！抱歉，抱歉，等我回来再说！”说着，十月不作停留一溜烟地消失在门口。

“哎？那我们等你回来……”韩格格急忙冲她的背影喊道。

然而，一个小时过去了，午休时间结束，三个牌友依旧呆呆地坐在那里等待迟迟未归的十月。

“又来了……”熊杏儿优雅地站起身，连女王都不堪忍受地翻了个白眼，“最近总是看到不该看到的事情，我还是回房间做面膜了。”

晚饭后，十月将客厅收拾干净，立刻掏出一大摞习题铺在桌子上，小山一样高的习题册子让人看傻了眼。

“总是做这么吓死人不偿命的事情，不会有什么想不开的事情吧。”肖驰的讥讽一如往常。

“死什么死啊？难道用功读书不是理所应当的吗？”金太子连忙维护十月，眼珠一转也拿出自己的书包，殷勤地跑到她身边一起温习功课，“十月，我和你一起学习！”

在这么温馨的灯光和环境下，我和可爱的十月一起温习功课，相互讨论艰难课题和人生理想，一起为美好的未来而奋斗，这是多么幸福的时刻啊……啊，为什么十月微笑的脸像会发光的宝石一样？金太子越过十几本习题集痴痴地看着十月出神，美滋滋地浮想联翩。

"太子，这道题应该怎么做？无论怎么计算都得不出正确结果呢！"

"啊，可爱的十月，让我来替你解答吧！首先应该要……然后再……最终的正确结果就是……"

"太棒了，太子，你是我见过最聪明、最厉害的男生！"

"哎？哈哈哈哈，没什么啦！这种程度的题目尽管来问我，统统包在我身上！你以后的幸福，也统统包在我身上！"

"太子，我好幸福……"

……

"太子，太子……"一个颇为担忧的声音将金太子从美好的幻想中唤醒，"你还好吗？你……已经喝了第11杯咖啡了。"

"哎？温习结束了吗？要去睡觉了吗？"神游四海的金太子猛然回神，无比憧憬地连声问道。

"还没有……如果你很累的话就先去休息吧。"十月不好意思地说道，"我一会儿恐怕还要去通宵开放的图书馆一趟。"

"可是……十月，我说实话你可不要生气，干吗突然这么拼命读书啊？"金太子支支吾吾地说道。

"呵呵，太子，那是因为我现在有了想要实现的目标啊，而且想要为这个目标作出努力和改变，只有这样才会变强。"十月一边紧盯着课本，一边回答。

为了妈妈的医疗费用，我恨不得变身为"打工天王"，能多赚一点是一点！但是……如果不想因为打工而耽误学业的话，就只能靠晚上挤出时间拼命读书了！

十月的心里有一张明晰的日程表，早就把除睡觉以外的时间日程全都排得满满的！

"好好，那我陪你一起努力！"尽管金太子的头上蹦出一个大问号，无法完全理解十月的意思，可是他直觉地认定，只要是十月想要做的事情，我金太子就一定要力挺到底。

"嗯，太子也找到自己的目标了吗？我们一起努力吧！"十月笑眯眯地点点头，继续投身于题海之中。

我的目标，就是十月啊……金太子在心中甜蜜地暗暗想道。

一小时后，十月整理好书包，看着趴在桌子上沉沉睡去，一边大流口水，一边断断续续、口齿不清地说梦话的金太子，轻轻为他盖上一条毛毯，蹑手蹑脚地走出猫舍。

通宵图书馆里坐满了众多熬夜达人，个个挂着两只熊猫眼，时不时打个哈欠，活动着酸软的肩膀和胳膊，可是从他们偶然相撞的目光中，无不透露出无声的革命情义。

十月抬起头看看大厅的挂钟，显示时间为凌晨1点半。

"原来都这么晚了，好累哦……"她只觉得眼皮像被涂了强力胶水一样，拼命往一块儿黏去。

十月连忙用力拍拍脸颊，努力振作精神，“不行，我要继续努力，做完这套题再休息一下下好了……”

环视了一下四周，看着跟自己并肩作战的熬夜达人们，忽然不由自主地想起曾经和明辰雨一起做功课的情景。宁静的微笑，澄澈的眼眸，仿佛具有催眠效果的磁性声音，完美的俊脸在灯光的映照下闪闪发光……

如果……能再一次和明辰雨一起做功课该有多好啊！

可是……这一切已经不可能了。

想着想着，十月迷迷糊糊地陷入朦胧的梦境里。无数张明辰雨的特写画面在脑海中轮流出现，像永远不会停歇的跑马灯，播放着永远不会停止的美好回忆。

不知过了多久，十月猛然惊醒，发现身上不知何时被盖上一件避寒的外套。

她微微一怔，连忙直起身体四处打量，睡眼惺忪间看到一个颀长的身影正站在自己面前，十月想也不想脱口而出：“明辰雨……谢谢你的外套。”

她的声音令人影一顿，总算看清对方的十月恨不得吞下自己的舌头——原来人影根本不是明辰雨，而是一脸坏笑的牧野！奇怪，这家伙怎么又出现在图书馆？！

“哎呀，这么失望的表情是怎么回事？”牧野悠哉地俯下身体，笑眯眯地看着满脸窘迫的十月，一双犀利的眼眸似乎瞬间看穿她的心事，“这么晚还在用功？”

“嗯……温习功课。”这家伙的成绩根本不需要混图书馆啊！

“哦，原来如此！”牧野仿佛听见不可思议的事情一样，夸张地惊叹，“可是我看你的样子，哪里是想读书？明明就是想演一出梁山伯与祝英台绵绵无绝期的同窗之谊吧！”

“什么？你、你、你不要乱说话！”十月满脸通红，硬着头皮矢口否认。为了掩饰被看穿的慌乱情绪，连忙猛灌事先准备的红牛饮料。

牧野眼角扫了扫她桌面上的习题集：“看样子你还不算用功嘛！基础差就要比别人更努力一点。”

说着，他就向连绵不绝的书架走去，再回来的时候手里面抱了一大摞书，砰的一声堆到十月面前：“这些是针对你最薄弱科目挑选出来的习题集，包括数理化的经典题型讲解、英语高考题集汇总……如果你能够把这些都做完的话，我就相信你不是为了其他目的才坐在这里。”

“你……”不等十月反驳，牧野转身就走，连他的背影仿佛都在无声地嘲笑十月的谎言和伪装。

“我没有说谎！什么梁山伯与祝英台？什么同窗之谊？林十月，打起精神来！你这么努力学习是为了实现目标。继续努力吧，证明给牧野那个恶魔看看！”

十月大声给自己打气，把牙一咬从书包里掏出好几瓶红牛提神保健饮料，气势汹汹地往桌上一放，疯狂地奋笔疾书。

怎么纸上的字母会飘来飘去啊？

用力甩甩头，打开一罐红牛就往喉咙里灌！

哎，头好像也晕晕沉沉的，一个劲儿地往桌子上撞！

丢开笔，又打开一罐红牛一饮而尽！

接下来，做十道题错五道！

喝红牛！

英语单词背不出来！

喝红牛！

腰酸背痛，四肢乏力！

喝红牛！

……

夜越来越深，桌子上的红牛空罐子也越积越多。

哎？喝光了？十月摇了摇最后一罐喝光的保健饮料，迷迷糊糊地站起身，想要去洗手间用冷水清醒一下。

怎么地板会变得软绵绵的啊？好像踩在棉花堆里似的，一脚轻一脚重，踉踉跄跄地无法站稳……咦？天上的星星怎么都聚到图书馆里了？还在我面前飞来飞去的，好漂亮啊……

真想躺倒在棉花堆里，美美地睡上一觉，醒过来再和牧野那一大摞该死的习题作战！

十月一边跌跌撞撞地往洗手间走去，一边感受着奇特的外界感官变化，眼前的世界骤然变得晦暗，直至猛然一黑，她双腿一软，失去知觉昏倒在地。

"十月！"

"笨蛋！"

就在她失去知觉的一刹那，两个惊呼声同时响起。

刚刚走进图书馆的明辰雨，和跟在十月身后的牧野，同时冲向倒在地板上的十月。明辰雨抢先一步抱起十月，牧野则不动声色地看着他，冷冷地问道："如果我没有记错的话，明辰雨是不需要混通宵图书馆的人吧。"

"我听说她一个人来图书馆，有点不放心罢了。"明辰雨扫一眼桌子上的空罐子，无视牧野话语中的嘲讽，"难道你不知道让她喝这么多瓶保健饮料容易肾脏感染吗？"

"我是调侃了她一下，但没想到她就这么拼命努力……"牧野依然噙着令人费解的笑意，可是浓黑的眉毛却在昏暗灯光下纠结在一起。

"十月是一个较真的人，不要随便和她开玩笑。"

明辰雨冷清的眼神射向牧野，一抹指责的神色闪过，他轻而易举地将十月抱起就往门口走去，"我现在就送十月去医院。"

"站住。"刚刚踏出一步，牧野突然出声喝止住明辰雨，冷硬的声音仿佛冰天雪地里的冰刃，锋利尖锐得令人无法忽视。

“……”明辰雨蓦然站住，与生俱来的贵族气息在四周产生强大的震慑气场，令周围看热闹的熬夜达人不敢直视，霎时两人形成针锋相对的对峙局面。

“把十月给我，你已经失去照顾她的资格。”牧野不容拒绝地走到他面前，一把将十月揽入自己的怀中，直视着明辰雨的双眼，一字一顿地说道，“我抱着她就永远不会放手，你呢？你能做到吗？”

“……”明辰雨没有说话，幽深的眼眸里涌动复杂的情感。终于他别开目光，独自一个人向图书馆大门走去。

可是昏迷的十月完全不知道发生的一切，恍惚之间，她只觉得倚靠在一个舒服的怀抱里，坚实可靠得好像回到家里，睡在自己那张熟悉的小床上一样，舒服得仿佛任何让自己恐惧、担忧、不安、烦恼的事情都可以统统抛弃……

她像小猫似的在牧野的怀抱里蹭了蹭鼻子，长舒一口气，心满意足地继续睡下去。

朦朦胧胧中，一个好听的温柔声音在耳畔响起：“十月小宫女，你平时也像现在这么乖的话，我就不会欺负你了……”

这么好听的声音是谁呢？

大概也是一个甜蜜的梦吧！

十月下意识地扬起一抹微笑，终于坠入梦之深渊中……

崩塌的世界
COLLAPSE OF THE WORLD

“什么，有人捐助？这是真的吗？”

猫舍客厅里，众人不敢置信地瞪着林十月，异口同声地发出质问。

“真的，是真的！我真是太开心了！”十月又惊又喜，开心地差点哭出来，“医院打来电话通知说，有家慈善机构联系到医院，有捐助人愿意为我妈妈出治疗仪器的费用！”

“那么捐助人是谁？你知道吗？”众人的脑袋又都好奇地凑了过来。

“院方说，当事人不愿意透露自己的真实资料，只是以慈善机构的名义捐助，所以我也不知道那个好心人的真实身份……”说到这里，十月的脸上露出无不遗憾的神情。

“不管怎么说，这总是一件天大的喜事！祝贺你啊，十月，终于不用再做打工天后了！”金太子喜逐颜开地大声欢呼。

“果然是一件大喜事，不如我再宣布一件事情，喜上加喜！”

熊杏儿翘起纤细的手指，女王范儿十足地从包包里抽出一张金边镶嵌的白色邀请卡，优雅缓慢地在众人面前晃了一晃，足以让每个人都看清楚上面的一排小字——

【司辰百年校庆邀请卡】

本届最盛大、最梦幻、最隆重的百年校庆，特邀请熊杏儿同学为开场表演嘉宾，敬请莅临。

“我可是司辰百年历史上唯一一位学生表演嘉宾哦！”熊杏儿傲然地撩了撩头发，对目瞪口呆的众人进行补充说明。

“哇，好厉害！”十月激动地瞪圆眼睛，目光灼灼地看向熊杏儿。

“当然厉害啊！司辰这么有名气的学校，校庆往往引得全市甚至全国瞩目！尤其是校庆的开场表演，根本就是重头戏中的重头戏，焦点中的焦点！”金太子连声附和，好像荣耀的光环是属于自己似的。

“呵呵，听上去蛮有趣的！”听到好友们的赞美，熊杏儿扬起一抹得意的微笑，故意漫不经心地说，“家里那些小礼服正愁找不到机会来SHOW呢，这一次，舞会女王我当定了！”

“你们不要开心得太早，校庆虽然是一场盛会，可也是一个看不见硝烟的争夺之地哦！”肖驰摆出期待看好戏的模样。

“咦？什么意思？”十月不解地看向其他人，众人也报以同样疑惑的眼神。

“你们忘记校庆舞会上，每个人都要携带舞伴参加吗？”肖驰漫不经心地开口说道，眼里闪过一丝犀利的光。

“咳咳……”韩格格立马挺直后背清了清喉咙，摆出一副矜持的高贵姿态，眼睛偷偷瞥向金太子。尽管心里乐翻了天，表面上却是不动声色：小子，不是让我做你女朋友吗？这几天看你的表现不错，只要你开口求我做你的舞伴，我韩格格就大人有大量，给你一次机会！来求我啊！

她的脑海中不禁浮现起连续一段时间以来，金太子令自己满意的优秀表现——

“我们去逛街！”

“现在才早上7点……好！”金太子雀跃地爬起来乖乖奉陪。

“给我拿一下包包。”

“遵命！”金太子开开心心地背起女式小挎包。

“这双鞋漂亮吗？”

“当然！”金太子自然流露出真心的欣赏和赞美。

……

与此同时，喜上眉梢的金太子心中也发出开心的呐喊：赞啊！携带舞伴？我要邀请全校最美的女生一起出席舞会！哈哈哈！终于可以暂时摆脱韩格格这个虐待狂了，而且这个男人婆一定没有人邀请她！

“我们去逛街！”

“现在才早上7点……好……”

你这个疯女人，一大早就开始折腾我，本少爷还要不要睡觉了？！好吧，为了十月，我忍……

“给我拿一下包包。”

“遵命……”

我是个男人耶，男人！背女人的包包以后还怎么见人？尊严全都丢光了！十月，十月，为了你我拼了……

“这双鞋漂亮吗？”

“当然……”

当然——丑得要死！男人婆干吗学别人穿高跟鞋？根本就不搭好不好？！真是受够了……十月，你一定要幸福啊！

怎么这么慢啊？快点来求我啊！

不知道金太子真正心思的韩格格，等得略有些焦急，不知不觉地扭过头，用充满期待的目光望着他，正巧金太子也向韩格格看来，两人四目相对，顿时有高压电流迅速相撞。

很好，我数到三，金太子一定会来求我的！一、二、二点五……

金太子站起身，眯缝着眼睛，信誓旦旦地拍着胸脯保证：“大家放心，这么棒的舞会我一定不会错过的，而且我一定会找到完美的舞伴！”

说完，他乐呵呵地转身走掉，只留下当场傻眼的韩格格，拼命憋笑的熊杏儿、肖驰以及满头冷汗的十月，不可思议地看着他离去的背影。

金太子这个不解风情的笨蛋！

目睹全过程的十月擦去额角的大颗冷汗：太子只知道追求一个女孩子时男生要百依百顺，却不知道邀请对方成为自己的舞伴才是男生对女生最美好的示好方式啊！难道他看不出格格很期待他的邀请吗？

他到底什么时候才能开窍啊？！

“喂，小丽啊，本太子亲自邀请你一起参加校庆舞会哦！”

“校庆舞会？你不是已经有韩格格了吗？还来邀请我干什么？神经病！”

“不是，我才没有……”

啪！电话被粗鲁挂断的忙音……

“喂，是小雪吗？我想问你校庆舞会有没有被邀约？对对，我想约你一起出席……”

“搞什么啊？你和韩格格不是一对吗？现在来邀请我是什么意思？难道你想看到我和韩格格在舞会上为你打破头的场面吗？”

“怎么可能？其实我……”

啪！电话再次不听解释地被挂断……

“喂喂，小娜，我事先声明哦！我和韩格格绝对、绝对不是情侣！那么……你愿意和我参加校庆舞会吗？”

“哎？难道你们俩的绯闻是假的？我可立刻去微博上跟大家分享这个消息了……对了，你刚刚说校庆舞会？不好意思哦，我已经有舞伴了。”

……

啪！电话第N次被无情地挂断……

金太子呆呆地关掉电话，时至今日，他才深刻地理解到一个道理：在司辰高中所有雌性生物的眼中，自己和韩格格俨然已经是出双入对的一对情侣，想要在司辰高中找到愿意成为自己舞伴的女生，概率约等于零！

既然此路不通，我还另有高招！金太子回想起之前和韩格格的四目相对，挫败的心情再次振奋起来。

绝对不能让她小看！

“喂，你干吗把延续的战火烧到我房间来？快点把电脑还给我。”肖驰不耐烦地对霸占着自己电脑的金太子说道。

“别吵，我发现了一个特别的网站，叫‘有困难就上——同福客栈’。”金太子专注地盯着电脑屏幕，“还真的是五花八门啊，有出租假扮家长，代开家长会的；有专门临摹别人笔迹签考试卷的……有了，哈哈就是这个！皇天不负有心人啊，居然真的有能够假扮男女朋友的服务！连电话都公布了啊。太给力了，哇哈哈哈哈！”金太子激动地抱起鼠标吧唧亲了一口。

肖驰幽幽地来了一句：“你可当心点，最近扫黄严打……”

但兴奋中的金太子完全没有听见，转眼他已经拨通了第一个电话。

“喂，谁啊？找人家什么事啦？”对面传来娇滴滴的声音，听得金太子一身鸡皮疙瘩，“呵呵，叫人家假扮你的舞伴啊，可是人家都不会跳舞，要不你教我跳嘛，我们在哪里见面？”

咔！金太子却挂了电话，什么啊，声音这么肉麻！像韩格格那种自然的声音多好，中气又足嗓门又大，听着才舒服！

一边想着，他又拨通另外一个电话。

"喂？你要让我假扮舞伴？没问题啊！"

嗯，这个声音不错，没那么矫揉造作，金太子满意地点点头。

"请问你是长头发还是短头发？"

"这个……呵呵，我是长头发，如果你不喜欢的话，我也可以剪成短发呀！"

什么啊，这么迎合别人的想法也太没主见了吧？金太子无法理解地皱了皱眉头，不由得想起自己因为评价韩格格的发型而遭到痛扁的画面，又忍不住扑哧一声笑了出来。

其实，女生就是应该像韩格格那样，不会为任何人轻易改变，只做最真实的自己！

一连打了几个电话，五花八门的女孩都有，可是金太子就是觉得感觉不对，就在他泄气的时候，突然电脑上弹出一个请求视频的对话框。他犹豫着按下"接受"的按键，几秒钟后，视频窗口上出现一张极为靓丽、清秀的脸孔。即使是自诩"见过大世面"、整天和熊杏儿这位大美女相处在一起的金太子，也不由得看傻了眼。

"你好，请问你是在寻找出席司辰高中校庆舞会的舞伴吗？可不可以选择我作为你的舞伴呢？因为我一直对司辰高中非常景仰，希望能借此机会感受一下司辰的氛围。"

视频画面里，漂亮女生微微一笑，更令画面夺目生辉，彬彬有礼的声线和语调让人如沐春风。

真是踏破铁鞋无觅处，得来全不费工夫，就是她了！

金太子当即拍板决定。

另外一边，女生们也为校庆舞伴的话题讨论得热火朝天。

"十月啊，这次的舞会，你到底是谁的舞伴呀？会是辰雨哥哥吗？"韩格格竖起好奇天线，八卦兮兮地打听。

"啊？"十月的脸刷地一下变红了，表情尴尬得不知如何作答。

"你还有心情担心十月？"熊杏儿挑起眉毛，为十月解围，"韩格格，金太子都信誓旦旦说一定会找到舞伴，被落单的你可怎么办？要不，就从我一大串的追求者中挑一个给你救急吧！"

"谁说我只有金太子一个选择！"韩格格恨恨地跺脚，"才不用你假好心！"

"怎么啦，韩格格，声音这么没有底气，是不是发现舞伴不好找啊？现在剩下的可就只有一个肖驰还落单！不过，他是最不可能答应你的对象。"熊杏儿不紧不慢地梳着自己的宝贝秀发，一脸看好戏的神情。

"放心，我韩格格就算抢，也一定会抢个舞伴出来！"韩格格咬牙切齿地发誓道。

两人你一眼我一语，全然没有发现十月的思绪早就飞到九霄云外了。

This is the story for invincible true love. With social development, high school is no longer the "ivory tower" in fairy tales, but a reality with fully competition, purpose, even cheating.

是呀，到底我的舞伴会是谁呢？

一个是可望而不可即的“心上人”伤透了她的心，一个是狡猾得像只狐狸的“追求者”搅乱了她的心……两个人像分别坐在天平的两端，然而天平忽高忽低，永远没有定论。

算了，还是顺其自然吧！脑袋乱成一团糨糊的十月投降般地垂下脑袋，无奈地决定：不选择就是最好的选择！

转眼就到了司辰百年校庆这一天，令人沸腾的音乐，随处可见的彩球花环，串起来的一条条彩带，笑容可掬地站立在门口的迎宾服务生……舞会上，到处都洋溢着欢乐的气氛——但除了正站在舞会入场口的两对舞伴之外。

“想不到你的舞伴竟然是肖驰，这个答案还真是意外！”金太子杀气腾腾地瞪着肖驰，仿佛在说：你竟然出卖兄弟！

肖驰铁青着脸，无视金太子的“杀人眼神”，想起几天前韩格格邀请自己做舞伴时的情景：

“肖驰，你敢不敢做我的舞伴？”韩格格冲到肖驰面前，单刀直入地质问。

“舞伴？凭什么？”肖驰漫不经心地问道。

“听说高三男生只有三种人：GAY、有女朋友的、宅男。肖驰啊，你没女朋友，又不是宅男，难道是GAY？”韩格格先发制人，见肖驰涨红了脸正要反辩，不等他开口就继续说道，“现在有一个大好的证明你不是GAY的机会摆在你的面前，就看你会不会好好珍惜了——和我一起参加校庆舞会！”

肖驰寒着脸沉默了很久，最终点了点头。

肖驰没有说话，韩格格却一脸不爽地斜睨着站在金太子旁边的漂亮女生，酸溜溜地说道：“那总好过某些人连一个舞伴都邀请不到，只好花钱去‘同福客栈’租一个！”

“你说什么？”金太子气得脸都绿了，没想到站在身边的舞伴却不以为意，礼貌性地微微一笑，向韩格格和肖驰自我介绍：“你们好，我叫何眉。很高兴认识你们。”落落大方的姿态顿时把韩格格比了下去。

什么，竟然在这里给我装大方？金太子，你是专门来气我的是不是？！

韩格格顿时气得脸绿，和同样绿着脸的金太子对峙站在一起的画面，根本就是“高中版史瑞克夫妇”。两人互相不示弱地冷哼一声，彼此拉着舞伴，扭头走进舞会。

谁也没有注意，漂亮女孩何眉的目光却在肖驰的背影上流连不定。

“各位来宾，各位同学，现在我宣布：司辰百年校庆舞会正式开始！”

全场的灯光忽然暗下来，伴随着激动人心的音乐节奏，舞会主持司仪出现在舞台上，用煽动人心的激昂语调说道：“根据校庆舞会的规定，每一位参加者都必须携带自己的舞伴，可是我相信在现场仍旧有落单、没有舞伴的可怜人。现在就请灯光师锁定还没有找到舞伴的人，说不定可以帮助他们成为一对！”

铛铛铛……

又是一阵急促如雨的鼓点敲击，就在鼓声停住的一瞬间，两束明晃晃的追光照在一男一女身上，所有人的目光都刷刷刷向两人投去。短暂的静默之后，继而爆发出难以置信的起哄声。原来全场没有舞伴的人竟然是司辰之光——明辰雨和一脸局促的林十月！

十月隔着人群远远向明辰雨望去，不期然那双澄澈、淡漠的眼眸也扫过来，一刹那四目相对，她立刻心慌意乱地低下头。

“真是令人意想不到的结果啊！”主持司仪夸张地惊叹道，“从舞会刚刚开始，我就注意到明辰雨同学不停拒绝周围女生的邀请，难道就是为了等待命中注定的这位清秀女孩吗？”

主持司仪的话顿时引发舞会现场众多女生的不满和嘘声。

“什么嘛，不懂就不要乱说话，明辰雨怎么可能在等林十月？王子和灰姑娘早就是老掉牙的童话了！”

“就是说啊，这么平凡无奇的女孩子，怎么可能配得上明辰雨！不会主持就快点给我下台！”

“只是巧合而已，至于为了制造效果胡言乱语吗？我强烈抗议！”

“早知道的话，我也不要找舞伴好了，那么我也是明辰雨命中注定的少女！”

……

十月无助地站在人海里，冷言冷语像电影大片里的箭海一样，铺天盖地地向她涌来。她咬紧嘴唇，恨不得变成一只飞虫逃出混乱的会场，更加不敢向明辰雨再看一眼。

“安静，安静！”主持司仪却很满意引发的舆论骚动，制造出预期中的热闹效果，“根据舞会规定，没有舞伴的人就要受到惩罚，惩罚的方式就是让两个没有舞伴的人成为搭档，当众跳一支舞！倒计时10位数，请两位作好准备！10、9、8、7……”

说着，主持司仪竟然自顾自地倒数计时起来。十月顿时慌了神，她终于抬头再次向明辰雨望去，对方只是沉静地伫立在原地，看不出有走过来的意思。

十月只觉得心里一阵绞痛，她明白自从明辰雨把硬币还给自己后，两人之间就再也没有任何羁绊和交集，可是偏偏又遇到这么令人尴尬的场面，到底怎么办才好！

“十月，加油啊！别去管周围人的眼光，放心大胆地去和明辰雨跳舞吧！”金太子不知何时从人群里钻到她身边，小声为她鼓励打气。

“6、5、4、3、2……”

倒数计时还在继续，两人之间的距离却丝毫没有变化。就在计时即将结束的时候，一个颀长的身影灵活地穿越人群，径自走到十月身边，极为绅士地拉起她的手说：

“对不起，我迟到了，你一定等了很久吧？”

接着，身影转身朝台上的主持司仪不急不缓地说道：“惩罚不成立，因为我就是十月的舞伴——路飞！”

他的话音刚落，不仅十月愣住了，连金太子和韩格格也面面相觑，不知道路飞是从哪里冒出来的护花使者。明辰雨却轻轻瞥了路飞和呆若木鸡的十月一眼，不发一言地转身离开舞会现场。

“啊，明辰雨同学选择离开了舞会，十月的舞伴也及时赶到现场，这样看来此次校庆舞会没有落单的人选……那么我宣布，激情欢动的舞会立即开始！”

主持司仪灵活变通，立即见风使舵宣布舞会开始，优雅的华尔兹旋律在舞会上空飘扬，短时间陷入尴尬局面的会场恢复了喧闹和热烈。

“路飞？你怎么会在这里？”十月瞪圆眼睛看着路飞，被他牵起手，踏着旋律旋转舞步。

“偶尔我也会充当好兄弟的女人的专职保镖啦！”路飞抛来一个风情万种的笑容，舞姿漂亮得没话说，再加上出众的外貌，频频引得四周女孩的侧目。

“专职保镖？”十月微微一怔，立即想起牧野的身影，上次在通宵图书馆见到他以后，牧野又像失踪了似的，好几天都不见踪影。以前他总像是在自己身上安装卫星定位系统一样，总是在最意想不到的时候出现，可是今天这种场合却又不出现。

这家伙……到底想怎么样！十月忽然有点心神不宁，一连踏错了几个节拍。

“喂喂，小姐，可不可以请你专心一点，舞曲还没结束呢，我就被你的高跟鞋踩了三次了。”路飞哭笑不得地看着她，为自己的皮鞋喊冤，“你这么心不在焉，难道是在想牧野？”

“才没有……”十月连声否认，慌乱之下又一脚踩在路飞的鞋上。

“好啦，好啦，小姐，我真的怕了你了！”路飞连忙双手投降，拉着她向休息区走去，“再跳下去，恐怕我明天都没办法走路了。”

十月仿佛这才回过神来，忙赔着不是：“对不起。”

“林十月小姐，作为一名专业的情圣，我想对你说：对牧野好一点。”路飞看着她，突然出声说道，“因为我从来没见过牧野对一个女孩子那么好，事到如今你一定得尽快在明辰雨和牧野之间作一个明确的选择，不要再摇摆不定了。”

“选择？”十月听到这个字眼突然沉默下来，她想起舞会之前，曾经被韩格格问过自己，到底要选择谁当舞伴的问题。这段时间以来，面对最多的事情就是“选择”，小到做一道英语选择题，大到选择什么样的学校、什么样的未来、什么样的目标……

唉，原来情感的选择一点也不比学业的选择容易！

一曲终了，又到了短暂的休息时间，韩格格一个人坐在休息区的沙发上，气呼呼地猛灌低酒精度数的鸡尾酒，舞伴肖驰早就消失无影踪了。

原来韩格格穿上小礼服，也会这么漂亮啊……

自己的舞伴也不知去向，丝毫不担心的金太子却时不时偷看韩格格，尽管脸上装出不在意的样子，可是脚步却不听使唤地一步步向韩格格挪去。

“……”眼看着金太子磨磨蹭蹭地来到身边，韩格格却连看也不看他一眼。

哼！刚刚不是和漂亮的舞伴跳得很开心吗？现在又跑过来干什么？难道想来炫耀？肖驰那个不给力的家伙，关键时刻给我躲到哪里去了……

正在韩格格在心里暗暗咒骂金太子和肖驰的时候，手包里的手机铃声突然响起。

“喂，杏儿？你怎么还没有到舞会现场啊？什么？打不到出租车？家里司机又不在？你穿着演出服没办法开车？”韩格格堵住一边耳朵，费力地听着电话里的声音，“好好，我马上过去接你！等着啊！”

挂断电话，韩格格就赶紧往会场外面走去，却被金太子担心地拦住：“你干什么去？”

“金太子，你管好你的舞伴就行了！我的事情用不着你管！”韩格格没好气地白了他一眼，转过身混进人群走掉了，等金太子再追上去的时候，已经看不到韩格格的身影了。

“快快，时间来不及了！校庆演出马上就要开始了！”熊杏儿焦急地不停抬手腕看表，催促着韩格格再加快油门。

“你就放心吧，凭我的车技一定能赶得上！虽然我没有驾照，但是爸爸早就训练过我开车的技巧。一定能行的！放心交给我吧！”韩格格大大咧咧地转头对她说道。话音刚落，只听见砰的一声巨响，由于惯性两人向前俯冲过去，等到回过神来，才明白车身撞上了什么东西。

韩格格和熊杏儿吓了一跳，忙停下来查看，原来拐弯的时候竟然撞上一辆停在路边的车，只见车身被撞得凹进去了些许。

“糟糕，怎么办，我没有驾照，如果追究起来麻烦可就大了！”韩格格哭丧着脸说道。

“没关系，反正车里没有人，并没有造成什么人身损伤啊！再说这种程度的撞击，送去修理厂修理就好，到时候追究起来就说车是我开的！反正我有驾照！”

熊杏儿环视一圈，迅速作出判断：“没时间了，我们先赶去现场，回头再给车主赔偿他的修车费用！”

校庆演出现场，舞台灯光绚烂至极，全场掌声雷动。

司辰高中校领导、教育局领导齐聚一堂，坐在观众席最前排的VIP坐席，全校师生会聚在大礼堂里，无不翘首以盼开场表演的特邀嘉宾出场。

一双蛇皮防水台高跟鞋踏在光洁闪亮的舞台上，一身银色紧身衣衬托出身材的青春窈窕，踏着活力四射的音乐节拍，熊杏儿在万众瞩目的期待中闪亮登场。

“真不愧是熊校长的千金，熊杏儿真是我们司辰的骄傲啊！”

“天啊，杏儿在舞台上简直太有巨星范儿了！我不敢相信这就是跟我朝夕相处的同学！”

“杏儿，我爱你！我一定会更加支持你的！”

……

集万千焦点于一身的熊杏儿，在震耳欲聋的掌声、数不尽的赞美声和欢呼声中结束了开场表演，她走下舞台和校领导们一一握手，始终保持着完美弧度的嘴角显示出无比的自信和满意。

“等一下，她不配站在这个舞台上！”

突然一个刺耳的声音响起，只见一个穿着白衬衫，脖子上挂着专业照相机的男人出现。熊杏儿认得他，正是《星周刊》的八卦记者，姓钱。

“就在三十分钟前，熊杏儿同学撞到了别人的车，却立马逃之夭夭，这样的肇事逃逸犯，根本不该拥有掌声和赞美！”说着，钱记者拿出了一盒摄影带。

熊杏儿的笑容僵硬在了脸上，现场一片寂静，紧接着，几个穿着警察制服的人走进礼堂，径直来到她的面前。

“熊杏儿小姐，请问三十分钟以前，一辆属于你名下的车撞到了一辆停靠在南京路路口的轿车后，事主随后开车逃离事故现场。开车的人是不是你？”帽子上的警徽折射着寒光，警察毫无表情地质问熊杏儿，等待着她的回答。

韩格格紧张得倒抽一口冷气。

怎么搞的？不是一次小事故吗，需要严重到警察赶到现场来抓人吗？

偌大的礼堂里瞬间安静到连呼吸声都听不到，所有人都瞪圆眼睛、竖起耳朵等待熊杏儿的回应。熊展鹏一下子从座位上站了起来，却被教导主任赶紧劝慰住。

“没错，车是我的。”熊杏儿煞白了脸，强作镇定一口承担下来。

“那么就请你跟我们回去一趟，被撞车辆里有两个小孩子，车祸事故使得他们受到伤害，已经被送去医院治疗。”警察严肃地厉声说道，伸出手示意熊杏儿立刻跟他们回去。

什么？！车里有小孩子？

熊杏儿只觉得一阵眩晕，周围一切突然都静止了，她只看到很多人的嘴巴不停张合，却像是一幕无声电影，什么也听不见。

众目睽睽之下，熊杏儿魂不守舍地跟着警察离开礼堂，只留下韩格格急得差点哭出来。

“最新消息，当红靓模熊杏儿车祸逃逸！导致车内两幼童头部受创！”

“电视机前的观众朋友们大家好，这里是《揭发大明星》节目。据传闻，当红艺人熊杏儿为了得到演出机会，对自己造成的车祸事故不但没有主动承担，反而开车逃逸，弃车内受伤的两名幼童生命危险于不顾……”

“娱乐圈惊天丑闻！宅男女神蛇蝎心肠，为博出名不顾人命！”

所有的八卦报纸、杂志、电视节目，像是被安装了雷达的电子狗，都嗅觉灵敏地追踪着熊杏儿的车祸逃逸事件，紧咬不放。

尽管熊杏儿和两名孩子的家属早就庭外和解，并积极主动道歉并给予赔偿。可是各色八卦周刊、娱乐网站就是不肯放过这件事，不断添油加醋。

铺天盖地的负面新闻让熊杏儿在娱乐圈的名气一落千丈，人气几乎跌至谷底。

就算在猫舍闭门不出也不得安宁，整日里响个不停的电话不是有八卦记者来挖掘新闻，就是她曾经的铁杆粉丝们纷纷骂自己瞎了眼，居然把心灵如此丑恶的女孩当作自己的偶像女神。

之前几家一直像常春藤一样时时缠着她，央求她为自己的产品代言的那些广告商们，也都作鸟兽散。

无论是清晨还是半夜，只要熊杏儿一出门，都会被在门口守候多时的镁光灯吓得退回来。

“杏儿，我听牧野说，之前已经发生过好几次利用媒体散播谣言、针对你的事件，你还是小心点吧！”十月无不担忧地劝说道。

“你放心，我熊杏儿绝对不会被这些兴风作浪的小人打垮的。”熊杏儿扬着骄傲的下巴，漂亮的眼睛中闪过一丝倔强。

整整一周，熊杏儿的通告记录是——零。

整整一个月，熊杏儿的通告记录照旧是——零。

但是慢慢地，八卦报纸上出现了新的头条新闻，那些日夜守候在猫舍的狗仔队们也慢慢不见了踪影。就在熊杏儿对明星生涯感到绝望的时候，却接到一通电话通告。

“熊杏儿小姐，明天有一个时装SHOW，本来是给Sunny小姐的，但是她知道是免费表演，所以不肯出席。如果你愿意的话，这个机会就交给你，怎么样？”

“好，没有问题！”

熟悉的天桥T型台，精致美艳的妆容，精巧如蝉翼的华服，专业的猫步走秀——这里是熊杏儿熟悉的一切。

在这场高端时装品牌的发布会上，熊杏儿一出场就成了各大媒体竞相关注的对象，镁光灯对准她不停地闪烁。她专业的微笑，可圈可点的台风引得现场的观众不停尖叫。

没错，就是为了站在舞台上的一刻，不管忍受多么大的心酸和痛苦也是值得的！熊杏儿在心里默默说道，这就是我要为之奋斗一生的梦想，我绝对不会轻易退缩，也不会轻易放弃！

两个小时的时装发布会结束了，鼻梁上顶着墨镜的熊杏儿低着头走到门口，顿时被无数记者的长枪短炮围堵住，熊杏儿显然也被这阵势吓了一跳。

糟糕，因为是瞒着经纪人参加免费表演，所以只有自己一个人来到现场，现在面对这种场面要怎么离开才好？

熊杏儿被围攻得脚步踉跄，几乎无法站稳。这些记者到底是怎么回事？她不由得想起经纪人对自己说过的话——

“杏儿，公司决定让你公开向道歉，就说自己年纪小，一时糊涂做了错事，然后再现场飙泪，让大众因为同情而原谅你。这样，你才能继续你的星路。”熊杏儿的经纪人张小姐替她出主意。

“我不懂为什么这些无聊的人一定要紧咬住我不放，而且还越说越离谱！”咬着发白的嘴唇，熊杏儿倔强地说道。

“没错，一点小事引起如此轩然大波，难道你还没有察觉到什么不对劲吗？”经纪人张小姐的眼睛里闪烁着老练的光，“在这个竞争残酷的行业里，你红了，自然有人捧你、赞美你，但是也有人会躲在暗处，处心积虑地给你设置陷阱。相信我，整件事情绝对没有表面上看起来那么简单，肯定有背后操盘手，也就是说，有人故意想利用丑闻事件扳倒你。”

想到这里，熊杏儿把牙一咬，面露迷人笑容，既然跑不掉，就坦然接受记者的访问！

这时一名身手矫捷的女记者，越过“重重障碍”挤到熊杏儿面前，争分夺秒地问：“熊杏儿小姐，想不到车祸逃逸事件刚刚平息，你一出来立刻再次引发热烈反响。有人说你出身教育界名门，名门淑媛的别样气质和富足身家成为你迅速蹿红的主要原因。请问你对此怎么看？”

“不管别人怎么说，我靠的是自己的努力。当然也非常感谢父母给了我优秀的外在条件。”熊杏儿毫不犹豫地说道，眉眼之间都透露着自信和高傲。

“现在很多女孩子为了出名，故意炮制高贵神秘的出身，你对这种行为怎么看？”女记者紧接着抛出第二个问题。

“出身和家世是与生俱来的，任何人都无法选择。虽然我很感谢自己的家世曾经一度在娱乐事业上帮助过我，但是我始终坚信一点，能够一直站在舞台上发光的人，倚靠的绝对不是家世，而是自身的努力和实力。”

熊杏儿的言谈之中，既表现出家世的自豪，也摆明了对演艺事业的明确态度。

“那请你朝着镜头对父母亲说几句话吧！”

女记者殷勤地把话筒更靠近她一点，关切地提议道。

“爸爸，感谢你一直以来对我梦想的支持和帮助，女儿一定不辜负你的期望，会更加坚定地在梦想之路上走下去。”熊杏儿略一沉吟，满怀感激地对着众多摄像机说道。

“咦？怎么不和你的母亲说几句感谢的话呢？”女记者像抓住什么纰漏似的，突兀地问道。

“这个……当然我也很感谢我的母亲，只是平时我和父亲之间的关系更亲密一些。”熊杏儿微微一怔，可是脑筋转得飞快，不着痕迹地敷衍过去。

“令尊的确是不容易，不但能够容忍当年夫人的出轨，还可以接受领养的孩子，更能把熊杏儿小姐当作亲生女儿培养得这么出色……真是令人敬佩啊！”

突然，女记者幽幽叹了一口气，皮笑肉不笑地连声“称赞”。

当作亲生女儿？！

“你、你胡说什么？！”熊杏儿猛地一下子怔住了，简直不敢相信自己的耳朵，顾不得那么多摄影机在场，立刻质问道。

“不久前我接到热心观众爆料，才得知熊杏儿小姐的身世非常不简单，尤其是你的母亲在短短十个月之内竟然一前一后生出一男一女两个孩子。”

说着，女记者骤然翻脸，原本笑眯眯的脸孔一下子冷冰冰的，她从口袋里掏出一张出生证明，展示在众人面前：“医院证明，当年你的母亲分明生下的是一个男孩，那么你又是怎么成为熊展鹏现在的女儿的？”

轰！熊杏儿只觉得好像有一只无形的大手，凭空狠砸了一下她的脑袋，砸得她眼冒金星，晕头转向。

“请熊小姐正面回答关于你的身世问题！”

“你到底是不是教育界翘楚熊展鹏的女儿？！难道你的身世是自己炮制出来的？”

“熊展鹏的前妻当初到底做了什么事情，可以如此瞒天过海？你的真实身份到底是谁？”

……

当那张出生文件被出示后，刹那间所有记者都沸腾了，更加凶猛的围攻汹涌而来。

而熊杏儿身体里所有的血液一下子冲上头顶，大脑瞬间一片空白，什么也思考不了。

独自坐在化妆间里，虽然匆匆赶来的经纪人帮她解了围，但熊杏儿还在为刚刚发生的混乱场面心有余悸。

“这些八卦狗仔真是疯了……”她紧皱着眉头，用手按了按突突跳动的太阳穴，郁闷地自言自语。

“说什么妈妈当初生的是男孩？真是天大的笑话！”

就在此时，手机的电话铃声响起，听筒传过久违的声音。

“妈妈？”在叫出妈妈的一瞬间，熊杏儿的脸上露出难得一见的脆弱和无助，内心里五味陈杂，可是很快，她就强行压制住激动的情绪，冷淡地问道，“你有什么事？”

“你到底想怎么样？！为什么要抛头露脸做那种出卖脸蛋的工作，现在天天有记者在我们家蹲点，你知道给我的生活带来多大的麻烦吗？！”电话里劈头盖脸传出妈妈的呵斥声。

“我也不知道会这样。”妈妈的语气冒着丝丝寒气，只瞬间就让熊杏儿开心的心情结成了冰。

“现在电视和报纸都在大肆报道你的身世，你应该知道，我现在的丈夫已经是商界有头有脸的人物，传出这样的丑闻非常影响他的声誉，他现在在和我闹离婚！我告诉你，我跟你一点瓜葛都没有，你可不要拖累我！”

被冰封的心再次被生生地摔打在地，痛疼得碎成一地粉尘。

“是！我知道，有些人生下我来就跑了，跟我谈瓜葛，是没什么资格。”眼泪瞬间溢满了眼眶，熊杏儿冷冷地说道。

“我跟你本来就没有任何关系！我不是你妈妈，我们没有血缘关系。当年我还没有和熊展鹏离婚，就已经给赵天长生了一个儿子，可是熊展鹏却以为那是他的孩子。生产时他正好在外地出差，所以我只能从乡下抱了一个女孩来哄骗他。现在我把一切都告诉你，就是要你别再给我惹麻烦。还有，把这件事情给我烂到肚子里！别再来影响我的生活！”

嘟嘟嘟嘟……对方无情地挂断电话，熊杏儿拿电话的手一直悬在半空，时间仿佛凝固了一般，连空气也冻结成冰，让人无法呼吸。

熊杏儿感觉像有一万只蚂蚁在撕咬着她的肉，一点点地掏空她，直至整个人完全分崩离析。

世界仿佛坍塌了一般，她眼前一黑，彻底遁入无边的痛苦深渊里……

一股刺鼻的消毒水的味道，熊杏儿缓缓睁开眼，映入眼帘的是白色的天花板、白色的被子、白色的窗帘。

“这里是哪里？”熊杏儿茫然地喃喃自语。

“熊小姐，你在化妆间里晕倒了，被送到医院里了。”走进来一个拿着治疗托盘的护士，一边检查着熊杏儿身边的治疗仪器，一边温柔地解释道。

化妆间？对，当时我刚刚结束走秀，却被一群疯狂的记者围攻……努力聚焦涣散的目光于虚空中的一点，回忆像是氤氲的水草，在潮湿的空气里如水波的划痕一样，在熊杏儿的心头荡漾开去。但是想起接到"妈妈"的电话，心顿时剧烈地揪痛起来。

"杏儿，你醒了吗？"正在胡思乱想，突然病房门被打开一条缝，四个脑袋小心翼翼地从上到下排成一线探进来。

"哇！明星就是明星啊，待遇也不一样，连病房都这么大，还是VIP贵宾房呢。"捧着鲜花进来的金太子不禁咋舌。

"喂喂，杏儿可是病人啊，怎么听你这口气，倒好像她是在享受一样。"韩格格努力压抑住心头的内疚，装出俏皮的样子反驳道。

十月张开嘴刚要说点什么，只听见砰的一声巨响，病房门被大力撞开，大批记者像随时随地等候猎物的苍狗一样，呼啦啦蜂拥而至。他们手中的长短不一的镜头、话筒，尖锐的提问像锋利的兽牙，不顾一切地撕咬着虚弱的熊杏儿。

"熊杏儿小姐，你之所以会昏倒是否因为真正的身世被曝光？"

"苦心经营的一切都成为泡影，你现在是什么样的心情？"

"你是否是想借生病来逃脱面对所有渴望真相的大众？！"

"熊杏儿小姐……"

"熊杏儿小姐……"

……

刚刚苏醒过来的熊杏儿一瞬间感到无措至极，还不等她作出反应，四个人影齐刷刷地挡在她面前，为她抵御记者们的围攻。

"出去！难道你们对病人最起码的尊重都没有吗？！"韩格格愤怒地呵斥道。

"我们从小和熊杏儿一起长大，熊展鹏最宝贝的女儿就是杏儿！"金太子和肖驰的声音掷地有声。

"你们再不出去，我们就报警了！"十月气喘吁吁地拉着病房门，仿佛是在跟敌人殊死抵抗。

在猫舍众人的合力阻拦下，终于将大批记者们推出了病房。

"谢谢大家……"心中涌起的温暖让熊杏儿的嘴角扯起一抹笑意，这股坚强却隐藏在失落的阴影之下。

自从进医院以来，最疼爱自己的父亲竟然都没有露面。此时此刻，她多么希望睁开眼睛就看到爸爸像以前她生病时一样，慈爱地坐在床边。

脸上的强颜欢笑再也撑不住，熊杏儿一把将被子蒙到脸上，闷闷的声音传来："对不起，我想再睡一会儿……"

"好，杏儿，那我们先走了，你一定要好好休息！"

她听见十月忧心忡忡叮嘱的声音，还有猫舍众人蹑手蹑脚离开病房的声音，然后又昏昏沉沉地睡了过去……

再次醒来的熊杏儿慢慢睁开眼，朦胧中又见到了爸爸坐在床边，像往常一样专注削苹果的背影。她难以置信地瞪圆眼睛，仿佛不相信美梦成真一样，眨也不眨地看着父亲的背影，生怕他如幻影般消失不见。

从儿时起，每次一生病，爸爸就会亲手给她削苹果，再细心地划成小瓣，用牙签串起来，一点点地喂给自己吃。

“杏儿，你醒了。”熊展鹏转过头看着她，慈爱地笑了笑。熊杏儿发现爸爸和平时简直判若两人，一向注重保养和修饰的他，此时看起来十分憔悴、苍老，眉心几条皱纹使得他看起来一下子老了好多岁，发鬓多出的几根白发也尤为刺眼。

“爸，你都知道了？”熊杏儿的眼眶蕴满一层浓得无法化开的雾气。

“是，现在所有媒体都将这件事情炒作得满城风雨。”

经历过无数风雨，见惯各种大场面的熊展鹏，深邃的双眼中透出一股岁月的沧桑，他语气深沉地说道，“我们不能再沉默下去，杏儿，我决定要上法庭起诉他们两个欺诈罪。”

熊展鹏的话一出口，熊杏儿立刻呆住了，仿佛一尊泥雕般连呼吸都快要停止，脑袋里面轰隆隆得像跑火车一样，混乱而剧烈的震荡让她无法做出任何反应，只有熊展鹏无限悲凉的声音在耳畔响起。

“这种耻辱比杀了我还残忍，他们给我造成的痛苦和伤痕是永远不可能愈合的，我一定要让他们接受惩罚！可是，杏儿，一旦进行起诉，你不是我亲生女儿的事就会公开于世……”

熊展鹏转过头看着熊杏儿，目光瞬间转为疼惜和难过，他伸出手轻轻抚摸着熊杏儿的头发，仿佛下了极大决心似的，缓慢而艰难地说道：

“所以，我希望你能有心理准备。”

“……”熊杏儿紧盯着父亲隐忍着无限痛苦的脸，一句话也说不出口，只是将嘴唇紧咬得愈发青白。眼中的浓雾终于凝结成悲伤的形状，顺着俏丽的脸颊一点点滑落……

震耳欲聋的电子乐、迷幻暧昧的镭射灯……这里是喧嚣的酒吧，跟着热辣的音乐，或扭动身躯起舞，或沉醉在酒精的微妙感觉里。

但只有一位客人例外。她穿着一条百褶裙，干净纯洁的样子一看就是高中女生，分明是很少来这种场合，却偏偏要装出一副老练豪迈的样子坐在吧台上，给自己不停地点酒喝。

“都怪我！都是我的错！要不是因为我无照驾驶，害杏儿帮我承担一切，她就不会被记者刨根问底，现在也不会晕倒进医院了！”韩格格咬咬牙，凝望着眼前这杯红色玛丽，一仰头，咕咚一声就把酒喝了个底朝天。

喉咙里一股热辣辣的腥味直冲鼻尖，喝得太猛且不胜酒力的韩格格被呛得连声咳嗽起来，但那微不足道的咳嗽声转眼就被掩盖在了震耳欲聋的摇滚乐里。

“这酒的颜色看上去那么好看，怎么喝起来却这么辣！”韩格格吐着舌头，嫌恶地看着手中的空酒杯，“不是都说喝酒发泄出来就会好受点吗？怎么一点都不好受！”

转念一想到由于自己的怯懦、胆小，使得熊杏儿被种种丑闻缠身，韩格格就内疚地抱着头，趴在吧台上痛苦地尖叫一声：“我好讨厌自己啊！”

扑哧！

一声明显憋不住的轻笑传来，在喧闹的酒吧里偏偏飘进了韩格格的耳朵。

“是谁？”韩格格紧张地坐起来，只看到一张近在咫尺的标准帅哥脸正饶有兴致地端详着她。对方伸出戴着古怪骷髅头手链的手，自作主张地换下了她面前的酒，取而代之的是一杯柠檬水。

“小妹妹，看样子你还没成年吧？没事别学人家喝酒，喝醉了可是很危险的哦！”帅气的男孩子自我感觉良好地甩了甩额前的刘海，眨了眨电力十足的眼睛，笑眯眯地说道。

“什么小女孩？你看上去也和我差不多大啊……”韩格格不服气地顶了回去，怀疑地盯着对方看了又看，“怎么你看起来好像很眼熟的样子？啊，我想起来了，你是在校庆舞会上做十月舞伴的人，对不对？”

帅哥实在忍不住，又扑哧一声笑出来了，亲密地搭上韩格格的肩膀：“想不到你对我的印象这么深刻。自我介绍一下，我叫路飞，是全场最受女性欢迎的男生。不过如果你喜欢的话，今天晚上我可以一直陪着你，做你的专属保镖哦！”

“哎？谁允许你的手搭上来的？”面对路飞那张自认为所有女人都无法免疫的魅力帅脸，韩格格却有种被调戏的感觉，眼前不自觉地浮现出金太子的影像。

她紧张地一把推开路飞，双手护住胸部，发出严厉警告：

“我、我可是有喜欢的男生的！”

“哈哈哈哈！干吗摆出一副贞洁烈女的样子啊？”

路飞一怔，继而爆发出前仰后合的大笑：“我只是逗逗你而已，看你这么紧张的样子还真是可爱！好了，不逗你了，我要去别的地方，自己记得要小心点哦，酒吧里的人可是鱼龙混杂！”

说着，路飞用食指抛来一个飞吻，潇洒地转身消失在光线昏暗、人头攒动的酒吧里。

哪知道路飞前脚刚离开，就有一个人影不请自来地坐在韩格格旁边。

“嗨，韩格格，你还记得我吗？”韩格格转头一看，一只白皙、纤细的手已经伸过来，手的主人有一张化着精致小烟熏妆的俏脸，顿时让整间酒吧有种蓬荜生辉的感觉。

今天是太走运了吗？

怎么身边来来去去的全是漫画级别的俊男美女？

尽管心中疑惑，可是韩格格还是大方地和对方握了握手，并认出面前的漂亮女生正是金太子在校庆舞会上带来的舞伴。

"是你？"

她立即充满敌意地挑起眉毛，戒备地看着对方。

"很高兴你还记得我。对了，上次做金太子舞伴的事情，我想要解释一下，完全是因为我想去参观司辰高中，所以才特别拜托他的，你可千万不要误会！"

何眉有一双令人过目难忘的漂亮眼睛，灵活得似乎一下子就可以看穿韩格格的心事，一开口就解除了硝烟味，再加上甜美可人的笑容，瞬间拉近两个女生之间的距离。

"原来如此，我想就凭金太子的本事也找不到像你这么漂亮的舞伴。"

"你怎么一个人在这里喝闷酒？有什么不开心的事情吗？"何眉关心地和她攀谈起来。

"唉，因为我的缘故差点把一个朋友害死了，你说我能不喝闷酒吗？简直恨不得把自己喝死算了！"韩格格满腹的郁闷正愁没处释放，听见何眉问，她就对着新朋友一五一十地大倒苦水。

"没关系的，如果是真正的好朋友，她一定会原谅你……"

何眉话语中的安慰听上去是如此的真诚，韩格格感激地冲她一笑，然后砰的一声就倒在了吧台上，干脆醉得不省人事。

一个星期以后的清晨，阳光透过淡淡的雾气，照射进卧室里。微风从半开的玻璃窗缝隙中轻轻吹进来，将白色的窗帘拂动不已。

一个窈窕纤细的身影独自伫立在卧室中央，恋恋不舍的目光一一划过房间内的一切：从凌乱的书桌到满到几乎关不上门的衣柜，到柔软舒服的床铺，再到挂满相片的墙壁……

她用力闭上眼睛，深吸一口气再睁开时，眼眸里弥漫着一股斩钉截铁的决绝。

"没有什么好看的，不过是曾经住过的一个房间而已。"

熊杏儿冷冷地对自己说道，大义凛然地走到衣柜前，抽出一个空皮箱，将手边能够抓到的东西往皮箱里胡乱塞去。

磨坏的高跟鞋、欧美名模 DVD、塑形身材的紧身衣、各种品牌的面膜……每一样东西都记录着她为模特生涯努力过的痕迹。

熊杏儿将能塞进皮箱的东西统统塞进去，可是她皱着眉毛，发愁地看着跑步机、各式健身器材以及在猫舍生活的那一切点点滴滴……

怎么办，还有更多的东西根本就无法带走啊！

"算了，既然我要离开猫舍，离开现在的生活，那么从现在起我就不再是熊杏儿，所有的一切都和我没关系了，带走也没有意义！”

熊杏儿咬着牙自言自语，下定决心和以前的一切决断。

最后环视了一眼房间，她闭上眼睛深吸了一口气，毅然决然地拉着行李箱，打开房门准备走出去，却不由得愣住了——

门外，牧野竟然出现在自己面前！

一脸傲然决绝的熊杏儿，在看到牧野的一刹那，眼睛里划过一丝又惊又喜的光彩，然而当她的视线落在站在牧野身边的十月身上时，立刻又恢复往日的女王姿态。

“杏儿，你不要走好不好？”十月满脸诚恳的担忧，央求着熊杏儿。

“留下来做什么？现在所有人都知道我不是熊展鹏的亲生女儿，我熊杏儿还没有落魄到要接受别人的施舍。”熊杏儿下狠心摆出一副拒人于千里之外的冷漠。

“如果是好朋友的话，就算是施舍也可以接受。”牧野却突然出声，不动声色地将十月的劣势扭转过来。

这种时候也不忍心看到十月吃亏？

熊杏儿一听到牧野帮着十月说话，心里不由得涌起一股酸涩。她干脆面对十月，一字一句无比清晰地说道：“既然你那么担心我，就把牧野借给我一天，你愿意吗？”

“只要杏儿你愿意留下，不管什么事情我都愿意答应你。”虽然感觉怪怪的，但十月还是硬着头皮答应。

“咳咳！”

牧野故意清了清喉咙，“喂喂，怎么说的我好像是一件物品一样，都没人征求一下我的意见啊。”

说着，他笑了笑，俯身凑近十月的耳边，用只有她才能听见的声音轻声说道：“既然承认了我是你的，那就要对我负责哦。”

“我……”

十月的脸一下子涨得通红，再次担忧地看了熊杏儿一眼，默默地转身离开。

“熊杏儿，我们来打一个赌吧！今天我会送你一个笑容和三个愿望，如果我可以做到的话，你就不要离开猫舍；相反，如果我做不到的话，要走要留都听你的！”牧野转身看着熊杏儿，胸有成竹地说道。

“打赌？”熊杏儿挑起秀气的眉毛，不服输的性格被牧野嘴角的笑意激发出来，尖俏的下巴微微一点。

“好，没问题，我就让你输得心服口服。”

"参观世界珍奇动物。这是地球上绝无仅有的稀有物种，它能让人快乐地大笑不已。"

"我还从来不知道有能让人发笑的动物。"

一个小时以后，牧野和熊杏儿站在市内最大的动物园里，熊杏儿不置可否地撇了撇嘴角。话音刚落，只见从一间密室小屋里走出几个人，他们边走边发出大笑声，好像在里面看到了多么神奇的生物一样。

"百闻不如一见。"牧野诡秘地一笑，拉着熊杏儿进了密室。

熊杏儿好奇起来，一进房间就忍不住四下打量，可是跃入眼帘的却是一只普普通通的大肥猫。猫咪抬眼看了熊杏儿一眼，正好对着她打了个大大的呵欠，然后调过头，开始睡觉了。

再四下看去，只觉得空空如也。

哪里有什么能让人开怀大笑的珍惜物种？

"你说的，该不会就是这只肥猫吧？这，这有什么好笑的？"熊杏儿不解地望着牧野。

牧野狡黠地眨眨眼，手指竖立着放在自己唇前，做了个"嘘"的动作，然后指了指屋外正满脸期待地排队的人群。

熊杏儿微微一怔，立刻会意了牧野的意思，两人一边推门出来，一边不约而同地发出哈哈的大笑声，引得排队的人群更加跃跃欲试，纷纷争先恐后地跑进密室去观赏那只绝世罕有的"珍稀"动物——大肥猫。

"哈哈哈哈！"熊杏儿的笑声更加响亮了，她笑着打了牧野一拳，"你真的很坏！"

"至少我实现了第一个承诺：一个笑容！"牧野不可置否，却缓缓说道，"其实，没有谁的生活能永远一帆风顺，永远不起波澜。只不过，能够笑对人生，这种行为本身就是一种勇敢。面对不公平、困难、委屈，难过得想哭的时候，就想想这只大肥猫。只要有敢于对生活调侃的勇气，就依旧能笑对灿烂的明天！"

熊杏儿一愣，她若有所思地回味着牧野话里的深意，但嘴里还是强硬地哼了一声。

"先别得意，还有三个愿望呢，我看你接下来还会出什么鬼花招！"

"我要送给你的第一个愿望，就在这里。"

接着，牧野带着熊杏儿来到了一个许愿喷泉旁。

池水清澈见底。

无数银色的硬币沉在了池底，在阳光的照耀下反射出白花花的一片耀眼的光芒。池塘正中是一尊美丽的希腊少女像。

恬静、神圣的面庞让人一见就觉得莫名的安详。

"这个许愿池很有名，据说抛两枚硬币扔进许愿池里，如果这两枚硬币刚刚好叠在一起，许愿之人就会终生幸福。"牧野一边说一边掏出两枚硬币递给熊杏儿。

"刚刚好叠在一起？这怎么可能？"熊杏儿拿着硬币，已经做出了结论。

"要不要试试自己的运气？"

"试就试！"

熊杏儿略一迟疑地把硬币抛进池塘，双眼一眨不眨地看着硬币落水的方向——两枚硬币竟然真的奇迹般地重叠在一起！

"哇！好神奇！没想到真的可以叠在一起！牧野你快看，快看啊！"熊杏儿难以置信地尖叫起来。

"杏儿，看来你是被许愿池女神眷顾的幸运之人哦，从此好运气会与你相伴！"牧野手插在裤兜里，笑着说。

"我不信，这里面一定有蹊跷！你到底用了什么办法做到的？"熊杏儿转了转眼珠，怀疑地看着牧野。

"好吧，被你看穿了……其实是口香糖的功劳啦！"牧野掏出一片口香糖冲她晃了晃，"我用口香糖把两枚硬币黏在了一起。"

"我就知道你最擅长弄虚作假了！"熊杏儿又好气又好笑，瞪着他不知说什么好。

"那又怎样，幸福这种东西原本就是靠争取得来的，它被掌握在每个人的手心里，而不是祈愿中。"

牧野无所谓地耸耸肩膀，"如果为了得到幸福，我不在乎被人称作是骗子。"

"你这家伙……果然是你的作风！"

熊杏儿白了他一眼，嘴角却浮现起一抹认同的笑意，她对牧野晃了晃手指，"第二个愿望呢？"

"放烟花！"

说到烟花，观赏是一回事，亲手燃放又是一回事。走近了，看着河边牧野早就准备好的那些大大小小的烟花盒子，熊杏儿才发觉自己的手有些发抖。

牧野恐怕也是生平头一次亲手燃放烟花，可是他装作很有经验的样子，拿着一个打火机靠向最近的一盒花炮，嘴里还不忘安慰："别怕，我观察过，那些引线都挺长的，人走开很久才会燃着，所以……"

话没说完，蹿动的火苗直接吞掉了引线的末端，嘭的一声巨响，花炮毫无预警地炸开。

牧野本能地往后一跳，熊杏儿尖叫着躲开，两人惊魂未定地对视一眼，熊杏儿首先反应过来，对两人刚刚惊慌失措的样子大笑不已。

就在此时，蓝色光球呼啸着直冲云霄，在最顶端四散开来，如漫天坠落的流星雨，美轮美奂。

牧野毫不犹豫地引燃下一盒烟花，再下一盒……不消片刻，几十盒花炮的引线全被点燃。

几乎是在一瞬间，所有烟花同时绽放——

红的、蓝的、紫的、绿的……无数光球夹杂着炫目的弧光喷薄而出，像是最绚烂的光之花园，刹那间，姹紫嫣红开遍；又像是一场绚烂至极的流星雨，在空中划出最耀目、最华丽的轨迹。

熊杏儿仰着脸，整个人看得入迷了。

“愣着干什么？快许愿啊！”牧野笑着提醒她。

烟花的爆裂声震耳欲聋，熊杏儿的视线却渐渐模糊，聚拢双手对天空大喊：“愿所有猫舍的人都平安、快乐！尤其是牧野那个笨蛋，一定要幸福……”

熊杏儿喊得声嘶力竭，摇摇晃晃刚站稳，便听牧野问道：“为什么是我一定要幸福？”

“因为你心眼最坏！我怕你报应太多！”

“原来如此……”

牧野无所谓地笑笑，熊杏儿痴痴地看着他绝美的侧脸，突然又说了一句：“为什么不能是你？”

“你说什么？”牧野没有听清。

“为什么……”熊杏儿一字一顿，“我的幸福不是你来给？”

时间仿佛是静止了，只听见牧野沉吟之后，无比认真的声音：

“因为，无论发生什么事情，我喜欢的人就只有十月一个。”

天空慢慢沉静下来，熊杏儿的眼泪在黑暗里肆意流淌。

……这世上能给我幸福的人，只有你，可是你的眼睛里却只看着另外那个人。

好吧，为了让你得到幸福，除了放弃你以外，我再也不能为你做更多。

熊杏儿不动声色地拭去眼角的泪痕：“那么，能答应我一件事吗？”

“只要力所能及。”

“往后每年的这个时候，你都来这里陪我一起放烟花，好吗？”熊杏儿不等牧野回答，又补充道，“如果十月愿意，也请她一起来。”

牧野微微一笑：“没问题，来去路费都算你的。”

“你这家伙。”虽然心很痛，但面对这样的牧野，熊杏儿还是忍不住露出笑容。

“你现在的决定呢？是离开还是留下？”牧野静静地看着她问道。

就在这时，从不远处的草丛里传来窸窸窣窣的声响，熊杏儿警惕地看过去，只见猫舍成员接二连三地从草丛里冒出来，尴尬地发出干笑声。

“是你们……”

这些家伙难道一直跟踪我和牧野吗？

“杏儿，你不要离开好不好？大不了以后我都不再和你吵架。”韩格格满脸诚恳地看着她。

“是啊，杏儿，如果你走了，我再也听不到你指使我的声音，会很不习惯的。”金太子哭丧着脸。

“宫斗牌，你可一次都没赢过我，就甘心这么离开吗？”肖驰的表情依旧淡漠，可是眼睛里却流露出不舍的神色。

“杏儿，你是我最重要的朋友，不管发生什么事情我们都不会离开你，请你不要走好吗？”十月央求着说道。

“……”

熊杏儿的眼眶更加湿润了，那些烟花似乎不仅仅绽放在苍穹里，更绽放在心中：“你们放心，其实我已经想通了。我，我会留下来。”

“真的？！”众人惊喜地异口同声道。

“嗯，不过我要先回到爸爸身边。终将勇敢地面对一切，我也不能再逃避下去了。”熊杏儿扬起嘴角，女王的气场慢慢回归。

“只要是熊杏儿，一定没有解决不了的问题！”

“对啊对啊，我们会永远支持你的，只要有需要的地方，尽管招呼就是！”

……

就在大家欢欣鼓舞的时候，熊杏儿突然转过身对牧野说道：

“等一等，牧野，你还欠我最后一个愿望。”

“最后一个愿望由今天的女主角提出。”牧野微微一笑，坦然接受条件。

“是吗？”熊杏儿轻轻说道，“那么你跟我过来。”

离开太子党众人一段距离，熊杏儿忽然伸出修长的双臂，毫无预警地揽住牧野的脖子，踮起脚尖吻住了他。

站在不远处的太子党齐齐地倒抽一口冷气，目瞪口呆地看着交叠在一起的两人。

“我、我、我是不是出现幻觉了？”韩格格梦呓般说道，“他们、他们难道是在……”

“没错，你和我看到的一样，他们确实是在 Kiss。”金太子也呆呆地回应道。

“……”十月也很难相信自己的眼睛。可是他们两人站在一起的画面实在太般配了，不知为何心里有些五味杂陈的感觉，说不出到底是什么滋味。

过了一会儿，分开身影的两人一起向太子党走来，韩格格连忙八卦地追问：“牧野，刚才熊杏儿到底对你做了什么？”

“这还用问吗？”牧野一边坏笑着回答，一边瞟向魂不守舍的十月。

“好了，我要回去了，就在这里和大家告别！”

熊杏儿好整以暇地对众人说道。

“谢谢你，牧野。”纤长白皙的手臂轻轻绕住牧野的脖颈，熊杏儿凑近他的耳畔促狭般低语，“所以为了回报你，我决定要帮你……让十月好好吃一次醋！”

“……”牧野不置可否地坏坏一笑。

“只有今天，你是属于我的王子，而童话结束的时候，公主都会给王子一个 Goodbye Kiss……”

低柔的嗓音如同吟唱着最优美的旋律，说完，熊杏儿轻轻踮起脚尖，闭上眼睛义无反顾地俯向牧野的嘴唇……

谁都没想到，熊杏儿在离开之前却走到十月身边，俯身在她耳边轻轻说了一句，十月的脸刷地一下涨得通红。

“怎么搞的，今天流行咬耳朵吗？”韩格格不爽自己被排除在女生的小秘密之外，酸溜溜地说道。

可是十月无论如何也讲不出口，只觉得心里好像有无数小鹿在乱撞。她一直以为牧野其实从来没有喜欢过自己，让自己做他的女友只是在开自己的玩笑，在戏耍自己。

可是熊杏儿却在临走之前在她耳边说：

牧野说，无论发生什么事情，他喜欢的人就只有你林十月一个……

十月出神地看着牧野，耳边不断回响着熊杏儿的话。

“干吗色迷迷地盯着我？”

冷不防牧野调侃的声音传来，十月慌乱地低下头，语无伦次地解释道：“哪有！我是在想杏儿的事情才走神的……”

可是，没等她从粉红色的回忆中晃过神来，肖驰已经沉下脸，一针见血地说道：“这次熊杏儿的事情很明显就是有人背后操纵的，否则记者们怎么可能连她住的医院和病房都知道？之前这些都是很保密的，除了猫舍成员和经纪人以外，没有人知道。”

“那么背后操纵的人到底是谁呢？”

韩格格疑惑地自言自语，猛然间，她的脑海中火花一闪，突然想起什么似的脸色骤变。

我所困惑的人生
I AM CONFUSED OF LIFE

自从熊杏儿决定回到猫舍之后，她就重新振作起精神，为了争取一个知名导演执拍电影里的服务生角色，竟然在酒店里打工长达半个月之久！

今天，十月跟着熊杏儿一起去打工的地方上班，算是彻底开了一次眼界。大饭店的规矩很多，服装、言语、姿势、笑容、妆容……而且精髓就是要求服务员对待客人要有一颗“毕恭毕敬”的心。

十月一边端菜一边偷瞄着熊杏儿，从头到脚、一举一动都完全符合饭店要求的熊杏儿，根本看不出一丝娇生惯养的痕迹。

杏儿真是了不起！十月在心中暗暗感慨，想不到她竟然可以为了自己的目标做到这种程度……要知道，熊杏儿的女王秉性在整个司辰高中都是有目共睹的啊！

“哎，你怎么做事的?！你是白痴吗?”就在十月出神之际，一阵怒骂声打断了她的思绪，她这才发现手中的托盘撞到了顾客，菜汁溅到对方的身上。

“对不起，对不起，我不是故意的！我帮你把污渍处理掉。”十月手忙脚乱地向对方点头道歉。熊杏儿寻声过来，远远就看见十月不停地鞠躬道歉，但是那位顾客非但没有接受道歉的意思，反而越来越嚣张跋扈，嘴巴里面还不时冒一些脏话。

“你这个笨手笨脚的丫头！道歉没有用，现在的解决方法要么就是一口气喝掉我桌上这瓶红酒；要么你把我的裤子舔干净！你自己看着办！”

真是欺人太甚！听到这些话，熊杏儿一下子冲到那位蛮横无理的顾客面前：“请你说话注意一点，不就是把菜汁洒到你身上了吗？有必要说那些难听的话吗？”

“哟！你个丫头片子敢跟我呛声！有脾气啊！有种你帮她干了这瓶红酒！”

“没问题，如果我喝掉这瓶红酒，就请先生立刻结账离开饭店！”

“杏儿，不要啊！”十月惊慌失措地拉住熊杏儿的胳膊，转头继续连声向顾客道歉，“先生，不好意思，都是我的错，您大人不记小人过！”

“走开！这里没你事！”顾客把手一扬，指着熊杏儿说：“今天必须她干了这瓶红酒，我是不会作任何让步的！”

熊杏儿忍住怒气，牙咬得紧紧的，拿起酒瓶就往喉咙里面倒。咕噜、咕噜，不到一分钟，熊杏儿把那瓶喝完的空酒瓶狠狠地往桌子上一放，气势凛然地说道：“请你离开！”

这下轮到那位找麻烦的顾客傻眼了，他没有料到熊杏儿真可以“一饮而尽”，为了顾及颜面只好往收银台走去，边走还边回头对熊杏儿说：“你挺有种的！”

“杏儿，你没事吧？”十月带着哭腔扶住熊杏儿，看着她红彤彤的脸，真不知道该不该打120叫救护车。

“没、没事……呜哇……”熊杏儿咬紧牙关，脚步踉跄地走了两步，随后哇的一声捂住嘴巴冲出饭店，靠在一棵树上吐得昏天暗地。

看到好朋友为了保护自己做出的牺牲，十月的心里翻江倒海，但此时此刻自己只能轻轻地拍着熊杏儿的背，默默陪在她的身边。

这时，一辆豪车缓缓驶过来，停在她们的面前。

车窗摇下，一只带着民族风戒指的手递出一张名片，十月连忙替熊杏儿接过名片，只见上面印着——“《芭莎》时尚策划人 PETER”的艺术字。熊杏儿扶住树干慢慢地站了起来，通红的双眼瞪视着车里的人。

“我是《芭莎》的时尚策划人，刚才的一幕我都看到了，我欣赏能拼命的女孩子。明天有一场游艇派对，邀请了很多时尚界和娱乐界的大腕儿，如果感兴趣的话就 CALL 我。”

第二天，熊杏儿按照 Peter 的指示来到游艇派对现场，沉浸在难以置信的喜悦中的她突然在人群中看到一个非常熟悉的身影——明辰雨?!

明辰雨却一点都不惊讶在这里遇见熊杏儿，径直走到她面前。

他以前从不出现在这种场合的……这到底是怎么回事?熊杏儿瞪大眼睛等待答案。

明辰雨就如同清晨小雨一般云笼雾罩令人无法揣测，但这一次他在熊杏儿充满疑惑的目光中轻缓地说道：

“杏儿，你一心想踏足娱乐圈，刚好我认识一些时尚杂志的圈内人，就安排你参加此次派对。这么做……只有一个请求，好好照顾十月，也不要让她为你担心。她一直很在乎你这个朋友。”

“原来这一切都是你在导演，我什么时候变得那么落魄了?”

熊杏儿丝毫不领情地冷笑了一声，目光像尖锐的箭直直射向明辰雨，又像是一面明晃晃的镜子让人无处藏匿。

“明辰雨，虽然这次你帮了我，但我一点都不感激你。女孩子希望遇到一个把全世界都不放在眼里，却唯独把自己喜欢的女生放在心中的男孩。虽然牧野明确地拒绝了我，但他至少坦白了心里只有十月，我欣赏这样的牧野，可是讨厌对一切的好恶都模糊不清的你!”

“……”

“如果你真的喜欢十月，就应该当面大声地告诉她!”

如果真的喜欢十月……

就应该当面大声地告诉她……

这个夜晚的空气像被抽空一般，至少对于明辰雨来说是这样的。在熊杏儿的一番话里，他第一次感觉自己的心原本无比坚实的某一角轰然倒塌。

眼前这栋摩天大楼，是签下自己的经纪公司。巨大的有机玻璃反射着阳光，看上去明晃晃的只觉得耀眼，像极了自己经常面对的镁光灯的洗礼。

熊杏儿深吸几口气，鼓起勇气迈了进去。走廊里，原本挂满自己巨幅照片的位置换上了其他模特的照片；通告栏上的表格上，自己的所有CASE都已经有人取代，甚至是一些名气根本不如自己的模特；走到专属的化妆间前，原本贴着"熊杏儿专用"的标牌也被换成了其他人的名字……她淡然一笑，果然，雪藏生涯明显已经开始。

想起之前自己受到的众星捧月待遇：

"哎呀，杏儿一定会红的，天生就是巨星范儿啊！"

"杏儿姐姐，如果我能像你那么漂亮就好了！将来你要是红了，一定不要忘记提携一下我哦！"

想起自己第一天来的时候的豪言壮语：

"总有一天，我要我自己的照片也要出现在这面墙上！"

"哎？那不是熊杏儿吗？都这个时候了，她还来公司干什么？"

"难道又是求公司给她露面的机会吗？这个女人真是不简单啊，也太没有廉耻心了吧？"

……

冷言冷语不断袭来，熊杏儿只觉得仿佛经历了一场噩梦，时至今日早已荣辱不惊。她一脸镇定，面对错愕的公司同事，平静地说道："我今天是来辞职的。"

"杏儿，也没必要辞职啊，娱乐圈大起大落很正常，不管是什么样的丑闻最后都会淡出人们的视线的，只要再忍耐一段时间就好。"一开始就跟在熊杏儿身边的经纪人张小姐好心地劝道。

"不，我已经决定退出。曾经不顾一切地追求梦想，觉得梦想能带给我荣耀和满足，甚至是我喜欢的人。可是现在有比梦想更重要的事情，就是我的爸爸。"

爸，我已经准备好和你并肩作战，就算是放弃一切都要跟你站在同一战线上……

"你现在要我怎么办？我老公要和我离婚，我自己的亲生儿子也说不认我这个妈。"

从公司回到家里，一推开门，熊杏儿就看到一个女人跪在熊展鹏面前，梨花带雨地央求道。

转身看到走进来的熊杏儿，一下子扑过去抱住她："杏儿，你劝劝你爸爸不要起诉，帮帮妈妈啊！"

"妈妈？"熊杏儿怔怔地不知作何反应，只听见熊展鹏愤怒地一拍桌子站起来，"你还有脸叫杏儿？出去，你给我出去！我不想再见到你！"

没想到，熊展鹏的前妻改变战术，专门去熊杏儿的学校守候，一在校门口看到她的身影就立刻冲上去拉着她不放："杏儿，我求你，我求求你……你不能见死不救啊，你一定要帮帮妈妈！"

“你，不要这样！”熊杏儿努力地想缩回手，但却被拽得更紧，“请你放手！”

“好狠心的女儿，竟然这样对待自己的妈妈……”

“就是，你看熊杏儿的样子好凶哦！”

“难道报纸上的家世丑闻都是真的？”

……

校园里闲言碎语充斥着熊杏儿的耳膜，无论走到哪里都有人对着她指指点点。自从熊展鹏的前妻频频出现纠缠父女两人，熊杏儿好几次看到爸爸房间里的灯一直亮到凌晨。

“你到底想怎么样？这些事情既然都是你做出来的，就应该面对和承担。请你离开！不要再来打扰我和爸爸的生活！”

“我知道我错了，当初不应该那么做，可是……可是我不想失去现在的生活！”

“我不想再看到你！请你离开！”

……

周末的一天，那个女人又来家里哭闹，熊杏儿忍不住想要骂醒这个女人，两人正在拉扯不休时，却被熊展鹏制止了。

“不要再哭了，你走吧，以后也不用再来了……我已经决定撤诉。”

熊展鹏长叹一口气，表情凝重地说道。

“什么？你、你说的是真的？”这一下，不仅他前妻愣住了，连熊杏儿也瞪圆了眼睛。

“爸，为什么？”

熊展鹏迎上熊杏儿满是疑问的眼睛：“杏儿，这两天爸爸想了很多。既然一个家庭已经被拆散了，何必再拆散另一个家庭呢。就算他们受到惩罚，随着时间的流逝，爸爸心中的恨会减少，但那些痛苦却不会消失。”

顿了顿，他慈爱地看向熊杏儿。

“到现在我才发现，自己以前是多么愚蠢，去法院提出诉讼等于向所有人宣布你不是我的女儿，所以我又怎么能打这场官司？因为在我熊展鹏的心里，你永远是我的宝贝女儿。”

熊展鹏的眼睛里一片雾水，熊杏儿再也控制不住。她哇的一声哭了出来，抱住了熊展鹏，把自己的头埋在熊展鹏胸前，任凭泪水在脸上纵横……

“老板，请求你不要辞退我，你知道我很需要钱！下次我再也不拒绝客人让我喝酒了，求求你再给我一次机会！”

韩格格看着不远处一个面容靓丽的少女在苦苦哀求酒吧老板，眼神有着与年龄不相符的忧愁和成熟，这个少女就是她寻找了很久的何眉。

“让我怎么相信你啊？在这种地方工作，还装什么贞洁烈女？客人让你笑就笑，让你哭就哭，让你喝酒就必须得喝！”老板表情鄙夷地斜睨着她，“要摆大小姐的谱就给我趁早滚蛋！”

“对不起，我下次再也不会这样了……”

“如果让我相信你，现在就把这瓶酒给我一口气干掉！”老板笑了几声，将一瓶高度的洋酒重重地往桌上一放，指着酒瓶刁难道。

“好……”何眉咬了咬嘴唇，像是下定了决心，端起酒瓶刚要送到嘴边，不承想却被另一只手将酒瓶夺了过去。

“你？”何眉惊讶地看着不知何时站在身边的韩格格。

“顾客就是上帝，现在，我要借你的员工用一用，小费照付！”韩格格潇洒地把几张钞票一扔，拉起何眉就往酒吧角落走去。

“谢谢你。”一坐下来，何眉就冲韩格格绽放出感激的笑容，任谁看了都会心动。

“我没你这样的朋友！”没想到，韩格格竟然冷冷地说道，声音仿佛刀子一样坚硬。

“我竟然会把陷害杏儿的人当成朋友，真是瞎了眼！”

“……”何眉一怔，半晌之后，漂亮的眼睛里浮现起和年龄不相符的事故与狡猾：“原来你已经发现了。没错，是我把交通事故的丑闻闹大的，也是我把熊杏儿的医院地址透露给记者的，那又怎么样？”

“你为什么要这样对待杏儿，她从来没有做过对不起你的事情！你太卑鄙了！”韩格格恨不得一拳砸在那张漂亮的脸上，无论如何也不敢相信隐藏在下面的，竟然是一颗如此恶毒的心。

“没错，她是天之骄女，她有漂亮的脸蛋和显赫的家世，想当明星就当明星，想红就红得发紫……”何眉像听到天下间最大的笑话，一边笑一边说，笑得眼泪都快流出来了，“可是我呢？我没钱、没背景、没家世，想活下去就必须卑鄙无耻！”

“……”听到何眉的措辞，韩格格反而一下子愣住了。

“我小时候，班上有个女生的妈妈是有钱老板的小蜜。虽然那个女生的成绩很好，也很懂事，但是却从来都被别的女生嘲笑，人人看不起她，她几乎活在别人的唾沫里。可是那时候大家都不知道，我的母亲是酒家女。你能想象自己的妈妈隔三差五带着不同的男人回家，他们还对我动手动脚，妈妈除了赶紧打发我出去买烟、买酒，也不敢得罪那些男人。你能想象那样的生活吗……”何眉的神采瞬间黯淡了，眼睛像蒙了一层水雾，沉默了很久，她终于幽幽地开口。她的眼泪渐渐涌出，但却倔强地忍了回去，顿了顿，又继续说道：

“有一天，刚放学回家的我，还没进家门就听见了妈妈一阵阵的哭喊声，那么撕心裂肺。我跑进去，看见妈妈披头散发地跪在地上，鼻青眼肿，被一群五大三粗的男人当牲口踢来踢去。”

“原来我妈妈赌钱不仅用光了所有的积蓄，还欠了赌场整整十万。妈妈一见我回来就像是见到了救星一样，她跪着给我磕头，求我在欠条上签上自己的名字。那一年，我才刚上初一。”

韩格格愣住了，她无力地张了张口，却不知道该说些什么。

“呵呵，就在我签完欠条之后的第二天，妈妈和家里唯一值钱点的东西都消失了。从那时候起，我就辍学了。我开始在酒吧打工，为了还钱，再苦的活我也愿意做，再长的加班时间我也能熬得下来，再难缠的客人我都学着去搞定。就这样，我成为了小费最多的服务生。可我赚的每一分钱我都不敢乱花，我每天只吃一碗泡面，为了省钱，有时候还在收拾客人包厢时吃他们剩下的东西……我终于只用两年时间就还清了10万，我妈竟然又出现了，然后又是一张10万的欠条，她跪在地上不肯起来，我能怎么办？只好又帮她签了这张欠条。”

“如果，你好不容易再还完了这10万，你妈又出现了呢？”韩格格忍不住追问。

何眉咬着嘴唇不说话，半晌，坚定地抬起头直视韩格格的眼睛：“我还是会帮她还。”

“为什么？你这一辈子都要这样吗？”韩格格又气又急。

“因为她是我妈。”

何眉掷地有声地说。

就在那一瞬间，韩格格觉得自己被深深地触动了，内心里涌起的对何眉的恨意怎么也无法凝聚。

“不管你是恨我也好，怪我也好，这就是我的生存方式。”何眉突然站起身，声音清冽地说道，“我还要去赚钱，不多奉陪了！”

韩格格远远地看着何眉露出招牌式的职业笑容，如鱼得水地游走于几桌客人之间，在昏暗的灯光和浓艳的装扮下，那张清丽可人的脸愈发楚楚动人，时不时将杯中的酒一饮而尽。

但是，不知为何，这一切在韩格格眼中，看起来是那么悲伤……

“怎么办，就算知道了幕后操控人是何眉，可是也帮不到杏儿啊！”

韩格格在猫舍里大叫大嚷，她将何眉的事情一五一十地告诉众人，大家都对何眉的身世不胜唏嘘，然而也为不知如何帮助熊杏儿而愁眉不展。

铃铃铃！

就在这时，十月的手机响了起来。

“牧野？你说什么？让我现在把熊杏儿和何眉一起带到电视台去？好好……我知道了。”

“牧野要干什么？”挂断电话后，韩格格第一个跳起来问道。

“肯定是想到解决的好办法了！牧野这小子还真行！”金太子立刻露出了然于胸的表情，转念又不解地摇摇头，“不过找杏儿一个人去就好了，为什么还要带着何眉？”

“去了就知道，格格立刻联络一下何眉！金太子，麻烦你打电话给杏儿。”

同样感到不解的十月沉吟片刻，决定按照牧野的指示去做。

“我策划了一个节目《我所困惑的人生》，希望熊杏儿和何眉能够一起上节目，将两人之间的恩怨，以及演艺圈的内幕公之于众。”

在牧野最新任职的东森电视台里，他面对众人胸有成竹地说道。

“我不同意！”

细长的眉毛一挑，何眉立刻拒绝，“虽然我知道自己所做的一切给熊杏儿带来很大的伤害，可是在节目中曝光一切，可以或多或少帮她平反，但我未来的演艺事业一定会走到尽头。”

“喂喂喂，你怎么那么自私，难道你忘了自己把杏儿害得有多惨吗？现在是你将功赎罪的机会！”金太子不无鄙夷地瞪着那张娇俏的脸。

“也许你们会认为我很自私，可是为了继续生存下去……我只能选择自保！”何眉倔强地扬起下巴，丝毫不肯退让。

“你……简直就是无耻！”金太子被噎得说不出话来。

“先听我把话说完。”

牧野似乎料到何眉的抗拒态度，随手拿起放在桌子上的策划案，眉眼之间是让人折服的自信。“虽然这些内幕曝光以后，一定会在社会上引起轩然大波，可是这恰好符合新闻吸引观众注意力的效果！这个节目不仅能让熊杏儿恢复名誉，何眉你即使一时间内会落得骂名，可是你在节目中澄清一切的勇气，以及背后的苦衷也一定能得到一部分观众的理解！在这个圈子里，最重要、最值钱的东西虽然不是‘好人卡’，但却是广泛的知名度和关注度！只要拥有这两样东西，何眉，你还担心自己会在演艺圈里销声匿迹吗？”

“……”何眉一怔，倔强的表情逐渐融化。

“相信我，在娱乐圈里，反行其道、出奇制胜会比常规的节目更容易达到目的和预期效果！”牧野的眼睛里射出不容置疑的光亮，“这个节目一定会救活你和杏儿，两个人！”

何眉仍旧有些犹豫不决，始终没有说话的熊杏儿却想也不想一口答应。

“牧野，我相信你，我同意上节目。”

“很好，何眉，你的决定呢？”牧野朝熊杏儿满意地点点头，转而专注地看着何眉，“事到如今，这也许是你最后可以拼一把的机会了。”

“好……”何眉犹豫再三，终于一咬牙，下定决心般地点点头。

“我也同意。”

不出牧野所料,《我所困惑的人生》一经播出立刻引发巨大反响，不但帮助熊杏儿洗清了所有的负面消息，更曝光了何眉的悲凉身世，引发了众人的同情和关注。

何眉不但没有湮没在观众们的视线中，反而有知名的导演和制片人在看过节目后积极地联络她，甚至当场拍板录用："我觉得她的故事和我现在的剧本很符合啊！"

真是皆大欢喜的结果!

自从节目播出后，一直密切关注舆论的十月开心极了。多亏牧野，想不到他的"鬼点子"还真起作用。

……最近看他到处奔波忙碌，真应该对他表示一下感谢!

抱着这样的想法，十月来到东森电视台，轻轻敲响牧野新办公室的门。

叩叩叩! 等了几秒钟，办公室里一点回应也没有。

奇怪，难道牧野不在吗? 早知道来之前先给他打个电话好了……十月轻轻推开门，探头探脑地往房间里看，一下子就看到牧野伏在桌子上，静谧的空气中传来略微沉重的呼吸声。

原来是睡着了……十月蹑手蹑脚地走进办公室，来到牧野的身边。

要不要叫醒他呢?

看着他熟睡的样子，十月有点拿不定注意，于是悄悄凑近牧野的脸，用手在他面前试探性地晃了晃——牧野仍旧一动不动地沉浸在梦乡里。

"一定是累坏了，才会睡得这么熟……"十月轻声喃喃自语，直到此刻才惊觉自己不知不觉竟然和牧野凑得那么近。

在台灯暖光的映照下，牧野的睡颜格外迷人，长长的睫毛在皮肤上投下一层淡淡的阴影。没有那一抹戏谑的笑意，他看起来单纯的好像熟睡中的婴儿一样，十月忍不住着迷地盯着他看。

正在出神之际，没想到牧野的唇角忽然上挑，下一秒钟，流潋的桃花眼微张，一丝促狭闪过。"干嘛色迷迷地盯着我?"

一句话打破了所有美妙的遐思。

十月吓得往后一跳，贴墙站稳，羞恼地脱口而出："你装睡!"

牧野眨眨眼睛，露出一副极无辜的纯洁小绵羊的表情，相比之下，十月反而是被人现场抓包的大色狼。

"我太累了，趴在这里睡了一会儿，后来听到你的脚步声就醒了。还以为你看一会儿就会走的，谁知你一直站在这里……看得连口水都差点流出来。"

恨不得立刻有地洞可以钻，十月郁闷地丢出一句话："我又不是故意偷看你的。"

牧野轻轻一笑："没关系，你尽管看。"

说着慵懒地站起身，慢慢踱到十月面前，两人之间的距离一下又缩到极近。

十月又羞又窘，赶紧解释自己出现的真实意图："我、我、我只是想要来谢谢你……这次杏儿的事情，多亏了你帮忙！"

"不用谢，反正也不是第一回。"

十月的脸顿时涨得更红了，一时之间坐立不安，连手该放在哪里都不知道。

忽而又听见牧野继续说道：

"现在，你所烦恼的危机已经得到解决，那么你自己的感情呢？"

"什么……什么意思？"十月结结巴巴地问道。

牧野张开双臂，撑住十月两侧的墙壁，将她牢牢地锁在面前，深深凝视着那双有些慌乱的眼睛，一字一句无比清晰地说道。

"等到月考结束，十月，给我一个机会正式告白。"

告……告白？！

十月仰着头，瞪圆眼睛错愕地看着比自己高出一个头的牧野，那张俊美到极致的脸上不见一丝戏弄和嘲笑的痕迹，反而动情得令人忘记呼吸。

世界上的一切仿佛都不存在了。

海星与狮子 ②

Book Ⅱ: King of Young Times
Starfish and Lion

郭妮作品集

抒写人生悲喜事，留住青春小时光

在真实与虚幻的世界，当海星与狮子相遇，神说，只有爱才是命运……
牧月恋渐入佳境
明辰雨自食其果
青春浮世绘小说
畅销“笑*泪”大作
Volume: 02
校园勇者王之卷
The Best:GirlneYa Works
A story of pu
THE B.E.S.T
○牧野有什么好 ○韩格格的绯闻风波 ○什么是真正的喜欢 ○新闻女爆料黑幕 ○生命中最重要的 ○说不出的告白 ○无法守护的未来
回忆在躲雨的屋檐下定格，
希望这一刻永远不要停止。
心跳的节拍和透明的
雨声合奏……

牧野有什么好
WITH NO ADVANCE

周末的下午，三个女生窝在客厅的沙发上，每个人手上都拿着一张纸，上面写着一串数字。

“杏儿、格格，你们都做完了吧？”十月放下手中的笔，把纸倒扣在桌上，惴惴不安地捧起心理测试书，“杏儿，你多少分？”

“30分。”熊杏儿在沙发上调整了一下坐姿，伸了一个懒腰。

“21到35分，凤凰型。优雅又强势的你犹如英国女王一样高高在上，看似对男人不屑一顾的你其实渴望一份专注的深情。你的真命天子不是臣服于你强权皮鞭下的小绵羊，就是能够让你真正心诚悦服的人中之龙……”

熊杏儿轻轻地哼了一声，表情看不出是赞同还是不屑。

不等十月读完，韩格格就兴奋地打断她：“我是39分，怎么样怎么样？”

“36到50分，燕子型。主张男女平等的你具有不服输的女权主义性格，常常和异性针锋相对。你的真命天子是和你门当户对却常常斗嘴的欢喜冤家。虽然表面上你总对他诸多挑剔，平日打打闹闹，却早已经芳心暗许……”

“不会吧……这个准不准啊……”韩格格的脸突然有些发红，小心翼翼地拿出刚刚计算分数的纸，再看了一遍有没有算错，按捺不住欣喜地问十月，“十月，你自己呢？”

“咳，我62分……白鸽型……”

十月的眼睛刚刚扫过白鸽型的结果，手里的书就被韩格格一把夺去。

“还是我来看吧。白鸽型，看上去平凡不起眼的你骨子里却非常倔强，出人意表的行为意外吸引了本身魅力不凡的他。你的真命天子像雾像雨又像风一般飘忽不定，在爱情方面异常执著和柔情，在滚滚红尘里辗转流浪的他渴望你成为他心中的港湾……”

听到这里，十月的脑中再次回荡着牧野的那句石破天惊的话。

“月考结束，给我一个机会正式告白。”

不会吧……

十月忐忑地想：唉，如果牧野真的向自己告白，不知道自己又会面临怎样的一场风暴。

此时的十月并不知道，接下来的日子确实有风暴汹涌而至，可她没有料到的是，这次风暴的中心并非自己……

韩格格的绯闻风波
SEX SCANDAL STORM

熊杏儿身世风波虽然平息下来，可是金太子却遁入另一个迷雾之中。

真是奇怪，不知道为什么这几天韩格格的脸总是会浮现在眼前，尤其是她在校庆舞会上穿着那件漂亮小礼裙的可爱模样……这个诡异的状况让金太子连猫舍也不敢去，只能躲在家里。

坐在房间里的金太子看着镜中的自己，深深地呼了一口气："好几天没出现了，不知道韩格格这两天会不会提起我……"

等一等，怎么又想起韩格格了？深呼吸，镇定点……金太子，你不可以这么奇怪，你喜欢的人明明就是十月，最讨厌的女生就是韩格格！千万不要把这两个人的位置弄混淆！

"加油！"他默默地对自己说着，神情格外严肃，接着，他缓缓抬起手，把一条白色的带了系在了额头上。那条滑稽的带子上用黑墨写着两个大字："必胜"。

然后，他对着镜中的自己一抱拳，大声道："别再颓废了，金太子！打起精神！"

最后，金太子默默地坐到电脑前，打开自己平日最喜欢玩的CS(《反恐精英》游戏简称)……可他只是眼神愣愣地望着屏幕，任由画面上的匪徒对着自己开火。

叮咚……门铃响了，反正有母亲应门，金太子仍旧对着电脑屏幕发呆。

可过了一会儿，自己的房间门却被满脸喜色的姜喜嫔打开了："太子啊，你看，谁来看你了？"

姜喜嫔乐呵呵地把一个人从身后推了进来，竟然是韩格格。

"格格你坐着，你们慢聊……"姜喜嫔冲儿子眨眨眼，然后转身出去把门关上了。

看到来人是韩格格的时候，金太子心里不由得高兴了一下，但是他提醒自己：不可以！

他背过身子假装不看她，盯着电脑屏幕，却从屏幕的反光里偷偷看："你来干吗？"

"看看你死了没有。"韩格格嗔怪地冲着背对自己的金太子瞪了一眼，说不出关心的话来。

"我死没死用不着你管！"金太子心烦意乱地点了点鼠标，"从今天开始，我的事情你都不用管！"

"不用我管？我本来也不想管……"韩格格噌地从座位上站了起来，她愤怒地把手按在金太子的电脑桌前，迫使他不得不看着她，"之前也不知道是谁来追我的，谁先来招惹我的？现在又好几天不见人影，又说这种不负责的话！"

"我追你？"金太子放下鼠标，直视瞪着自己的韩格格，不知道哪来的一种情绪让他也脸色发红，提高了嗓音，"要不是为了鼓励十月，我才不会……"

不对！话说了一半，金太子一下子捂住了嘴，他的脸还是热的，脑袋里嗡的一声，让他惊恐地看向韩格格。刚刚还盛气凌人的韩格格难以置信地望着金太子，她呆立在原地，像一尊表情僵硬的雕像。

"韩格格……"金太子慌张地站了起来，他恨不得此刻时间能倒回10秒前……只要10秒，他一定要在说出这句话以前先掐死自己。

韩格格伸手捂住不断颤动的嘴唇，打开房间的门，也不回地冲了出去。

"格格……"金太子懊恼地想冲出去追，可是双腿像被钉在原地一样怎么也动不了。

事到如今我还能解释什么？

金太子像只放掉气的充气玩具，颓然地瘫倒在了椅子上。

"格格，来吃水果……"姜喜嫔端着刚切好的水果盘招呼韩格格，却见她捂住脸，一句话也不说从大门跑了出去。

"怎么了？太子，你们吵架了？"姜喜嫔连忙走进房间，就看到儿子一脸沮丧地坐在椅子里。

"……"金太子呆呆望着自己的母亲，仿佛没有听见她在说什么。

"你们年纪都还小，不懂事，我不知道到底是你不对还是她不对……"姜喜嫔叹了一口气，把原本三人份的果盘放在只剩两个人的房间里，"不过……这是我认识格格以来，第一次看到她哭。"

"她哭了？！"

金太子颓然地喃喃自语，不知道为什么，心口像被一块沉重的大石块压着，闷得很。

俗话说，有人的地方就有江湖，有江湖的地方就有风暴，有风暴就一定会出现一个叫做八卦的孪生词。尤其是对于压力巨大的高三学子来说，就更是生命不息，八卦不止！

"听说了吗？爆炸性消息哦，听说韩格格最近经常出现在酒吧一条街上，坐着一个男生的单车去兜风呢！"早读时间，有人在咬耳朵。

"哇！不得了不得了，号外号外！我才得到最新情报，听说韩格格夜夜买醉，号称要喝光所有酒吧里的酒！"课间休息时，几个女生兴奋地跑到走廊上，和邻班同学眉飞色舞地讨论起来。

"听说韩格格的男朋友是一个流氓，就是前段时间一直在我们学校门口勒索低年级学生的那个，读技校被开除，还进过少管所呢。"

"我听说她的男朋友因为打架被拘留好几次了，去小吃街吃羊肉串从来不给钱，谁问他要钱他就砸人家摊子，比城管还让小贩们害怕呢。"晚自习上，最后两排的学生们都不安分了。他们对这个爆炸性的消息惊讶不已！

最近金太子丈二和尚摸不着头脑，因为总是有同学以无比同情的眼光看着他。

早上一进教室，刚放下书包，就有男生走过来，什么都不说，像是早就了然于心地拍怕他的肩，语重心长地说："兄弟，一定要节哀啊！"

中午吃饭，刚从食堂打饭回来的同班同学二话不说，夹了一个鸡腿放进金太子的碗里，扭头望着窗外的浮云说:“其实……我也曾有过这种经历,懂你的……帽子绿了就丢了吧。好好吃饭，好好睡觉、明天又是新的一天！”

下午足球队集训，足球队的队友在更衣室突然脱下了上衣，狠狠地砸在地上，然后用力拥抱了一头雾水的金太子：“女人就像这衣服，换了就换了，兄弟们永远在你这边。”

到底发生什么事了？什么绿帽子？什么女人？

八卦风暴无孔不入，终于，金太子在走廊上听到了只言片语:“韩格格……酒吧……流氓……男朋友……”

韩格格去酒吧？还有一个流氓男朋友？怎么会呢？

先不说去酒吧厮混，就她那个八婆样有男人敢要她当女朋友？

虽然心里说不可能，但好奇心还是促使他想去找韩格格问个清楚。

“喂！你……”哪知道金太子刚一开口，韩格格就像见鬼似的闪人不见。

真是的，整个全校把你的“绯闻”都传遍了，你不担心我还担心呢。

“嘟……您好，您拨打的用户已关机。”又气又紧张的金太子再一次拨打了那个熟悉的电话，但传来的依旧是冷冰冰的机器声。

好不容易熬到了下课，韩格格却依旧爱理不理的样子。

金太子苦恼地抱着头，怎么办才好呢？电光石火之间，头脑中立即闪出一个念头：“对了，就算她不理我，但是我可以跟踪她啊，看到底是出了什么事。”

说干就干。

放学时分，金太子扛着一个超大号的行李袋走进了男厕所。只听隔间里刷刷刷、刺啦刺啦，数声清脆的拉链、皮带等物品声响之后，一个穿着黑色风衣，戴着帽子，整张脸被大墨镜严严实实遮挡着的型男迅速走了出来。他满意地对着厕所里的镜子照了照，这才出了门，躲在校门后。

近了，近了。

韩格格提着书包从校门口出来了。

金太子立马训练有素地压低了帽檐，侧过身，酷酷地站着。电影里常说，最危险的地方就是最安全的地方，我才不要躲着呢。金太子心想。

果然，韩格格走过他身边的时候压根就没看他一眼。金太子心头又喜又悲。好歹我们朝夕相处，我戴个墨镜和帽子你就认不出来了？

金太子尾随韩格格穿过大街小巷，两人始终保持十米左右的距离。走了不到十分钟，韩格格似乎察觉到了什么，她停下来，疑惑地回头张望。金太子慌忙钻进街边的一家奶茶店。这家奶茶店虽然不大，却因为有名，排着很长的队。金太子为了不让韩格格发现自己，下意识地紧

This is the story for invincible true love. With social development, high school is no longer the "ivory tower" in fairy tales, but a reality with fully competition, purpose, even cheating.

紧贴在前排女生的身后。

就在他暗自庆幸韩格格没有发现自己时，突然发现奶茶店里有人对他指指点点。

而原本前面排得长长的队伍，瞬间消失了。只见刚刚排在他前面的几个小女生躲得远远的，嘴里还念念有词："变态！色狼！"

"……"

呼哧呼哧！

历经种种苦难后，金太子忍着委屈加快脚步，好不容易撵上了韩格格。

哼，这"司辰足球队第一腿"的名号可不是盖的。

他看着韩格格拐进了一家酒吧。但推门进去后，却没有看见韩格格。只见一桌打扮得妖里妖气的女人个个都染着不同颜色的头发，化着早已经遮盖面目的浓妆。其中一个领头的，娇笑着喷出一口烟圈在服务生脸上，只见她站起身，扯着帅气男服务生的领带，妖娆的身体不住地朝他靠近，再靠近。

"帅哥，来来来，让大姐亲一口。"说着她的双臂如蛇般勾住了男服务生路飞的肩膀。

手中用托盘端着扎啤的路飞只好干笑着，下意识地往后躲着："几位美女，你们的扎啤还没付钱呢。"

"哎呀，有什么关系嘛，又不会少你的。来来来，让大姐我亲一口。怎么，不愿意啊？那我们可就不给酒钱哦。"大姐娇笑着，伸手就在路飞的脸上摸了一把。

生平第一次进入酒吧的金太子愣愣地望着眼前这幕只有在电影里才见过的场景，想起了《西游记》里各路女妖怪缠住白白嫩嫩的唐僧，要吃他的肉长生不老的画面。

原来酒吧就是和盘丝洞一样的地方啊！我岂不是白白送上门的唐僧吗？

金太子一边想一边有些腿软。

"喂，你们几个太欺负人了！"突然一声怒喝把呆愣在原地的金太子从《西游记》拉回了现实。

只见一个熟悉的身影冲了上来，对着大姐怒目相向。这个人就是金太子苦苦跟踪的目标：韩格格。

"哎呀呀，哪里钻出来的小妹妹，怎么，心疼啦？"大姐不依不饶，整个身体都贴在路飞身上。

"呸，真不害臊！"韩格格继续打抱不平。

"臭丫头你找死啊！你说什么？有种再说一次！"邻桌几个长得五大三粗、胳膊和胸膛都布满纹身的男人跳了出来，他们把韩格格团团围住，"臭丫头，你活腻啦，敢不给我们家大姐面子！"

气氛顿时紧张起来，火药味一触即发。看见韩格格被人围住，金太子顿时脑门一热，冲上前去对着几个男人大喝一声："住手！"随即一个挺身挡在韩格格面前。

"金太子？"韩格格的表情先是有些疑惑，但看着挡在自己身前的身影又有些脸红，"打架的时候小心点不要受伤……"

"别……别激动嘛，几位大哥，有事好商量嘛。"还没等韩格格说完，金太子的脸上就堆砌了讨好的笑容，结结巴巴地朝几个大汉求饶起来，"她年纪还小不太懂事，你们就原谅她一下……我替她向你们说对不起！"

"金太子！你这个懦夫！"韩格格一见金太子那张勉强挤出笑容的脸，刚刚发红的脸一下子转为了黑色，她一怒之下指着路飞对着那个大姐大声说道："他是我男朋友！凭什么让你吃豆腐！"

咚！

像是被一个榔头重重敲在了脑袋上，金太子刚还笑脸迎人的脸瞬间涨成了猪肝色。

"你男朋友？"

悲伤、难过、愤怒、难以置信、一瞬间，数种情绪掺杂，金太子只觉得心头憋闷异常。

"怎么？我男朋友不是他难道还是你这个懦夫？"韩格格斜睨了金太子一眼，眼睛里写满了看不起。

像是为了发泄，一向温和的金太子，突然抓起了一个酒瓶，狠狠地朝地上一砸。这一举动，却更像是战火点燃的信号。那些满脸横肉的男人一个个摩拳擦掌："你小子活得腻味了吧！"转眼就是一记拳头迎空飞来。韩格格看着眼前的混乱场面竟惊呆了，金太子心头一急，只顾把韩格格往自己的身后拉，他自己结结实实挨了一拳。

一旁的路飞见状不妙，立马扔了手中的托盘，加入了战局。混乱中，不知道谁喊了起来："报警啦，我们要报警啦！"那些纹身男这才住手，跟着大姐趁乱跑走了。

刚刚被打倒在地的金太子挣扎着站起来。

好痛！虽然被打得鼻青脸肿，但不知为何更痛的是胸口。

"金太子！"韩格格一边擦眼泪，一边狠狠地跺脚，"谁要你强出头了！要是被打死了我才不管你！"

好……你该管的人本来就不是我……

金太子捂住钝痛的胸口，扭头看向路飞，在他的肩膀上重重地拍了一下，勉强扯出一个义气的笑容："好好照顾她。祝你们幸福！"

说完，又冲韩格格笑了笑，以一种韩格格从来没有见过的悲壮眼光深深地看了她一眼。

很奇怪，心头的某个地方莫名地空空如也，像是有冷风会灌进来，只觉得冷。金太子按捺住心中隐隐的、不知何故的失落感，摇摇晃晃地转过身子朝门口走去。听见路飞在身后叫自己，他没有转身，只是大气地抬起一只手故作轻松地摇了一摇，然后一瘸一拐地走了。

“十月……”

猫舍幽暗的客厅里传来一阵细碎的女生哭声，让晚上陡然增添了一分凉意。

“好啦，格格。”十月从纸巾盒里抽出纸巾，递给正撇着嘴不停擦眼泪的韩格格，叹了一口气，安慰道，“金太子其实真的很喜欢你，你不理他的这些天，他整个人都失魂落魄的。”

“谁要他喜欢，连酒吧的混混都不敢面对的胆小鬼有什么好啊，要是换了明辰雨，就绝对不会做这样丢人的事。”韩格格咬了咬嘴唇，“我好心去看他……他还……呜呜呜呜……”

“但太子最后不也为你受伤了吗？”十月的手像是要抚平韩格格的情绪一般轻柔地抚摸她的背脊。

“可是明辰雨……”

“打住！”韩格格才说了一半，十月右手食指支起左手的掌心，做了一个停止的手势，“格格，你知道吗？其实下意识里你不由自主拿太子和明辰雨作比较，然后就觉得金太子处处都不如明辰雨。”十月停顿了一下，拉过韩格格的手，声音放轻柔了几分：“你这样对金太子来说是不公平的。每个人都有自己的长处啊。”

韩格格哽咽着一边抽泣一边反驳：“那你还不是经常拿牧野和明辰雨比较？这样对牧野也不公平。”然后她不甘心似的，尖着嗓子学着十月的声音，“牧野有什么好的，又不如明辰雨温柔，又没有明辰雨成绩好，还老是油腔滑调的，真是讨厌死了！”

“……”看着韩格格的模仿，十月握住韩格格的手僵硬了。

我，真的一直在拿牧野和明辰雨比较吗？

刚刚还在安慰韩格格的十月，愣愣地望着还在抽泣的好友，一句话也说不上来。

阳光透过彩色玻璃幻化出一片迷离的颜色，教堂里，神父正在为一对新人证婚。

身披白色婚纱的十月正被一个身穿黑色西装的男性挽住手。

“你愿意娶十月，成为她的丈夫吗？”十月转头看向新郎，竟然是明辰雨！

在梦中的明辰雨也是那样温柔得让人心安，他微笑着抚摸十月的脸：“我愿意。”

“十月，你愿意嫁给你眼前的这个人，成为他的妻子吗？”

被明辰雨注视着的十月脸红了，这不是她曾经一直憧憬的场面吗？

她望着明辰雨微笑的眼睛，刚说出一个“我”，但“愿意”两个字却怎么也发不出声音来。

“十月，你怎么了？”新郎担心地问她，眼睛还在微笑，可渐渐变成了透着一丝戏谑的邪魅……十月擦了擦眼睛，新郎的脸竟然变成了牧野！

十月连连后退两步，可牧野却步步紧逼：“十月，你不愿意嫁给我吗？我那么深深地喜欢着你呀，十月。难道，一直以来，你都没有看到我对你的爱吗？”牧野的脸被数倍放大再放大，他俯身下来，那种嚣张、玩世不恭的神情不见了，他狠狠地一把揽过十月，神情那么痛苦。

“你，一直没有看到我的心吗？傻瓜，你总是那么迟钝，为什么全世界都知道我喜欢你，而你这个主角却偏偏感觉不到？你想让我挖开我的心，给你看看吗？”

牧野说着，居然不知道从哪里拿起了一把刀就对着自己的心脏插进去。

“不要！”一声大叫后，一个身影从床上坐了起来。十月的额头全是汗水，这才发现原来是一个梦，再一看表。

“惨了！今天是月考！居然没怎么复习就睡得这么死，再不快点走，考试就要迟到了！牧野是怎么搞的，现在连在梦里都不放过我了吗？！”

丁零零……

响彻教室的铃声提醒大家考试结束。和以往一样，考完最后一科后，走出教室的学生们的脸上有喜有忧。

十月先轻轻地叹了一口气，随即又迎着热烈的阳光握紧拳头：“虽然这次不是特别理想，不过胜败乃兵家常事，只是一场月考失利，下次再加油就是了……你说是吗，太子？”

被十月拍着肩膀的金太子却没有出声，他仰望天空的神情显得异常沧桑。

黄昏时分，橘红色的夕阳把堆满习题集的书桌拖出一个长长的、无力的身影。在金太子的眼中，周遭的一切显得空荡荡的。太安静了……安静得能听见自己还没有发出来的叹息声。

金太子低着头，看似目光直直地落在一道三角函数题上，视线却没有聚焦。

没有韩格格的大吼大叫，整个人生都寂静了。

“咦……”发现金太子已经坐在书桌前，回到家的姜喜嫔疑惑地看了看时间，随即露出欣喜的表情，“儿子，你这两天真乖，那么早就乖乖回来做功课了！”随即，她拉开抽屉，取出一张写得密密麻麻的纸，“既然你最近很听话，自己也知道要用功了，我们就开始强化训练！这是昨天给你制定的复习时间表，一定要严格执行！从明天开始，学校 6：00 下课后，就直接去补课老师家补习 1 个半小时到 7:30。嗯，8 点应该已经到家了。那就从 8 点开始，我一定要看到你坐在书桌前！”

金太子失神地接过母亲递过来的纸，木讷地点点头：“好。”

姜喜嫔满意地点点头，抱出一堆几乎有半人高的参考书，她的脸全埋在高高的书堆后面了。她吃力且小心翼翼地放下书，甩了甩酸疼的手腕。明明自己满脸是汗都来不及擦，却宝贝似的轻轻抚摸着刚买回来的参考书，目光慈爱无比。

“这些参考书都是妈妈好不容易打听到的情报！每次去补课老师家接你时，碰见其他家长，妈妈就去和他们拉家常，交流经验，好不容易才一个个套出他们买的哪种参考书。”

“嗯。”金太子随手拿过一本，翻开一页，看也不看，就心不在焉地在上面胡乱写了起来。

“只要一有新情报，妈妈马上行动。儿子啊，我一定不会让你输在信息量上面，放心吧！”

姜喜嫔的声音让金太子渐渐回过神来，他这才注意到刚才自己拿的参考书是一本作文选，眼前不由浮现出当初为了逗十月开心，自己和韩格格一起上网查作文资料的画面，胸口又是一涩……低头喃喃道：“风住尘香花已落，日晚倦梳头。物是人非事事休，欲语泪先流……”

姜喜嫔沉浸在自己的喜悦里，丝毫没有注意到金太子那丢了魂一样的脸。

“对了，还有……为了保证更多的时间学习，我今天已经去办理了断网手续。”说完，她特意停顿下来，似乎在等待金太子的强烈抗议。

“断网？”金太子愣了愣，他抬起头，盯着墙看了两秒，随即又低下头，重新拿过桌上的一样什么东西涂涂写写。

“嗯，断了吧……是该断了……”

刚刚还在酝酿如何用强权反驳儿子的姜喜嫔以为自己听错了，酷爱上网的金太子这次竟然那么容易就乖乖听话。姜喜嫔又惊又喜，她凑到金太子的书桌前想给乖儿子一个热烈的拥抱，但当她的视线刚刚触到金太子正在写的那张“纸”时，立刻发出了一声尖叫：“我今天刚冲好的照片！”

被母亲的尖叫唤回神志的金太子这才发现，自己失神之间拿来写写画画的一沓东西竟然是父亲的相片。姜喜嫔紧张地抽走那沓照片：“呼……还好就给你写坏一张。”

她把那沓照片宝贝似的捧在胸前：“你老爸在天之灵知道你现在那么用功，一定很开心。”

老爸虽然死了那么多年，老妈仍那么爱他，每年都会冲印新的照片换进父亲的相框里，保证父亲灵位上没有一丝灰尘，每天都有新鲜的水果……金太子看着此刻老妈微笑的样子，羞愧地低下头。老爸、老妈的爱情那么忠贞，而我这个不孝子，金家的败类，竟然在喜欢十月的时候，还想着韩格格……让我怎么有脸面对十月，面对老爸、老妈？

金太子内心咆哮着狠狠地唾弃了自己。

什么是真正的喜欢
WHAT IS TRUE LOVE

“等一下，金太子！”放学结束的时候，正要去补习班的金太子被一个熟悉的声音叫住，停下脚步回头看，是十月拎着书包追了上来，“一起走吧。”

“十月……”

金太子只是唤了一下十月的名字，就觉得自己没有脸再说下去。

十月，我没有脸见你！我竟然在喜欢你的时候还满脑子都是韩格格！我是一个罪恶的薄情郎！我是一个无耻的大浑蛋！

看着金太子痛苦的表情，十月一脸担忧："太子，你最近是怎么了？"

金太子拧着纠结的眉毛，勉强挤出一个嘴角抽搐的干笑，笑得比哭还难看："我……我很好啊！啊哈哈哈哈……"

这样毫无说服力的表情怎么可能让十月相信，她停了一会儿想了想，还是决定直奔主题："你跟韩格格……"

"绝对不可能！我绝对不会喜欢上她！"还没等十月说完，金太子就不自觉地扯起了嗓子大声打断，"我金太子一直喜欢的人只有你一个！我不可能喜欢其他人！"

十月被金太子的大嗓门吓了一跳，她叹了一口气，表情有些哭笑不得。

"太子……我想你其实搞错了，你对我并不是真正的喜欢。"

金太子呆呆地看向十月，他从未思考过这个问题："什么是真正的喜欢？"

"有时候你对一个人抱有一种执著的好感。"十月整理了一下思绪，看着人来人往的街道，仿佛陷入了回忆，"你以为那是深深的喜欢，可有时，那些只是你对那个人的美好憧憬，就像一场冲动、美丽却虚幻的梦。真正的喜欢……应该是一点一滴渗入心中的，不可替代的……"

说到这里，十月突然想起什么似的，失神地停下了，恍然有两张脸从脑海中先后掠过。

月考排名很快公布，明辰雨理所当然地排名第一，高悬在红榜之首的"明辰雨"三个字，被同学们或羡慕，或崇拜，或嫉妒地议论着。十月的成绩依旧不上不下混在中游。

"你以为那是深深的喜欢，可有时，那些只是你对那个人的美好憧憬，就像一场冲动、美丽却虚幻的梦。"

望着长长的名次榜单，自己对金太子的话浮现在脑海。

我又何尝不是？对于明辰雨的喜欢也许只是对于完美的追逐，而我们之间的距离远远不止这张榜单上排名的差距。

"十月十月，我这次进步了50名！终于不在黑榜上面了！"韩格格兴奋地一把搂住十月的脖子，亲昵又开心地说。

"狗屎运。"熊杏儿不屑地飞了韩格格一记白眼，她的成绩也保持在前十名的位置，"十月，你这次的排名稍微有点后退呢。"

“嗯。”十月点点头，冲面露担忧的熊杏儿露出一个安慰的微笑，“我这次复习不充分，不过我会继续努力的！”

“十月……”熊杏儿看着十月坚定的脸色，“看来你还真的是越来越坚强了。”

就在大家准备从公告栏旁散去的时候，有个骑自行车的人影远远冲了过来。

“十月！”路飞一边跳下自行车，一边冲着看榜的人群大声喊道，“林十月，在吗？”

“在！”十月疑惑地走出人群冲路飞招了招手。

路飞怎么来司辰了？

“十月！”路飞心急火燎地飞奔过来，按住十月的肩膀，从上到下仔细打量一边，然后松了一口气，“吓死我了，没什么事就好！不然牧野那个小子不知道要担心成什么样呢！”

“啊？”十月被路飞的举动和话语弄得一头雾水，“我能有什么事？”

“你的手机怎么关机？”

在路飞的提示下，十月掏出口袋里的手机——昨晚忘了充电所以今天自动关机了，自己都没有注意到。

“打你手机一直打不通，牧野又在电视台忙得脱不开身，可是担心你出事，就派我到处找你。”

“牧野也太夸张了，没有必要这么大惊小怪的。”还麻烦路飞来找自己，让十月实在有些不好意思。

“他不是一个大惊小怪的人。”路飞一边低头打开自己的手机拨号，一边说道，“能让他那么大惊小怪，只因为你是林十月啊。”

“……”

“喂，牧野，她没事……嗯，放心吧。”路飞对着手机简单交代了几句，然后把手机递给十月。

十月的耳朵贴近听筒，听见牧野略显生气又隐隐担忧的声音：“为什么不接电话？”

“我手机没电了。”十月忍不住出声安慰，“放心吧，我没事。”

电话那头，牧野的口气缓和很多：“记得今天的约定吗？”

今天……月考放榜……告白……

十月贴着手机的脸像个发烫的灯泡，又热又鲜艳。

“记得。”

课堂上，十月左手托着腮，右手拿着笔，形成一个完美的支点，看似正听得很用心，但是摊开的笔记本上却空空如也，什么都没有写。

“你不觉得你下意识总是拿明辰雨和牧野来比较吗？这对牧野不公平，其实牧野对你那么好，十月，要是我是你，我早就知足了！”

韩格格的话又回响在十月的耳旁。

“那个一直玩世不恭，事事都想争第一的牧野，真的对自己很好？”十月这样问着自己，陷入了回忆……那是自己刚来猫舍时的那个周末。

突如其来的腹痛让自己难受得简直想死掉。挣扎着给外出的熊杏儿打电话，想问问她止痛药放在哪里，却无人接听。十月捂着肚子，痛得眼泪都快出来了。

“喂，十月小宫女，今天怎么没打扫卫生，我的杯子怎么没洗？”牧野高举着他的咖啡杯，连门都没敲，直接推门而入，却一下子看到了十月的窘相。

“我肚子痛……”十月艰难地说。

“那我送你去医院。”

“啊，不用，不用去医院，只要吃药就好了。”十月脸红了。我才不要因为“例假”被男生送去医院，会被人笑话的。

“生病了怎么能不去医院，快点起来。”说着牧野就拉起了十月的手。

“我……其实，我是‘那个’痛。”十月只能实话实说。

牧野的脸色立马变得尴尬，转眼看到十月头上的汗水，他无可奈何地摇摇头：“我一刻钟之后回来。”

十月躺在床上，迷迷糊糊地睡着了。不知道过了多久，只觉得身上一阵阵的暖意，睁开眼，只见牧野已经回来了，床上放着一个刚灌好的热水袋。

“喂！药在桌上，自己看着说明书吃。”说完，牧野就关上了门出去了。

十月的脸红起来，一个大男生跑去给自己买这些，一定很为难吧。

其实，牧野并不像他刻意装出来的那么冷漠呢。谢谢你，牧野。

还有他在DV审片会上强吻自己的那次，他的眼睛深邃得像是一个悠长的梦境。

“相信我，十月，无论发生任何事，交给我处理就好。”

每一次只要自己遇到困难，总是牧野挺身而出……

他就像是躲在一个用冰冷的外壳铸成的假象里，但他有最热切、最柔软的内心。

而且，仔细想想，牧野真的很帅。坏坏却迷人的笑容，浓密的眉毛，像是漫天星辉一样让人难以自拔的眼睛……十月不由出神。

“喂？哈罗？思密达？回魂啦！”

十月从沉思中回过神来，只见韩格格伸出左手，不停地在自己面前晃来晃去。十月连忙坐直，掩饰似的抓紧了手中的笔，下意识地还持续着托腮认真听课的样子。

“哇哈哈哈哈。”韩格格终于憋不住大笑起来，然后轻轻从十月手中抽出笔，饶有趣味地看了看，这才说道，“喂，亲爱的好学生，现在是下课时间。也不用那么用功，下课还需要记笔记吧。我看看，这笔记本完全是一片空白嘛。哇哈哈哈！”

“我……只是在想考试的事情……”被揭穿的十月一脸慌乱。站在韩格格旁边的熊杏儿一见十月这副样子，也不说话，只带着研究的神情把十月从头看到脚，脸上的表情有些玩味。

“干……干吗这样看着我？”十月被这种目光盯得不自然起来。熊杏儿抱胸斜睨了十月一眼，就像早已经将十月这只初来乍到的小妖怪里里外外全部看透的得道老道士。

“一脸思春的表情。”

一语中的！

十月的脸刷地红了，她难为情地低下头。韩格格接过熊杏儿的话头，夸张地捂着自己的胸口。

“看她的表情，就是在想着喜欢的人啊……”

“是该向过去的自己作一个告别了。”

站在自己家门口，十月喃喃自语，然后深深地吸了一口气，打开了门。

今天回来是下定决心把那么多年以来收集的所有关于明辰雨的东西处理掉。

值日生时在废纸篓里发现的明辰雨的满分试卷，在校报上剪下的表彰明辰雨的指甲盖大小的相片，生平第一次跟女生打架抢来的他衬衫上掉落的一颗纽扣……她曾经收集的有关他所有的一切秘密都藏在床底下的饼干盒里。

她把饼干盒打开，有些恋恋不舍地抚摸每一件曾经寄托了自己无限憧憬的物件，但最后还是把它们一一放了回去，合上了盖子。在赶去和牧野约定之前，她要把它全部封存起来。

“十月……”

正当十月捧着饼干盒走出家门的时候，一个再熟悉不过却有些迟疑的声音叫住了自己。

明辰雨正站在门口，他的表情依旧温润，可眼睛里隐隐透着一些犹豫：“《狮星王》有一份去年节目的旧档案我找不到在哪里，我记得你过去在电视台帮忙整理过。你能跟我回去帮我找一找吗？”

手上捧着的盒子里装着的正是自己等下要处理掉的关于眼前这个人的一切，十月有些尴尬，看着面前的明辰雨，心头掠过一丝柔软和酸楚……但……牧野正在等我。

“抱歉。”十月捧着饼干盒的手紧了紧，“今天还有更加重要的事情等着我。”

这是明辰雨这么长时间以来第一次来找自己，也是自己第一次拒绝他。

“再见。”十月迈开脚步，艰难地背过身子，从他的身边走开。刚开始觉得双腿还有些沉重，可却越走越快，越走越轻松……像是一只终于挣断了线的风筝，朝更广阔的天空飞去。

望着十月不再回头的决然背影，明辰雨眼中一丝微弱摇曳的光亮倏然暗了下去。

丁零零……明辰雨掏出手机，屏幕上显示的是父亲来电。他呆呆地望着手机，让它兀自响了一会儿，才缓缓按下了接听键。

“爸爸……我不想离开这里。留学的事情，我还是放弃。”

黄昏时分，夕阳橘暖色的光为河岸的每一朵花勾出一道流金色的边。微风轻弹，河水粼粼地泛着晶亮又神秘的波光，仿佛在诉说着一段又一段美丽的爱情故事。

十月到的时候，牧野已经早早地等在那里。看到牧野的身影，十月的脚步变得有些虚脱。

不要心虚！十月深吸一口气，磨磨蹭蹭地朝牧野走去。看到十月向自己走来，牧野的身体竟然显得有些僵硬。

“咳……那个……”注意到主持节目时总是口若悬河的牧野今天说话时每一句都下意识地轻咳一下，十月忍不住觉得又好笑又可爱。

“咳……虽然之前我已经明示、暗示了好多次，不过今天要正式跟你告白……”牧野顿了顿，沉吟了一下，身体僵在那里，隔了好一会儿才走近一步，抬手揽住她的肩。

他们的距离，近得可以感受到对方的心跳。平日总是好整以暇的牧野，此刻映照在夕阳下的脸竟然微微发红。他张开嘴，缓慢地吐出积压在心中很久的话语：“十月，我……”

丁零零……此刻却有手机铃声煞风景地响起。牧野不悦地按下拒绝接听键：“咳，抱歉，是路飞，现在不接没关系。刚刚那个插曲不算，我们重来……”牧野的脸因为尴尬更红了，十月几乎是第一次看到他像今天这样又懊恼又焦躁的表情，“十月，我……喜……”

丁零零……手机再度响起，牧野的脸垮了下来，他再度决绝地按下拒绝按钮。

“我……”

丁零零……拒接。

“我喜欢……”

丁零零……拒接。

在第五次被打断后，牧野的脸又红又绿：“路飞这个浑蛋，明明知道我现在在做什么……”

“没关系的……”同样脸上发烫的十月体贴地扬起嘴角，露出微笑轻声安抚他，“还是先接电话吧，连续那么多次坚持不懈地打来，一定有什么非常重要的事情吧。”

“他要是说不出什么重要的事情，我要他好看！”咬牙切齿的牧野和自己的手机有仇一般狠狠地按下接听键。

“喂……”但随着电话越打越久，牧野的脸由刚刚暴雨来袭前的乌云密布转为多云……不但暴风雨没有来，最后竟然还放晴了。

“太好了！”他打完电话，一脸喜色地与十月分享刚刚得到的消息，“路飞说，我们有机会采访那个新闻女了！”

最近红遍网络的那个学生新闻女，在网上以揭露教育界丑闻而出名，她制作自己的新闻专栏，在网络上更新，数次爆出如“F大与J大不择手段争夺生源”等震惊全国的教育黑幕。听说她不但掌握了各种内幕情报，评语犀利，本身还成绩优异，身为在读高中生，已经获得全国多家名牌高校的青睐，纷纷与她联系，争相邀请她提前入学。

牧野要是好好把握了这个采访机会，一定能让他的新节目一炮而红。

十月由衷地替他感到高兴：“真是一个好消息！我现在就跟你一起去吧。”

“可是……”牧野皱着眉头看着十月，刚刚还高兴的脸掠过一丝失望，“我们说好的……”

“嗯……”想到告白，十月的脸又红了，其实她隐隐感到自己心里的失望也不比牧野少，但只要在这个人身边，只要一直互相陪伴，也不差这一时半会儿。

为了安慰牧野，她扬起笑脸，打趣说道：“没关系，反正我也知道你死皮赖脸肯定不会罢休的。”牧野挑了挑眉毛，漂亮的凤眼眯起来，微微一笑。

“那我就对你好，好到你永远离不开我……总有一天，你会自己主动哭着求着做我女朋友。”

说着，他轻轻在十月的额头落下一个温柔的轻吻，牵起她的手，朝电视台的方向走去。夕阳把两人手牵手相连的身影拉得长长的，好似永远那么长。

新闻女爆料黑幕
THE BIG BANG NEWS

牧野和“新闻女”刘星微约在电视台附近的咖啡馆。这个红遍网络的“新闻女”只是一个高中生，就已经有些大牌架势。她声称不接受电话访问，也不肯在QQ上透露任何信息，一定要牧野来见她，她才肯爆料。

十月、牧野和路飞在咖啡馆里等了许久，迟迟不见“新闻女”的人影，一直过了半个小时，她才姗姗而来。

“我就是刘星微。”当这个在网上自称自己有着“未来女主播”美誉的“新闻女”出现在十月面前时，她以为自己搞错人了……只见眼前这个和十月同龄的女生，理着20世纪50年代电影里流行的短发，刘海遮住整个扁平的额头和眉毛，乍一看有一些日本鬼片的感觉。厚厚的镜片衬着她原本就不大的双眼显得更小了，她皮肤黝黑，颊骨异常突出，加上扁平得几乎无法辨认的鼻梁和突出的方形下巴，看上去像一只母猴子……

不可以貌取人。十月在心中暗自告诉自己，眼前这个人可是被清华、北大争相邀请入学的高才生，进名牌大学可不是选美。

刘星微坐在了十月和牧野对面的座位上，她的肩膀有男生那么宽，看上去像时刻扛着炸药包一样，又有点像寺庙里供奉的四大金刚。面前的金刚目光阴沉，面对牧野礼貌的提问不屑一顾，视线只对着路飞扛着的那台DV的镜头，仿佛对电视台只派来这么几个学生来对付自己相当不满似的。

“算你运气好，可以对我进行采访。我今天要爆的料，可是没有人敢说的、横跨教育界和医学界两大行业的黑幕！”她顿了顿，似乎想要营造一种神秘又权威的效果。

在牧野恭维了两句以后，她冷笑了两声，才对着镜头讲述起来。

一旦她进入了爆料的状态，就像一挺正在作战的机关枪，用清高又批判的口气自顾自地说着，完全不在乎作为采访者的牧野是否要对自己提问。

“现在的医疗和教育体制都腐败不堪。教师、医疗人员个个利欲熏心，竟然利用原本神圣的职位弄虚作假。而家长则仗着自己有钱，用一切可以收买的手段，钻高考的空子。苍蝇不叮无缝的蛋，一旦那些苍蝇家长遇见了臭鸡蛋教师和臭鸡蛋医生，丑陋、不公正的交易就会每天都在上演！”

在刘星微连珠炮弹似的一通炮轰以后，十月总算听明白了她爆的黑幕，大致是说高考体检有人弄虚作假，家长出钱收买体检的医生，篡改考生的体检结果，以便考生可以顺利报考一些对体检项目有较高要求的大学专业。而由于篡改体检结果使学生档案出现重大的错误，酿成了一场重大医疗事故——有一个女生因此而变成了植物人。

“那个医疗人员，现在还在假惺惺地做着义工，名义上是慈善，实际上是为了弥补自己犯下的罪行！但是那个女生却再没有醒来！而他的假惺惺还被人称赞为善行！社会如果容忍这种败类存在下去，每天守着女儿无知无觉身体的那对父母的痛苦谁又能弥补？而这个事情如果不揭发出来，还会继续上演！”刘星微连珠炮弹似的唾沫不断喷射在路飞的DV镜头上，十月注意到，把脸藏在DV后面、号称“全天下女性之友”的路飞表情竟然也有些吃不消。

“我今天就要揭发那个人面兽心的斯文败类！他的名字叫：牧子原！”

“新闻女”慷慨激愤的发言终于结束了，她转了转阴沉的眼睛，将视线扫向牧野，似乎在等他开口附和自己的精彩讲演。

“……”但平日对待任何采访对象都游刃有余的牧野竟然什么都没有说，他有些失神地盯着桌上已经凉掉的咖啡，突然陷入了沉默。刚才一直扛着DV的路飞也放下了机器，他的表情看上去也变得异常肃穆，他代替没有开口的牧野向刘星微说道："今天的采访就先到这里吧，谢谢你提供的线索。我们这几天就会好好调查那个医生的，还原整个事情的真相。"

一直到刘星微以抗炸药包的姿势被路飞送出咖啡厅，牧野才抬起头来，他收了收摊在桌上的采访资料，淡淡说了一句："我们走吧。"

十月对牧野的反常有些担忧，她一边帮牧野收拾资料，一边关切地问道："你怎么了？不舒服吗？"牧野的表情瞬间变得复杂起来，像是苦泉水涌进了胸口，眼睛的颜色越来越沉。

"那个叫牧子原的人，就是我的爸爸。"

整整一下午，牧野从听到父亲名字的时候起，就开始变得心不在焉。

历年高考的体检流程单，五年间全市十多个区（县）参与高考体检的人员名单，全国所有航空类高校的入学体检标准表，市义工委员会常驻会员的名单……

牧野的目光盯着桌上放着他们一个星期以来收集的整整300页资料，略作犹豫后，缓缓说道："十月，我一直没告诉你，上次一起吃火锅的女人其实是我妈，东森电视台的制作人袁音。"

"怪不得我看她总觉得那么眼熟！"十月回想了一下说道，"我听别人讲阿姨曾经是很有名气的女主播，后来去牛津大学深造，回来就退出演播室，成了制片人。"十月顿了顿，忍不住好奇，"不过牧野，你为什么不去你妈妈任职的电视台，反而来星河呢？"

"如果一个人留在喜欢的人身边，想去做她的依靠，她却懒得转身看你一下；只有成为她的敌人，站在她的对立面，她才有可能注意到你的时候，你该怎么办？"牧野苦笑了一下，喝了口茶，与其说是放下杯子，不如说更像是放下心中的郁结，"我妈去牛津大学深造是因为她那时生了我，未婚生子对她做电视台主播有很多影响，所以才转到幕后。"

"你妈妈一定很痛苦。"十月垂着眼睑，犹豫了很久才开口，"其实你妈妈看上去人很好，有种……有种朋友的感觉。"

牧野转过脸，凝视着十月："我妈因为得不到我爸的爱，所以没办法接受我这个儿子，更何况我的出现让她热爱的事业止步。而我的爸爸……"

如果说牧野提起母亲袁音，眉眼间是可怜凄楚的；那么提起父亲牧子原，则变得冷淡许多。"十几年来，他都怀揣着一个巨大的秘密，见到我不但冷漠，甚至避之不及。"牧野扬起的嘴角带着淡淡的忧伤，"所以我才会这么努力，一定要成为名家。这也是我能想到的唯一提醒父母他们还有我这么个儿子存在的方法。"

所以牧野之前才会那样世故吧？十月开始理解牧野的苦衷："可是，这次新闻女的爆料你打算……"

愤怒、不平、悲哀的气息在牧野的眉眼间聚拢，他隐忍着，攥紧了拳头："不管他到底做错了什么，不管他对我和妈妈怎么样……他毕竟是我的父亲……所以，我还是要放弃这次的采访。”

“……”十月虽然觉得牧野辛苦了那么久得到这个机会最后放弃有些可惜，却没有再反驳什么。曾经那个不择手段的牧野在十月心中早已变得越来越小、越来越淡……

今天的十月，看到了一个过去自己从未见过的，特别重感情的牧野。

曾经从自己父亲陆陆续续的讲述中，十月获知自己的母亲是一个善良、勤劳、温柔、美丽的女人，并且非常爱十月，所以十月虽然没有被母亲照顾的经历，但很爱她，并且以为天底下所有的母亲都是爱自己的孩子的。

可是牧野的亲情关系却非常单薄，他父亲不但和他没有任何交流，甚至连母亲都冷淡疏远他。

“唉……”她一边想一边准备走出电视台大厅，脚步停在门口的时候，不禁为牧野叹了一口气。

“唉声叹气的女孩可是会老得早哦。”从后面拍了拍自己肩膀的人，是永远神采奕奕的路飞，“走，小十月，咱们一起去吃羊肉串吧！”

小吃摊上，两个人天南地北地乱谈一气，谈着谈着谈到了牧野身上。

“并不是每个父母都会爱自己的孩子。”路飞一边喝啤酒一边向十月讲述牧野家的家庭情况，“牧野的爸爸曾是工程师，在他出生后突然转行做了助产医生，每年大部分时间不是在医院加班就是在外面做公益，家对他来说差不多和汽车旅馆是同一概念。而牧野的母亲，一个被上天眷顾的女人，却在爱情这一关泥足深陷……”

十月张大了嘴巴。她真搞不懂牧野父亲的想法。有那么好的一个妻子还有什么不满意的呢？“那牧野的父亲是不是也不喜欢他？”

“嗯。”具体的事项牧野不愿意透漏，路飞也不是太清楚，“反正牧野的妈妈挺爱牧野的父亲的，所以一直没离婚，不过牧野并不比单亲家庭的孩子幸福多少。牧野七岁的时候，一个人走了很远的路到电视台找袁音，还摔了一跤，痛得直哭。原以为袁音会安慰他，没想到袁音却对他爱理不理的，连伤口也是别人帮忙处理的。他还学电视剧上的台词问袁音为什么不爱他，袁音却告诉牧野，她的心里这辈子只能放下一个男人，那就是牧野的爸爸，包括他都不能走进她的生命。”

“很可笑是吧？给予了牧野生命，却不让他走进自己的生命，就像买东西用的包装袋，作为副产品，被当做垃圾一样丢掉。”

见十月的眼睛红了，路飞很体贴地给十月递上纸巾：“牧野的母亲只有一次也是唯一一次抱过牧野，是在她有一次喝醉的时候。当时她搂着牧野哭得很惨，说牧子原为什么不来看她。”

感情的事有时候真的无法勉强，尽管对方无比优秀，对自己再好，但心里却没有位置装下他，哪怕是一个小小的角落。十月的心纠结得厉害，她又擦了擦红肿的眼睛，结果越擦越红：“牧野怎么从来没有提过？”

“虽然牧野经常装作满不在乎，但其实他只是习惯把事情放在心里，不肯说而已。让牧野真正敞开心扉很难。”路飞喝了最后一口啤酒，再次说道，“所以，十月，你一定要对牧野好一点。”

生命中最重要的
MOST IMPORTANT THINGS

星期五的晚上，牧野收到十月的短信，发给他一个全市有名的大学教授的地址，还写了“早上9点，不见不散”。

牧野一头雾水地打电话问十月，十月却神秘兮兮地说：“明天你就知道了。”

第二天的8点55分，牧野站在一栋造型古朴的二层小楼前，根据手上的短信对照着门牌号码。不知道十月约自己在这里到底有什么意义。过了不到一分钟，十月出现了。

“我们来这里做什么？”最近牧野觉得十月总是会做一些出乎自己意料的事情。

“牧野。”十月突然主动伸手抓住了牧野的手，仿佛要传递什么力量似的，她认真的表情显得有些倔强又异常坚韧，“你过去为我做了那么多事，今天，也让我为你做点事吧。”

说完，她上前一步，按响了门铃。等了几分钟，一位年逾花甲的老人打开玄关的门，拄着拐杖站在庭院里，隔着铁门看了看十月，然后又安静地注视着牧野。一张刻满岁月痕迹的脸上，眼睛深邃而明亮，看上去炯炯有神，头发已经花白斑驳却打理得很整齐。

“陈教授早上好，这就是我说的牧野，请多多关照！”十月对面前的老人毕恭毕敬地鞠了一躬，然后把他介绍给牧野。

“牧野，这位是陈教授，F大新闻系专业的研究生导师。”

“你好。”虽然是头一回见面，面对这样一位精神矍铄的老人，牧野油然而生一股尊敬钦佩之情，也向老人鞠了一躬。

“请进来吧！”

进了陈教授的家，十月在客厅留下陪教授的妻子聊天，而教授领着牧野进了书房。

“年轻人，你知道为什么做媒体的人都要学习新闻专业吗？”书房里，教授坐在中式的藤木椅子上，慈祥的脸上一扫之前的笑意，正色地看着牧野问道。

“当然，学习更专业的新闻知识结构，是为了将来做出更好的节目而作准备。”牧野胸有成竹地回答。

“要做出好的节目和报道，不是拥有专业知识结构就足够的。”没想到教授轻轻地摇头，否定了牧野的求学初衷。

“老师的意思是……”他微微一怔，不解地挑起一边的眉毛，对自己的回答遭到否定感到颇为疑惑。

“在开始授课以前，我想先给你看几篇报道，看完以后告诉我你的感受。”

“好的。”牧野依然保持着颇有风度的笑容，恭顺地点点头，等着看这个老教授即将出什么招数。说着，教授从书架上取下一本黑色的剪贴簿放在牧野面前，里面贴满了从报纸上、杂志上剪贴的各式各样的报道。

牧野探过身去，快速地浏览着报纸上的内容。其中一篇是报道闭塞小山村落后生活状态的，村落里的人们生活条件极为艰苦，连食用水都没有，想要进城更是犹如登天，因为村里连一条像样的公路都没有。另外一篇报道是曝光在煤窑工作的工人的悲惨生活的。

两篇报道言辞犀利，报道中曝光的残酷现实内幕令人触目惊心，再加上辅佐的黑白图片中，那些受尽磨难的人们或绝望、或麻木的表情和眼神，都不由得让牧野紧蹙眉毛，久久无法作出评论。

“你觉得怎么样？”教授不动声色地关注着牧野的表情变化，当看到他的神情越来越凝重严肃时，满意地点点头问道。

“非常深刻，文笔很尖锐、犀利，而且具有警世作用，是两篇很优秀的新闻报道。”

“我想和你讨论的并不是这两篇新闻的撰写有多么优秀，而是想告诉你这两篇报道背后的故事。”教授轻轻捻起两页薄纸，再次珍藏般地放进剪贴簿里，深吸一口气说道，声音不大，可是蕴藏其中的力量感却让牧野屏息凝神倾听，“报道山村落后原始生活的这位制片人，整整五年的时间都生活在这个闭塞的山村里，坚持不懈地播报山村里每一个真实的生活细节，他的努力终于引起相关部门的重视，最后为那个山村挖了实用水井，还铺了公路。另外这篇报道，我记得那位记者为了曝光黑心的煤窑老板，几次被对方施加暴力威胁、恐吓，被殴打致一只眼睛近乎失明，可是他却说自己从未产生过一丝放弃的想法。”

“……”牧野越听越惊叹，紧抿成一线的嘴唇显示出内心的激动和钦佩，他专注地看着教授不发一言，似乎怕打断老人的思绪。

“我的一位好友曾经担任即时新闻播报工作，一次在播报一起重大车祸时，发现受害者之中竟然有自己的妻子和孩子，但是为了直播现场他强忍住心痛，坚持做完整个播报工作。”老教授的目光飘向窗外，似乎在凝望着历历在目的记忆中的情景。

“真是想不到……太令人敬佩了！”老教授的话音落下，半晌，牧野才如梦初醒般地感叹道。

“年轻人，我刚刚和你说过的这些新闻工作者们，他们一年的工资并不高，也许根本比不上那些八卦周刊的狗仔队偷拍明星绯闻照片的钱多。但是他们就是这样默默无闻地坚守着自己的岗位，坚守着心中的正义和责任。”老教授的脸上恢复了原本的祥和安宁，清晰有力地说道。

“正义和责任？”牧野轻轻重复老教授的话，陷入思考之中。

“没错，一篇优秀的报道不是靠文笔和华丽的辞藻，也不是靠丰富的专业知识，靠的是新闻工作者的职业道德——实事求是，追求真相并加以报道，以及为达到这些目的而作出的自我牺牲。真正的新闻工作者，不是站在摄影机前让更多的人认识自己、知道自己，而是甘愿隐匿在摄影机的后面，真正做到运用新闻的力量来匡扶社会的正义。一个人的力量也许是薄弱的，可是通过镜头聚集千千万万人的力量，就会达到他们想要改变这个社会的心愿。”老教授语重心长地说道，脸上的皱纹愈发深刻明显，可是此时此刻，那些皱纹似乎变成经历和智慧的见证，散发出不可侵犯的神圣光芒。

“老师，我明白你的意思了。”牧野迎视老人充满智慧和深意的目光，郑重其事地回答道，脸上满是心悦诚服的神情，他感觉自己仿佛第一次真正触及新闻工作的某些深刻而沉重的东西。

“很好，这就是我们的第一课。”老教授欣慰地点点头，“其实，我本来已经退休了，年纪大了，爱清静，连原本大学的学生都不太接待了，今天破例跟你说那么多，希望可以对你有所帮助。”

牧野十分受用地点点头，转而又疑惑地看向教授，问道：“那么您为什么又愿意接待我，跟我说这些呢？”

“是和你一起来的那个叫十月的女孩子，她的执著实在让我哭笑不得。”陈教授像是回忆起什么一样，端起杯子喝了一口茶，和蔼地笑了笑，看得出来他挺欣赏十月这个女孩，“她给我发了信件被拒绝以后，从 F 大得到我的地址，整整一个礼拜，一放学就站在我家门口。那么大热的天，天天站在外面，差点中暑。我和老伴让她进门说话，她都不肯，说一定要我答应她她才进屋，也不肯走。人家是程门立雪，她倒是陈门立暑，这样执著的架势倒是挺适合做新闻的。”他顿了顿，又慈祥地看向牧野，“一个女孩子，为了别人的事情能做到这个地步很不容易。小伙子，你可要好好珍惜。”

牧野点点头，眼睛里浮动着感动和决心的光：“我会的！”他再度向陈教授鞠了一躬，表示由衷的感谢。

见过陈教授以后，牧野重整旗鼓，无论结果如何，他都打算把父亲的事情调查下去，做完这期节目，为了给社会还原真相，也为了父亲，更为了自己的心结。

当天下午，他就扛着 DV，和十月一起去父亲所在的医院。踏入医院，值班的护士告诉牧野，牧医生今天休息没上班。牧野拿出手机，试图从电话簿上搜寻牧子原的号码，却一无所获。唯一有关牧子原的，只有埋藏在短信发件箱中的一条短信。那是去年放假，学校要开家长会，袁音工作忙，他迫于无奈从家中找到父亲名片后才发过去的，结果却没有任何回复。

牧野想了想，按了拨号键将电话拨出去。这次号码已成空号。牧子原的电话还是那个护士帮忙拨打的——牧野是他的亲儿子，却陌生得连外人都不如，十月心里突然有种说不出的滋味。

女护士还想帮牧野问一下牧子原现在在哪间病房。

“不用了。”牧野按下了挂机键，挂掉电话，随后离开了医院。见牧野既不像是回猫舍，也不像是去电视台，更不像是去汽车站，十月心情忐忑，忍不住问：“你要去哪里？”

已经知道了要去哪里寻找父亲，牧野却忽然止步不前，犹豫起来。

看到牧野迟疑的表情，十月从包里掏出了昨天自己悄悄收起来的那些他原本要丢掉的资料，摊开在他面前：“你看，你那么努力，不就是为了更好地站在他们面前吗？”

接过十月替自己保管的资料，牧野心头一暖。他将采访稿重新看了一遍，深吸了一口气，然后突然一把揽过十月拥进自己的怀里。

“……”

十月脸颊上有两片红晕像是夕阳的飞霞，她的嘴角还是不自觉地露出了一丝甜蜜的笑意。

“十月，你总算会关心我了，这是动心的表现吗？”那笑容被收进牧野的心里，他要牢牢地记住。

“不是！”十月条件反射似的否认。

见十月一脸羞涩地垂下眼睑，牧野胜券在握地微笑：“总有一天我会让你承认的。”

“去医院之前，散散步吧。”牧野拽着十月从早上直到中午，像是在弥补童年，买了好几件小孩子的玩具，带十月买了棉花糖还有冰淇淋，又去公园坐碰碰车、射气球。

在牧野连射了五十发全部打中红心后，牧野将得来的奖品大狗熊玩具塞给十月：“谢谢。”

十月心里泛酸，接过狗熊玩具，抱在怀里。狗熊玩具软软的，就像十月此刻的心：“我替你去吧。”

“不用了，该来的总是要来。”牧野摸了摸十月的头。

两人在射气球摊位的对面坐了下来，在他们离开后，又有一对父子来玩射气球。

小男孩矮矮小小的，看上去只有四五岁的样子，十月以为应该是那个父亲射气球。可那父亲却一把把儿子扛了起来，让他跨坐在自己的肩膀上射击。

男孩几次打偏，懊恼地发脾气不玩了。父亲轻轻放下儿子，举起气枪把剩余的最后一发打完了。这一发竟然射中了一个玩具车的奖励。

“我爸爸最厉害了！”刚刚还不高兴的小男孩兴奋地捧着玩具车绕着父亲转了起来，“我长大了会比爸爸还要厉害！”

“哈哈哈哈……乖儿子！”那位高大的父亲爽朗地大笑着把小小的儿子举得高高的，“会的，你一定会比我厉害！爸爸会为你自豪！”

十月看着眼前的画面，有一种温柔的感觉充满了自己的心田。她认真思考了一会儿，轻声对牧野说道：“就算你们很久不见面，不管怎么说，你爸爸一定会为有你这样出色的儿子而自豪的。”

巧合的是，牧子原担任义工的医院正是十月母亲所在的医院，十月和牧野在护士的指示下去牧子原正在担任义工的病房。更巧合的是，那个病房和十月妈妈病房的方向竟然也一样。

他们一间一间数着病房号寻找过去，数字越来越靠近护士说的那一间，最后在一间病房前停下了脚步——竟然正是十月母亲所在的病房。十月惊讶地望向牧野，而牧野也吃了一惊，两个人面面相觑。这到底是怎么回事？十月的心里写满了疑问。她随牧野来到病房门口，推门欲入。

门里，一个中年男人正在给母亲认真按摩。十月顿时惊得捂住嘴巴——原来牧野的父亲照顾的植物人根本不是“新闻女”刘星微口中的女高中生，而是自己的母亲！

牧子原听见动静，抬起头看向呆立在门口的十月和牧野，愣了一下，但又像立刻就明白了一切似的，他冲牧野淡淡笑了笑，而这笑容熟悉的感觉更证明了他和牧野密不可分的血缘关系。

“为什么……”牧野正欲冲进去向父亲问个明白，却被紧随其后的一个人拉住——竟然是袁音！一贯爽朗的袁音，此刻的脸上却是覆着一层薄薄的冰霜，和十月上次的印象截然不同：“我需要和牧野出去谈谈。”

呆立在门口的十月仿佛终于被人叫醒了回过神来，虽然也一头雾水，但还是乖巧地点了点头。

病房里只剩下了十月和牧子原。牧子原看见十月一个人不知所措地伫立在病房门口，手里拿着牧野的外套以及摄像机，他再瞥了瞥一旁的萧绮默，转过头时一脸惊愕：“你是她的女儿？”

“嗯。”十月再次点头。

“对不起，我有事先走了。”牧子原的脸上不知为何一阵阴霾，他整理好衣服，拿起自己的东西便要走人。

“牧医生！”十月急忙叫住他。这就是十六年如一日一直照顾妈妈的好心人，我怎么能不好好地感谢他？十月朝牧子原深深鞠了一躬：“谢谢您！”

“不用谢……这是我作为医生应该做的。”

牧子原的眼神暗了一暗，他像是想对十月说些什么，但最终还是什么都没有说。

在全市和司辰齐名的育英中学门口，牧野和十月堵住了刚刚放学的“新闻女”刘星微。

对于十月和牧野的突然造访，刘星微显得有些吃惊，但随即，她就耸了耸金刚般魁梧的肩膀，像站在奥林匹斯山顶扛着炸药包的女巨人，高傲地俯瞰着十月和牧野：“怎么样？上次的料是不是很猛？尝到甜头了，是不是还希望我提供新的爆料？我可要郑重地提醒你们：我很忙的。你们要采访也先提前通知一声，让我看看有没有时间。”

说着，她抬着下巴转过头，正要从两人的身侧离开，却被牧野用身体挡住了。

刘星微从下至上打量了一下牧野，推了推眼镜，轻蔑地说道："怎么？还想对我使用美男计？长得是挺帅的，但是抱歉，我是未来要嫁给新闻事业的女人，和那些以貌取人的小女生不一样，配得上我的男人起码要有我一半的才能……"

"你为什么提供假消息？"打断刘星微的自我陶醉，牧野强压住怒火，眼睛里跳动着一颗即将燎原的火苗，显得异常危险，"牧子原照顾的植物人根本不是什么女高中生！而是一位中年女性！也没有因为篡改体检结果引起的医疗事故！"

"哦，是吗？"刘星微嘴角微微弹动了一下，但随即就义正词严地说明自己的立场，"我只是一个线人而已，提供这么一个情报。我研究了一些资料，结合种种迹象，从中大胆假设了这个可能性。现在社会可是提倡言论自由的，至于你们信不信、要不要调查还是你们自己的事情。再说，我相信，公众更想看到的是我的推测。作为未来的女主播，我比你们更了解毫无亮点的新闻没有报道的必要。"

牧野一边听刘星微狡辩，一边握紧了拳头，发出了咔嚓的骨节错位的声响，而当刘星微说完，那个愤怒的拳头还是出击了，擦过刘星微宽阔的脸颊，砸在育英高中校门的墙上，引得放学正在进出的学生指指点点。

"说不过我就想打人？你打呀！只会用野蛮的行为诉说自己缺乏修养的事实……我……"

"住口！"打断刘星微连珠炮似的奚落的声音来自十月。

刘星微转头，从头到脚打量了一遍看似毫无杀伤力的小绵羊似的十月，这回只是冷哼了一下，脸上的表情愈加不屑。

"刘星微，别以为你摆出一副盛气凌人的样子别人就不会知道！"十月眯细了眼睛，她故意抬高了声音，让往来的育英师生都能听得见自己在说什么，"你在网上说清华和北大都纷纷邀请你去他们的学校，还吵得不可开交，最后还都因为你看不上所以被拒绝了？可是，据我调查，你根本没有受过这些学校的邀请，反而是你自己连续递给五所全国名牌大学的教授们十多封自荐信，结果全部被拒绝了。所以，根本不是你看不起他们，真相正相反，是他们看不上你！"

"你……诬蔑！"面对十月的指证，还有周遭听到真相的师生们的指指点点，刘星微强撑住快要垮掉的肩膀，声音却已经掩饰不了心虚的颤抖："你……你这是妒忌我！所以诽谤我！"

"你要看看证据吗？"十月从书包里掏出一个文件夹，抽出几张纸，向刘星微和周围围观的大家展示，"这里是我打印出来的那些教授回复我的电子邮件，还有一份F大新闻系陈老教授亲笔签名的证明，你要不要让我在这里给大家都读一下？"

"你……"刘星微的肩膀颓然塌了下来，原本讲话像机关枪一样的她站在原地脸色苍白，再说不出第二个字来。

“你为了出名，为了赢得关注度，只凭一些蛛丝马迹，甚至还无中生有，造谣一些假消息，把白的说成黑的，不惜破坏那些无辜被你重伤的人的幸福。偶尔运气好有一两件事被你说中了，在网上受到了追捧，你尝到甜头不但不罢手反而愈演愈烈。可是那些大学教授早看出你搬弄是非，所以拒绝了你。你答应牧野的采访也是想上电视，让那些教授关注你。”

十月的声音已然降低了几分，但现场所有的人都安静下来，专注地听她沉稳地描述。

夜色轻轻笼罩了整座城市。从育英高中离开的路上，十月一直被牧野的一双桃花眼意味深长地盯着，看得她浑身不自在。

“怎么了？我脸上难道沾上了什么东西？”十月慌张地想要翻包找小镜子，却发现今天出门太急忘在桌上了。

“嗯……”牧野的目光掠过十月书包里露出来的那个装着各大高校教授邮件的文件夹，伸出手指指着十月的嘴角，“这里……”

十月赶紧抹了抹嘴角，焦急地冲着越走越近的牧野问：“还有吗？”

“还是我帮你吧……”还没等十月反应过来，牧野俊美到不似凡人的脸已经贴了过来，在她的唇上落下一个轻轻软软的吻。

“你又骗我！”十月捂住还残留着牧野气味的嘴唇，红着脸连连后退。

“这是奖励……今天小十月的表现非常震撼，大大出乎我的意料。”牧野虽然说着调戏的话，却牵着洋溢幸福的嘴角，异常温柔地揽过十月的肩膀，“是因为和我待得久了，所以越来越像我了吗？”

“才不是！”十月被靠近的牧野逼到一盏路灯下退无可退，只能嘴上逞强。

“嗯，你就是你。你是十月。”

牧野精致的脸在淡淡的路灯灯光的映照下像画一样柔和，他伸出双臂，仿佛保护着一尊珍贵的瓷器一般，小心翼翼地抱住了这个他生命中最重要的女孩。

说不出的告白
CONFESSION INSIDE MY HEAD

“哇，看那个大帅哥又来了！”

“真的呢，不知道10号病房的那个病人到底是什么好福气，经常有那么多人来看望她。”

“而且今天是两大帅哥齐聚哦！我主动要求一会儿去巡视病房！”

“有没有搞错啊，平时最偷懒的人竟然主动要求巡视病房？你想得美，今天轮到我了！”

This is the story for invincible true love. With social development, high school is no longer the "ivory tower" in fairy tales, but a reality with fully competition, purpose, even cheating.

走在医院的走廊里，年轻小护士之间兴奋的窃窃私语一路传来，牧野漫不经心地抛出一个电力十足的眼神，几乎立刻可以电晕一大片，导致医院的运作完全瘫痪。

可是……两大帅哥齐聚？当听到这句话时，牧野的目光微微一跳，似乎意识到什么似的，加快步伐向病房走去。

走到病房门口，透过房门的玻璃窗看进去，只见一个清瘦的中年女人安宁地躺在最靠墙角的病床上，另一个颀长的身影站在病床边，正将一束洁白的百合花轻轻放在盛满清水的玻璃花瓶里，然后静静地坐在床边的椅子上看着病床上的女人。

牧野的脸色一下子阴沉下来，他毫不犹豫地推开门走进去："原来你一直都在偷偷看望十月的妈妈。"

对方听到牧野的声音并没有回头，沉默了几秒钟后有条不紊地站起身，缓慢地转过身迎视着他。

"明辰雨，我真是小看了你对十月的感情。"牧野走到病床边，犀利的目光如箭一般射向对方 明辰雨的脸依旧精致、俊美，却看不到一丝情绪和表情。

"……"明辰雨没有说话，也没有被识破的惊慌，甚至没有作任何解释的打算，只是安静地看着气势逼人的牧野。

"我还曾经误以为你对十月表现出来的冷漠都是真的。"牧野随手拿起挂在病床上的探访记录，一个星期之内上面出现明辰雨名字的次数有三次之多，他轻蔑地扬起唇角，似笑非笑地斜睨着明辰雨。

"和你没关系。"明辰雨轻启嘴唇，吐出简短有力的回击。

"当然和我有关系,你忘记了我是十月的男朋友吗？"牧野眼睛里全是锋利如刀的挑衅笑意，一边说着一边撕掉写有明辰雨名字的探访记录，撕裂的清脆声音在静谧的病房里分外刺耳。

"既然你下定决心离开十月，就做得干净一点，不要留下再让她乱想的痕迹。"牧野将撕下的纸张团成一团废纸，手腕一甩，将纸团准确无误地丢进垃圾桶里，然后抽出夹在本子上的笔，在探访记录上写下自己的名字。

"明辰雨，我要你记得，从现在开始，你为十月做的每一件事情，我都会告诉她是我做的。我不会把自己喜欢的女孩拱手让给别人，这就是我和你的不同。"

说完，牧野抬起头和面露微愠的明辰雨对视，脸上依然挂着满不在乎的笑容，可是眼眸中射出的寒光却令人不敢小觑："而且，我很快就会向她告白。"

两个针锋相对、对峙而立的颀长身影，使得病房里弥漫出一股令人不安的硝烟气味。

十月的妈妈闭着双眼，安静地躺在病床上，无声地见证一场属于他们之间的较劲和争夺。

回到猫舍的十月躺在床上，翻来覆去怎么也睡不着。

回味今天发生的一切，心里又激动又甜蜜。激动的是刚才狠狠地揭穿了刘星微傲慢的面具，让人痛快不已。甜蜜的是，牧野的……吻……她躺在床上，不自觉地伸出食指点在自己的嘴唇上。

虽然过去被这个人耍流氓偷吻和强吻了不知多少次，可现在的自己心境已经完全不同。

而且今天的这个吻特别温柔，让她第一次产生希望再被多吻几次的害臊想法……

糟糕，十月，你怎么可以那么色？十月两颊发烫地把脸埋在枕头里，双腿像是要驱赶那些"害臊的想法"一般，不自觉地在床上乱蹬着。

丁零零……正在她为自己的想法躁热不安的时候，手机及时响了起来。

十月正要感谢那个打断自己胡思乱想的来电人，抓过放在枕边的手机一看……屏幕上显示了"明辰雨"的三个字。原本甜蜜、害臊的心情一扫而光，取而代之的是尴尬。

十月拿着手机的手有些僵硬，不知道是该接，还是该忽略当做已经睡下没有听见好。

上一次见到他的时候似乎也是这样的心情……不过从把那个曾经装满了自己对他思慕的饼干盒丢掉的那天起，自己就已经决定从此认真把他当做一个很好的朋友。

想明白了的十月，轻轻按下了接听键。

"抱歉，那么晚还打扰你，你已经睡了吗？"明辰雨的声音听上去还是那么温柔和波澜不惊。

"还没有，没关系。"其实自己刚刚在床上想着牧野有些花痴……不过这些十月当然不会在电话里告诉明辰雨，"有什么事吗？"

"没什么事……你最近还好吗？"

"嗯，好……"十月眼前掠过了牧野今天温柔拥抱自己的那一幕，仿佛还能感受到对方的体温和呼吸，她不自觉地弯起嘴角，声音中掩饰不了幸福的笑意，忍不住补充了一句，"很好。"

对面的声音沉默了，半晌没有再说什么。意识到这种沉默的意义，十月有些抱歉地说道："我是说，之前的一切都过去了，我没有为此感到不快乐，所以你不用担心的。"她顿了顿，虽然对方看不见，她还是冲着手机展露了一个大大的笑容，"我已经很好了，对现在的生活很满足，我希望你也能放下重压在你心里的那些包袱，幸福起来。这是来自好朋友的祝福！"

"好……朋友？"明辰雨缓缓地重复着十月的话。

"嗯，好朋友。就算经历了一些不愉快的事情，但一切都已经过去了。大家还是好朋友。无论如何，能认识你那么好的朋友，我觉得很荣幸。"

"十月……"对面的声音沉吟了一下，明辰雨的气息微微散在话筒上，通过电波传到了十月的耳边……熟悉，却又陌生。十月能想象他举着手机温言细语的样子，却永远不知道他的心里到底是怎么想的。最后，他也只是轻轻地说："去睡吧。"

十月不自觉地冲着电话点点头："那，晚安。"

“晚安。”十月轻轻按下了挂断键。

她永远不会知道，电话那一头的人，一直握着只有嘟嘟声的手机，在书桌前坐了整整一夜。

无法守护的未来
CANNOT PROTECT THE FURURE

位于A市的F大历史悠久，名列全国名牌大学前五，每年举办招生宣讲会的大礼堂都会挤满了来自全国各地的高三学生和家长，今年也不例外。

而司辰高中快班，希望报考F大的学生和家长更是几乎全体出席。

十月和爸爸林晟合，金太子和妈妈姜喜嫔，韩格格和爸爸韩三宝，一个不落地都来参加了。

以F大新闻系为目标的牧野原本也想参加，可袁音却正好没空，他尝试着给从来没参加过自己家长会的牧子原发短信，原本不抱希望，没想到对方一口答应，还积极地直接回电话询问出席时间。

到得比较早的韩三宝和姜喜嫔，俨然已经认定彼此是未来的亲家，熟络得好似一家人，在亲密寒暄一番，交流了一下生意并夸赞了对方的孩子以后，却发现金太子和韩格格两个人像两块同性相斥的磁铁，隔开了好几个座位，彼此都不说话，韩格格更是连看也不看金太子一眼，一直扭着头，望向另一边。

“怎么了你们？”韩三宝看出两个孩子在闹别扭，他向姜喜嫔彼此交换了一下眼神，露出了心中了然的笑容，先开口教育起自己的女儿，“格格，是不是你又任性发小姐脾气让太子为难？平日爸爸宠你也就算了，谈恋爱了就应该好好体贴对方。你要收收你的脾气，多温柔一点，才能做一个好女朋友，将来成为一个好妻子。”

“谁是他女朋友了？”韩格格没好气地冲父亲嚷嚷。虽然在十月的劝解下她也慢慢地消了气，可也没见金太子来道歉，结果今天见到金太子那畏畏缩缩的模样，更是气不打一处来。

“不是他女朋友？那么难道你当初是骗我的钞票出去玩的？”韩三宝只是一句无意的反问，并非质问，却让韩格格心虚地吐了吐舌头。

“太子！”姜喜嫔端上了垂帘听政的太后架势，指挥着坐在角落里的金太子，“你坐那么远干吗？还不快坐到一起？”金太子默默地站起来，走近韩格格，在她旁边的位置重新坐下。

“哼！”在只有两个人听得见的距离，韩格格轻轻哼了一声，脸上却隐隐露出多云转晴的笑意。

今天的金太子第一次如此感激老妈作出如此英明的决定！

自从撮合了儿子和韩格格，姜喜嫔俨然把当媒婆、撮合别人亲事当成人生的一大乐趣。她在宣讲会结束后主持了一次聚餐。

“牧医生，虽然林家家境不是很好，但林家家教好，十月很懂事。既然你儿子喜欢她，不如你们两家……”

“不知道林先生在做什么工作？”见自己的儿子像采花的蜜蜂一样围着十月转，又是给她夹菜，又是给她弄衣服上沾染的油渍，牧子原的脸色越来越暗，打断了姜喜嫔的话。

“只是普通修理工而已。”林晟合显得有些尴尬，呵呵笑了笑：“现在孩子们正在读书，谈这种话题还太早。”

听出来牧子原话语中有拒绝的意味，一旁的金太子连忙给林晟合帮腔：“生命诚可贵，爱情价更高。要是我，一定选爱情，拿什么都不换！”

“这还差不多！”韩格格心满意足。

林晟合望着脸色绯红的女儿，悄声道：“听说牧医生还是给你妈妈捐助了50万的好心人？”

十月红着脸点点头。

“看来这份恩情，我女儿已经想好怎么报答了啊……”丝毫没觉察到牧子原脸色的林晟合乐呵呵地自言自语道。

明辰雨站在育英中学门口，周围往来的学生纷纷驻足流连，但他却只询问一个叫刘星微的学生在哪里。他一直找到正在计算机教室上网的那个“新闻女”，请她务必和自己聊一聊。

几天前，明辰雨在最新一期的《狮星王》节目策划报告中看到了一个耸动的标题：《“新闻女”刘星微自爆新闻作假，与“校园宫女”十月联手恶性炒作》，询问之下得知是刘星微本人向海星兄弟爆的料，他们将制作VCR并且在现场直播中采访，在节目中向大家揭露十月策划的制造假新闻的行为。

“你就是明辰雨？”和明辰雨一起走到走廊尽头的空旷露台上，留着古板的短发，五官轮廓有些返祖，戴着厚厚镜片，眼神阴沉的女生仿佛早就料到他要来找自己，金刚似的宽阔肩膀骄傲地挺立着，“你就是牧野的对头吧？有人告诉我，你会来找我的。没想到那么快。”

明辰雨的心中微微一动，但他淡淡的表情仍然波澜不惊，看不出情绪。

“上次牧野和林十月让我在学校里丢尽面子，我本来是想一起给他们俩一个教训的，但是那位贵人告诉我，牧野原来是东森电视台领导的大少爷，我自然动不了他。可林十月这根小草我还拔不掉吗？就是她，站在学校门口在我那么多同学和老师面前侵害我的名誉，让我现在被同学们嘲笑。”刘星微愤恨得五官扭曲在一起，露出了两排错落不齐的、紧紧咬在一起的牙齿，这让她的脸看上去更为阴森。

“你准备爆料你和十月是联手炒作，不怕自己名誉扫地吗？”明辰雨眼中平日那些温润如春雨般的光泽渐渐消失了，取而代之的，是凝结成冰刃一般凛冽的寒意。

“哈哈哈哈……”刘星微咧开两片嘴唇大笑，随着她边说边笑上下腭的蠕动，参差不齐的牙齿可怖地晃动着，“事到如今，上次林十月干的事已经让我在学校臭名远播，还有不少同学跑到网上去说，马上网上那些支持我的人也会知道了。这样下去，就算不自爆的话，对我的名誉又有什么两样呢？既然要死，就死得轰轰烈烈，死也要拉下林十月一起……况且，我已经没有后顾之忧了……”破罐子破摔的神色之间，刘星微又流露出一分一朝得势的得意，“我的贵人已经答应过我了，只要我肯去揭发林十月，她就有办法动用在教育界的关系，我想上什么大学随便挑。”

“到底是谁让你那么做的？”那个人那么做，并非是对十月本身和或者牧野怀有巨大的恶意，那个人那么做，只是预料到自己会因此来找刘星微。

这个世界上还会有谁对自己抱有那么巨大又丑陋的恶意？

这个世界上还会有谁有那么大的本事可以给刘星微开出那样的条件？

其实明辰雨早已经猜到是谁了。除了她还会有谁？过去一次又一次的挑拨和撩拨只是一根一根细针，还无法把他整个武装割破，但这些挑衅口积月累，再加上自以为失去温度的心脏又曾经被一丝小小却充满力量的光芒温暖过，冰塑的面具已然分崩离析，胸口仿佛跳动着一颗蓝色的幽幽火焰，看上去是冷的，却已经可以燃烧和毁灭。他已经很久没有这样愤怒的感觉了。

“是不是王淑瑶？”

“没错，就是我。”

刚才他们关上的露台门不知什么时候已经打开，也不知道王淑瑶从什么时候开始就一直站在他的背后，甚至只要她轻轻地弹一弹手指，就能轻易把明辰雨从露台的边缘推下去。

“王淑瑶。”过去谦逊有礼的明辰雨早已不顾辈分之间的礼貌，他一字一顿地念着她的名字，胸口的火焰越烧越烈，快要把他的心脏燃烧殆尽。

“哼，辰雨，我想你应该明白我那么做的目的并不在于那个小女生，你还是可以选择：救你的十月，或者不救。”王淑瑶看也不看对她满怀期待的刘星微一眼，她的双眼只盯着明辰雨，露出稳操胜券的莞尔一笑，仿佛睡美人出生的典礼上突然出现的巫婆，优雅地微笑着说出世界上最恶毒的祝词。

“制造假新闻这件事，不是她扛，就是你扛。”果然，就是这样。对于王淑瑶这样的条件，明辰雨一点都没有感到意外，因为她一直以来都在用类似的手段利用十月想要击溃自己。

植物人视频的事、520节目的事、安排熊杏儿和自己出国留学的事……

一直以来，他曾无数次用自己无情的盾阻挡了这些旁敲侧击。他曾经以为，在这个世界上，除了保护住父亲的家业不落入这个女人手里，保护自己不被王淑瑶击败顺利守住明氏，对他来说，再没有其他事情更重要了。可是他并不快乐。

他像一株在黑暗海底绝世独立的珊瑚，看似美好、绮丽，实际早已死了。

有一日，这片海底来了一颗毫无特点的普通的海星，珊瑚对她抱有戒心，她却一直小心翼翼地在远处欣赏珊瑚，然后慢慢靠近，靠近，最后拥抱。珊瑚第一次感受到了柔软鲜活的温暖。

可是他却忘记了，大自然的法则里，海星与珊瑚无法共存。一旦他们拥抱，珊瑚就会慢慢衰竭，褪去繁华的光彩，变成一堆真正的枯物。

即便如此，她却是真正让他体悟过幸福的人，并且这种感受，即使变得枯竭不再光彩，也仍然让他感受到自己真正活着。

十月，非常抱歉，一次又一次辜负你的感情，为了保护我自己让你受尽了委屈。

这一次，就由我来保护你。

露台猎猎的风呼啸着扬起了明辰雨的头发，让他那双悲伤又坚定的眼睛完完全全地袒露在王淑瑶面前。明辰雨直视王淑瑶逼人的视线，一字一句清清楚楚地告诉她：

"一切由我来承担。"

"好，刘星微，你听到了吗？不是十月和你策划了假新闻，而是明辰雨。只要你照着我说的去爆料，就算是哈佛我也能想办法把你弄进去。"

王淑瑶的脸上露出了满意的微笑，此刻站在露台上的三个人都知道明辰雨扛下这件事的后果……她之前做了那么多事终于没有白费，明辰雨终于要被自己从华丽的王子宝座上推下去了。

人言常道：站得越高，摔得越惨。更何况是十多年如一日，王子一般被众星捧月、高高在上的明氏公子明辰雨。随着他和刘星微联合恶意炒作假新闻的事情曝光，他每天都承受着各种或明或暗的非议和嘲弄。

在学校，同学们课间悄悄议论着他的传言，就连曾经对他趋之若鹜的小女生们都纷纷对他退避三舍。在电视台，节目组以目前明辰雨的形象不符合《狮星王》积极向上的健康定位而将他劝退。而明氏集团的董事会上，所有董事都指责明辰雨作为明氏继承人曝出这样的丑闻，直接导致了集团股票的市值震荡。

"我知道你不会这么做的，一定是王淑瑶搞的鬼，对不对？你到底有什么把柄被她握在手上了？难道又是为了那个女孩子？你知不知道你这样不顾全大局，明家世代辛苦建立的产业，就要被那个女人抢走了？这次，我对你太失望了！"

面对父亲的责难，明辰雨无言以对。

流言蜚语像毒汁一样渗透明辰雨生活的点点滴滴，他默默承受着，只要想到十月为此躲过一劫就感到心头欣慰。

到事件爆发第三天，正当明辰雨以为自己已经渐渐习惯这种忍受非议的生活时，更大的噩耗传来：明君华在股东大会上突发心肌梗塞，被紧急送往医院，生命垂危。

得到消息的明辰雨疯了一样冲进医院，明君华经过抢救已经被送入观察室，至今昏迷不醒。

“我们已经尽力抢救了，接下来，就要看你父亲自己的造化了，有可能他很快就会醒来，有可能再也醒不过来。”

医生的话像一个巨大的铜锣，在明辰雨耳边锵地敲了一下……余音在他耳畔不断震荡，像来自黑暗深渊的回音，让人绝望。

王淑瑶站在明君华的病床旁，花一样娇艳的唇吐出冰冷、恶毒的字眼：“你父亲是为了在群情激奋的股东面前维护你才气得发病的，都是你害的，真是不孝！”

明辰雨始终坐在父亲的病床前，一直紧紧握住父亲的手，嘴里不断低喃着三个字：

“对不起……”

最后所有的眼泪似乎都流干了，眼神空洞而干涸，整个人就像是被拔掉开关的精致木偶。

肖驰打包了一些明辰雨守夜需要的换洗衣服，要去医院陪着明辰雨，却被王淑瑶一把拦住。

“你要记得在这个家，和你有血缘关系的人只有我一个。”

“明辰雨的丑闻都是你一手策划的！”肖驰毫不留情地谴责自己的母亲，“妈，明明是你跟我寄人篱下，却为什么总想着鸠占鹊巢？你不觉得你很贪得无厌吗？”

“我贪得无厌？”王淑瑶气得整张脸都扭曲了，“你以为我争来争去是为了谁？”

“还不是为了你自己？就算你把明家的全部财产都争过来，我也会一分不少地还给明辰雨。我自己有手有脚！”

“你……”望着儿子毅然离去的背影，王淑瑶气得说不出话来。

这么多年来自己的信念到底是什么呢？

她受够了寄人篱下、一无所有的滋味，她不能让肖驰过那样的生活。

就算自己嫁给明辰雨的父亲，肖驰也只是继子而已，从小忍受着别人的指指点点，而自己在丈夫面前也要小心翼翼，生怕一不小心就会失去眼前的一切。明辰雨小时候像仇敌一样看着她的眼神，真是让她印象深刻呢。如果明家落在他手里，难保她和自己的儿子没有好日子过。

想到这一切，王淑瑶原本略有些动摇的心变得坚定了许多。

她认准明君华这次铁定是醒不过来了，开始着手请人估算明家的资产状况，并请律师想办法为自己谋夺更多的财产。

“明君华这次病发突然，据我所知，他还没有立过遗嘱。陈律师，我希望你在老头子断气以前就帮我把这件事情办妥，我要明辰雨一毛钱都别想拿走！”

听到王淑瑶的委托，律师的神色变了变，仿佛连他都对这样狠绝的要求闻所未闻，但最后还是点了点头。

王淑瑶很满意，她开始想象掌握明氏王国以后，如何利用明家的金钱、名声、地位，为肖驰营造更好的将来。

明辰雨已经在病房里守着父亲三天没合眼了。

他就像是一条抛锚的船，在风浪的中心而不自知，呆坐在父亲的床畔寸步不离。他整整三天滴水未进，护士送饭进来他也不理，昔日贵公子风度翩翩、温润如玉的脸变得憔悴不堪。

任何人跟他说什么他都听不见，任由护士拉过他的手给他输液，眼睛只是呆呆地望着昏迷中的明君华。

记忆中的父亲，总是对自己非常严苛，但确实也是相当温柔的。

父亲教育他为人要端正，切不可因为自己是有钱人家的少爷而放浪骄纵；告诉他再多的财产都是会花完的，富人也可能一夜之间变成穷人，所以绝对不能以自己有钱自居看不起穷人；王淑瑶被娶进明家前，父亲还要求他对王淑瑶礼貌恭敬，对肖驰要像亲弟弟一样……即便后来，王淑瑶的行径越来越嚣张，明君华都没有真的想过要跟她离婚，只是警告明辰雨要小心提防她。

这样善良又出色的父亲，在明辰雨心中一直都是榜样。

而父亲也一直是爱着自己的。

他记得小时候，父亲每次教训完自己，都会在深夜悄悄跑进他的房间温柔地抚摸他哭红的眼睛；记得自己第一次在作文中写《我的爸爸》，身为一个集团董事长的父亲竟然乐滋滋地将他的作文本带去董事会，向其他董事们炫耀儿子；记得自己在小学时生了一场大病，父亲丢开所有工作一直守在他的病床前亲自给他喂药、换毛巾；他尤其不会忘记这次曝出丑闻后父亲虽然痛心，却完全信任他不会是丑闻主角。

甚至连父亲发病以前都还在股东面前维护自己。

如果父亲发生了什么……这个世界上再没有任何人比父亲更了解自己、相信自己，也真的再没有人会像父亲一样深爱自己了。

“都是你害的，真是不孝！”

王淑瑶的话像一个魔咒一样回荡在明辰雨的耳畔，刚开始，他试图驱散这个声音，可都失败了。最后他任由这个声音一直从耳畔流向心脏，再从心脏输入血管，流经自己身体的每一寸毛孔。

是的，自己不孝！

父亲辛辛苦苦累积的家业就因为自己即将毁于一旦，失去这些并不是最可怕的，可怕的是，父亲甚至有可能为此再也醒不过来。

罪该万死的明明是自己，为什么要让父亲承受这样的病痛？可无论自责多少次，时间都无法倒流。

他唯有守候和祈祷，等待父亲坚强地挺过来，等待奇迹发生，等待父亲苏醒的第一时间能第一眼看到自己，让自己向他郑重道歉。

明辰雨在病房里没日没夜地守着父亲，肖驰则在病房外没日没夜守着明辰雨，去做他的守护者，做他的佣人，做他的心理医生，哪怕明辰雨心情能好一点也好。

可明辰雨却仿佛一个人待在了另一个世界，被一层透明的黑暗紧紧包裹住，那是只有他一个人握着父亲的手不断自责的孤独的黑暗，所有人只能在黑暗的薄膜外担忧地望着他，他却对周遭的一切什么都听不见、看不见了。

正午的阳光透过病房的窗台照了进来，却无法照醒已经昏迷三天的明君华，同样也无法将这份光亮带进明辰雨的黑暗。

看着背光坐在床边下巴已经长出胡茬仍失神在另一个世界的明辰雨，肖驰的眼睛慢慢泛起一层雾气，晃动着心痛的水光。

现在能够救明辰雨的，只有一个人。

肖驰蠕动着嘴唇喃喃道：林十月……

牧野十八岁生日的早晨，是被窗外柔软的天光唤醒的。这应该会是十八年以来，他过得最棒的生日。上午父亲牧子原会开车来接他，中午和他一起吃生日餐。

这也是第一次有父亲陪伴的生日。

傍晚，牧野约了自己十八年以来……不，是一生最喜欢的女孩——十月。

经历了那么多事情以后，他将正式向她做一个告白，让她成为自己真正的女朋友。

嘟嘟……楼下传来了汽车鸣笛的声音，牧野透过窗口往下望去，只见父亲正站在一辆崭新的黑色轿车旁边等待着自己。

赶紧换上母亲送给自己的生日礼物——一套 Prada 休闲西装，牧野矫健地奔出家门，给父亲来了一个亲密的拥抱。

自从上次 F 大宣讲会后，牧野和父亲一起聊了很多，关系亲密了不少。

他没有想到，原来血缘之间的联系，可以让十多年的隔阂那么轻易地消散。

“买新车了吗？”

牧野指指父亲开来的黑色轿车。

任何一个男孩都不会对车失去兴趣，牧野像一个孩子一样从车头到车尾，绕着整辆车看了几遍：“我可以开吗？”

“可以啊。”牧子原慈爱地对着儿子笑了笑说道，“这辆车本来就是今天送给你的礼物。生日快乐，牧野！”

一路上，刚学完车的牧野上路还有些拘谨，不过有父亲在一边指导，他就放松了很多。

他今天非常高兴，一边开车，一边像一个刚刚放学的小学生一样聒噪地向父亲描述，在牧子原缺席的他十八年的人生里发生的各种快乐、有趣的事情。

牧子原虽然话不多，却也异常认真地听着。他知道倔强的牧野这些年来经历的痛苦远比这些开心的事情多得多，只不过因为好强的个性不愿意再提。

“爸，谢谢你，下午我就能开着这辆新车去找十月表白了！”牧野说到十月的名字，脸上愉快的表情更增添了几分幸福感，“这次一定要成功！”

“十月？难道是上次那个和你一起来医院看我的林十月？”牧子原的脸色瞬间暗了下来，“就是萧绮默的女儿？”

“嗯！就是你当义工照顾的那个植物人患者。”

牧野点点头，把车拐进了一条幽静小路，“他爸爸好像一直视你为他们家的大恩人……”

出乎意料的是，牧子原居然一口打断了牧野的话。

“不行！”牧子原一反刚刚慈爱的态度，用严厉的口气打破了刚才和谐的亲子气氛，“你和她绝对不能在一起！”

反光镜里牧野的神色先是疑惑，一瞬间的愤怒，转而又变得面无表情。

他踩下刹车，突然把车停了下来，熄火。

坐在驾驶座上的他沉默地转过头，什么都没有问，只是静静地注视着副驾驶座上自己的父亲，像是在等待一个答案。

牧子原的脸已经失去了血色，苍白的嘴唇抿了抿，答案呼之欲出，但又停顿下来，仿佛在害怕一旦说出了这个封存已久的秘密，就会让整个世界翻天覆地一般。

时间在一分一秒地过去，空气仿佛要凝结一般让人窒息。

但牧野依旧坚持着。

“因为……”

牧子原沉默半晌，最后还是决定说出真相。

即便，这个秘密或许将改变牧野日后的整个人生。

“我就是害林十月的妈妈成为植物人的凶手。”

轿车里再没有其他任何声音。

十秒之后，崭新的黑色轿车重新启动，比刚刚的速度增加了20码，一下子从小路开上了繁华街道。依旧是牧野开车，牧子原坐在副驾驶的位上，但刚刚父子两人亲密的氛围早已荡然无存，他们之间只剩了沉默。

牧子原静静把视线投向窗外，无言地看着周遭一辆辆因为前方红灯而缓缓减速停下的车辆。

十八年来，牧子原和儿子之间，好不容易跨过的鸿沟，确实是填平了……

只不过，这一回，站在那秘密漆黑的绝望边缘的人，由原本的孤独一人，变成了两个。

……

“红灯！小心！”

突然，牧子原大叫一声，他下意识地伸手打过方向盘，紧急迈出自己的脚跨入驾驶席踩住了刹车。

嘟嘟嘟嘟……

一辆闯红灯的黑色轿车突兀地横亘在十字路口，引得繁华街上响起了无数汽车喇叭的轰鸣和司机们的谩骂。伴随着夏末无力的蝉鸣，高频的分贝让所有在场的人都焦躁不已。

而车厢里，只有悬挂在后视镜上“一路平安”的风铃发出叮叮当当的脆响……

以及驾驶座上少年绝望的呼吸声。

To be continued...

郭妮Gine×苗雨C.C.私密访谈录

关于两人相识多年彼此的印象：

[苗雨]我觉得Gine是一个绝对的矛盾体。有时为了路边的流浪狗都会唏嘘半天，可写文时辣手摧花、棒打鸳鸯时却毫不手软。

[郭妮]在我心中，熊杏儿这个角色一直都是C.C.的形象：御姐、女王、雷厉风行、说一不二。但是骨子里她也是非常温柔的人，相当义气。

彼此的校园生活是怎样的?

[郭妮]C.C.在学校里是大姐大，男生都比较怕她。

[苗雨]Gine那个时候就已经在写长篇小说，不仅有才情，还长得很甜美，被很多男生追的。

关于恋爱观，能否爆一下对方的料?

[苗雨]Gine是个典型追求感觉的人，有时她像个不食人间烟火的小仙女，"浪漫"是她追求的首要标准。

[郭妮]C.C.看上去很强硬很现实，其实她吃软不吃硬的，对温柔深情的类型没有什么抵抗力。看上去不动声色的时候，说不定她已经动心了。(偷笑)

关于对方的梦想，你所了解的事情：

[苗雨]很多人都觉得Gine已经功成名就，但我知道她想写一辈子。所以与其说是'已经实现了"，不如说是"一直在努力实现中"。

[郭妮]我觉得C.C.是个很有主见和能力的人，比起"梦想"，她更擅长把握"目标"。一个阶段的目标成功实现了，她又会为新的目标摩拳擦掌。

请介绍一下你们各自的新书：

[苗雨]我正在构思一部新系列，紧张又煽泪的那种。另外打算和Gine合作一部《上海梦》，思路有了两、三个，但是我们俩还有分歧，字没写几个，以此为借口却横扫了上海诸多美食餐厅。

[郭妮]我今年的写作计划排得比较满，有"海星"系列第三部、"新天使街"《夜之卷》和《羽之卷》，现在比较期待和C.C合作的《上海梦》，一定与众不同。